读客文化

THE ARMOUR OF LIGHT

巨变时代 上（全2册）

[英]肯·福莱特 著   百里 译

KEN FOLLETT

图书在版编目（CIP）数据

巨变时代：全2册 /（英）肯·福莱特
(Ken Follett) 著；百里译. -- 南京：江苏凤凰文艺
出版社，2025. 7. -- ISBN 978-7-5594-9317-0（2025.8重印）

Ⅰ．I561. 45

中国国家版本馆CIP数据核字第2025882Z1J号

THE ARMOUR OF LIGHT Copyright ©Ken Follett 2023
Simplified Chinese edition copyright © 2025 Dook Media Group Limited
All rights reserved.

中文版权 © 2025 读客文化股份有限公司
经授权，读客文化股份有限公司拥有本书的中文（简体）版权
图字：10-2024-465号

巨变时代：全2册

［英］肯·福莱特 著　百里 译

责任编辑	丁小卉
特约编辑	顾珍奇　沈聿
封面设计	贾旻雯
责任印制	杨丹
出版发行	江苏凤凰文艺出版社
	南京市中央路165号，邮编：210009
网　　址	http://www.jswenyi.com
印　　刷	三河市中晟雅豪印务有限公司
开　　本	880毫米×1230毫米 1/32
印　　张	28.25
字　　数	574千字
版　　次	2025年7月第1版
印　　次	2025年8月第2次印刷
标准书号	ISBN 978-7-5594-9317-0
定　　价	99.90元（全2册）

江苏凤凰文艺版图书凡印刷、装订错误，可向出版社调换，联系电话：010-87681002。

本书献给历史学家。全世界有成千上万的历史学家。他们有的坐在图书馆里，埋首研究古代手稿，努力破译废弃不用的神秘象形文字；有的跪在已毁建筑物的废墟中筛掉泥土，搜索失落文明的碎片。然而，更多的历史学家在潜心阅读卷帙浩繁、单调无趣的政府文件，这些文件记载的是被遗忘已久的政治危机。

他们孜孜不倦地寻找着真相。

没有他们，我们就不会明白我们来自何处，更不知道我们要去往何方。

我侪宜脱暗昧之行,而服光明之甲。[1]

——《罗马书》第十三章第十二节

---

[1] 此处《圣经》译文取自深文理和合本。如无特别说明,本书《圣经》译文均取自国语和合本。——译者注(如无特别说明,本书注释均为译者注)

目录

第一部分　纺纱机　　　*001*
1792 年至 1793 年

第一章　　　*003*
第二章　　　*020*
第三章　　　*035*
第四章　　　*048*
第五章　　　*071*
第六章　　　*082*
第七章　　　*093*
第八章　　　*113*
第九章　　　*131*
第十章　　　*150*

第二部分　主妇的反抗　　　　　　　*169*
1795 年

第十一章　　　　　　　*171*
第十二章　　　　　　　*185*
第十三章　　　　　　　*209*
第十四章　　　　　　　*238*
第十五章　　　　　　　*255*
第十六章　　　　　　　*273*
第十七章　　　　　　　*297*
第十八章　　　　　　　*334*

第三部分　《防止工人非法联合法》　*371*
1799 年

第十九章　　　　　　　*373*
第二十章　　　　　　　*406*
第二十一章　　　　　　*421*
第二十二章　　　　　　*452*
第二十三章　　　　　　*470*
第二十四章　　　　　　*483*
第二十五章　　　　　　*499*

第一部分

纺纱机

1792年至1793年

第一部分　纺纱机

第一章

那天之前，萨尔·克利瑟罗从未听过丈夫尖叫。那天之后，她也再没听过，除了在梦中。

她到达布鲁克菲尔德时已是正午。微弱的光线穿透遮蔽天空的珠灰色云层，她根据光线明暗估算出时间。这片四英亩[1]的泥泞田地很平坦，一条湍急的小溪从侧面流过，田地南端有一座低矮的小山。那天又冷又干，但雨已经下了一个星期。她的脚踩进水坑，发出噗噗的声响。抬脚时，她费了不少劲才把自制的鞋子从黏糊糊的淤泥里拔出来。路走起来相当辛苦，但她是一个高大强壮的女人，不容易感到累。

四个男人正在收获冬萝卜。他们把那些大疙瘩似的棕色块根从茎上折断，拿起来，堆在宽而浅的柳条筐里。一个筐子装满后，男人们会将其搬到山脚下，把萝卜倒入一辆结实的橡木四轮车里。萨尔看到

---

[1]　1 英亩合 4046.86 平方米。

他们的任务即将完成，因为田地这一头的萝卜已经采摘完毕，男人们正在另一头靠近小山的地方劳作。

这些雇农都穿着相同的服装——上身是无领衬衫，下身是由妻子在家缝制的及膝马裤，衬衫外套着的马甲要么是二手货，要么是富人不要的淘汰品。马甲是穿不破的。萨尔的父亲曾有一件花哨的双排扣马甲，带着红棕双色条纹，镶有穗边，是城里某个花花公子丢弃的。她从没见过父亲穿别的衣服，连他下葬时都没有。

男人们脚上穿的也是二手靴子，看上去不知修补过多少次。每个人都戴着帽子，而且款式各不相同：一顶是兔皮帽，一顶是宽檐草帽，一顶是高高的毡帽，还有一顶是可能曾属于海军军官的三角帽。

萨尔认出了那顶兔皮帽，它属于她的丈夫哈里。帽子是萨尔亲手做的——在那之前，她抓住兔子，用石头砸死了它，剥了皮，放进锅里和洋葱一起煮。不过，即使没有那顶帽子，她也能从远处认出哈里，因为她丈夫蓄着一把醒目的姜黄色络腮胡。

别看哈里身材瘦长，他实际上相当强壮——他的筐里也装满了萝卜，同那些比他高大的人一样。只消望一眼泥泞田地另一头那副瘦精精、硬邦邦的身体，萨尔心中就会腾起一小簇欲望的火焰，半是愉悦，半是期待，仿佛从冰冷刺骨的户外走进了燃着柴火的温暖室内。

穿过田地时，萨尔开始听到男人们的声音。每隔几分钟，就会有人互相呼喊，短暂地交谈几句，然后在一阵大笑中结束对话。她听不清他们口中的字句，但猜得出他们在说什么。应该有雇农之间假装好斗的打趣，还有乐呵呵的嘲谑揶揄和笑嘻嘻的污言秽语，当然也免

第一部分　纺纱机

不了体贴的嘘寒问暖，这些问候足以缓解重复的沉重劳动带来的乏味感。

第五个男人站在车旁看着雇农，手里拿着一根短马鞭。他打扮得更精致，身穿蓝色燕尾服和擦得锃亮的黑色及膝靴。他叫威尔·里迪克，三十岁，是巴德福德村乡绅[1]的长子。这块地是他父亲的，马和车也是。威尔留着长及下巴的浓密黑发，看起来快快不乐。萨尔猜得到原因。监督萝卜收割不是他的工作，他觉得这活计有失他的身份。但里迪克老爷的地产管理人病了，威尔被派来顶班，所以他满肚子不乐意。

在萨尔身边，她的儿子光着脚跌跌撞撞地走过泥泞的地面，竭力跟上她的步伐。她转过身，弯下腰，毫不费力地把儿子抱起来，让他把脑袋靠在她肩上，单臂搂着他，继续往前走。萨尔紧抱着儿子瘦弱而温暖的身体，力道大得有点儿过分，但这只是因为她太爱儿子了。

萨尔本可以多生几个孩子，但她经历了两次流产和一次死产的痛苦，对再次生育已不抱希望。她开始告诉自己，像他们这么穷的人家，有一个孩子已经足够。她全心全意地爱着自己的孩子，也许爱得过头了，因为她知道孩子常因疾病或意外夭折，若失去了这个孩子，她肯定会肝肠寸断的。

她给儿子取名为克里斯托弗，但克里斯托弗牙牙学语时没法念清自己的全名，只能发出"基特"两个字，于是她将错就错，索性这样

---

[1] 英国这个时代的"乡绅"一般是指某个地区最大的地主，由中世纪的领主演变而来。

叫了下去。现在基特六岁了,但身材比同龄人矮小。萨尔希望他长大后能像哈里一样,瘦削但强壮。他的确已经遗传到了父亲的红发。

午餐时间到了。萨尔提着的篮子里装着奶酪、面包和三个皱巴巴的苹果。萨尔身后不远处是另一个村妇,安妮·曼,她精力充沛,与萨尔同龄;对面又走来两个女人,刚下山,也是来给丈夫送饭的,臂弯里挎着篮子,孩子紧跟在身边。男人们满怀感激地停下工作,在马裤上擦擦沾满泥巴的手,朝小溪走去。他们可以坐在那边的草地上。

萨尔走到小路上,轻轻放下基特。

威尔·里迪克从马甲口袋里掏出一只带表链的怀表,皱着眉瞅了瞅。"还没到中午呢。"他高声道。萨尔确信他在说谎,但其他人都没有表。"继续工作,你们这些家伙。"他喝令道。萨尔对此并不惊讶。威尔刻薄寡恩。他父亲里迪克老爷铁石心肠,而威尔就称得上心肠狠毒了。"把活儿干完再吃饭。"他说。他口中的"吃饭"二字带着一股子轻蔑的语气,好像雇农的饭菜有什么可鄙之处似的。她想,威尔自己会回庄园宅邸去吃烤牛肉和土豆,也许还会配一壶烈性啤酒。

三个男人弯下腰接着干活儿,但第四个没有。他是哈里的叔叔艾克·克利瑟罗,一个五十来岁、胡子花白的男人。他用温和的语气说:"里迪克少爷,最好别把车装太满。"

"满不满我说了算。"

"请恕我冒昧,"艾克坚持道,"但刹车快磨坏了。"

"这该死的车一点儿毛病也没有,"威尔说,"你只是想早点儿收工。你总是这样。"

萨尔的丈夫出声了。每次一有争议,哈里就会发表意见。"你应该听艾克叔叔的话,"他对威尔说,"不然你可能会失去你的车、你的马,还有你所有该死的萝卜。"

其他人都笑了。不过,拿乡绅开玩笑从来都不是明智之举。威尔皱眉道:"闭上你那张无礼的臭嘴,哈里·克利瑟罗。"

萨尔感到基特的小手悄悄握住了她的手。他的父亲陷入了冲突,基特虽然还年幼,但也感到了危险。

傲慢无礼是哈里的弱点。他为人诚实,工作勤奋,但他不相信乡绅比他强。萨尔喜欢他自尊自重,喜欢他独立思考,但他的主人对此颇为不满,他经常因为不服从命令而惹上麻烦。不过,他现在已经表达了自己的观点,便不再说什么,回去继续工作。

女人们把篮子放在小溪岸边。萨尔和安妮去帮丈夫采摘萝卜,而另外两个年龄较大的妻子则坐在岸边准备午餐。

工作很快就完成了。

这时大家都看出来,威尔把车停在山脚下是个错误。他应该把车停在离山脚五十码[1]远的地方,好让马在攀登斜坡前有加速的空间。威尔思忖片刻后道:"你们这些家伙,从后面推车,帮马起个步。"说完,他跳上车夫座位,挥动鞭子,叫道:"驾!"那匹灰色母马奋力向前。

四个雇农站在车后推车。他们的脚在湿滑的小路上不住地打滑。

---

[1] 1 码合 0.9144 米。

哈里肩膀上的肌肉紧绷起来。和他们一样强壮的萨尔也加入进来。连小基特都来出一把力，男人们见状不由得笑了。

车轮开始转动。马低下头，用力拉住挽绳。鞭子噼啪作响，车子动了起来。帮手们纷纷退后，看着那匹马爬上斜坡。但马的步子慢了下来，威尔转身冲他们狂吼："继续推！"

他们都跑上前去，手抓车尾，继续推车。车再次加速。马顺利地跑了几码，强健的肩部拼尽全力拉拽着皮革挽具，但这势头并未持续多久。马又慢了下来，蹄子在湿滑的淤泥上连连打滑。接着马似乎重新站稳了脚，但车子已经丧失了向前的劲头，突然停了下来。威尔挥鞭猛抽，萨尔和男人们也使出浑身力气，但他们还是控制不住车子，高大的木轮开始慢慢向后转动。

威尔猛拉刹车把手，然后他们都听到一声巨响，萨尔看到车子左后轮的木质刹车片断成两半，飞了出去。她听见艾克说："我跟那浑蛋讲过了，我跟他讲过了。"

他们全力以赴，向前推车，但还是扛不住重压，被迫后退。萨尔感到危险迫在眉睫，心中登时大乱。车子在加速倒退。威尔大喊："推呀，你们这些懒狗！"

艾克从车尾抬起手，说："快撑不住了！"马又滑了一跤，这次它摔倒了。皮革挽具断裂了一部分，那畜生摔在地上，被拖着滑行。

威尔从车夫座上跳了下来。车现在失去了控制，越退越快。萨尔不假思索地用一只胳膊抱起基特，跳到一边，躲开车轮的行进路线。艾克喊道："所有人都闪开！"

男人们四散而逃，但就在这时，车突然转向侧翻。萨尔看见哈里慌乱中与艾克碰到一起，两人都摔倒了。艾克倒在小路边，而哈里倒在路中间。说时迟那时快，车一下子撞上来，沉重的橡木载货平板压到他的腿上。

然后他就发出了尖叫。

萨尔僵住了，冰冷的恐惧攫住了她的心。哈里受伤了，伤得很重。有那么一小会儿，大家都惊恐地注视着哈里。从车上掉下来的萝卜滚过地面，其中一些扑通扑通地掉进小溪。哈里嘶声喊道："萨尔！萨尔！"

萨尔大叫："把车抬开，快！"

众人伸手抓车，把车从哈里腿上抬起来，但由于车轮太大，很难将翻倒的车正过来。萨尔意识到，他们必须先把车顶起来，以轮缘做支点，才能让车的四轮重新着地。"我们用肩膀顶吧！"她喊道。大伙儿都听懂了她的意思。但木头很重，他们又是在斜坡上往上顶，所以特别吃力。萨尔心中掠过一个恐怖的念头：搞不好他们会撑不住，车倒下来，再次砸到哈里身上。"加油，用力！"她大喊，"一起来呀！"众人齐呼："起！"车突然翻了个身，正过来，远端的两个轮子哐当一声落到地上。

然后萨尔看到了哈里的腿，惊恐地倒吸一口冷气。哈里从大腿到小腿都被压扁了，骨头碎片从皮肤里伸出来，马裤浸满了血。他双眼紧闭，从微微张开的嘴里发出可怕的呻吟。萨尔听见艾克叔叔说："哦，上帝啊，饶了他吧。"

基特哭了起来。

萨尔也想哭，但她忍住了：她得去找人帮忙。谁跑得快？她扫视众人，目光落在安妮身上。"安妮，快回村子，把亚历克找来。"亚历克·波洛克是理发师兼外科医生。"叫他到我家去等我们。亚历克知道该怎么做。"

"看好我的孩子。"安妮说完就跑开了。

萨尔跪在哈里身边，双膝陷在泥里。哈里睁开眼睛。"救救我，萨尔。"他说，"救救我。"

"我要把你带回家，亲爱的。"萨尔说。她把手伸到哈里身下，但当她试图抬起他的身体时，哈里又尖叫起来。萨尔抽回手，说："上帝啊，帮帮我。"

她听见威尔说："你们这些家伙，把萝卜放回车里去。快点儿，别磨蹭。"

她轻声说："谁去把他的嘴巴堵上，不然我就自己动手。"

艾克说："里迪克少爷，你的马怎样了？它能站起来吗？"他绕过车去看那匹马，把威尔的注意力从哈里身上转移开。萨尔想：谢谢你，聪明的艾克叔叔。

她转向安妮的丈夫吉米·曼，那顶三角帽的主人。"到木料场去，吉米。"她说，"叫他们赶快做个担架，用两三块宽木板拼起来就行，好让我们把哈里抬走。"

"我这就去。"吉米说。

威尔喊道："帮我把这匹马扶起来。"

但艾克说:"里迪克少爷,它再也站不起来了。"

威尔沉默片刻,道:"我想你可能是对的。"

"你为什么不去拿把枪来?"艾克说,"给这畜生来个痛快。"

"没错。"威尔说,但语气中透着犹豫。萨尔发现,别看威尔依然盛气凌人,其实他被眼前这一幕吓破了胆。

艾克说:"带了白兰地的话,就喝一口吧。"

"好主意。"

威尔喝酒的时候,艾克说:"那个可怜的小伙子腿压碎了,需要喝点儿酒,也许能减轻疼痛。"

威尔没有回答,但不一会儿,艾克便绕回车边,手里拿着一个银酒瓶。与此同时,威尔迅速朝反方向走去。

萨尔低声说:"干得好,艾克。"

艾克把威尔的酒瓶递给萨尔,萨尔把酒瓶凑到哈里唇边,让酒一滴滴流进他嘴里。哈里咳嗽了一下,咽了口唾沫,睁开眼睛。萨尔又给他倒了些,他急切地喝了下去。

艾克说:"让他多喝点儿。我们不知道亚历克需要做什么。"

萨尔一时没明白艾克是什么意思,然后她懂了——艾克认为哈里可能需要截肢。"哦,不要。"她说,"千万不要啊,上帝。"

"给他再喝点儿白兰地。"

酒让哈里的脸上恢复了些微血色。他用几不可闻的声音说:"好疼啊,萨尔,太疼了。"

"外科医生马上就来。"萨尔的大脑几乎一片空白,此时她只能说出这句话来。她对自己的无能为力深感绝望。

众人等待吉米·曼时,女人给孩子们喂了饭。萨尔从篮子里拿出苹果给基特。男人们开始捡起散落的萝卜,放回车里。这事迟早得做。

吉米·曼回来了,肩上扛着一扇摇摇欲坠的木门。他吃力地把木门卸到地上。因为扛着这个沉重的东西走了半英里[1],他已经累得上气不接下气。"这是给磨坊边上要建的新房子用的。"他说,"他们叮嘱我别弄坏了。"他将木门放在哈里身边。

现在哈里必须被抬到临时制作的担架上。这一动,他免不了会疼。萨尔跪在哈里的头边。艾克叔叔想上前帮忙,但萨尔挥手让他走开。她动作十分轻柔,别人都不可能像她这样小心。她在靠近哈里肩膀的地方抓住他的胳膊,慢慢转动他的上半身,把他移到门上。哈里没有反应。萨尔一点儿一点儿地拉着他,直到他的躯干躺在门上。但萨尔最后还是得挪动他的双腿。萨尔跨立在他身上,弯下腰,抓住他的臀部,一下子把他的腿转移到门上。

哈里第三次尖叫起来。

尖叫声渐渐减弱,变成了抽泣。

"我们把他抬起来。"萨尔说。她跪在门的一角,另外三个男人抓住门的另外三个角。"慢慢来,"她说,"让门保持水平。"他们抓住木门,慢慢抬起来,然后身子一闪,钻到门下,将门平稳地放在肩膀上。"准备好了吗?"萨尔说,"尽量保持步调一致。一,二,

---

[1] 1英里合1.6093千米。

三，走。"

他们穿过田地。萨尔回头瞥了一眼，只见基特神情迷茫不安，但还是紧跟着她，提着她的篮子。安妮的两个孩子跟在他们的父亲吉米后面，吉米扛着担架的左下角。

巴德福德是个大村子，有一千多个居民，萨尔的家离出发地一英里远。他们要慢慢走过很长一段路，但萨尔对这段路了如指掌，闭着眼睛也能走完。她在这里住了一辈子，她的父母就葬在圣马太教堂旁边的墓地里。除了巴德福德，她唯一去过的地方就是王桥，但她上次去那儿都是十年前了。同她小时候相比，巴德福德已大不一样。如今从村子一头走到另一头不再那么容易了。新观念改变了农业，路上遍布篱笆和树篱。扛着哈里的队伍必须绕过私人领地之间的大门，沿着弯弯曲曲的小路行进。

在别的地里干活儿的男人加入了他们的队伍，然后是从家里出来看热闹的女人，还有小孩和狗。所有人都跟在他们后面，叽叽喳喳地议论着可怜的哈里和他可怕的伤势。

一路上，萨尔的肩膀在哈里和门的重压下隐隐作痛。她回忆起五岁的时候——她那会儿还叫萨莉呢——自认为村外的世界无关紧要，只是个面目模糊、窄小逼仄的地方，就像她住的房子周围的花园一样。在她的想象中，整个世界只比巴德福德稍大一点儿。第一次被带到王桥时，她觉得那里的一切令人眼花缭乱：成千上万的人、拥挤的街道，市场货摊上摆满了食物、衣服和她从未听说过的东西——鹦鹉、地球仪、可以往上面写字的本子、银盘子。还有那座大教堂，高得难以置信，美得不可思议，里面寒冷而寂静，显然是上帝居住的地方。

那真是一次令人叹为观止的旅行，基特这会儿只比她那时大一点儿。她试图想象基特此刻在想什么。她猜，基特一直认为父亲是刀枪不入、不可战胜的——男孩通常是这样——而现在，他正在努力接受哈里身负重伤，无助地躺在担架上的事实。基特一定很害怕，很困惑吧，萨尔想。她要好好抚慰儿子才行。

终于，他们走到了能看到她家的地方。那是村里比较简陋的房子之一，是用枝条编成主构架，然后在外面涂上泥炭而建成的。窗户里有窗板，但没有玻璃。萨尔说："基特，跑到前面去开门。"她儿子照做了，然后他们把哈里抬了进去。人群留在外面，向里张望。

这座房子只有一个房间。房间里有两张床，一窄一宽，都是哈里用未涂漆的木板钉成的简易寝具。每张床上都铺着用稻草填充的帆布床垫。萨尔说："我们把他放在大床上吧。"他们小心翼翼地把仍躺在门板上的哈里放到床上。

三个男人和萨尔站直身子，揉了揉酸胀的手，伸了伸疼痛的腰。萨尔低头凝视哈里，他脸色苍白，一动不动，几乎没有呼吸。萨尔喃喃地说："主啊，千万别把他从我身边带走。"

基特站到母亲面前，抱住她，脸紧贴着她的肚子。自基特出生以来，萨尔的肚子就一直很柔软。她抚摸着基特的头，想说几句安慰儿子的话，但什么也说不出来。这种时候，任何真话都会令人心惊胆战。

她注意到那三个男人在打量她的家。她家一贫如洗，但他们也一样家徒四壁。因为他们都是雇农。萨尔的纺车放在房间中央，外形美观，雕刻精细，表面光滑发亮。这是她从母亲那里继承来的。纺车旁放着一小堆纺锭，纺锭上缠着已纺好的纱线，等着布商来取。萨尔用纺纱赚来的钱购买"奢侈品"：糖和茶，给基特喝的牛奶，每周两次的肉食。

"《圣经》！"吉米·曼惊呼。他发现了房里除纺车外唯一值钱的物件。那本厚重的大书放在桌子中央，上面的黄铜扣子因年代久远而生出绿锈，皮革封面也被许多脏手弄得污迹斑斑。

萨尔说："这是我父亲的。"

"你能读吗？"

"他教过我。"

他们一脸惊讶。她猜他们都近乎文盲——很可能只认识自己的名字，还有市场和酒馆的黑板上写的价格。

吉米说："我们要不要把哈里从门上移下来，放到床垫上？"

"那样他会更舒服。"萨尔说。

"我也会更开心——我还得把这扇门完好地送回木料场哩。"

萨尔走到床的另一侧，跪在泥地上。她伸出双臂，准备在哈里从门上滑下来时接住他。三个男人抓住门的另一边。"慢点儿，轻点儿。"萨尔说。他们抬起门边，门向萨尔那一侧倾斜，哈里往下滑了一英寸[1]，呻吟起来。"再抬高一点儿。"萨尔说。这次哈里滑到了门边。她把手伸到哈里身下。"再抬高一点儿，"她说，"把门拉开一两

---

[1] 1英寸合2.54厘米。

英寸。"哈里滑下来时,她慢慢地、轻轻地把手和前臂放到哈里身下支撑他,尽量让他保持不动。这种保护措施似乎起作用了,因为哈里没有发出声音。她忽然意识到,沉默乃不祥之兆。

他们最后把门拉得太猛了一点儿,哈里的断腿啪嗒一声落在床垫上。他又尖叫起来。萨尔认为这是一个可喜的迹象,表明他还活着。

安妮·曼带着外科医生亚历克来了。安妮做的第一件事就是检查她的孩子是否安然无恙。接着,她看了看哈里,什么也没说,但萨尔看得出来,她被哈里的惨状吓坏了。

亚历克·波洛克的穿着整洁干净,上身是燕尾服,下身是马裤,衣物虽然旧,但保养得很好。他没有接受过任何医学训练,只是从父亲那里学了些本事。他父亲曾从事同样的工作,并把锋利的刀具和其他工具传给了他,而这些就是成为外科医生所需的全部资格。

他进屋的时候提着一个带把手的小木箱。他把箱子放在壁炉旁的地面上,开始检查哈里的伤情。

萨尔仔细观察亚历克的脸,想寻找乐观或悲观的迹象,但从他的表情里什么也看不出来。

亚历克说:"哈里,你能听到我说话吗?你感觉怎么样?"

哈里没有回应。

亚历克看着那条被压碎的腿。腿下的床垫已经浸满鲜血。亚历克摸了摸从皮肤里伸出来的骨头。哈里发出一声痛苦的呼喊,但没有刚才的尖叫那么可怕。亚历克用手指戳了戳伤口,哈里又叫唤起来。然后,亚历克抓住哈里的脚踝,抬起他的腿,哈里再次厉声尖叫。

萨尔说:"情况很糟糕,对吗?"

亚历克看着她,犹豫片刻,然后简单地答道:"是的。"

"你能做什么?"

"断了的骨头我接不了。"他说,"有时是可能的——如果只有一根骨头断了,而且没有错位太严重,我可以把骨头一点点调整回正确的位置,用夹板固定起来,让骨头自行愈合。但膝盖的结构太复杂了,而且哈里的骨头伤得太严重。"

"所以……"

"最严重的危险是伤口受到污染,导致肌肉糜烂。这可能是致命的。解决办法就是截肢。"

"不行。"萨尔说,声音因绝望而颤抖,"不行,你不能锯掉他的腿。他遭受的痛苦已经太多了。"

"这也许能救他的命。"

"肯定还有别的办法。"

"我可以试着把伤口封起来。"他迟疑道,"但如果这个办法行不通,那就只能截肢了。"

"请试试看。"

"好吧。"亚历克弯下腰,打开木箱,说道,"萨尔,你能往火上加些木柴吗?我需要非常旺的火。"萨尔匆忙往排烟罩下面添柴火。

亚历克从箱子里取出一个陶碗和一个带塞子的罐子,对萨尔说:"你有没有白兰地?"

"没有。"萨尔说,然后她想起了威尔的酒瓶。她把酒瓶塞进裙子里带回来了。"不对,我有。"她说,然后把酒瓶抽了出来。

亚历克扬起眉毛。

"是威尔·里迪克的。"她解释道,"事故就是他惹出来的,那个该死的傻瓜。我真希望压碎的是他的膝盖。"

亚历克假装没听见萨尔对里迪克少爷的侮辱,道:"让哈里尽量多喝点儿。如果他醉得不省人事,那就更好了。"

她坐在哈里旁边,抬起他的头,把白兰地滴进他嘴里,亚历克则在加热碗里的油。酒瓶里的酒喝光的时候,碗里的油也开始冒泡了,这景象让萨尔不由得感到一阵恶心。

亚历克把一个又宽又浅的盘子塞到哈里膝下。三个雇农、安妮和她的两个孩子,还有脸色苍白的基特,他们满脸惊恐,与萨尔一起在旁边观看。

时机到来时,亚历克迅速且动作精确地采取了行动。他用钳子从火上拿起碗,把沸腾的液体倒在哈里的膝盖上。

哈里发出无比凄厉的尖叫,然后昏死过去。

所有孩子都哭了。

房间里弥漫着一股令人作呕的人肉烧焦的味道。

油积聚在哈里腿下的浅盘里,亚历克摇晃着盘子,让热油烫到膝盖下部,以确保伤口全被密封起来。然后他拿开盘子,把油倒回罐子里,塞上塞子。

"我要把账单寄给里迪克老爷。"他对萨尔说。

"但愿他能付你钱,"萨尔说,"我付不起钱。"

"他应该付钱给我。里迪克老爷对他的雇农负有责任,但没有法律规定他必须这样做。不管怎样,这是我和他之间的事,你不用担心。哈里可能不想吃东西,但如果可以的话,试着让他喝点儿东西。茶是最好的,艾尔啤酒也行,或者清水。还要注意保暖。"他开始把东西装进箱子。

萨尔说:"还有什么我能做的吗?"

亚历克耸耸肩:"为他祈祷吧。"

第二章

阿莫斯·巴罗菲尔德一靠近巴德福德就意识到有些不对劲。

有人在地里干活儿，但没有他想象的那么多。通往村子的路上空无一人，只有一辆空的四轮车。他甚至连一条狗都没看到。

阿莫斯是一个布商，或者说"发包者"。确切地说，他的父亲是布商，但奥巴代亚五十岁了，常常喘不上气，只好由阿莫斯牵着一队驮马在乡间穿梭，走访各家各户。马驮着一袋袋生羊毛，也就是剪下来未经加工的羊毛。

把羊毛纺成布的工作主要是由村民在家里完成的。首先必须将缠在一起的羊毛理顺并去除杂质，这被称为"粗梳"或"梳理"。然后，要将羊毛纺成长长的纱线，缠绕在纺锭上。最后，将这些纱线在织机上织成一码宽的布条。纺织业是英格兰西部的主要产业，而王桥位于这块区域的中心。

在阿莫斯的想象中，亚当和夏娃吃了智慧树的果子后，一定分工协作，承担了纺织这一工作的各个环节，不然也做不出衣服来遮掩裸体。不过,《圣经》没有提到粗梳和纺纱,更没有解释亚当是如何制造织机的。

到达农舍后,阿莫斯发现并非所有人都消失了。雇农被什么事吸引走了,但布业工人都在家。他们的工钱是根据生产量来计算的,他们不容易从工作中分心。

他首先去了一个名叫米克·西布鲁克的粗梳工的家。米克右手拿着一把带铁齿的大刷子,左手拿着一块同样大小的平切木。两者之间押着一团生羊毛,他不知疲倦地梳着羊毛,动作稳定而有力。将那团混有泥土和杂草的肮脏卷曲的羊毛梳成一束干净笔直的纤维后,他会将纤维捻成一根松散的绳子,这就叫"粗纱"。

见到阿莫斯,米克劈头就问:"你听说哈里·克利瑟罗的事了吗?"

"没有,"阿莫斯说,"我刚到这里,头一个就来你家了。哈里怎么了?"

"他的腿被一辆失控的马车压碎了。他们说他再也不能工作了。"

"太可怕了。到底出了什么事?"

"说法不一。威尔·里迪克说哈里在自吹自擂,试图证明自己可以单独推动一辆满载的四轮车。但艾克·克利瑟罗说威尔才是罪魁祸首,因为他让马车超载了。"

"萨尔会心碎的。"阿莫斯认识克利瑟罗一家。他觉得他们的婚姻是爱情的结合。哈里是个硬汉,但他愿意为萨尔做任何事。萨尔对哈里呼来唤去,但她很喜欢哈里。"我现在就去看看他们。"

他向米克支付了工钱,给了他一批新羊毛,并拿走了一袋刚做好的粗纱。

他很快就发现失踪的村民去了哪里。克利瑟罗家周围聚集了一群人。

萨尔是一个纺纱工。与米克不同,她无法做到一天工作十二小时,因为她要履行许多其他的职责:为哈里和基特做衣服,在他们的菜园里种蔬菜,购买和烹饪食物,洗衣服和打扫卫生,以及其他各种家务。阿莫斯希望她有更多的时间纺纱,因为当下纱线短缺。

大家为阿莫斯让开一条路。他在这里很有名,因为他给许多村民提供了一份替代低薪农业劳动的工作。几个男人热情地跟他打招呼,其中一个说:"外科医生刚走,巴罗菲尔德先生。"

阿莫斯走了进去。哈里躺在床上,脸色苍白,一动不动,双眼紧闭,呼吸微弱。床边站着几个人。眼睛适应了室内的昏暗环境之后,阿莫斯认出了其中的大多数人。

他问萨尔:"发生了什么事?"

萨尔五官扭曲,脸上写满痛苦和茫然:"威尔·里迪克让马车超载,车失控了。大家试图拦下车,结果车压断了哈里的腿。"

"亚历克·波洛克怎么说?"

"他想锯掉哈里的腿,但我让他先淋上热油试试。"萨尔看着那个躺在床上昏迷不醒的男人,哀伤地说,"老实说,我觉得这两种疗法都帮不到他。"

"可怜的哈里。"阿莫斯说。

"我想,他可能要准备渡过约旦河[1]了。"萨尔声音嘶哑,然后她抽泣起来。

阿莫斯听到一个孩子的声音,认出是基特。基特六神无主地说:"别哭,妈妈!"

萨尔的抽泣声渐渐停下,她把手放在男孩的肩膀上,紧紧抓住:"好的,基特,我不哭了。"

阿莫斯不知道该说什么。这户贫苦人家阴沉的房子里,正在上演一幕可怕的家庭悲剧。一时间,他竟想不出该如何出言抚慰。

最后,他只能从世俗的角度挤出一句话:"这个星期我就不麻烦你纺纱了。"

"哦,你一定要让我纺纱。"萨尔说,"我现在比以往任何时候都需要这份工作。眼下哈里干不了活儿了,我真的很需要纺纱赚钱。"

在场的一个男人开口了,阿莫斯认出他是艾克·克利瑟罗。艾克说:"里迪克老爷应该照顾你们。"

吉米·曼说:"他应该,但并不意味着他会这么做。"

许多乡绅都认为,自己有责任照顾他们的雇农留下的孤儿寡妇,但也不尽然。何况里迪克老爷是个寡情少义的人。

萨尔指着纺车旁边的一堆纺锭:"上个星期的纱我差不多纺完了。你今晚要在巴德福德过夜吧?"

"是的。"

---

[1] 在《圣经》中,约旦河是以色列"应许之地"的边界。它被视为今生和来世之间的边界,所以"渡过约旦河"就是死亡的委婉说法。

"剩下的我连夜纺。你走之前,我会把所有纱线都交给你。"

阿莫斯知道,如果有必要,萨尔会通宵工作。

"你说真的?"

"千真万确。"

"好吧。"阿莫斯走到外面,从领头那匹马的背上解下一个麻袋。理论上一个纺纱工一天可以加工一磅[1]羊毛,但很少有人整天都在纺纱:大多数人都跟萨尔一样,纺纱之外还要干别的活儿。

他把麻袋拎进屋,放在纺车旁,然后又瞅了哈里一眼。那个受伤的男人一动不动,看起来快要死了。但阿莫斯从没见过快死的人是什么样的,所以他也说不准。他告诉自己不要胡思乱想。

他离开了萨尔家。

离萨尔家不远处有座房子,他朝那里走去。那里曾是马厩,后来被罗杰·里迪克——里迪克老爷的第三个也是最小的儿子——改成了作坊。阿莫斯和罗杰同龄,都是十九岁,在王桥文法学校一起上过学。罗杰热爱学习,对运动、喝酒和女孩子都不感兴趣。他一直饱受欺凌,直到阿莫斯挺身而出,施以援手。从那之后,他们就成了朋友。

阿莫斯敲敲门,走了进去。罗杰给这座建筑安装了大窗户,一张工作台靠在一扇窗户边,以便采光。工具挂在壁钩上,工作台上摆放着大大小小的盒子、罐子,里面装着盘绕的金属线、小块的各种金属、钉子、螺丝和胶水。罗杰喜欢制造精巧的玩具:会一边吱吱叫,

---

[1] 1 磅合 0.4536 千克。

一边摆动尾巴的老鼠、在棺材盖打开时死者会坐起来的棺材。他还发明了一种机器,可以深入管道好几码疏通堵塞,甚至弯道处也能疏通。

罗杰对阿莫斯报以灿烂的笑容,放下手中的凿子。"来得正好!"他说,"我正要回家吃午餐。你会和我们一起吃吧?"

"求之不得。谢谢。"

罗杰长着金黄色的头发和粉红色的皮肤,同他黑头发的父亲、兄弟迥然不同。阿莫斯猜他长得一定像他几年前去世的母亲。

他们离开了作坊,罗杰锁上门。阿莫斯牵着他的马队,同罗杰一道向庄园宅邸走去,边走边谈论哈里·克利瑟罗。"这次事故是我那愚蠢顽固的哥哥威尔引起的。"罗杰坦率地说。

罗杰如今在牛津大学的王桥学院念书,这所学院是由中世纪的王桥修士建立的。他几个星期前开始上课,这是他第一次回家。阿莫斯本来也想上大学,但他父亲坚持要他从商。他想,也许几代人之后,情况会有所改变——也许他会有一个去牛津念大学的儿子。"大学是什么样的?"他问。

"非常有趣,"罗杰说,"非常好玩。不幸的是,我玩牌输了些钱。"

阿莫斯笑了:"我说的其实是学习方面。"

"哦!那个呀,也不错,还没遇到什么困难。我对神学和修辞学不感兴趣。我喜欢数学,但数学教授痴迷于天文学。我应该去剑桥——据说那里的数学更好。"

"我会记住这一点的,等我儿子上大学的时候用得着。"

"你想结婚了?"

"一直在想呢,但这事急不得。我现在一文不名,而且父亲在我学徒期结束前什么也不会给我。"

"没关系。这样你反倒有时间多找几个姑娘了。"

滥交可不是阿莫斯的风格。他改变了话题:"可以的话,我想在你家借宿一晚。"

"当然可以。我父亲见到你会很高兴的。他对自己的儿子厌烦透了,但他喜欢你,尽管他认为你的观点很激进。他喜欢和你争论。"

"我不是激进分子。"

"的确不是。父亲应该见见我在牛津大学认识的那些人。他们的观点可能会让他惊掉下巴。"

阿莫斯大笑:"我能想象。"想到罗杰的生活——不仅能上学读书,还能与一群聪明的年轻人争长论短——阿莫斯好不嫉妒。

庄园宅邸是一座詹姆士一世时代[1]风格的精美红色建筑,有许多铅玻璃小窗。他们把阿莫斯的马牵到马厩喝水,然后走进大厅。

这地方一点儿也不干净,因为住这里的主子都是男人。房里弥漫着一股农家宅院的气味,阿莫斯瞥见一只挣扎着钻入门下的老鼠的尾巴。他们是第一批进入餐厅的人。壁炉上方挂着一幅里迪克老爷亡妻的肖像,因年代久远而暗淡无光,布满灰尘,仿佛没有人会费心去

---

[1] 即1603年至1625年。

看它。

里迪克老爷走了进来。他身材高大，满脸红光，大腹便便，虽然年逾五十，但依然精力充沛。"星期六在王桥有一场拳击赛，"他兴致勃勃地说，"布里斯托尔[1]野兽要和所有挑战者一决高下。挑战者若能保持站立不倒十五分钟，就能得到一几尼[2]金币。"

罗杰说："您会玩得很开心的。"他的家人喜欢运动，最中意拳击和赛马，尤其是可以下注赌输赢的比赛。"我更喜欢赌牌，"罗杰说，"我喜欢计算概率。"

老二乔治·里迪克也进来了。他比一般人魁梧，黑头发，黑眼睛，长得像他父亲，只是头发从中间分开。

最后，威尔到了。仆役长紧随其后，端着一大锅热气腾腾的汤，那香味使阿莫斯垂涎欲滴。

餐具柜上放着一只火腿、一块奶酪和一条面包。他们自己拿了些，仆役长把波尔图葡萄酒倒进他们的酒杯。

阿莫斯总是会礼貌地同仆人打招呼，这次也不例外。他对仆役长说："嘿，普拉茨，你好吗？"

"我很好，巴罗菲尔德先生。"普拉茨没好气地说。并不是所有的仆人都能对阿莫斯报以友善的回应。

---

[1] 英国英格兰西南部港口城市。
[2] 英国旧制金币，1几尼合21先令。

威尔拿起一片厚厚的火腿,说:"郡治安长官[1]已经在征召夏陵民兵队了。"

民兵队是地方防御部队。被征召的人是通过抽签选出的,阿莫斯至今都没被选中过。在他的记忆中,除了一年训练六周,民兵队一直无事可做。至于那些训练,无非是在王桥以北的山丘上露营,行军,组成方阵,以及学习如何装弹开枪。现在,这种状况似乎要改变了。

里迪克老爷说:"我也听到了同样的消息。但征兵的不仅是夏陵,有十个郡都动员起来了。"

这是一个令人震惊的消息。如此兴师动众,政府究竟在准备应对怎样的危机?

威尔说:"我是中尉,必须去帮忙组织征兵。我很可能得在王桥住一段时间。"

虽然到目前为止,阿莫斯还没被征召过,但难保下次也能躲过。他不知道那是福是祸。他不想当兵,但扛枪打仗可能比给父亲当牛做马要好。

里迪克老爷说:"谁是指挥官?我忘了。"

威尔说:"亨利·诺斯伍德上校。"

诺斯伍德子爵亨利是夏陵伯爵的儿子。领导民兵队是伯爵继承人的传统职责。

---

[1] 英国各郡的最高军事长官,由国王任命,其职责是对内镇压叛乱,对外抵御入侵,因此他们有权召集和训练地方武装部队。

里迪克老爷说："皮特[1]首相显然认为形势严峻。"

他们心事重重地默默用餐。过了一会儿，罗杰推开盘子，若有所思地说："民兵队有两个职责：第一，保卫国家免受侵略；第二，镇压暴乱。我们可能会和法国开战——我对此并不惊讶——但即便开战，法国也需要几个月的时间来准备入侵，我们可以好整以暇地召集民兵队。所以我认为，原因不在于此。这就意味着，政府一定是在准备应对暴乱。但为什么呢？"

"你知道为什么。"威尔说，"美国人推翻国王的统治，建立了共和国，这才过去不到十年[2]；巴黎暴徒攻占巴士底狱也只是三年前的事。而那个法国魔鬼布里索[3]说过：'在整个欧洲陷入战火之前，我们都无法平静下来。'革命正在像瘟疫一样蔓延。"

"我认为没有必要恐慌。"罗杰说，"革命者到底做了什么？给予新教徒平等地位，诸如此类。乔治，作为新教牧师，你肯定会承认他们这方面的功绩吧？"

乔治是巴德福德的教区长。"只怕他们的革命闹不长久。"他闷闷不乐地说。

罗杰继续道："他们废除了封建制度，拿走了国王不经审判就把人扔进巴士底狱的权力，还建立了君主立宪制——这正是英国的制度。"

---

[1] 小皮特（1759—1806），英国首相（1783—1801，1804—1806）。托利党领袖。老皮特之子。

[2] 指1783年美国在独立战争中胜利，而不是1776年美国建国。——编者注

[3] 雅克·皮埃尔·布里索（1754—1793），法国大革命时期吉伦特派领袖。

罗杰所说的一切都是真的，但阿莫斯仍然认为他错了。据阿莫斯所知，在革命进行得如火如荼的法国没有真正的自由：没有言论自由，没有宗教自由。事实上，英国要开放得多。

威尔指着罗杰，怒不可遏地说："那法国的9月大屠杀呢？革命者杀害了成千上万的人。没有证据，没有陪审团，没有审判。'我认为你是个反革命，你也是。'砰，砰，两个都死了。有些受害者甚至是孩子！"

"我承认，这是一场悲剧，"罗杰说，"玷污了法国的声誉。但我们真的认为同样的事情会在这里发生吗？我们的革命者不会冲进监狱，他们只会写小册子，给报社寄信。"

"革命就是这样开始的！"威尔啜了一口酒。

乔治说："那只能怪卫理公会[1]教徒。"

罗杰哑然失笑："他们把断头台藏在哪儿？"

乔治没有理会罗杰的讥讽，说："卫理公会教徒在主日学校[2]教穷孩子读书，然后他们长大了，读了托马斯·潘恩[3]的书，变得愤世嫉俗，于是加入不满分子俱乐部。接下来，他们当然会发动暴乱。"

里迪克老爷转向阿莫斯："你今天很安静嘛。放在平时，你肯定会为新思想大声辩护的。"

---

[1] 基督教新教卫斯理宗教会之一。
[2] 基督教新教仿照学校方式在星期日开设的儿童宗教班。
[3] 托马斯·潘恩（1737—1809），美国政论家，资产阶级民主主义者。生于英国，1774年移居北美。1776年发表《常识》小册子，号召殖民地人民反抗英国统治，并参加独立战争。

"我并不了解什么新思想。"阿莫斯说,"我只是发现听别人的意见是有好处的,即使是那些未受教育、心胸狭窄的人的意见。如果他们知道你关心他们的想法,他们就会更好地工作。所以,如果有英国人认为议会应该改革,我们就应该听听他们有什么话要说。"

"说得非常好。"罗杰说。

"不过,我还有工作要做。"阿莫斯站起身,"老爷,我再一次感谢您的盛情款待。我现在得继续走访农户了。但如果您允许的话,我晚上会回来过夜。"

"没问题,没问题。"里迪克老爷说。

阿莫斯出去了。

那天剩下的时间,他都在走访接了他分派的工作的农户,收集他们纺好的纱线,付钱给他们,并给他们新的材料去加工。然后,太阳落山时,他回到了克利瑟罗家。

他远远地就听到了音乐声,有四五十个人在高声歌唱。克利瑟罗夫妇和阿莫斯一样,是卫理公会教徒,而卫理公会教徒在做礼拜时不使用乐器;为了弥补乐器的缺失,他们会在歌唱时努力保持节奏,而且经常采用四声部和声。这首赞美诗名叫《神圣之爱,远超众爱》,是卫理公会的创始人约翰·卫斯理的弟弟查尔斯·卫斯理创作的脍炙人口的作品。阿莫斯加快脚步。他喜欢无伴奏的纯人声歌唱,渴望立刻加入其中。

巴德福德有一个活跃的卫理公会教徒团体,王桥也有。目前,卫理公会只是圣公会[1]内部倡导改革的派别,而且运动的主要领导者也是圣公会牧师。有人说,卫理公会早晚都会脱离圣公会,但大多数卫理公会教徒仍然在圣公会教堂参加圣餐仪式。

阿莫斯走到近处,看见一群人围着萨尔和哈里的小屋。有几个人举着火把照明,熊熊火光下人影幢幢,如同邪恶的幽灵在跳舞。巴德福德的卫理公会教徒的非官方领袖是布赖恩·派克斯塔夫,一个拥有三十英亩土地的自耕农。由于他拥有自己的土地,里迪克老爷无法阻止他在自己的谷仓里举行卫理公会聚会。他如果是佃农,多半就会被赶出村子。

赞美诗唱完后,派克斯塔夫谈到了哈里、萨尔和基特之间的爱。他说这是真爱,对普通人来说,这种爱最接近大家刚才所唱的"神圣之爱"。人们哭泣起来。

布赖恩讲完,吉米·曼摘下三角帽,拿在手里,开始即兴祈祷。这是卫理公会的常规礼仪。教徒会在心有所感、不吐不快时即兴祈祷,或者提议唱赞美诗。理论上,教徒在上帝面前都是平等的,尽管实际上很少有女人说话。

吉米祈求上帝让哈里好起来,这样他就可以继续照顾自己的家人。但祈祷被粗暴地打断了。乔治·里迪克闯了进来,手里提着灯笼,胸前挂着十字架。他穿着全套牧师服装:教袍、灯笼袖长袍,还有棱角分明的方形坎特伯雷帽。"这太离谱了!"他喊道。

---

[1] 基督教新教主要宗派安立甘宗的教会,即英国教会,以英王为最高元首。

第一部分　纺纱机

吉米暂停祈祷，睁开眼睛，又闭上，继续道："哦，上帝啊，我们的天父，请聆听我们今晚的祈祷，我们请求——"

"够了！"乔治大吼一声，吉米被迫停下。

布赖恩·派克斯塔夫用友好的语气说："晚上好，里迪克教区长。您愿意和我们一起祈祷吗？我们在请求上帝医治我们的兄弟哈里·克利瑟罗。"

乔治气呼呼地说："应该是牧师召集会众祈祷，而不是相反！"

布赖恩说："但您没有召集我们，对吧，教区长？"

乔治一下子愣住了。

布赖恩说："您没有召集我们为哈里祈祷，而现在，就在我们说话的当口，他正站在那条黑暗的大河边，等待上帝决定是否让他今晚过河，前往上帝身边。教区长，如果您召集了我们，我们会很乐意去圣马太教堂和您一起祈祷。但您没有，所以我们只好来这里祈祷。"

"你们是无知的村民，"乔治暴跳如雷，"所以上帝才派了一个牧师来管你们。"

"无知？"一个女人的声音响起，阿莫斯听出是为他工作的纺纱工安妮·曼。"我们不会无知到让装萝卜的四轮车超载。"她说。

众人纷纷高声附和，甚至有人笑出了声。

乔治说："上帝让你们服从更有见识的人。你们的责任是服从权威，而不是反抗权威。"

短暂的沉默之后，每个人都听到了屋里传来的粗重痛苦的呻吟声。

阿莫斯来到门口，朝屋内迈了一步。

萨尔和基特跪在床离门较远的那一侧，双手十指交握，正在祈祷。外科医生亚历克·波洛克站在床头，握着哈里的手腕。

哈里又呻吟了一声，亚历克说："他要走了，萨尔。他要离开我们了。"

"哦，上帝啊。"萨尔呜咽起来。基特放声大哭。

阿莫斯静静地站在门口，注视着这幕人间悲剧。

不一会儿，亚历克说："他走了，萨尔。"

萨尔搂住基特，悲泣不止。

亚历克说："他的痛苦终于结束了。他现在和我主耶稣在一起了。"

阿莫斯说："阿门。"

第三章

在主教府的庭园里,阿拉贝拉·拉蒂默建造了一座玫瑰园。根据王桥的传说,曾有修士在这里种植豆子和卷心菜。

她的家人都很惊讶。她从未表现出对种植任何东西的兴趣。她的职责就是服侍主教丈夫:管理丈夫的家务,为高级神职人员和郡里的其他大人物举办晚宴,穿着昂贵而体面的服装出现在丈夫身边。然而有一天,她突然宣布要种玫瑰。

种玫瑰这一新想法令不少时髦女士趋之若鹜。准确地说,种玫瑰并没有引发全民狂热,但已经蔚然成风。阿拉贝拉在《淑女杂志》上读到相关文章,立刻就被迷住了。

她的独生女埃尔茜没料到母亲竟然乐此不疲。她本以为母亲很快就会腻烦——毕竟,种玫瑰需要弯腰、锄草、浇水、施肥,而且指甲缝里的泥土永远无法完全清理干净。

主教斯蒂芬·拉蒂默咕哝道:"热乎劲过几天就没了,你们记住我的话。"然后他接着去读《严肃评论》杂志去了。

他们俩都错了。

早上八点半,埃尔茜出去找母亲,却发现母亲在花园里,正同园丁一起把马厩里的粪便堆在植物根部,湿漉漉的雨夹雪飘飘洒洒地落在他们头上。阿拉贝拉看见埃尔茜,扭头说:"我在保护它们不受霜冻。"然后她继续埋头干活儿。

埃尔茜被逗乐了。要知道,母亲很可能在这天之前都没拿过铲子。

她环顾四周。现在是冬天,玫瑰都变成了光秃秃的枯枝,但整个花园的轮廓依然清晰。花园入口是一道用柳条编织的拱门,夏天门上会爬满玫瑰。通过拱门,是一片方形的低矮玫瑰丛,到了时节,它们会迸发出火焰般的色彩。玫瑰丛后面,在一段残破的墙壁上固定着一个棚架。这是过去的修士建造的,也许是为了给菜园遮风挡雨。在炎热的日子里,棚架上的藤蔓会像野草一样疯长,开出的花朵鲜艳夺目,仿佛天使不小心从上界洒落了颜料。

埃尔茜早就觉得母亲的生活空虚惨淡,但她希望母亲能从事一项比园艺更有意义的事业。然而,埃尔茜是理想主义者,也是知识分子,而阿拉贝拉两者都不是。"凡事都有定期,"父亲会引用《传道书》说,"天下万务都有定时。[1]"玫瑰给阿拉贝拉的生活带来了欢乐。

天气很冷,埃尔茜有重要的事情要说。"您要在这儿待很久吗?"埃尔茜问。

"就快干完了。"

---

[1] 出自《旧约全书》中的《传道书》第三章第一节。

阿拉贝拉比丈夫年轻得多，只有三十八岁，风韵犹存。她身材高挑，曲线玲珑，浅棕色的头发带着一丝赤褐色。她的鼻子上长着雀斑，这在常人看来是瑕疵，但不知怎的，在她脸上却显得尤为迷人。埃尔茜在外貌和性格上都和她母亲不同——她有一头黑发和一双淡褐色的眼睛——但人们说她的笑容很美。

阿拉贝拉把铲子递给园丁，两个女人匆匆走进屋子。阿拉贝拉脱下靴子和斗篷，埃尔茜用毛巾轻拍她潮湿的头发。埃尔茜说："今天早上我要去问父亲主日学校的事。"

这是她的大计划。她对自家市镇对待孩子的方式深感震惊。他们通常七岁就开始工作，周一到周五每天工作十四小时，周六工作十二小时。大多数人没受过教育，只能读写几个字。他们需要一所主日学校。

这一切她父亲都一清二楚，但似乎并没放在心上。现在，她有了一个说服父亲的计划。

她母亲说："我希望你父亲心情不错。"

"您会支持我的，对吧？"

"当然。我认为这是一个宏伟的计划。"

埃尔茜想要的是明确的支持，而不是含糊的称许。她说："我知道您有疑虑，但是——请别介意我这么说——您能不要说出来吗，就今天？"

"当然可以，亲爱的。我不是不懂分寸的人，你知道的。"

这一点埃尔茜可不敢苟同，但她没有说出来，只说："父亲会提出反对意见,但我会应对的。我只希望您不时轻声表达一下支持,说些'很对''好主意'之类的话。"

阿拉贝拉似乎对女儿的坚持感到好笑,尽管也有点儿恼怒:"亲爱的,我明白了,别担心。你就像一个演员,不需要深刻的批评,只需要鼓掌的观众。"

母亲语带讥讽,但埃尔茜假装没听出来。"谢谢您。"她说。

母女二人走进餐厅。府中仆役按等级顺序在房间一侧列队:首先是男人——仆役长、马夫、男仆、擦鞋童;然后是女人——管家、厨娘、两个女仆和厨房杂役。餐桌上摆着带有花卉图案的时髦瓷器,这种风格人称"中国风"。

主教座位旁放着一份两天前的《泰晤士报》。从伦敦乘马车走收费公路到布里斯托尔需要一天,再走乡村小路到王桥又要一天——这条小路下雨的时候泥泞不堪,不下雨的时候又遍布车辙,颠簸不已。在主教这种年纪的人看来,这样的速度简直不可思议。他们还记得,此前走完这段旅程怎么都得花一个星期。

主教也走进餐厅。埃尔茜和阿拉贝拉把椅子往后挪开,跪在地毯上,双肘支撑着座位,双手十指交握。茶壶咝咝作响,主教虔诚而迅速地做完祷告,迫不及待地要吃培根。主教一家念完最后一句"阿门",仆人纷纷回去工作,食物很快就从厨房端了出来。

埃尔茜吃了些涂黄油的烤面包,喝了口茶,等待着合适的时机。她感到很紧张。她非常想开办主日学校。这么多王桥的孩子目不识丁,蒙昧无知,这让她非常痛心。父亲吃饭时,她小心翼翼地观察他，估量他的心情。他五十五岁，头发花白且日渐稀疏。埃尔茜还记得，父亲曾经气宇轩昂，高大魁梧，肩膀宽阔。但他太爱吃了，现在他肥头大耳，脸圆腰粗，而且弯腰驼背。

主教心满意足地吃下烤面包，喝完茶。在他打开《泰晤士报》之前，女仆梅森端着一壶鲜牛奶进来了，埃尔茜也在这时展开了行动。她冲梅森微微点头。这是事先安排好的信号，梅森知道该怎么做。

"我有件事想问您，父亲。"埃尔茜说。如果对父亲有所请求，那就最好假装请教他，这一招屡试不爽——主教喜欢解释，但不喜欢别人告诉他该怎么做。

他和蔼地笑了笑："说吧。"

"我们市镇在教育界享有盛誉。大教堂的图书馆吸引了西欧各地的学者。王桥文法学校全国闻名。当然，还有牛津大学的王桥学院，您自己就在那里学习过。"

"非常正确，亲爱的，但这一切我都知道。"

"可我们的教育还是很失败。"

"当然不是。"

埃尔茜迟疑不决，但最终下定了决心。她心脏怦怦狂跳，大喊道："进来吧，梅森！"

梅森牵着一个十岁或十一岁的脏兮兮的小男孩走了进来。男孩身上散发着一股难闻的气味。令人惊讶的是，他似乎并没有被周围的环境吓到。

埃尔茜对父亲说："我想让您见见吉米·帕斯菲尔德。"

男孩说话时语气傲慢，堪比公爵，说出来的话却不合语法："有人答应我芥末香肠，可我没见哩。"

主教问："这到底是怎么回事？"

埃尔茜祈祷父亲不要大动肝火，说："父亲，请安心听一两分钟。"不待父亲同意，埃尔茜就转向孩子，问道："吉米，你识字吗？"她屏住呼吸，不确定那孩子会说什么。

"我不需要识字。"他挑衅似的说，"我什么都知道。我可以告诉你一周中每天驿车经过王桥的时间，不用去看钉在贝尔客栈的那张纸片。"

主教不满地哼了一声，但埃尔茜未予理睬，问出了关键问题："你知道耶稣基督吗？"

"我谁都认识，但王桥没有叫这个名字的。我向你发誓。"他拍拍手，朝火里啐了一口唾沫。

正如埃尔茜所料，主教惊得哑口无言。

吉米补充道："有个驳船船工会不时从库姆开船过来，他叫贾森·克莱尔。"男孩对埃尔茜晃了晃手指，以示告诫："我敢打赌，你把他的名字搞错了。[1]"

埃尔茜继续问道："你去教堂吗？"

"我去过一次，但他们不给我酒喝，我就走了。"

"难道你不想让自己的罪过得到赦免吗？"

---

[1] "贾森·克莱尔"（Jason Cryer）与"耶稣基督"（Jesus Christ）在英文中发音近似。

吉米愤愤不平地说："我从没犯过罪，从来没有。威尔街的安德鲁斯太太的小猪被人偷走了，但那跟我没有任何关系，我甚至都不在场。"

主教说："够了，够了，埃尔茜，你已经清楚地表达了自己的观点。梅森，把这孩子带下去。"

埃尔茜补充了一句："还要给他香肠。"

"要加芥末的。"吉米说。

"要加芥末的。"埃尔茜重复道。

梅森和吉米退了下去。

阿拉贝拉拊掌大笑："这小鬼可真勇敢，谁也不怕！"

埃尔茜严肃地说："他并非特例，父亲。王桥有一半的孩子都是这样。他们从来没有进过学校。如果他们的父母不让他们去教堂，他们就永远不会了解基督教。"

主教显然惊诧不已。他问："你觉得我能做点儿什么吗？"

她前面铺垫这么多，就是为了让父亲说出这句话。"市里有人正在讨论开办一所主日学校。"事实并非如此。开办学校是埃尔茜的主意，虽然有几个人赞成，但如果没有她，这想法多半无法实现。埃尔茜不想让父亲觉得这个提议可以被轻易否决。

主教说："但我们已经有给儿童开办的学校了。鱼巷的贝恩斯太太教授的基督教教义就无可指摘。不过，我对情人地的学校表示怀疑，卫理公会教徒会把儿子送去那里学习。"

"那些学校当然是收费的。"

"不然学校怎么经营呢?"

"我说的是周日下午为贫困儿童开办的免费学校。"

"我明白了。"埃尔茜看得出来,父亲在想反对的理由。"学校在哪里开办呢?"

"也许是羊毛交易所吧。那地方星期天从来不用。"

"你认为市长会允许穷人的孩子使用羊毛交易所吗?他们中有一半人会随地大小便。哎呀,哪怕在大教堂里我也见过……不过,咱们先别管这个。"

"我相信孩子是可以管住的。但就算不能使用羊毛交易所,我们也有其他地方可供选择。"

"那谁来教呢?"

"已经有几个人主动提出愿意当老师了,包括阿莫斯·巴罗菲尔德,他念过文法学校。"

阿拉贝拉嘀咕道:"我就知道,这事阿莫斯准会掺和进来。"

埃尔茜一下子脸红了,但她假装没听见。

主教没有理会阿拉贝拉的话,也没有注意到埃尔茜的尴尬。他说:"小巴罗菲尔德应该是卫理公会教徒吧。"

"米德温特法政牧师[1]会为学校背书。"

"虽然他是大教堂的法政牧师,但他也是卫理公会教徒。"

"他们让我来负责,而我不是卫理公会教徒。"

---

[1] 法政牧师是英国圣公会主教座堂的教会官员,负责指导宗教仪式的举行,由国王或主教任命。教会法规定,每个主教座堂必须有至少两个驻堂法政牧师专门从事教堂礼拜仪式指导。

"负责！你还太年轻了。"

"我二十岁了，受过良好的教育，可以教孩子读书。"

"我不喜欢这个主意。"主教斩钉截铁地说。

父亲的坚决语气令埃尔茜有点儿沮丧，但她并不吃惊。她早就料到父亲不会赞成，所以准备了说服他的计划。但她这会儿只是说："这个主意到底哪里不讨您喜欢？"

"听我说，亲爱的，让劳动阶级学习读书写字是有害的。"主教说，他变成了一位循循善诱的父亲，一位给满脑子乌托邦思想的年轻人传授智慧的老者，"书籍和报纸向他们灌输了他们一知半解的思想，让他们对上帝为他们安排的社会地位感到不满。他们对平等和民主抱有不切实际的幻想。"

"但他们应该读一读《圣经》。"

"这样做更糟！他们会误解经文，指责圣公会的教义是错误的。他们会不再信奉圣公会，还会想建立自己的教堂，就像长老会教徒和公理会教徒一样，还有卫理公会教徒。"

"卫理公会教徒没有自己的教堂。"

"假以时日，必然会有。"

埃尔茜的父亲擅长唇枪舌剑：他在牛津大学学习过辩论。埃尔茜通常很喜欢挑战父亲，但主日学校的事太重要了，她不敢冒险同父亲争辩，以免在技术细节上被父亲驳倒。于是，她安排了第二个来访者，一个也许能说服父亲的人。她不得不同父亲继续对话，等待此人现身。她说："您不觉得读《圣经》能帮助劳动人民抵制假先知吗？"

"让他们乖乖听神职人员的话,这样效果好得多。"

"但他们不听,所以这是一个听上去完美却难以实行的建议。"

阿拉贝拉扑哧一笑。"你们两个,"她说,"你一句我一句的,听着就像是辉格党人和托利党人在辩论。我们不是在探讨法国大革命!只是一所主日学校,孩子坐在地板上,在石板上写自己的名字,唱《我们向锡安前进》[1]。"

女仆把头探进门来说:"主教大人,肖维勒先生来了。"

"肖维勒?"

"一个织布工,外号'铲子'[2]。他带了一段布给我和母亲看。"埃尔茜转向女仆,"把他领进来,梅森,给他倒杯茶。"

织布工的地位比主教的家人低好几级,但铲子魅力不凡,而且彬彬有礼——为了向上流社会推销产品,他自学了客厅礼仪。他抱着一匹布进来,乍看之下,颇有风采——他面容粗犷,头发蓬乱,笑容迷人,总是穿着用自己织造的布料做的衣服。

他鞠了一躬,说道:"主教大人,不好意思,打扰您用早餐了。"

埃尔茜看得出来,父亲不太高兴,但他假装不在乎,说:"进来吧,肖维勒先生,请进。"

"您真仁慈,主教大人。"铲子站在他们都能看到的地方,解开一段布,"这就是拉蒂默小姐渴望看到的东西。"

---

[1] 一首在教堂和主日学校吟唱的基督教赞美诗。"锡安"在《圣经》中经常被用作"天堂"或"上帝之城"的象征性名称。

[2] "肖维勒"的英文是Shoveller,意为"用铲子的人",其外号"铲子"(Spade)由此而来。

第一部分　纺纱机

埃尔茜对衣服不太感兴趣——就像母亲种的玫瑰一样，它们太轻浮了，无法引起她的注意——但就连她也暗中惊叹。这块布色彩华美艳丽，带着土红与暗芥末黄交错的格子图案，做工十分精细。铲子绕过桌子，把布拿到阿拉贝拉面前，动作十分谨慎，生怕碰到她。"不是每个人都能穿这种颜色的衣服，但穿在您身上简直就是绝配，拉蒂默太太。"他说。

阿拉贝拉站起来，对着壁炉上方的镜子照了照。"哦，没错。"她说，"这颜色很适合我。"

"这是蚕丝和美利奴羊毛[1]的混纺布。"铲子说，"手感非常柔软——您摸摸看。"阿拉贝拉依言摸了摸布。"既保暖又轻便，"铲子补充道，"非常适合做春装外套或披肩。"

也会很贵吧，埃尔茜想。但主教十分富有，而且他似乎从不介意阿拉贝拉花他的钱。

铲子站到阿拉贝拉身后，把布披在她肩上。阿拉贝拉把布拢在脖子周围，向右转了半圈，又向左转了半圈，从不同的角度观察自己。

梅森递给铲子一杯茶。他把那匹布放在椅子上，好让阿拉贝拉继续拿着布摆弄。然后他坐到桌边，喝起茶来。埃尔茜说："我们正在讨论为穷人的孩子开办免费主日学校的事。"

"很抱歉打断了你们的谈话。"

"没关系。我也想听听你的意见。"

---

[1] 美利奴羊是一种原产于西班牙的细毛绵羊。毛色洁白，有光泽，富有弹性，可制高级呢绒和针织品。

"我认为这是一个很好的想法。"

"我父亲担心学校会给孩子灌输卫理公会的思想。米德温特法政牧师将为学校背书,阿莫斯·巴罗菲尔德将协助教学。"

"主教大人英明。"铲子说。

他应该支持埃尔茜,而不是主教。

铲子接着说:"我自己是卫理公会教徒,但我认为孩子应该学习基本的道理,而不是被教义上的微妙问题所困扰。"

这一论证简单易懂,说到了点子上,但埃尔茜看得出父亲不为所动。

铲子继续道:"不过,如果你们学校的管理者都是卫理公会教徒,埃尔茜,圣公会就不得不开办自己的主日学校,以提供另一种选择。"

主教惊讶地闷哼了一声。他没料到这事竟扯到了圣公会身上。

铲子说:"如果主教大人能亲自给孩子讲《圣经》故事,市民肯定会喜出望外的。"

埃尔茜忍俊不禁。父亲的脸上满是恐惧。他讨厌给王桥穷人家那些脏兮兮的孩子讲《圣经》故事。

埃尔茜说:"但是,铲子,主日学校将由我负责。我可以保证,只给孩子讲授信仰的要义,就是圣公会和卫理公会改革者共同认可的部分。"

"哦!那样的话,我收回我刚才说的话。顺便一提,我觉得您会是一位很棒的老师。"

主教看上去如释重负。"好吧,如果你非要办主日学校,那就办吧。"他说,"我得去忙我的事了。再见,肖维勒先生。"说完,他离开了房间。

阿拉贝拉说:"埃尔茜,这出戏是你早就安排好的吧?"

"当然。谢谢你,铲子——你太好了。"

"很高兴能帮上忙。"铲子转向阿拉贝拉,"拉蒂默太太,如果您想要一件这种漂亮布料做的衣服,我姐姐很乐意为您缝制。"

铲子的姐姐凯特·肖维勒是一位技艺娴熟的女裁缝,和一个名叫丽贝卡·利德尔的女人在高街合作经营一家服装店。她们的衣服新潮时尚,店铺生意兴隆。

埃尔茜想报答铲子对她的帮助,便对母亲说:"您应该订一件外套,肯定会很漂亮的。"

"我正有此意。"阿拉贝拉说,"请告诉肖维勒小姐,我改天会去她店里看看。"

铲子深鞠一躬。"荣幸之至。"他说。

第四章

葬礼前的晚上，萨尔辗转难眠，时而为哈里的离世而悲伤，时而担忧地思考没有丈夫的工资自己的生活将何以为继。

哈里的尸体缠着裹尸布躺在冰冷的教堂里，她独自睡在床上，感觉床上空荡荡的。她不停地发抖。她上次独自入睡还是八年前嫁给哈里的前一晚。

基特躺在小床上，萨尔从儿子的呼吸中听出他睡着了。他至少能在睡眠中忘掉哀痛。

在苦乐参半的回忆和对未来的焦虑的折磨下，她迷迷糊糊，时睡时醒。后来，她看到窗板边缘透进了晨光，就起身下床，生起了火。她坐在纺车旁，直到基特醒来。然后她做了早餐——涂了肉油的面包，配一点儿茶水。很快她就要穷得买不起茶了。

葬礼安排在下午。基特的衬衫已经磨损破烂，无法修补。萨尔不想让儿子今天看起来不像样。她有一件哈里的旧衣服，可以改成适合这个男孩的尺寸，于是她坐下来裁剪缝纫。

就在快要缝完的时候,她听到了枪声。那应该是威尔·里迪克在风车田里射击山鹑的声音。他要为突然降临在萨尔身上的贫困负责。他应该有所补偿才对。萨尔怒不可遏,决定去与他对质。"待在这里,"她对基特说,"把地扫干净。"她走出门,来到空气冷冽的清晨户外。

威尔和他的白底黑斑赛特犬果然在田野里。萨尔从后面靠近他,此时一群鸟从附近的树林中飞出来。威尔紧跟着它们的飞行路径转动猎枪,开了两枪。他的枪法很准,两只鸟扑扇着翅膀落到地上。鸟是灰色的,翅膀上有条纹,差不多有鸽子那么大。一个人从树林里现身,头发平直无光,全身瘦骨伶仃,萨尔认出那是庄园宅邸的仆役长普拉茨。显然,他是在帮威尔把鸟吓出来。

那只狗跑到鸟掉落的地方,把一只鸟叼回来,然后是第二只。威尔对普拉茨喊道:"再来一次!"

这时萨尔已经来到威尔面前。

她提醒自己,辱骂当权者是没有任何好处的。你有时可以说服他们,哄骗他们,甚至羞辱他们,让他们去做正确的事,但你不能恐吓他们。任何强行解决问题的企图只会使他们更加顽固。

"你想要什么?"威尔粗鲁地问。

"我需要知道你打算为我做什么……"然后她又补充了一句"少爷",但有点儿晚了。

威尔给猎枪重新装上子弹:"我为什么要为你做任何事?"

"因为哈里在你手下工作。因为你让马车超载。因为你没有听艾克叔叔的警告。因为你杀了我丈夫。"

威尔面红耳赤:"这完全是他自己的错。"

萨尔强迫自己保持温和、讲理的语气:"有些人可能相信你的话,但你知道真相。你当时在场。我也在。"

威尔大大咧咧地站在那里,松松垮垮地握着猎枪,枪口指着她。她毫不怀疑这是蓄意威胁,但她不相信威尔会扣动扳机。在杀了她丈夫仅仅两天之后,假装又失手杀了她是很难取信于人的。

威尔说:"我猜你是想要施舍吧。"

"我要你从我这里夺走的东西——我丈夫的工资,一星期八先令。"

威尔假笑两声。"你不能逼我一星期付你八先令。你为什么不另找一个丈夫呢?"威尔上下打量着她,仿佛在嘲笑她土气的衣服和自制的鞋子,"肯定会有人要你的。"

她并没有觉得受辱。她知道自己对男人很有吸引力。威尔本人也曾不止一次色眯眯地盯着她。然而,她无法想象再嫁给别人。

但现在不是谈这个问题的时候。她忍气吞声地回复道:"如果发生这种情况,你就不必再付给我钱了。"

"我压根儿就不打算给你钱。"

鸟群再次振翅而起,威尔转身射击。又有两只山鹑落到地上。狗叼来一只,又去抓另一只。

威尔抓住鸟脚提起来。"给,"他对萨尔说,"吃只山鹑吧。"

那只鸟浅灰色的胸脯流着血,但它还活着。萨尔很想接受。她可

第一部分 纺纱机

以为基特和她自己做一顿美味大餐。

威尔说:"你死了丈夫,给你这玩意儿做补偿,应该就够了。"

萨尔倒吸一口冷气,像挨了一拳似的。她喘不上气,说不出话。这浑蛋怎么敢说她丈夫的性命只抵得上一只山鹑?她感觉肺都要气炸了,愤而转身,大步走开,留下威尔拿着鸟站在原地。

她怒火中烧,如果再多待一会儿,可能就会开始说蠢话了。

她气冲冲地穿过田野,朝家走去,然后又改变了主意,决定去找里迪克老爷。里迪克老爷不是乐善好施的人,但也不像威尔那样无情无义。她必须为自己争取应得的权益。

庄园宅邸的前门禁止村民进入。她很想打破这个规定,但又犹豫了。她不想走后门,那样会撞见仆人。他们会要求她等等,然后去问里迪克老爷是否愿意见她,答案可能是否定的。但村民来交租金时会走一扇侧门。她知道,这扇门背后有一条短走廊,通向大厅和里迪克老爷的书房。

她绕到房子侧面,试着推了推那扇门。门没上锁。

她走了进去。

书房的门开着,空气中弥漫着一股烟草味。她往里一看,只见里迪克老爷坐在书桌旁,一边抽烟斗,一边在账簿上写东西。她敲敲门,说:"请原谅,里迪克老爷。"

他抬起头,把烟斗从嘴里拿出来。"你到这儿来干什么?"他恼怒地说,"今天不是交租日。"

"侧门没上锁,我有急事要跟您谈谈。"她走进去,随手关上了

051

书房的门。

"你应该走仆人走的门。你以为你是谁?"

"老爷,我失去了丈夫,我必须知道您准备为我做些什么。我还有个孩子要吃饭穿衣呢。"

里迪克老爷迟疑不决。萨尔觉得他逮着机会的话也会逃避责任,但他心中应该尚存几分内疚。在公开场合,他很可能会否认威尔对哈里的死负有责任,但他并没有他的儿子那么恶毒。萨尔看到他红润的脸庞上闪过犹豫和羞惭的表情。然后,他似乎硬下心肠,道:"村里准备了济贫金。"

村民每年都要付一笔钱来帮助教区内的穷人。这笔钱由教会管理。

"去找教区长吧。"里迪克老爷说,"他是济贫监督官。"

"老爷,里迪克教区长讨厌卫理公会教徒。"

里迪克老爷抛出致命一击:"那你就不应该做卫理公会教徒,你说呢?"

"济贫金不应该只发给同教区长观念一致的人。"

"钱是由圣公会发放的。"

"但这不是教会的钱,对吧?钱是村民给的。他们相信教会可以公平分配这些钱,难道错了吗?"

里迪克老爷恼羞成怒:"你觉得自己有资格批评上层权威,对不对?"

萨尔心中的希望之火熄灭了。与统治者之间的争论总是以这样的方式结束。权贵是对的,就因为他们是权贵,可以罔顾法律,蔑视承诺,违背逻辑。只有穷人才必须服从规则。

她已经筋疲力尽了。她必须向里迪克教区长乞求施舍,而他会想方设法不给她任何帮助。

她不再争辩,径直离开房间,走出侧门,回到家中。她万念俱灰,沮丧不已。

她做好了基特的衬衫。母子二人用过午餐,吃的是面包和奶酪,然后教堂钟声响起,他们往圣马太教堂赶去。已经有很多人聚集在那里,中殿挤满了人。教堂是一座小型中世纪建筑,本应扩建,以适应不断增长的村庄人口,但里迪克一家不愿出这笔钱。

有些送葬者跟哈里不太熟,萨尔不明白他们为什么要暂时丢下工作来参加葬礼。然后她意识到,哈里死得很特别,他的情况可以说相当罕见。他没有死于疾病、年老或者不可避免的事故,而是死于威尔·里迪克的愚蠢和残忍。村民来参加葬礼,这表明在他们心中,哈里的生命是重要的,老爷们不能对他的死亡不闻不问。

里迪克教区长似乎明白这一点。他穿着长袍走进来,惊讶地盯着这一大群人,面露不悦。他迅速走到祭坛前,开始主持葬礼。萨尔断定他根本不愿主持葬礼,但他是村里唯一的牧师。在他们这个大村子里,所有的洗礼、婚礼和葬礼都由他负责,他由此获得的薪水之外的收入相当可观。

葬礼的进度极快,众人不满地低声抱怨起来。里迪克教区长不予理睬,草草完成了仪式。萨尔对此毫不在乎。她一直在想,她从此便与哈里天人永隔了。她唯一能做的就是哭泣。

艾克叔叔组织抬棺人抬起棺材，众人跟着他们离开教堂，进入墓地。布赖恩·派克斯塔夫站在萨尔身边，搂着她颤抖的肩膀，以示安慰。

遗体下葬时，教区长念出最后的祷词。

仪式结束后，他走到萨尔身边。她想知道，他是否会言不由衷地慰问她几句，但他只是撂下一句："父亲告诉我你来过。今天下午晚些时候我来找你。"然后他就匆匆走开了。

教区长走后，布赖恩·派克斯塔夫发表了简短的悼词。他谈到哈里时充满了怀念和尊敬之情，他的话引起了坟墓周围众人的共鸣，大家频频点头，嘟囔着"阿门"。他做了祷告，然后他们唱起了《爱之救赎已完成》[1]。

萨尔同几个亲密的朋友握了握手，感谢他们的出席，然后拉着基特的手，迅速走开了。

她到家后不久，布赖恩带来了一支羽毛笔和一小瓶墨水。"我猜，你应该想把哈里的名字写在你的《圣经》上吧。"他说，"我不会留下来——在你觉得合适的时候，把羽毛笔和瓶子还给我就行。"

萨尔粗通文墨，阅读能力强于书写能力。但她会写日期，给她什么东西她都能抄写。那本《圣经》里有哈里的名字，还有他们的结婚日期。她坐在桌旁，手里拿着羽毛笔，书放在面前。她回忆起八年前的那一天。她记得嫁给哈里是多么幸福。她穿着一件新衣服，这衣服

---

[1] 一首在葬礼上唱的赞美诗，由卫理公会创始人之一查尔斯·卫斯理创作。

第一部分　纺纱机

她今天依然穿在身上。她曾说过"直至死亡将我们分开"这句话,但从未想过甜蜜的时光如此短暂。一时间,她完全放松了戒备,让无尽的悲伤将自己淹没。

然后,她擦干眼泪,一笔一画,小心翼翼地写下这些文字:

哈罗德[1]·克利瑟罗,于 1792 年 12 月 4 日逝世。

她本想写丈夫是如何丧命的,但她不知道怎么写"被车碾死"或"被乡绅儿子的蠢行害死"之类的话。而且,将这些话白纸黑字写下来可能并不明智。

生活必须恢复如常。房门开着,光线还算充足,她坐在纺车旁,开始工作。基特像往日一样坐在她身边,把一根根松散的待纺毛线递到她手里,她把毛线塞入进纱孔,同时转动纺轮,带动锭翼旋转,将毛线捻成一条紧实的纱线。基特看上去心事重重,不一会儿,他问母亲:"为什么我们必须死了才能上天堂呢?"

萨尔自己也问过类似的问题,但她觉得自己是年纪较长的时候才问的,应该是十二岁时,而不是六岁时。但她提出疑问后不久就发现,那些令人困惑的宗教问题往往没有令人信服的答案,于是她便不再提问了。但她隐隐觉得,基特不会这么容易就放弃。

"我不知道为什么,对不起。"她说,"没有人知道。这是个谜。"

"有人能不死就上天堂吗?"

她刚想说没有,突然有什么东西勾起了她的记忆。她思索片刻,

---

[1] "哈里"是哈罗德的昵称。

想起来了，说："是的，有一个人，叫以利亚[1]。"

"这么说，他没有被葬在教堂旁边的墓地里？"

"没有。"萨尔相当肯定，在《旧约》的先知时代没有教堂，但她决定不纠正基特的错误。

"他是怎么上天堂的？"

"被旋风带上去的。"她料定基特会再问为什么，于是补充道，"我不知道为什么。"

基特安静下来。萨尔猜，他是在琢磨他父亲是不是已经到了天堂，同上帝和天使在一起。

基特还有一个问题："你为什么需要那个大轮子？"

她可以回答这个问题，便说："这个纺轮比它转动的锭翼要大得多——你能看到吧？"

"能。"

"所以，当纺轮转一圈时，锭翼会转五圈。这就是说，锭翼转得快得多。"

"但你可以直接转动锭翼啊。"

"在纺轮发明之前，人们就是这么做的。然而，要快速转动锭翼十分困难。你很快就会疲惫。但你可以慢慢转动纺轮，一整天都不觉得累。"

基特盯着那台机器，看着它呼呼旋转，陷入沉思。他是一个特别

---

[1] 希伯来先知，据《圣经》所述，他并没有死，而是在约旦河乘旋风升天了。

的孩子。萨尔知道每个母亲都觉得自己的孩子与众不同,尤其是那些只有一个孩子的母亲,但她仍然认为基特与其他孩子大不一样。他长大之后,会有能力过上和面朝黄土背朝天的日子不一样的生活。她不希望儿子像她一样生活在一座没有烟囱的泥炭房子里。

她也曾怀揣梦想。那时候,她崇拜母亲的姐姐萨拉姨妈,把她视为英雄。萨拉离开了村子,搬到了王桥,开始在街上演唱民谣,边唱边卖东西。她嫁给了印刷歌谣册子的那个人。为了给丈夫记账,她又学习了算术。有段时间,她每年都会回村子一两次,穿着考究,姿态优雅,从容自信,还会慷慨地送大家一堆礼物:丝绸料子、活小鸡、玻璃碗。她会谈起她在报纸上读到的事情——美国爆发独立战争啦,库克船长登陆澳大利亚啦,还有二十四岁的威廉·皮特被任命为首相啦。萨尔曾经想成为萨拉姨妈那样的人。后来她爱上了哈里,从此走上了不同的生活道路。

萨尔无法想象基特的生活会走向何方,但她知道,无论那是一条怎样的道路,起点都是学习。她教过基特字母和数字,他已经能用棍子在地上歪歪扭扭地写出自己名字的三个字母[1]。但萨尔自己没有受过多少教育,用不了多久,她就没有东西可教了。

村里有一所教区长运营的学校——里迪克家族几乎控制了这里的一切。学校每天收费一便士。萨尔只要有闲钱就会把基特送去那里,但这种情况并不常见。现在哈里走了,也许基特再也去不成了。她让

---

[1] "基特"的英文是Kit。

基特过上好日子的想法从未动摇,但她不知道该怎么做。

基特说:"我们读读书吧。"

"好主意。把书拿来。"

基特穿过房间,拿起那本《圣经》。他把书放在地板上,这样他们工作时都能看到。"我们读什么呢?"

"就读那个杀死巨人的男孩的故事吧。"她拿起那本厚重的大书,找到了《撒母耳记》上卷第十七章。

他们继续纺纱,基特边帮母亲的忙边看书。萨尔得教儿子所有人名地名的发音,还要解释许多单词的含义。在她还是小孩子的时候,她曾询问"六肘零一虎口"是多长,所以现在她能够告诉基特,歌利亚[1]身高超过九英尺[2]。

就在母子俩卡在"容貌"这个词上的时候,教区长没敲门就进来了。

基特停止阅读,萨尔站了起来。

"干吗呢?"牧师说,"读书?"

萨尔说:"我们在读大卫和歌利亚的故事,教区长。"

"嗯……你们卫理公会教徒总是想自己读《圣经》。你们最好还是听牧师的话。"

现在不是与他辩论的时候。"我们家里就只有这一本书,先生。我认为上帝的圣言不会对孩子造成任何伤害。如果我做错了,那我

---

[1] 《圣经》中的非利士族巨人,传说被大卫所杀。

[2] 1英尺合0.3048米。

道歉。"

"算了算了,我来不是为了跟你扯这个。"他环顾四周,想找个地方坐下。房里没有椅子,于是他拉了一把三脚凳过来。"你想让教会给你济贫金。"

萨尔没有说那不是教会的钱。她需要保持谦卑,否则教区长可能会一口回绝她的请求。实际上,济贫监督官的权力完全没有限制,在他之上并无上级,萨尔即便想求助也找不到对象。于是她低眉顺眼地说:"是的,请您大发慈悲,教区长。"

"你这房子的租金是多少?"

"一星期六便士,先生。"

"这笔费用,教区来付。"

啊,萨尔暗想,原来你首先考虑的是确保房东不会损失租金。不过,知道自己和基特还有地方住,她总算松了一口气。

"但你做纺纱工挣了不少钱啊。"

"每纺一磅羊毛,阿莫斯·巴罗菲尔德付我一先令,如果我整晚工作,只睡一小会儿的话,一个星期能纺三磅。"

"那就是三先令,差不多是雇农工资的一半。"

"八分之三,先生。"她纠正道。对穷人来说,估算是危险的,一个便士都不能含糊。

"好吧,是时候让基特开始工作了。"

萨尔大吃一惊:"他才六岁!"

"没错,但他就快满七岁了。孩子一般在这个年龄开始干第一份工作。"

"他要到3月才满七岁。"

"3月25日。我在教区人口记录里查到了他的生日,也没几天了。"

还有三个多月呢。对六岁的孩子来说,这是很长一段时间。但萨尔从另一个角度提出了抗议:"他能做什么工作?现在是冬天——冬天不需要雇人帮工。"

"我们庄园宅邸需要一个擦鞋童。"

原来这就是他们的计划。"基特要做什么工作?"

"他当然要学会把靴子擦得亮锃锃的,还得承担其他工作:磨刀、搬柴火、清理夜壶,诸如此类。"

萨尔看了看基特。他瞪大了眼睛,坐在那里听他们安排他的出路。他那么弱小,那么脆弱,萨尔真想放声大哭。但教区长是对的:他差不多该去工作了。

教区长补充说:"到里迪克老爷家里学会怎么做人,对他来说大有好处。也许他长大后就不会像他父亲那么傲慢无礼了。"

萨尔努力不去理会教区长对哈里的诋毁,问:"基特会得到多少报酬?"

"一周一先令,这对孩子来说很公平。"

萨尔知道,这话不假。

"当然,他会得到食物,还有衣服。"牧师瞅了眼基特打着补丁的长袜和过大的外套,"他不能穿成这样。"

一听到要穿新衣服,基特就兴奋起来。

教区长说:"当然,他会睡在庄园宅邸里。"

萨尔心头一沉,尽管这样做司空见惯——大多数仆人都住在主人家。她就要一个人住了,那将是多么孤独寂寞呀。

基特也心烦意乱,眼泪夺眶而出。

教区长说:"别哭了,孩子。你得心怀感激才对,因为我们给了你温暖的房子和充足的食物。要知道,你这个年纪的男孩,通常在煤矿工作。"

萨尔知道,这话也是真的。

基特抽泣着说:"我舍不得我妈妈。"

"我也舍不得我妈妈,可她死了。"教区长说,"你妈妈还活着,而且,每个星期天下午你有半天假期,可以回来看她。"

这话让基特哭得更厉害了。

萨尔压低声音道:"他刚刚失去了父亲,现在他觉得自己又要失去母亲了。"

"啊,这是错觉。下个星期天来看你的时候,他就会发现你好端端地待在家里呢。"

萨尔大惊失色:"您今天就要带他走?"

"等也没意义啊。越早开始,他就越早适应。不过,如果你刚才只是做做样子,其实并不怎么缺钱的话……"

"好吧。"

"那我现在就带他走。"

基特用尖厉的声音反抗道："我要逃跑！"

教区长耸耸肩："那你就会被抓回来，挨一顿鞭子。"

"我会再次逃跑！"

"那样的话，你只会被再次抓回来。不过，我想你只需要挨一顿鞭子，就再也不敢跑了。"

"好了，基特，别哭了。"萨尔说，她语气坚定，但泪水已经在眼眶里打转，"你父亲走了，你必须快点儿长成男子汉。你如果乖乖表现，就会有午餐和晚餐吃，还会有漂亮衣服穿。"

教区长说："里迪克老爷每星期要从工资中扣三便士餐饮费，头四十个星期每星期要扣六便士服装费。"

"但那意味着他每星期只能拿三便士！"

"他在最开始就值这么多钱。"

"那您会给我多少济贫金呢？"

教区长装出生气的样子："当然一个子儿也不给。"

"那我该怎么生活呢？"

"你既然没有丈夫和儿子要照顾，就可以天天纺纱了。你的收入应该可以翻一番。那样你每星期就能挣六先令，而且只有你一个人花。"

萨尔知道，要挣到这样的收入，她必须每天纺纱十二小时，每周工作六天。她的菜园会杂草丛生，她的衣服会破烂不堪，她只能靠面包和奶酪度日，但她会活下来。基特也是。

牧师站起来："跟我走吧，孩子。"

萨尔说:"星期天见,基特。到时候把你的见闻通通告诉我。走之前,让妈妈亲亲你。"

基特没有停止哭泣,但他抱住了萨尔。萨尔吻了他,然后从他的怀抱中挣脱出来,说:"祈祷吧,耶稣会看顾你的。"

教区长紧抓住基特的手,带他走出了房子。

"记住要乖乖的哦,基特!"萨尔喊道。

然后她瘫坐下来,失声痛哭。

*

里迪克教区长牵着基特的手穿过村子。基特没有感到掌心传来一丝友好和抚慰,因为教区长牢牢地钳住他,生怕他跑掉。但他并没有逃跑的意思。教区长说要鞭打他,吓得他不敢冒那种念头。

他现在对一切都感到害怕:害怕没有父亲的日子,害怕离开母亲的生活,害怕教区长,害怕恶毒的威尔,害怕无所不能的里迪克老爷。

他在教区长身边匆匆赶路,不时跑上几步才能跟上。村民好奇地注视着他,他的朋友和他们父母的目光尤其关切。但没有人说话,也没有人敢质问教区长。

快到庄园宅邸的时候,基特再次害怕起来。这是村里最大的建筑,比教堂还大,用同样的黄色石头建成。他非常熟悉这座建筑的外观,但现在正用全新的眼光打量它。宅邸正面中央有一扇门,登上台阶，便是一道门廊。他数了数，正面一共有十一扇窗户：门两边各有两扇，楼上有五扇，屋顶上还有两扇。走到更近的地方，他看到房子下面还有一间地下室。

他不知道这样一座巨大建筑里可能有什么。他记得玛格丽特·派克斯塔夫告诉过他，庄园宅邸里的一切都是用金子做的，连椅子也是，但他怀疑玛格丽特把那里同天堂搞混了。

教堂很大，是因为村里的每个人都必须进去做礼拜，但庄园宅邸里只住着四个主子——里迪克老爷和他的三个儿子——外加几个仆人。他们用那么大的空间做什么呢？基特的家只有一个房间，还要挤三个人。庄园宅邸无比神秘，透着凶险不祥的气息。

教区长领着他走上台阶，穿过大门，说："你绝对不能从这道门进屋，除非你和里迪克老爷或者我们三位少爷中的一位在一起。你和其他仆人只能走后门。"

这么说，我也是仆人了，基特想。我就是个擦靴子的。要是我知道怎么擦靴子就好了。其他仆人都是做什么的呢？他们会不会跑掉，然后被抓回来挨鞭子呢？

前门在他们身后关上，教区长松开了基特的手。

他们来到一个比基特家还要宽敞的大厅。墙上覆盖着深色木镶板，周围开着四扇门，一段宽阔的楼梯通往楼上。壁炉上方，一只雄鹿的头恶狠狠地盯着基特，但它似乎动不了，基特几乎可以肯定鹿不是活的。大厅里相当昏暗，飘着一股淡淡的难闻的气味，但基特说不出来那是什么。

四扇门中的一扇打开了,威尔·里迪克走进大厅。

基特试图躲在教区长身后,但威尔看见了他,立刻板着脸问:"这不会是克利瑟罗的小崽子吧,乔治?"

"是他。"教区长说。

"你他妈的把他带到这儿来干什么?"

"冷静点儿,威尔。我们需要一个擦鞋童。"

"为什么选他?"

"因为他到了工作的年纪,他母亲又需要钱。"

"我不想让这该死的小崽子出现在家里。"

基特的母亲从不使用"该死的""他妈的"之类的字眼。父亲偶尔冒出这样的脏话,母亲都会皱眉。基特从来没有讲过这种污言秽语。

教区长说:"别傻了,这孩子没什么问题。"

威尔的脸涨得更红了,他说:"我知道,你认为克利瑟罗的死是我的错。"

"我可没说过这样的话。"

"你把这孩子带到这儿来,就是为了能一直羞辱我。"

基特不明白"羞辱"是什么意思,但他猜威尔不愿别人提起他的丑事。而这次事故就是威尔的错,连小孩子都看得出来。

基特一直想有个兄弟和他一起玩耍,但他从未想过兄弟之间会吵得这么厉害。

教区长说:"反正雇这孩子是父亲的主意。"

"好,那我去跟父亲谈谈。他会把这孩子送回去的。"

教区长耸耸肩："你可以试试。我无所谓。"

基特衷心希望自己能被送回母亲身边。

威尔穿过大厅，走进另一扇门，基特想知道他怎么能在这么复杂的房子里找到路。但他心里有更重要的事。

"我会被送回家吗？"他急切地问。

"不会。"教区长说，"里迪克老爷很少会改变主意，他也不会因为威尔心里不舒服就改变主意。"

基特再次陷入绝望。

"你需要知道每个房间的名字。"教区长说，然后打开一扇门，"这是客厅，你看一眼。"

基特紧张地走进去，四处看了看。这房间里的家具似乎比村子其他地方的家具加起来还要多，有地毯、椅子、数不清的小桌子、窗帘、靠垫、肖像画和装饰品。这里还放着一架钢琴，比他唯一见过的、位于派克斯塔夫家中的那架大得多。但客厅里没有地方可以让人画画[1]。

教区长把他拉回来关上门的时候，他还在努力将看到的一切都记在心里。

他们来到下一扇门前。"这里是餐厅。"这个房间比较简单，中间摆着一张桌子，四周都是椅子，再加上几个餐具柜。墙上挂着肖像画，画里有男人，也有女人。天花板上挂着一个蜘蛛状的东西，里面

---

[1] "客厅"的英文是 drawing room，而 drawing 是"画画"的意思，基特望文生义，有此误解。

插着几十支蜡烛,基特怎么也想不通这东西有什么用。也许是一个方便存放蜡烛的地方吧,这样天黑的时候,他们就可以拿出一根点上。

他们穿过大厅。"这里是台球室。"这个房间里摆着另一种桌子,边缘凸起,绿色的桌面上有彩色的球。基特以前从未听说过"台球"这个词,不知道这房间有何用途。

来到第四扇门前,教区长说:"这里是书房。"这就是威尔刚才打开的那扇门,教区长没有打开。基特听到里面有人说话。"他们在为你吵架哩。"教区长说。

基特听不清他们在说什么。

大厅后部有一扇绿色的门,他之前没有注意到。教区长领他穿过这扇门,进入氛围截然不同的另一区域:墙上没有挂画,地上没有铺地毯,房间里的木制品斑驳掉色,需要重新上漆。他们走下楼梯,来到地下室,进入一个房间,两男两女坐在桌旁,在早早地吃着晚餐。教区长进来时,四个人都站了起来。

"这是新来的擦鞋童,"教区长说,"名叫基特·克利瑟罗。"

他们兴趣盎然地看着他。两个男人中年纪较大的那个吞下一口食物,说:"这孩子的父亲莫非就是……"

"没错。"教区长指着说话的人,对基特说,"基特,这位是仆役长普拉茨。你要叫他普拉茨先生,听从他的一切吩咐。"普拉茨的大鼻子上布满小红线。

"他旁边是男仆塞西尔。"塞西尔非常年轻,脖子上有个肿块,基特知道那叫疖子。

教区长指着一个圆脸的中年女人:"杰克逊太太是厨娘,那边的范妮是女仆。"

基特猜范妮十二三岁。她是个满脸雀斑、瘦骨嶙峋的女孩,看上去几乎和他一样战战兢兢。

"他什么都不懂,你得把规矩全教给他,普拉茨。"教区长说,"他父亲傲慢无礼,桀骜不驯,如果这孩子也这样,你就得狠狠揍他一顿。"

"好的,少爷,我会这么做的。"普拉茨说。

基特强忍着不哭,但泪水不听话地涌出眼眶,顺着脸颊滚了下来。

厨娘说:"他需要换件新衣服——他现在看起来就像个稻草人。"

普拉茨说:"有个箱子里应该放着童装——可能是您和您兄弟小时候穿过的。如果您同意的话,我们就去找找那里有没有适合基特的衣服。"

"当然可以。"教区长说,"你们自己处理吧。"说完,他就离开了。

基特看着那四个仆人,不知道该做什么或说什么。他大脑一片空白,只能僵立原地,一言不发。

过了一会儿,塞西尔说:"别难过了,小家伙,我们这儿不怎么打人。你最好吃点儿晚餐。去坐在范妮旁边,吃一块杰克逊太太做的猪肉馅儿饼。"

基特走到桌子末端,靠着女仆坐在长凳上。范妮给基特拿来盘子和刀叉,然后从桌子中间的大馅儿饼上切下一块。

"谢谢你,小姐。"基特说。他心烦意乱,吃不下去,但他们希望他吃,所以他从那块馅儿饼上切下一小片,强迫自己吃下去。他从没吃过猪肉馅儿饼,不由得惊讶于世上竟有如此美味。

晚餐再次被打断,这回来的是里迪克老爷最小的儿子罗杰。"他在这儿吗?"他边进屋边问。

仆人都站了起来,基特也站了起来。普拉茨说:"下午好,罗杰少爷。"

"啊,你在这儿呀,小基特。"罗杰说,"我看到你有一块馅儿饼,所以事情应该不算太糟。"

基特不知道该如何回答,只能说:"谢谢您,罗杰少爷。"

"听着,基特。我知道离家生活很难,但你知道,你必须勇敢。你会努力做个男子汉吗?"

"我会的,罗杰少爷。"

罗杰转向普拉茨,说:"对他温柔点儿,普拉茨。你知道他经历了什么。"

"是的,少爷,我们知道。"

罗杰看了看其他人:"我全靠你们了。多表现点儿同情心吧,尤其是刚开始的时候。"

基特不知道"同情"这个词是什么意思,但他猜跟"怜悯"类似。

塞西尔说:"别担心,罗杰少爷。"

"拜托了。谢谢。"罗杰走了出去。

他们重又坐下。

基特断定，罗杰是个好人。

他们吃完饭，杰克逊太太泡了茶，递给基特一杯，里面加了很多牛奶和一块糖，味道棒极了。

最后，普拉茨站起来说："谢谢，杰克逊太太。"

塞西尔和范妮附和道："谢谢，杰克逊太太。"

基特猜他也应该这么做，所以也跟着道了谢。

"好孩子，"塞西尔说，"现在我最好来教教你怎么擦靴子。"

第五章

阿莫斯·巴罗菲尔德的家位于王桥大教堂附近,现在已是下午晚些时候,他正在房子后部寒冷刺骨的仓库中准备货物,而那些驮马正在隔壁的马厩里吃草料。明天一大早,他就要领着马队出发。

他加快了进度,因为他希望等会儿去见一个女孩。

他把麻袋扎起来,以便明早能在冷冽的寒风中迅速把它们装到小马背上。他突然发现,这次没有收到足够的纱线。这可麻烦了。他父亲应该在高街的王桥羊毛交易所买些才对。

晚上的计划迟迟无法实施,他不禁有些气恼。他离开仓库,穿过院子,走进房子。空气中已经可以闻到雪的气息。这是一座年久失修的大宅:屋顶瓦片掉了也没补,楼上的楼梯口放着一个接雨水的桶。房子是砖砌的,有一个用作厨房的地下室、两层主楼和一层阁楼。巴罗菲尔德一家只有三口人,但一楼几乎全被用于办公,几个仆人也睡在这里。

阿莫斯快步穿过地上铺着黑白大理石的大厅,走进房屋前部的办公室。这个办公室有一扇通往大街的独立的门。房间中央的大桌上，放着一捆捆巴罗菲尔德家出售的布料：柔软的法兰绒、紧密编织的华达呢、做大衣用的绒面呢、做水手服用的克尔赛手织粗呢。奥巴代亚对传统的羊毛种类和纺织风格有深入的了解，但他不愿拓展新业务。阿莫斯认为，少量经营奢侈布料——如安哥拉羊毛、美利奴羊毛和混纺丝绸——是有利可图的，但他父亲更愿意仅做自己熟悉的生意。

奥巴代亚坐在书桌旁，查看厚厚的账簿，旁边点着一盏烛灯。阿莫斯知道，他们父子的长相截然相反：父亲身材矮小，脑袋光可鉴人，他则个子高大，有一头浓密的鬈发；奥巴代亚是圆脸塌鼻子，他则是长脸大下巴；两人都穿着昂贵布料做成的衣服，为自家销售的商品打广告，但阿莫斯穿着整洁，一丝不苟地扣着纽扣，奥巴代亚则领巾松散，马甲敞开，袜子也皱巴巴的。

"咱们的纱线不够了，"阿莫斯开门见山地说，"您肯定知道吧。"

奥巴代亚抬起头，似乎很不高兴被突然打断。阿莫斯鼓起勇气，为争吵做准备——差不多就在近一年里，父亲变成了一个暴躁易怒的人。"我无能为力，"奥巴代亚说，"我没法以合理的价格买到纱线。在上次拍卖会上，一个来自约克郡的布商以高得离谱的价格买走了所有纱线。"

"您想让我跟织布工怎么说？"

奥巴代亚叹了口气，好像不堪其扰似的，说："叫他们休息一个星期。"

"然后让他们的孩子挨饿？"

"我做生意又不是为了养活别人的孩子。"

这是他们父子之间最大的区别。阿莫斯认为他对靠他谋生的人负有责任，奥巴代亚却不这样想。但阿莫斯不想再为这个问题和父亲争论，于是他改变了话术："那样的话，别人找他们干活儿，他们就会接受的。"

"随他们去吧。"

阿莫斯想，父亲的行为已经不能仅仅用"暴躁易怒"来解释了。父亲似乎已经对生意心灰意懒。他到底怎么了？"我们将来或许就雇不到他们了。"阿莫斯说，"我们将缺乏可供销售的布料。"

奥巴代亚勃然大怒，提高了嗓门儿："你还指望我怎么办？"

"我不知道。您是老板，您总是这么告诉我。"

"你自己去解决问题，不要来烦我，好吗？"

"您可没付钱让我来经营。事实上，我根本没有得到任何报酬。"

"你是学徒！你必须一直干到二十一岁。这是行规。"

"不，不是。"阿莫斯怒不可遏地说，"大多数学徒都有工资，即使十分微薄。可我什么都没有。"

刚刚争吵了几句，奥巴代亚就已经气喘吁吁了："你吃的、穿的、住的，都不用花钱，你要钱干什么？"

阿莫斯想要钱，这样他就可以约女孩一起出去，但他没有将实情告诉父亲。"这样我就不会觉得自己像个孩子了。"

"这是你唯一能想到的理由吗？"

"我十九岁了，大部分工作都是我做的。我有权拿工资。"

"你还不是成年人,所以得由我来做决定。"

"没错,您来做决定。这就是咱们没买到纱线的原因。"说完,阿莫斯气冲冲地走出了房间。

他不只是愤怒,还感到非常困惑。他的父亲简直不可理喻。难道只是因为年纪大了,父亲就变得如此蛮不讲理,如此一毛不拔?可父亲才五十岁啊。他愚顽乖张的行为背后,是不是还另有隐情?

阿莫斯觉得自己确实就像个孩子,身无分文。约会的时候,女孩可能会口渴,让他在酒馆里买一壶艾尔啤酒。他也可能想在市场货摊上给女孩买个橘子。如果要追求体面的王桥女孩,约她们出去是第一步。阿莫斯对另一种女孩不太感兴趣。他听说过那个叫贝拉·洛夫古德的女孩,她的真名是贝蒂·拉奇伍德,干着见不得人的营生。几个与贝拉同龄的男孩说同她"在一起过",保不齐有一两个人说的是实话。但阿莫斯就算手头有钱,也不会禁不住诱惑,去找那样的女孩。他为贝拉感到难过,但并没有被她吸引。

如果他真的爱上一个女孩,想带她去王桥剧院看戏,或者去大礼堂参加舞会怎么办?他要怎么付门票钱呢?

他回到仓库,将所有货物快速打包完毕。父亲真是太粗心了,竟然没有筹到足够的纱线。这着实令他发愁。难道父亲已经力不从心了吗?

他饿了,却没有时间坐下来和父母一起吃饭。他来到厨房。母亲也在那里,坐在火炉旁,穿着一件蓝色连衣裙,裙子的布料是巴德福德的织布工用柔软的羔羊毛织的。她正在和靠在案桌上的厨娘埃伦聊天。母亲亲切地拍了拍阿莫斯的肩膀,埃伦则对他露出和蔼的微笑:在他生命的大多数时间里,这两个女人都对他宠爱有加。

他切下几片火腿,配上一片面包和一杯从酒桶倒出来的淡啤酒,站着吃喝起来。他边吃边问母亲:"您结婚前和父亲出去约会过吗?"

母亲像少女一样羞赧地笑了笑。一时间,她灰白的头发似乎变得乌黑发亮,皱纹也消失不见了。她成了一个美丽的姑娘。"当然啦。"她说。

"你们去哪儿了?做了什么?"

"也没做什么。我们穿上礼拜服,在城里闲逛,转转商店,与年龄相仿的朋友聊天。听起来挺无聊的,不是吗?但我很兴奋,因为我真的很喜欢你父亲。"

"他给您买东西了吗?"

"偶尔会买。有一天,他在王桥市场给我买了一条系头发的蓝丝带。我现在还把它留在首饰盒里呢。"

"这么说,他当时手头有钱啰?"

"当然。他二十八岁,事业有成。"

"您是他第一个约会的女孩吗?"

埃伦说:"阿莫斯!你怎么能问你母亲这样的问题!"

"对不起,"他说,"我犯糊涂了。请原谅,母亲。"

"没关系。"

"我得赶快走了。"

"你要去参加卫理公会的集会吗?"

"是的。"

母亲从钱包里掏出一便士给阿莫斯。就算你说你没钱,卫理公会也会允许你参加集会,不用捐款。有段时间阿莫斯就是这样做的,但母亲发现这件事之后,坚持要给儿子钱。父亲表示反对:他认为卫理公会教徒是捣乱分子。但那一次,母亲反抗了他的权威。"我的儿子不需要怜悯。"她义愤填膺地说,"我丢不起那个人!"父亲只好让步了。

阿莫斯感谢母亲给了他钱,然后出门来到街灯下。王桥的主街和高街都安装了煤油灯,由自治市市政委员会出资,理由是灯光可以减少犯罪。

他向高街的卫理公会会堂快步走去。那是一座朴素的白色砖砌建筑,大大的窗户象征着启蒙。人们有时称它为"小教堂",但它并不是一座有神圣意味的教堂。在向占其成员大多数的小布商和富裕工匠筹集建设资金时,卫理公会强调了这一点。许多卫理公会教徒认为他们应该脱离圣公会,但也有人想留下来,从内部改革教会。

阿莫斯并不怎么关心这些。他认为宗教的价值在于指导你如何生活,所以听到父亲说"我做生意又不是为了养活别人的孩子"时,他不由得怒火中烧。父亲骂他是愚蠢的理想主义小年轻。也许我就是,他想。也许耶稣也是。

他喜欢在卫理公会会堂里进行热烈的《圣经》研讨,因为他可以发表自己的观点,别人会恭敬有礼地听他的意见,而不是让他保持沉默,相信牧师、老人或他父亲说的话。此外还有一个好处:许多和他同龄的人都去参加集会,所以卫理公会会堂出人意料地成了体面年轻人的社交俱乐部。有许多漂亮的女孩子都会到场。

今晚他特别希望见到一个女孩。她叫简·米德温特。在阿莫斯看来，简是所有姑娘中最漂亮的。骑马在乡间漫游，只有单调的田野可看的时候，他常常会想起那个女孩。那个女孩似乎很喜欢他，但他不确定。

他走进会堂。这里处处都与大教堂不一样——这可能是有意为之。没有雕像或绘画，没有彩色玻璃，没有珠宝银器。房间里仅有的家具是椅子和长凳。明亮的天光从窗户射进来，落在粉刷成浅色的墙壁上。在大教堂里，神圣的寂静会被唱诗班空灵的歌声或牧师低沉的祷告声所打破。但在这里，任何人可以说话，祈祷，或者提议唱赞美诗。他们大声歌唱，不加伴奏，就像卫理公会教徒常做的那样。他们举行礼拜时热情饱满，这在圣公会的礼拜中是完全看不见的。

阿莫斯扫视房间，高兴地发现简已经来了。她苍白的皮肤和黑色的眉毛让他心跳加速。她穿着一件山羊绒连衣裙，裙子和她的眼睛一样，是淡淡的灰色。但不幸的是，她两边的座位已经被她的闺密占据了。

向阿莫斯打招呼的是简的父亲查尔斯·米德温特法政牧师。他是王桥卫理公会的领袖，长相英俊，魅力非凡，一头浓密的灰白头发已经留了很久。法政牧师是指在大教堂的管理委员会，即大教堂理事会中任职的牧师。王桥主教勉强容忍了米德温特法政牧师的卫理公会信仰。阿莫斯认为，主教不情不愿的态度是在所难免的——在主教看来，谁主张教会需要改革，谁就肯定在暗讽他无能。

米德温特法政牧师握着阿莫斯的手问:"你父亲身体怎么样?"

"不好不坏。"阿莫斯说,"他很容易喘不上气,只好放弃亲自搬运布料了。"

"他或许应该安心退休,把生意交给你来打理。"

"他要是愿意就好了。"

"他当了这么久老板,要撒手可不容易。"

阿莫斯一直满腹牢骚,可对父亲来说,当下的情况又何尝不是巨大的考验?想到这里,阿莫斯不禁有点儿羞愧。米德温特法政牧师总是能在不经意间一语中的,让你反躬自省。他的教诲之深,远非一场谴责罪恶的布道可比。

阿莫斯朝简挪过去,坐在鲁普·安德伍德旁边的长凳上。后者二十五岁,比他大一点儿。鲁普是一个丝带制造商。大家有钱可花的时候,这是一门好生意;但大家手头拮据的时候,他的生意就惨淡了。"要下雪了。"鲁普说。

"我希望不会。明天我还得骑马去老爷堡呢。"

"穿两双长袜。"

不管天气如何,阿莫斯一天也不能休息。他家的生意全靠他东奔西走运送物资才能运转起来。他必须去,就算冻僵了也义不容辞。

阿莫斯正要继续往简身边凑,米德温特法政牧师便开始念诵《马太福音》中的"八福"[1],从而开启了讨论。"虚心的人有福了,因为

---

[1] 出自《新约全书》中的《马太福音》第五章第三节至第十二节,是耶稣在登山宝训中讲述的八项祝福。

天国是他们的。"在阿莫斯听来，耶稣这句话似乎很神秘，他从来没有真正理解过。他聚精会神地听，享受着教友之间你一言我一语的辩论，但他对神学概念总是很茫然，无法参与研讨。他想，这样我明天在路上就可以好好琢磨琢磨，不用一直对简念念不忘了。

讨论结束后，有人端上了加牛奶和糖的茶水，用的是普通的陶瓷杯碟。卫理公会教徒喜欢喝茶，不管你喝多少杯，这种饮品都不会让你变得愤怒、愚蠢或色欲勃发。

阿莫斯又往简那边望去，发现她被鲁普拉住说话。鲁普的额头上垂着长长的金色刘海儿，他会不时甩甩头，以免头发遮住眼睛，这个动作不知怎么惹恼了阿莫斯。

他注意到简的鞋子——素净的黑色皮鞋，没系鞋带，而是用丝带系了个大蝴蝶结。鞋跟很高，让她看上去比平时高出一两英寸。他看见简被鲁普说的话逗乐了，还故作嗔怪地拍了拍他的胸口。难道她更喜欢鲁普而不是自己吗？他希望不是。

在等待简脱身的时候，阿莫斯和大卫·肖维勒，也就是那个外号"铲子"的人攀谈起来。铲子今年三十岁，是一位技艺高超的织布工，专门纺织昂贵的特殊布料。他雇了一些人，包括其他织布工。他像阿莫斯一样，穿着为自家产品打广告的衣服。今天他穿的是带红黄斑点的蓝灰色粗花呢外套。

阿莫斯喜欢向铲子征求意见——这个人聪明却不傲慢。阿莫斯把纱线的问题告诉了他。

"纱线短缺的情况不只局限于王桥，"铲子说，"全国到处都是这样。"铲子喜欢阅读报纸杂志,因此消息灵通。

阿莫斯大惑不解:"怎么会发生这种事呢?"

"我来告诉你,"铲子一边整理思绪,一边啜饮热茶,"有一种叫'飞梭'的发明,拉动一个手柄,梭子就会从织机的一边飞到另一边。这使织布工的工作速度提高了一倍。"

阿莫斯听说过这个发明。"我以为还没流行起来呢。"他说。

"这里还没有。我用飞梭,但英格兰西部的大多数织布工都不用。他们认为那是魔鬼在移动梭子。可飞梭已经在约克郡普及了。"

"我父亲说,上次拍卖会上,一个约克郡的人买走了所有纱线。"

"现在你知道为什么纱线短缺了吧。织布的速度加快了,就需要更多的纱线。但我们依然在纺车上纺纱——我不知道这技术是什么时候传下来的,可能是在挪亚造方舟之前吧。"

"所以我们需要更多的纺纱工。你的纱线也不够了吗?"

"我预见到这个问题,就提前备了些货。我很惊讶你父亲没有这么做。奥巴代亚总是很有远见的呀。"

"他早就糊涂了。"阿莫斯说,然后立刻转身离开,因为他看到简已经结束了同鲁普的谈话,他得抢在别的小伙子之前赶上简。他端着茶杯和茶碟,快步穿过大厅,说:"晚上好,简。"

"你好,阿莫斯。刚才的讨论很有意思,对吧?"

他不想谈论"八福",于是说:"我喜欢你这条裙子。"

"谢谢。"

"和你眼睛的颜色一样。"

简把头歪向一边,粲然一笑。这一特别的姿势让阿莫斯口干舌燥,百爪挠心。简说:"真没想到你会注意到我的眼睛。"

"这很稀奇吗?"

"很多男人连自己妻子眼睛的颜色都不知道。"

阿莫斯开怀大笑:"难以置信啊。我能问你个问题吗?"

"可以,不过我可能不会回答。"

"你愿意和我约会吗?"

她又笑了,但摇了摇头。阿莫斯立刻明白,自己的梦想注定要破灭了。"我喜欢你,"她说,"你很可爱。"

阿莫斯不想"可爱"。他有一种感觉,女孩子是不会爱上"可爱"的男孩子的。

简接着说:"但我不想爱上一个除了希望一无所有的男孩子。"

阿莫斯不知道说什么才好。他不认为自己穷得只剩希望。简居然这么看他,他感到万分诧异。

简说:"我们是卫理公会教徒,所以我们必须讲真话。我很抱歉。"

他们又对视了一会儿,简把手轻轻地放在阿莫斯的胳膊上,表示同情。然后,她就转身离开了。

阿莫斯悻悻地回到家中。

第六章

五点钟的时候,基特被十三岁的女仆范妮叫醒。范妮骨瘦如柴,满脸痘痘,灰褐色的细发塞在一顶脏兮兮的白帽子里。但她对基特很好,大大小小的事情,都是她手把手教基特的。基特非常喜欢她,亲昵地叫她"阿范"。

今天早上,阿范带来一个坏消息:"威尔先生回来了。"

"哦,不!"

"他昨天大半夜到的。"

基特的心一下子提到了嗓子眼儿。威尔·里迪克恨他,一逮到机会就捉弄刁难他。谢天谢地,威尔前一阵去王桥忙民兵队的事了。他不在的六个星期非常美好。可现在,短暂的解脱结束了。

威尔不喜欢早起,基特在接下来几小时内应该是安全的。

基特和阿范迅速穿好衣服,悄悄穿过黑漆漆、冷飕飕的房子。阿范拿着灯芯草灯照路。基特本来会害怕高高的房间里的阴影,但这次他和阿范在一起,觉得很安全。

阿范的第一项任务是打扫楼下的壁炉，而基特的第一项任务是擦靴子。但他们喜欢一起工作，所以这两项任务都是两人共同完成的。他们清除了壁炉里的冷灰，将石墨涂在壁炉的铁质部件上，用破布擦亮，然后准备好火绒和柴火，等老爷和少爷一起床就可以点燃。

他们一边干活儿，一边低声交谈。六年前的冬天，阿范的全家都感染了热病，她是唯一的幸存者。她告诉基特，她能有这份工作很幸运。他们有吃有穿，还有地方睡。她不知道如果没有这份工作她会落得什么下场。

听完她的故事，基特不再那么自怨自艾了。毕竟他还有母亲。

收拾好壁炉后，他们沿着卧室走廊捡起靴子，走后楼梯下去，来到放靴子的房间。他们得把靴子上的泥土擦干净，涂上混合了油烟的皮革防水油，把皮靴擦得油光锃亮。基特的手臂很快就酸痛起来，阿范教给他一个擦亮靴子的简单方法：往靴子上吐口水。然而，基特手无缚鸡之力，他的这项工作通常是阿范帮他完成的。

主人一家来吃早餐时，他们才可以进入老爷和少爷的卧室。每间卧室都有一个壁炉和一个带盖的夜壶。他们首先清理炉栅并生火，就像他们在一楼的房间里做的那样。然后，基特把夜壶搬到楼下，在洗涤室里冲洗干净，再放回卧室；与此同时，阿范在卧室里整理床铺，收拾房间。清扫完一间卧室后，他们就进入下一间。

今天他们没有完成工作。

麻烦发生在威尔的房间。他最后一个起床，所以他们最后清扫他的房间。基特早就熟悉了工作，所以他们干得飞快，通常在威尔回到楼上之前就能干完活儿。

但今天出了岔子。

阿范正在擦拭壁炉,而基特刚拿起夜壶,此时威尔走了进来。他穿着骑马服,手拿马鞭,显然忘了拿帽子,因为他从梳妆台上拿起了帽子。

就在这时,他注意到了他们,惊叫一声,像是被吓到了一样。

他旋即回过神来,大喝道:"你们俩在这里干什么?"他很清楚他们在干什么,但他遭到惊吓,因此怒不可遏。

他们非常害怕,阿范打翻了石墨瓶,弄脏了地毯。基特把夜壶掉在地上,里面的秽物洒了出来。他惊恐地盯着自己闯下的大祸——一大摊尿,中间还有三坨棕色粪便。

"你们这些白痴!"威尔咆哮道。他一生气眼睛就会鼓起来,看上去像要爆炸似的。他抓住基特的胳膊,用马鞭抽他的屁股。基特痛得哇哇大叫,试图挣脱,但威尔的力气太大了。

威尔继续揍他,他绝望地抽泣起来。

阿范尖叫道:"放开他!"然后她朝威尔猛扑上去。

威尔把基特推倒在地,一把揪住阿范。"哦,你也想要点儿教训,是吗?"威尔说,基特听到鞭子嗖嗖地划过空气,啪啪地落在阿范身上。基特爬起来,看见威尔撩起阿范的裙子,开始抽打她瘦骨棱棱的屁股。

基特想要挺身而出救阿范,就像阿范刚才勇敢地保护他一样,但他太害怕了,只能号啕大哭。

另外一个声音响起:"到底是怎么回事?威尔,你以为你在干什么?"

是威尔的弟弟罗杰。威尔停止鞭打,转向罗杰:"你少管闲事。"

罗杰说:"放开这两个孩子,你这头大笨牛。"

"小心你的态度,不然我连你也打。"

罗杰似乎并不害怕,尽管他又小又瘦,而威尔又高又壮。"你可以试试。"罗杰笑着说,"至少那会是一场更公平的打斗,不像现在这样以大欺小。你喜欢打小女孩的屁股吗?"

"别犯傻了。"

虽然他们还在争吵,但基特看得出威尔正在冷静下来。基特非常感激罗杰救了他和阿范。威尔本来有可能把他们俩都杀了的。

罗杰对威尔说:"我不明白你为什么要用尽全力打这两个可怜的小家伙。"

"常言道,孩子不打不成器。这样他们才听话。女孩最需要好好管教——这能让她们成为尊敬丈夫的本分妻子。"

"你对妻子一无所知,你这个白痴。来吃点儿早餐吧——那样或许可以消消气。"

威尔看向基特和阿范,基特吓得瑟瑟发抖,但威尔只说了一句话:"把这里收拾干净,不然我会再揍你们一顿。"

他们用颤巍巍的声音答道:"是,里迪克少爷。"

威尔转身离开,罗杰也跟着出了门。

基特跑到阿范身边,把脸埋进她的裙子,浑身依然战栗不止。阿范伸出双臂,紧紧抱住他。"没事了,没事了,"她说,"一会儿就不疼了。"

基特努力勇敢起来,说:"我已经觉得好多了。"

阿范松开双臂。"那就来吧,"她说,"咱们开始收拾。"

*

星期天下午,基特见到了母亲。

里迪克一家用过午餐,仆人将餐桌和餐具清理干净后就可以自由活动,直到就寝时间。妈妈像往常一样,在庄园宅邸的后门等基特。他一头扑进妈妈的怀抱,热情地拥抱她,把头埋在她柔软的胸脯里。然后,他牵着妈妈的手穿过村子。

他们回到家中,坐在妈妈的纺车旁,就像过去一样,只有他们两人。他递给妈妈几根乱糟糟的毛线,妈妈一边转动纺轮,一边把毛线慢慢塞进机器。地板上放着许多纺锤,上面缠绕着成品纱线。基特说:"你纺了好多呀——阿莫斯肯定会很满意的。"

妈妈说:"告诉我,你这几天都是怎么过的。"

他们边干活儿边聊天,基特把这一周发生的一切都告诉了妈妈:他做过的工作,吃过的食物,他什么时候开心,什么时候害怕。他提到了威尔·里迪克的暴行,妈妈差点儿气炸了,他马上转换话题,开始谈阿范,说阿范是多么善良。他说他爱阿范,等他们长大了,他要娶她。

妈妈笑嘻嘻地说:"这可不一定。你以前还说过要娶我呢。"

"那是傻话。每个人都知道，不能娶自己的母亲。"

"你三岁的时候还不知道呢。"

每个星期天同妈妈聊聊天，一周剩下的日子就好过多了。他恨威尔，但里迪克老爷家的大多数人既不善良也不残忍，罗杰和阿范站在他一边。他崇拜罗杰。

讲述自己是如何打扫卫生、擦亮皮靴的时候，基特感觉自己已经长大了。妈妈也忍不住夸赞："嘿，小家伙如今也能干大事啦！"基特听了更是觉得无比自豪。

下午的时光转瞬即逝。妈妈通常会给他准备一点儿好吃的：一片火腿、一杯鲜牛奶，或者一个橙子。今天妈妈给了他一片涂了蜂蜜的烤面包。

傍晚他们往回走的时候，那味道还留在基特嘴里。快到庄园宅邸时，他意识到自己还要一个星期才能见到母亲，不由得泪如雨下。"好啦，好啦，"妈妈说，"你快七岁了。你必须坚强起来，因为你本来就是小男子汉了呀。"

他尽量忍住不哭，但眼泪还是止不住地往下掉。

到了后门，基特紧紧抱住妈妈。妈妈抱了他很长时间，然后挣开他的臂膀，把他推进门里，关上了门。

*

星期一早上，基特的工作是清洁并擦亮马鞍，还有其他马具。有些马具在使用过程中会弄脏。为了让皮革保持柔软，始终防水，所有马具都必须擦皮革防水油。基特在洗涤室里干这个活儿，阿范在楼上扫地毯。马鞍很重，基特不得不把它们一个一个地搬过马厩院子。

他不喜欢马。一见到马，他就浑身起鸡皮疙瘩。他从未见过父母骑马。

里迪克一家在马厩里养了九匹马。里迪克老爷出行时，会驾驶一辆带车篷的双轮马车，拉车的是一匹健壮的小马。乔治教区长和罗杰先生都有自己的马。教区长有一匹大母马，罗杰有一匹脚步轻盈的骟马。威尔喜欢高大迅猛的猎狐马，他有两匹，其中一匹是最近买的深栗色种马，名叫"钢铁"。另外还有四匹拉车的马。

基特手里拿着一捆皮带走进院子，看见"钢铁"站在上马石旁边。一个叫诺比的老马夫拉着辔头，让马保持不动。这是一项艰巨的任务：马很不安分，疯狂地摇晃着脑袋，想要挣脱辔头。它眼睛睁得大大的，牙齿露在外面，耳朵向后倾斜，飞快地摆动尾巴，前腿叉开，好像会随时向前猛冲。

基特横穿院子，远远避开那匹烈马。

威尔一只脚踩着上马石，另一只脚已经伸进马镫，手里握着缰绳，正准备上马。罗杰从旁观察，道："你应该带着马到草地上慢走几分钟，让它平静下来。它心情不好。"

"胡说八道，"威尔说，"它只是太兴奋罢了。它想让人狠狠地骑上半小时，那样它就老实了。"他抬腿跨过马背："开门，诺比。"

诺比一松辔头，"钢铁"就开始紧张地往旁边踱步。威尔拉紧缰绳,大叫:"站稳哕,你这畜生。"马不顾命令,向后退去。

突然,马靠近了基特。

罗杰喊道:"小心,基特!"

基特惊恐地怔住了。

威尔拼命拽住缰绳,回头喝道:"滚开,你这傻小子!"

基特转过身,迈了两步,踩在一堆马粪上滑倒了,皮带掉了下来。他摔在地上,看见罗杰向他跑来,但"钢铁"的后腿离他更近。威尔语无伦次地呼喊着,挥舞着马鞭,诺比奋力抓住辔头,但马还是径直朝基特袭来。

就在"钢铁"快要压到基特身上的时候,他艰难地撑着地面跪起来。然后,他看见"钢铁"的一条腿飞踹过来,马蹄铁狠狠地砸在他的脑袋上。

伴随着一阵剧痛,他昏死了过去。

*

基特恢复知觉后,立刻感到一阵剧烈的头痛。在短暂的人生中,他还从来没有品尝过这种钻心的疼痛。这时候,他听到了一个男人的声音:"这个孩子能活下来,真是太幸运了。"

他痛得呜呜哭起来。那声音说:"他醒过来了。"

基特睁开眼,看见了外科医生亚历克·波洛克,他依旧穿着那件黑色的旧燕尾服。"我的头好痛。"基特哭诉道。

"坐起来，喝这个。"亚历克说，"这是戈弗雷甜酒，里面有鸦片酊，可以缓解疼痛。"

另一个人走到床边，基特认出那是金发粉脸的罗杰。罗杰把一只胳膊伸到基特肩下，轻轻地扶他坐起来。这个动作让他的头痛更厉害了。

亚历克把杯子递到基特嘴边，说："小心，别洒了——鸦片酊很贵的。"

基特喝了。他不知道鸦片酊是什么，但这杯饮料似乎是热牛奶。也许亚历克在里面放了什么东西，如同在茶里加糖一样。

"现在躺回去，尽量保持不动。"

基特依言而行。他的头还在疼，但感觉平静多了，也不再哭了。

亚历克问："你知道发生了什么事吗？"

"我把皮带掉地上了！我不是故意的。我很抱歉。"

"后来发生了什么？"

"'钢铁'好像踢了我一脚。"

"你还记得当时的事，这是好现象。你的头现在感觉怎么样？"

基特惊讶地发现疼痛减轻了，说："不像先前那么严重了。"

"这是我给你喝的药水的效果。"

"我把皮带掉地上了，会有麻烦吗？"

罗杰说："不会，基特，你不会有麻烦。那不是你的错。"

"哦，太好了。"

亚历克说："现在听我给你解释一下。"

"好的,先生。"

"你头上的骨头叫颅骨。'钢铁'很可能在上面踢出了一道小裂缝。如果你能在接下来的六周内基本保持不动,伤口就会愈合。"

六周是如此漫长,基特几乎无法想象要躺那么久不动。

"阿范会给你送吃的,你需要拉屎撒尿的时候,她会带来一个特制的盆子,你不用下床就能使用。"

基特第一次环顾四周。这里不是他平常住的那间阴沉沉的阁楼卧室。那里的墙壁被刷成绿色,床上铺着灰白的床单,他得同普拉茨和塞西尔挤在同一张床上;这个房间贴着带花朵图案的墙纸,床上铺着雪白的床单。"我在哪儿?"他问。

罗杰说:"这是客房。"

"在庄园宅邸里?"

"是的。"

"我为什么在这儿?"

"因为你受伤了。你必须待在这里,直到你康复。"

基特登时忐忑起来。他竟然被当作客人对待。不知道里迪克老爷对此有何想法。他焦急地说:"可我得擦靴子啊!"

罗杰笑道:"范妮会替你的。"

"不能交给阿范做,她的活儿已经太多了。"

"别担心,基特。"罗杰说,"我们会处理好这些事,不会让范妮吃不消的。"

罗杰好像觉得基特的担心有点儿滑稽,于是基特不再提范妮。他想到了另一件事。"我能去看看我母亲吗？"

亚历克答道："当然不行。不必要的运动是绝对禁止的。"

罗杰说："但你母亲会来看你。我向你保证。"

"好啊，请您一定要让她来。"基特说，"我真的很想见她，拜托啦。"

第七章

阿莫斯梦见自己正在和简·米德温特热烈而亲密地交谈。他们的头挨得很近，两人喁喁私语，谈话的内容极其私密。一股温暖幸福的感觉弥漫他全身。这时，鲁普·安德伍德走到他身后，试图引起他的注意。阿莫斯不想结束与简的这一特别时刻，一开始并不理睬鲁普，但鲁普摇了摇他的肩膀。然后他意识到自己在做梦，但他非常渴望梦能继续，所以他试图忽略鲁普的摇晃。结果徒劳无功，他无比惆怅地离开梦境，如同被逐出天国，坠落凡间的天使。

母亲的声音传来："阿莫斯，醒醒。"

天还很黑。母亲通常不会在早上叫醒他。他总是按时起床，做他必须做的事，而且通常在母亲还躺在床上的时候就离家了。况且，他记得今天是星期天。

他睁开眼，坐起来。母亲已经穿戴整齐，拿着蜡烛站在床边了。他问："现在几点？"

母亲失声痛哭。"阿莫斯，亲爱的儿子，"她说，"你父亲去世了。"

他的第一反应是难以置信:"可他昨天吃晚餐的时候还好好的呀!"

"我知道。"母亲用袖子擦了擦鼻子。这个动作,她在正常情况下是绝不会做的。

这下阿莫斯不得不信了:"出了什么事?"

"我莫名其妙地醒了,也许是他发出了声音吧……或者是我产生了某种预感。我跟他说话,但他没有回答。我点燃床头的蜡烛,好看清他的样子。他仰面躺着,眼睛瞪得老大,凝望着虚空。他已经没有呼吸了。"

阿莫斯突然想到,醒来时发现旁边躺着一具尸体,这肯定是一种可怕的经历。"可怜的母亲。"他握住母亲的手。

母亲按捺不住,兀自讲下去:"我叫醒了埃伦,她同我一起清洗了遗体。"阿莫斯想,她们刚才肯定没发出什么声响,不过,也可能是他睡得很沉的缘故。"我们用裹尸布把他裹起来,将硬币放在他的眼皮上,合上他的眼睛。然后我洗了澡,穿好衣服,来告诉你这个消息。"

阿莫斯掀开毯子,穿着睡衣站起来:"我想见他。"

母亲点点头,仿佛早就料到了儿子的反应。

他们一起走过楼梯口,来到父母的卧室。

父亲躺在四柱床上,头枕着一尘不染的白色枕头,头发梳得一丝不苟,身上紧裹着一条毯子,死后的仪容比生前更整洁干净。阿莫斯曾听人说,有的尸体面容不见异常,宛如活人,但父亲的情况并非如此。父亲已经离开了,阿莫斯看到的只是一副躯壳。不知为何,这一点一望便知。阿莫斯说不出那张脸上有什么东西给了他这种印象,但毫无疑问,父亲死了,千真万确。

强烈的悲痛攫住了他,他突然号啕大哭,泪如泉涌。与此同时,他也在心里问自己为什么会有这样的感觉。他父亲对他既不友善,也不慷慨,把他当拉车的大马一样使唤。他在父亲眼里只是头牲口,因为能运送货物,才不至于毫无价值。然而,他仍旧感觉自己失去了至亲,禁不住涕泗流涟。他不停地擦拭脸上的泪水,但眼泪还是如决堤的洪水一样不可遏止。

他的悲恸之情终于渐渐平息。母亲说:"现在穿好衣服,到厨房去喝杯茶吧。我们有很多事情要做,而做事可以帮我们承受丧失亲人的痛苦。"

阿莫斯点点头,任由母亲带着自己走出房间。他回到自己的卧室,开始穿衣服。他先是下意识地穿上平常的衣服,突然发现不妥,只好脱下来重穿。他选了一件深灰色的外套,搭配马甲和黑色领巾。系领巾、扣扣子的例行动作让他平静下来。他出现在厨房时已经恢复了自控力。

他坐到桌旁。母亲递给他一杯茶,说:"我们必须考虑葬礼的事。我希望仪式在大教堂举行。你父亲是王桥的重要人物,这是他应得的。"

"要我去请主教主持葬礼吗?"

"如果你愿意的话。"

"当然愿意。"

埃伦在阿莫斯面前放了一盘涂了黄油的烤面包。他原本并没有想要吃什么，但那香味让他垂涎欲滴。他拿起一片，迅速吃下肚，然后说："那守灵呢？"

"埃伦和我应付得了。"

埃伦说："也许还需要点儿人手。"

母亲补充道："那我需要从保险柜里拿些钱。"

"这个我来办，"阿莫斯说，"我知道钥匙在哪儿。"他又吃了些烤面包。

母亲含泪一笑："我想，那些钱现在是你的了。生意也是。"

"我只有十九岁，钱和生意应该是您的才对——至少在我二十一岁之前是这样。"

她耸耸肩："你是一家之主了。"

确实如此——这一天来得比阿莫斯预想的快。他早就迫不及待地想当家做主了，但梦想成真的时候，他却没有感到半点儿兴奋。相反，一想到自己并不具备父亲的知识和经验，却不得不承担经营家族生意的重担，他就不由得心头发怵。

他伸手去拿另一片烤面包，但面包已经被吃光了。

外面的天正在亮起来。母亲说："埃伦，到房子周围转一圈，确保所有的窗帘都拉上了。"这样做可以向路人传达"这家有人过世"的消息。"我会把镜子都遮住。"她说。这也是惯例，尽管阿莫斯不知道为什么。

"我们需要向相关人士通报父亲的死讯。"阿莫斯说，他想到了市长和《王桥公报》的编辑，"我应该去见主教了，但愿这个时间去他不会嫌太早。"

"你第一时间通知他,他会视之为谦虚恭敬的表示。"母亲说,"这方面他总是很在意。"

阿莫斯穿上外套,走进星期天清晨空气冷冽的户外。他父亲的房子——现在是他的房子了——位于高街。他走到高街和主街的十字路口,这里是市镇的商业中心,路口的四个角分别坐落着羊毛交易所、公会大厅、大礼堂和王桥剧院。他在路口拐进主街,往山下走去,路过大教堂。墓地在教堂北面,父亲的遗体不久后也会葬到那里,但他的灵魂已经升入天国。

主教府位于贝尔客栈对面,是一座豪华的府邸,有高高的窗户和精美的门廊。建造主教府所用的所有石头都来自专为大教堂的修建供应石料的采石场。阿莫斯认出了那个领他进入大厅的中年女仆,她叫琳达·梅森。"你好,琳达,我要见主教。"

"主教大人做完了晨祷,正在休息。"梅森说,"您找他有何贵干?"

"我父亲昨晚过世了。"

"哦!阿莫斯,我很遗憾。"

"谢谢你。"

"我去告诉主教大人您来了。到炉边坐坐吧。"

阿莫斯将一把椅子拉到炉火旁,坐下来,环视大厅。厅内的装饰颜色淡雅,墙上挂着几幅平淡无奇的风景画。之所以没有宗教主题的绘画,可能是因为那有点儿天主教的味道。

不一会儿，主教的女儿埃尔茜出现了。阿莫斯面露微笑，很高兴见到她。她头脑聪明，意志坚强，他们正在一起筹划主日学校的事。阿莫斯喜欢她，虽然她缺乏简·米德温特那样不可抗拒的魅力。埃尔茜相貌平平，嘴巴大，鼻子也大，不过——他现在想起来了——她倒是有着迷人的微笑。她说："你好，巴罗菲尔德先生，你在这里做什么？"

"我是来见主教的。"阿莫斯说，"我父亲去世了。"

埃尔茜同情地捏了捏他的上臂："我真替你，还有你母亲感到难过。"

他点点头："他们结婚二十年了。"

"夫妻相伴的时间越长，天人永隔时就越悲伤。"

"我想是的。我有好几天没见到你了。主日学校有什么进展吗？"

"大家似乎觉得，所谓主日学校，就是我在小房间里教十二个孩子读书。我想做的可不止这些——我想教更多的孩子，也许上百个，还要教他们写作和算术。我们必须给他们尝点儿甜头，把他们吸引过来——也许可以让他们在上完课后吃点儿蛋糕。"

"我同意。我们什么时候可以开始上课？"

"我不确定，但应该很快。我父亲来了。"

主教穿着全套礼拜服走下宽阔的楼梯。埃尔茜说："父亲，阿莫斯·巴罗菲尔德来了。他的父亲奥巴代亚去世了。"

"梅森告诉我了。"主教握了握阿莫斯的手。"对你来说，今天是个悲伤的日子，巴罗菲尔德先生。"他嗓音洪亮，仿佛在布道，"但我们知道,你的父亲已与基督同在,这足以令我们宽慰。正如使徒保罗所说,'与基督同在'是'好得无比的'[1]。"

"谢谢,主教阁下。"阿莫斯说,"我母亲想让您第一个知晓此事。"

"她想得真周到。"

"她让我问您,葬礼是否可以在大教堂举行。"

"我想可以。你父亲是高级市政官[2],还按时来教堂做礼拜,他有资格在教堂举行葬礼。我必须和我的神职同僚商量一下,但我看没什么问题。"

"我母亲会很欣慰的。"

"那就这样吧。现在我得去主持家庭祷告了。来吧,埃尔茜。"

主教和他女儿走进餐厅,阿莫斯从前门退了出去。

*

两天后,阿莫斯和五个布商负责抬棺。他们都戴着黑帽子,将棺材从房里抬出来,沿着高街和主街缓步而行,最后进入大教堂,把棺材放在祭坛前的支架上。

中殿里密密麻麻地挤满了人,阿莫斯颇感意外。来参加葬礼的有一百多人,或许有两百。简也在其中,他心中不禁暗喜。

---

[1] 出自《新约全书》中的《腓立比书》第一章第二十三节:我正在两难之间,情愿离世与基督同在,因为这是好得无比的。

[2] 地位仅次于市长的英国自治市市政委员会委员。

阿莫斯对大教堂抱有复杂的情感。卫理公会教徒不喜欢传统教堂的浮华,不喜欢那些精美的袍服和闪亮的珠宝;他们偏爱在装饰简单的朴素房间里做礼拜。信徒心中的所思所想才是礼拜的核心。尽管如此,每次看到大教堂巨大的柱子和高高的拱顶时,阿莫斯都会感到精神的升华。圣公会只有一个地方让他着实不喜欢,那就是教条性。神职人员认为自己说的就是金科玉律,信徒必须谨遵严守,卫理公会则会尊重信徒拥有个人意见的权利。

圣公会对他的态度,同此刻躺在棺材里的父亲如出一辙。

葬礼开始时,阿莫斯百感交集——他终于摆脱父亲的专横掌控了。但这种自由也带来了焦虑。他得去王桥见顾客,买羊毛,所以他需要有人替他四处跑腿。他打算储备原料,这样就不会因原料意外短缺而打乱经营。但这并非易事,因为他必须在价格低的时候购入原料。他想扩大业务,但他不知道上哪儿找更多的工人,尤其是纺纱工。父亲走了,我需要有人帮忙,他想。我没料到会发生这样的事。

他满心忧虑,葬礼结束时才猛然惊醒。他又愣了片刻,才意识到自己得帮忙抬棺。

他们将奥巴代亚抬出中殿,穿过巨大的西门,绕到教堂北侧的墓地。他们继续走过菲利普院长的纪念墓碑,这位修士在六百多年前负责建造了这座大教堂。在一座新坟前,他们停了下来。

看到那个深坑和旁边的一堆松土,阿莫斯不禁心头一震。这一幕没有什么不同寻常或出人意料的地方。令他震惊的是,父亲的尸体竟然要躺在这冰冷泥泞的坑里,直到审判日降临。

另一轮祈祷结束后,他们把棺材放入墓穴。

阿莫斯从土堆上抓起一把土,站在坟边,静静地俯视着棺材。他即将要做的事,意味着与父亲的彻底诀别,这残酷的真相令他悚然心惊。过了一会儿,他将手中的泥土一点点撒到棺材上。撒完之后,他背过了身。

他母亲大声抽泣着,也抓起一把土,抛进坟墓,然后摇摇晃晃地走开了。其他悼念者排队撒土时,母亲抓住阿莫斯的胳膊,说:"带我回家吧。"

埃伦将房子重新布置了一番,以便招待参加守灵的众人。大厅里放着一桶艾尔啤酒,还有几十个陶制大酒杯。餐厅的桌子上摆满了蛋糕、馅儿饼、奶酪饼和糖浆面包。楼上的客厅已经为接待更重要的客人做好了准备,雪利酒、马德拉白葡萄酒和波尔图红葡萄酒一应俱全,还有更为精致可口的小吃:鹿肉馅儿饼、咸鱼、兔肉馅儿饼和对虾。

看到这一切,母亲重新振作起来。她脱下外套,投入工作,力图将一切都安排得井井有条。阿莫斯准备迎接客人,几分钟后他们就陆陆续续到来了。他与客人逐一握手,感谢他们前来吊唁,请普通客人随意享用楼下的艾尔啤酒,引导特殊客人上楼另行款待。米德温特法政牧师和简属于后一种客人。他开始觉得自己就像个织布工,一遍又一遍地重复着同样的流程,直到那变成下意识的机械动作。

每个人都在谈论法国。革命者已经将国王路易十六斩首,并向英国宣战。铲子说,大部分英国正规军不是在印度就是在加勒比海地区。现在，夏陵民兵队每天都在王桥郊区的田野里操练。

阿莫斯渴望与简交谈。客人开始离开时，他找到了简。他觉得，既然自己如今接手了家族生意，简可能会对他高看一眼。他告诉自己，简很务实，就一个妻子而言，这是一种好品质，尽管不怎么浪漫。

他上了楼，发现简站在楼梯口。她穿着光滑的黑色法兰绒裙子，与她乌黑的头发相得益彰，格外迷人。"我梦见你了。"阿莫斯说，声音很轻，以免别人听见。

简用灰色的眸子望着他，他一如既往地感到自己无法抗拒简的魅力。"是美梦还是噩梦？"她问。

"非常美的梦。我不想醒来。"

她睁大眼睛，露出惊讶的神情："但愿你没在梦里干不光彩的事！"

"哦，没有。我们只是聊天，就像现在这样，但那种感觉……我不知道怎么描述，简直妙极了。"

"我们聊了什么？"

"我记不大清了，但好像是我们俩都很在意的事。"

"我无法想象我会跟你谈那种事……"她耸耸肩，"聊天是怎么结束的？"

"我醒了。"

"做梦就有这个缺点。"

和简在一起的时候，阿莫斯总是希望自己不必说话，这样就可以专心看她了。她什么也不用做——她不费吹灰之力就将阿莫斯迷得神魂颠倒。阿莫斯说："上次跟你说话之后，我的世界发生了天翻地覆的变化。"

"对你父亲的离世,我感到非常难过。"

"过去一两年里,我和他经常吵架。但他过世之后,我竟然会这么伤心,我自己都觉得不可思议。"

"家人就是这样。就算有时会恨他们,说到底你也还是爱他们的。"

这句话言近旨远,阿莫斯想,像是简的父亲可能会说的话。

他不知道如何提出那个早就想问简的问题,最后决定开门见山,直奔主题:"你愿意和我约会吗?"

"你已经问过我了,"简说,"我也已经回答过了。"

简的反应令人沮丧。但从另一个角度看,这并不是直截了当的拒绝。"我以为你可能改变主意了。"他说。

"我为什么要改变主意呢?"

"因为我不再是一个除了希望一无所有的男孩子了。"

她秀眉微蹙:"但你还是啊。"

"不是了。"他摇摇头,"我有赚钱的生意,还有房子。我明天就可以结婚。"

"但你的生意负债累累。"

他没有料到这一点,不由得后退一步,仿佛受到了威胁:"负债?不,没有这回事。"

"我父亲说有。"

阿莫斯惊骇不已。米德温特法政牧师不会重复无聊的流言。"怎么可能?"他说,"欠多少?欠谁的?"

"你不知道?"

"我现在还不知道。"

"我不知道你父亲为什么要借钱,也不知道他借了多少钱,但我知道他找谁借的钱:霍恩比姆高级市政官。"

阿莫斯仍然迷惑不解。他当然认识霍恩比姆,每个人都认识霍恩比姆。霍恩比姆也来守灵了,阿莫斯刚刚还看见,霍恩比姆和他的朋友汉弗莱·弗罗格莫尔在说话。霍恩比姆十五年前来到王桥。他买下了米德温特法政牧师的岳父德林克沃特高级市政官的布料作坊,将其发展成王桥最大的企业。奥巴代亚尊敬他,认为他是个精明务实的商人,但并不怎么喜欢他。"我父亲为什么要向他借钱呢?退一步说,我父亲为什么要借钱呢?"

"我不知道。"

阿莫斯环顾四周,寻找霍恩比姆的身影。那家伙身材高大,满面愁容,穿着颜色素净但价格不菲的衣服,戴着卷曲的浅棕色假发——他浑身上下只有这一处透着爱慕虚荣的味道。

简说:"他来过这里,但我很确定他已经离开了。"

"我去追他。"

"阿莫斯,等等。"

"为什么?"

"因为他不是好人。找他谈债务问题之前,你应该掌握所有的信息。"

阿莫斯强迫自己停下脚步。"你说得完全正确。"他稍作思忖后说,"谢谢。"

"等客人全都离开后,帮你母亲把房子收拾好。弄清楚你的真实财务状况,然后再去找霍恩比姆。"

"这正是我要做的事。"阿莫斯说。

简和她父亲一起离开了,但还有些客人一直盘桓不去,耽误了阿莫斯去做亟须处理的事。楼下那群人似乎决心要把桶里的啤酒喝干净了再走。阿莫斯的母亲和埃伦开始清理他们周围的东西,将用过的陶杯和剩下的食物拿走。最后只剩几个客人,阿莫斯好言相劝,他们也终于离开了。

然后他去了办公室。

父亲去世后的两天里,阿莫斯一直忙里忙外,安排葬礼,没空检查账簿。现在他很后悔,早知道就挤出时间翻一下了。

对他来说,办公室和房子的其他部分一样熟悉。但他现在才意识到,自己对这地方简直两眼一抹黑。抽屉里和地板上的盒子里放着发票和收据。一个笔记本上记着名字和地址,那些地址有的在王桥,有的在其他地方,没有迹象表明这些人是客户、供应商,还是别的什么。餐具柜里放着十来本沉甸甸的账簿,有的直立,有的平躺,没有一本上面标明了里面有什么信息。每当他问父亲有关钱的问题时,父亲都告诉他,二十一岁之前不需要为此操心。

他从账簿入手,随便挑了一本。账簿并不难懂,里面记录了每天的收入和支出,并在每个月底合计总额。大多数月份,收入超过支出,所以有盈利。偶尔也会出现亏损。翻到第一页,他看到日期是七年前。

他找到最近的账簿，检查了每月的总额，发现收入常常低于支出。他皱起眉头。这怎么可能？他检查了过去两年的账目，发现亏损在逐渐增加。但有几笔大额收入，上面标了一行神秘的文字："来自H账户。"这些收入都是整数——十镑、十五镑、二十镑——每笔收入都大致抵消了前几个月的赤字。还有标记为"Int. 5%"的定期小额支出。

一幅图景在阿莫斯脑中浮现出来，令他忧心如焚。

在直觉的驱使下，他翻到最后一本账簿的最后一页，发现了一列短短的数据表，表头是"H账户"。第一笔账记录于十八个月前。每条数据都与月度收支表中的数据相对应。表中的数字大多是负数。

阿莫斯目瞪口呆。

父亲已经连续亏损两年。他借钱来弥补损失。最后一页上记录的两个正数表明，他已经还了一部分钱，但很快又被迫再次举债。

Int. 的意思是利息，而 H 肯定就是霍恩比姆[1]。简没有说谎。

最后一页底部的余额是负一百零四镑十三先令八便士。

阿莫斯崩溃了。他本以为自己继承的家族生意尚可维持，谁知自己已经背上巨额债务。一百镑足以在王桥买一座豪宅了。

他必须偿还这笔钱。对阿莫斯来说，欠债不还是缺德可耻的。如果他变成那样的人，他几乎无法面对自己。

---

[1] Int. 是"利息"（interest）的缩写，而 H 是"霍恩比姆"（Hornbeam）的首字母。

就算他扭亏为盈，每月挣得一镑的微薄利润，他也要花将近九年才能还清债务，而这还没除去为他自己和他母亲购买食物的开销。

怪不得他父亲这些年在金钱上一毛不拔，做起事来讳莫如深。奥巴代亚一直在隐瞒亏损——也许是希望能尽快走出困境，尽管他似乎没有为此采取多少行动。或许，症状表现为呼吸困难的那种疾病也影响了他的心智。

阿莫斯会从霍恩比姆那里了解更多情况。但他不能只是向霍恩比姆提问。他还需要向霍恩比姆保证，债务会尽快还清。他必须展现决心，赢得霍恩比姆的信任。

他要担心的不仅仅是霍恩比姆，其他王桥商人也会关注他的一举一动。他们认识他父亲，知道阿莫斯一直都是他父亲的得力助手，所以他们会对他友好相待，起码一开始是这样。但如果他刚接手生意就宣告破产，他们立马就会冷眼以对。每个人都应该知道，阿莫斯为了偿还父亲的债务在多么努力地工作，这一点非常重要。

霍恩比姆看上去不苟言笑，但他应该是个通情达理之人吧？他曾试图帮助奥巴代亚渡过难关，这是一个好兆头——当然，他也收取了利息。而且他是看着阿莫斯长大的，这份交情应该有点儿用吧。

这种乐观的想法鼓舞了阿莫斯。他离开临街的办公室，朝霍恩比姆的住所走去。

霍恩比姆家位于高街以北，靠近圣马可教堂。这里从前是破旧的街区，后来，廉价的旧排屋被夷为平地，新修了带马厩的大房子。霍恩比姆家有左右对称的窗户，还有带大理石柱子的门廊。阿莫斯记得父亲说过，霍恩比姆雇了一个收费低廉的布里斯托尔建筑师，扔给此人一本罗伯特·亚当[1]的设计图册，要求建造一座低成本版的古典宫殿。主楼一侧稍靠后的地方是马厩院子，瑟瑟发抖的马夫正在那里清洗马车。

一名愁眉苦脸的男仆打开门。阿莫斯说自己是来拜见霍恩比姆高级市政官的，那人用悲伤的语调说："我去看看老爷在不在，先生。"

阿莫斯一进门就感受到这座房子的气氛：黑暗、庄重、严肃。大厅里，高高的落地钟嘀嗒作响，声音铿锵有力。几把抛光直背椅是橡木制的，看上去很难称得上舒适。地板上没有铺地毯。在冷冰冰的壁炉上方，挂着一幅有镀金画框的霍恩比姆肖像，画里的霍恩比姆神情严厉。

阿莫斯等待接见时，霍恩比姆的儿子霍华德从通往地下室的楼梯走出来，就像一个隐藏已久的家庭秘密终于浮出水面一样。他身材魁梧，在远离父亲的时候还算和蔼可亲。阿莫斯和霍华德曾在王桥文法学校一起上学。霍华德小阿莫斯几岁，而且有点儿笨。他父亲的聪明才智和坚强个性遗传给了小女儿德博拉——当然，德博拉没有获准上文法学校。

霍华德向阿莫斯打了个招呼，握了握手。那个愁眉苦脸的男仆又出现了，说霍恩比姆先生同意见阿莫斯。霍华德说："我带他过去，辛普森。"霍华德将阿莫斯领到大厅后部的一扇门前，进入霍恩比姆

---

[1] 罗伯特·亚当（1728—1792），英国新古典主义建筑师、室内设计师和家具设计师。

的书房,然后退了出去。

这个房间堪比牢房:没有地毯,没有画作,没有窗帘,小壁炉里火焰微弱。霍恩比姆坐在书桌后面,仍然穿着参加葬礼时的服装。他年近四十,满脸赘肉,眉毛浓密。他匆匆摘下眼镜——被人看到视力不行了,他似乎有点儿难为情。他没有请阿莫斯坐下。

阿莫斯见识过敌对的态度,霍恩比姆的冷淡反应并没有吓倒他。他遇到过心怀不满的织布工和纺纱工,也遇到过不满意的顾客,他知道他们是可以安抚的。他说:"谢谢您来参加我父亲的葬礼,先生。"

霍恩比姆不善交际,只是耸了耸肩,这样回应对方的感谢可不合适。他说:"我们都是高级市政官。"过了一会儿,他又补充道:"也是朋友。"

他没有让下人端来茶和酒。

阿莫斯像个调皮捣蛋的学生一样站在书桌前,说:"我来找您,是因为我刚刚得知父亲一直在向您借钱。他从没告诉过我。"

霍恩比姆只是报了个数:"一百零四镑。"

阿莫斯礼貌地微笑道:"还有十三先令八便士。"

霍恩比姆依然面若冰霜:"没错。"

"谢谢您在他需要帮助的时候伸出援手。"

霍恩比姆不愿被视为慷慨施舍的恩主:"我不是慈善家。我向他收取了利息。"

"只有百分之五。"对一笔高风险的个人借款来说,这并不过分。

霍恩比姆显然不知道该说什么,只好低头表示认可。

阿莫斯意识到，他热忱的感激之词对铁石心肠的霍恩比姆毫无作用，于是说道："不过，还债的责任落到我身上了。"

"确实如此。"

"问题不是我制造的，但我必须解决它。"

"说下去。"

阿莫斯定了定神。他有一个计划，并且认为这是一个很好的计划。也许暴躁的霍恩比姆听了也会大加赞赏。"首先，我必须让公司赢利，这样就不需要再借债了。父亲积累了一些不受顾客欢迎的旧库存，我会降价处理掉。我还想专注于销售价格更高的精美布料。我相信，如此改弦更张后，我可以在一年内赢利，并有望于1794年元旦开始还款。"

"是吗？"

这可不是一个鼓舞人心的回答。霍恩比姆知道可以拿回自己的钱，本该更高兴才对。不过，他这个人一向不爱说话。

阿莫斯继续道："然后，我希望能提高赢利能力，这样就能加快还款速度。"

"你怎么做到这一点呢？"

"主要是通过扩张。我会寻找更多的纺纱工，这样就能确保纱线供应，然后再找更多的织布工。"

霍恩比姆点点头，几乎像是表示赞同，阿莫斯稍感轻松。

为了得到更明确的支持，他说："我希望您觉得我的计划是切实可行的。"

霍恩比姆没有理会这句话,而是提了一个问题:"你预计什么时候能还清债务?"

"我相信我可以在四年内做到。"

霍恩比姆沉默良久,然后说:"你有四天时间。"

阿莫斯满腹疑团:"您这话是什么意思?"

"就是字面上的意思:我给你四天时间还债。"

"可是……我刚才已经跟您解释过了……"

"现在轮到我来给你解释了。"

阿莫斯有一种非常不好的预感,但他咬紧牙关,挤出两个字:"请讲。"

"我没有借钱给你,我是借给你父亲。我了解他,也信任他。可现在他过世了。我不了解你,不信任你,也不关心你。我不会借钱给你,也不会允许你以你父亲的方式继续还债。"

"您是什么意思?"

"我的意思是,你必须在四天内还清债务。"

"可我做不到啊。"

"我知道。所以四天之后,我会接管你的生意。"

阿莫斯如坠冰窟:"您不能这么做!"

"我可以。这是我和你父亲达成的协议,他还为此签了一份合同。你可以在你父亲的文件里找到那份合同的副本,我这里也有一份。"

"那他什么也没给我留下!"

"所有的存货都是我的。下个星期,我的人会去走访那些为你生产的工人。生意还会继续,但我才是老板。"

阿莫斯紧盯着霍恩比姆的脸。他很想问:"您为什么恨我?"但霍恩比姆没有流露出仇恨的表情,只是微微抽动了一下嘴角,那似乎是一丝胜利的微笑,透着狡黠的满足。

霍恩比姆并非心肠歹毒之辈,只是贪得无厌,毫无怜悯之心罢了。

阿莫斯感到计穷力屈、无路可走了,但他的自尊心不允许他承认失败。他走到门口。"四天后见,霍恩比姆先生。"他说。

他头也不回地离开了。

第八章

铲子坐在织机前,将纱线穿过垂直综丝[1]上的小眼,形成经纱[2],然后小心翼翼地固定纱线,使其保持紧绷。敲门声传来,他抬头一看,阿莫斯走了进来。

铲子没料到葬礼结束后这么快阿莫斯就出来走动了,不由得心头一惊。阿莫斯的表情与其说是悲伤,不如说是沮丧。就阿莫斯而言,这很不寻常:他可能会显得焦虑或愤怒,但他一直满怀年轻人的乐观精神,从未垂头丧气过。然而现在,他似乎已经放弃希望了,铲子忍不住心生同情。

"你好啊,阿莫斯,"他说,"想喝杯茶吗?"

"好的,谢谢。"阿莫斯说,"我刚才和霍恩比姆在一起,他连一口水都没给我喝。"

---

[1] 织机附件名。用线、钢片或钢丝制成,中部有小孔,供经纱从孔中穿过。每根综丝控制一根经纱。纺织时,综丝上下运动将经纱分开,形成梭口,以便引入纬纱。——编者注

[2] 指织布时与梭子的运动方向垂直的纵纱。而纬纱指织布时由梭子引导的与经纱交织的横纱。——编者注

铲子笑了："他会说他买不起水。"

"浑蛋。"

"来，跟我讲讲出了什么事。"

铲子有一间仓库兼作坊，附带一个可供单身男士居住的房间。他自己承担了大量织布工作，但他也雇用了其他织布工，其中有个叫赛姆·杰克逊的，几乎和他一样技术娴熟。织布报酬颇高，但铲子志向高远，他想要干更大的事业。

铲子把阿莫斯领到他的私人房间，里面有一张窄床、一张圆桌和一个壁炉，看上去十分简朴。铲子把所有的创造力都倾注到织布工作中——织布能让他心潮澎湃。"坐下吧。"他指着一把木椅说。他将一罐水放在火上，用勺子把茶舀进茶壶，然后坐在凳子上等水烧开。"那老家伙在搞什么鬼？"

阿莫斯把手伸向炉火取暖，看上去苦不堪言，铲子替他感到难过。阿莫斯说："我发现父亲已经亏损两年了。"

"嗯，他看上去确实没了干劲。"

"但霍恩比姆一直在借钱给他，让他维持经营。"

铲子蹙额道："霍恩比姆可不像会雪中送炭的人。"

"他收利息。"

"当然。你欠他多少钱？"

"一百零四镑十三先令八便士。"

铲子吹了声口哨："好多啊。"

"我简直不敢相信自己落到了这步田地。"阿莫斯说，那种年轻人特有的迷茫神情令铲子动容。"我是个诚实的商人,工作也很努力,但我现在破产了。我觉得自己傻到家了。这种事怎么会发生在我身上?"

这个可怜的孩子痛不欲生。铲子若有所思地站起来,将开水倒在茶叶上:"你只能还钱。这也许需要你几年时间,但这场磨难会为你赢得信守承诺的好名声。"

"没错,要几年才可以还完。但霍恩比姆只给了我四天的时间。"

"什么?那不可能。他在想什么呢?"铲子搅了搅壶里的茶,倒进杯子里。

"我告诉霍恩比姆那不现实。"

"他是怎么说的?"

"他说他要把我的生意抢走。他有合同。"

铲子恍然大悟:"原来如此。"

阿莫斯说:"'原来如此'是什么意思?"

"我刚刚在想,为什么霍恩比姆这样的吝啬鬼会把钱借给一家濒临倒闭的企业。现在我明白了。"他递给阿莫斯一个杯子,"他不是大发善心。他料定你父亲会破产,打从一开始就计划将你父亲的生意据为己有。"

"他真的那么奸诈吗?"

"那家伙唯利是图,贪财忘义。他想拥有整个世界。"

"也许我应该掐死他,然后因谋杀罪被绞死。"

铲子哑然失笑:"先别这么做。我不愿意看到你上绞刑架,王桥的大多数人也不愿意。"

"我不知道还能怎么办。"

"你说霍恩比姆给了你多长时间?"

"四天。怎么了?"

"我倒有个主意。"

阿莫斯急不可耐地问:"你有什么主意?"

"别抱太大希望。我只是在想有没有转圜的办法,但可能行不通。"

"快给我讲讲。"

"不行,我还要好好考虑一下。"

阿莫斯急得抓耳挠腮,但他努力克制住追问的冲动,说:"好吧。不管是什么办法,我都愿意试试。"

"今天是星期二,四天后是星期六。你星期五下午来找我吧。"

阿莫斯喝完杯中的茶,起身欲走:"你就不能先透露一点儿?"

"我的办法很可能行不通。我星期五再告诉你吧。"

"嗯,谢谢你替我想办法。你是我真正的朋友,铲子。"

阿莫斯走后,铲子坐在那里沉思良久。霍恩比姆有点儿不对劲。这个人很有钱;他是市里的重要人物,是高级市政官和治安法官;他娶了一个善良听话的女人,生了两个孩子。是什么驱使着他翻脸无情,对阿莫斯赶尽杀绝?他没有兴趣举办奢华的宴会,饲养昂贵的赛马,也没有兴趣前往伦敦豪华的赌博俱乐部,打错一张牌就输掉几百镑。他手上的钱应该多到花不完才对。但他见钱眼开,求索无厌,为了抢走一个已故之人的生意,他毫不犹豫地压榨那个少不更事的继承人。

不过，他的图谋也许是可以挫败的。

一个想法在铲子的脑海中逐渐成形。他穿上大衣，冒着严寒走出门，往米德温特法政牧师家走去。

王桥最古老、最优雅的房屋全归教会所有，留给高级神职人员居住。米德温特在这个市镇最令人艳羡的地段，也就是大教堂对面，拥有一座詹姆士一世时代风格的宅邸。铲子被领进一间装饰得古色古香的舒适客厅。这种装饰风格自铲子开始懂得欣赏这些东西的年纪起便一直很流行：色彩斑斓的彩绘天花板、细长腿的椅子、壁炉架上一对带垂花雕饰的奶油色瓮瓶——多半是乔西亚·韦奇伍德[1]的那家著名工厂制造的。铲子猜，这个房间的设计应该出自米德温特已故妻子之手。

法政牧师正在和女儿简喝茶。铲子觉得简长得非常漂亮，她有一双灰色的大眼睛。每个人都知道阿莫斯爱上了她，铲子明白其中的原因，但他认为简对阿莫斯相当冷漠，也许还有点儿虚伪。王桥最爱八卦的贝琳达·古德奈特告诉铲子，简永远不会嫁给阿莫斯。

米德温特还有两个儿子，聪明伶俐，比简年长，都在爱丁堡上大学。卫理公会教徒更愿意将儿子送去苏格兰上大学，那里更注重教授医学和工程学等有用的学科，而不是圣公会教义。

米德温特和简热情地向铲子打了招呼。铲子坐下来，接过一杯

---

[1] 乔西亚·韦奇伍德（1730—1795），英国陶工、企业家，1759年创立韦奇伍德公司，欧洲陶器制造工业化的领导者。下面提到的"著名工厂"指的是1769年韦奇伍德在斯托克地区开办的一家名为"伊特鲁里亚"的陶瓷厂。

茶。在礼貌的寒暄之后，他将阿莫斯和霍恩比姆的纠纷告诉了米德温特父女。

阿莫斯的遭遇令简怒不可遏。她说："霍恩比姆居然在阿莫斯父亲葬礼当天干这种事！"

米德温特评论道："霍恩比姆肯定会确保所有文件都无懈可击，咱们不可能在合同里找出任何法律问题。"

"毫无疑问。"铲子说。

简说："我们当然不会让那老狐狸得逞！"

"我有一个办法，或许可以帮到阿莫斯。"铲子说，"这就是我来这里的原因。"

米德温特说："愿闻其详。"

铲子将酝酿已久的想法和盘托出："阿莫斯是个聪明的小伙子，工作也很努力。假以时日，我相信他能还清债务。"

米德温特说："但霍恩比姆就是不给他时间啊。"

"我们几个人凑钱借给阿莫斯，好让他星期六前把钱还给霍恩比姆，怎么样？"

简热情洋溢地说："好主意！"

米德温特慢慢点头："有一定风险，但就像你说的，阿莫斯最终很可能还得上。"

"我想，我们可以找到足够多的人支持身陷困境的卫理公会教友。"

"肯定可以。"

铲子很高兴米德温特喜欢这个主意，但为了确保这笔借款能顺利筹集，他还可以做一件事，那就是带头出资。

铲子率先示范："我愿意出十镑。"

"很好。"

"米德温特法政牧师，如果您支持我，也出十镑，我将有充足的理由说服其他卫理公会教徒加入我们的计划。"

米德温特一时无话，铲子焦急地等待对方回应。

最后米德温特说："好的，我很乐意出十镑。"

铲子松了一口气，继续道："我们得设定一个还款日期，比方说，十年之后。"

"我同意。"

"还要向阿莫斯收取利息。"

"当然。"

简想了想，说："阿莫斯必须把所有的钱都存起来偿还借款。他要穷十年了。"

"没错。"铲子说，"最重要的是，我希望您，米德温特法政牧师，担任借款基金的司库。"

米德温特耸耸肩："你可以当司库。大家都知道你很诚实。"

铲子咧嘴一笑："可您是大教堂的法政牧师啊。您地位崇高，更值得信赖。"

"那好吧。"

简鼓掌庆贺："这下子阿莫斯终于有救了……太好了。"

"别高兴得太早。"铲子说，"我们才刚开始哩。"

*

铲子喜欢姐姐的服装店。他和凯特都对布料情有独钟——他们喜欢五彩缤纷的颜色和五花八门的织法,也喜欢美利奴羊毛的柔软触感和粗花呢的结实质感。他们的父亲是织布工,母亲是裁缝,所以他们生来就注定要从事服装业,正如王子和公主生来就要享受闲暇时光和奢华生活一样。

他检查了凯特为主教夫人阿拉贝拉·拉蒂默做的外套。外套有三层披肩领,还有紧身袖和高束腰,褶皱从腰部一直延伸到脚踝,充分展现了布料丰富的色彩和素雅的格子图案。"这件衣服穿在她身上会非常漂亮。"铲子说,"我知道会。"

"最好如此。"凯特说,"她可是付了一大笔钱呀。"

"相信我,"铲子说,"我知道什么能取悦女人。"

凯特轻蔑地哼了一声,铲子开怀大笑。

凯特满身都是蕾丝织物——她肩上搭着蕾丝围巾,袖子上装饰着长长的蕾丝褶边,裙子外套着蕾丝罩裙。她容貌姣好,蕾丝很适合她,但她这么穿的真正原因是她购入了大量蕾丝,得时时处处向顾客展示。

这家店位于高街一座房子的底楼,凯特和铲子小时候就住在这座房子里。现在住在这里的是凯特和她的搭档丽贝卡。二楼是卧室,可以用作顾客试衣间;三楼是凯特和丽贝卡的房间;厨房在地下室。

铲子正在欣赏拉蒂默太太的外套时,他的小舅子穿着崭新的民兵队制服从楼上走了下来。凯特通常不给男人做衣服,但弗雷迪·凯恩斯是铲子已故妻子的弟弟。弗雷迪十八岁，刚被征召入伍，凯特特意给他缝制了民兵队制服。

"嘿，"凯特说，"你看起来真帅气！"

他确实英姿勃发，气宇不凡。他脸上笑开了花，说明他也知道这一点。

铲子说："你将是所有夏陵民兵中唯一穿定制军装的新兵。"军官的制服都是量身定做的，但低阶士兵都穿廉价的成衣。

"我可以一直穿着吗？"弗雷迪说，"我想让大伙儿都看看。"

"当然可以。"凯特说。

"我过会儿回来拿旧衣服——我把它们放在楼上了。"

弗雷迪前脚刚走，拉蒂默太太后脚就从临街的门进来了。她的鼻尖冻得红通通的。铲子鞠了一躬，凯特也行了个屈膝礼——对主教夫人，你必须礼敬有加。

不过，阿拉贝拉·拉蒂默总是不拘礼节，待人友好。她一眼就看到了桌子上的新外套。"这是我的衣服吗？"她说，"好漂亮啊。"她用双手抚摩、揉搓布料，显然很享受那种触感。铲子想，她是个性感撩人的女人，可惜在那个胖主教身边蹉跎了人生。

"试试吧，"凯特说，"把您的斗篷脱下来。"

拉蒂默太太还穿着参加葬礼时的服装。铲子走到她身后。"我来帮您。"他闻到她的头发很香。她在赤褐色的鬈发上涂了一种香喷喷的润发油。

她耸肩抖落斗篷，铲子将其挂在衣钩上。她在斗篷下穿了一件令人惊艳的丝绸连衣裙,颜色是焦木的黑棕色。拉蒂默太太知道穿什么好看。

凯特拿起新外套,请她试穿。

铲子目不转睛地注视着她,而不是外套。她的头发仿佛一首用不同色调写成的诗:浓茶色、秋叶色、姜黄色、干草金色。外套将她的发色完美地衬托出来。

她扣上外套的扣子。"有点儿紧。"她说。

凯特打开了工作间的门:"贝卡[1],亲爱的,请过来看看。"

她的搭档丽贝卡从里屋走出来,手里拿着针垫和顶针。她与凯特对比鲜明:她相貌平平,衣着朴素,头发紧紧地别着,袖子卷了起来。她向拉蒂默太太行了个屈膝礼,然后绕着她转了一圈,用挑剔的眼光观察那件外套。"嗯。"她说,然后仿佛想起了必须说点儿恭维话似的,加了一句,"看起来棒极了。"

凯特说:"千真万确。"

贝卡说:"胸衣的位置太紧了。"她从袖子里掏出一支粉笔,在外套上做了个记号。"差了一英寸。"她补充道。她走到拉蒂默太太身后,顺着外套两侧往下摸。"腰也是。"她又用粉笔做了个记号。"肩膀的地方完美无缺。"她往后退了一步,"外套的下摆优雅匀称。其他方面都很出色。"

拉蒂默太太在大大的穿衣镜中打量自己:"天哪,我的鼻子都变

---

[1] 丽贝卡的昵称。

红了。"

铲子说："是杜松子酒喝多了。"

凯特假意呵斥道："大卫！"她只有在责备铲子的时候才叫他真名——就像他们的母亲一样。

"是冷风吹的。"拉蒂默太太说，接着咯咯笑了两声，表明她不介意这个玩笑。她对着镜子仔细查看外套："我等不及要穿上它了。"

贝卡说："我明天就可以为您改好。"

"太棒了。"拉蒂默太太解开外套扣子，凯特帮她脱下，铲子将斗篷递给她。她一边系脖子上的丝带，一边对贝卡说："我明天再来一趟。"

"谢谢，拉蒂默太太。"贝卡说。

拉蒂默太太走了。

凯特说："好一位绝世佳人。国色天香，身材妖娆。"

贝卡尖刻地讽刺道："既然你这么喜欢她，就去追求她吧。去呀。"

"亲爱的，如果不是有了更好的人选的话，我肯定会的。"

贝卡看起来醋意全消。

凯特又说了一句："而且，她也不喜欢女人。"

"你凭什么这么肯定？"贝卡问。

"她太喜欢我弟弟了。"

"胡说八道。"铲子哈哈一笑。

他从后门离开房子。他和凯特继承这地方之后，铲子在房后建了仓库，那里以前是个果园，而他姐姐占用了这座房子。

凯特和贝卡在各方面都像夫妻一样生活。她们行事低调，非常小心，但铲子与姐姐关系密切，多年前就知道了她的秘密。他很确定外人全都被蒙在鼓里。

他穿过院子。快到仓库时，他看见高大的阿莫斯·巴罗菲尔德从开在后巷的门走了进来。

这天是星期五，铲子跟他约好了要见面。阿莫斯精神紧张，脸色苍白，双眼圆睁，焦虑不已。铲子打开仓库门。"请进。"他说。他领着阿莫斯来到他的私人房间。两人落座后，他说："我有消息要告诉你。"

阿莫斯看起来很害怕："好消息还是坏消息？"

铲子把手伸进衬衫，取出一张纸："请看看。"

阿莫斯接过纸。

那是一张带手写签名的银行票据，指示汤姆森王桥银行——王桥三家银行中最古老的那家——向约瑟夫·霍恩比姆支付一百零四镑十三先令八便士。

阿莫斯激动得说不出话来。他抬头看着铲子，眼中饱含泪水。

"这当然是借款。"铲子说。

"我简直不敢相信。我得救了。"

为了让阿莫斯冷静下来，铲子开始解释借款的细节："一群卫理公会教友想一起出资帮你渡过难关，委托米德温特法政牧师做司库。"

"我简直不敢相信自己有多幸运。"

"不过，我建议你不要泄露资金来源。这不关别人的事。"

"当然。"

"你得支付百分之四的利息,十年内归还本金。"

阿莫斯用近乎崇拜的眼神看着铲子:"这一切都是你促成的,对吧,铲子?"

"米德温特法政牧师和我都出了力。"

"我怎么感谢你才好呢?"

铲子摇摇头:"你只要努力工作,经营好生意,到时候把钱还给大家就行了。这就是我对你的全部要求。"

"我一定做到,我发誓。我简直不敢相信自己竟有这样的好运气。感谢上帝,谢谢你。"

铲子站起身:"事情还没完呢。我们得确保霍恩比姆不会耍什么花招。"

"不错。"

"首先,你需要在治安法官面前与米德温特法政牧师签署一份借款协议。然后,你需要把这张银行票据交给霍恩比姆。我强烈建议你在同一位法官面前做这两件事。"

"哪一位比较好?"王桥有几位治安法官,有的是霍恩比姆的狐朋狗友,比如汉弗莱·弗罗格莫尔。

铲子说:"我和首席法官、高级市政官德林克沃特谈过了。你也许知道,他是米德温特的岳父。"

"不错的选择。"德林克沃特以诚实著称。

"你当然要付钱给他——他会收五先令。法官通常对这种服务收费。"

阿莫斯露齿一笑:"我现在负担得起了。"

他们离开了铲子的仓库。首先,他们去了阿莫斯家,从保险柜里取出五先令。然后,他们前往鱼巷的德林克沃特家。那是一座简陋老旧的砖木结构房屋。

德林克沃特正在办公室等他们。他坐在书桌后面,桌上摆着所有必需的文具:羽毛笔、纸、墨水、吸墨沙和封蜡。他是秃头,但今天戴着假发,表示他正在扮演正式角色。

他读了铲子拿出来的借款协议。"一切正常。"他说,然后将文件推到桌子对面。阿莫斯拿起羽毛笔,在墨水瓶里蘸了蘸,签了名,然后德林克沃特作为证人签了名。

铲子接过文件,用吸墨沙吸干墨水,小心翼翼地把文件卷起来,放进衬衫。

阿莫斯说:"现在我必须千方百计保证还款了。"

"你会做到的。"德林克沃特说,"我们都相信你。"

阿莫斯看上去有点儿担忧,但依然坚定。

德林克沃特穿上一件相当破旧的大衣。三个人走出去,前往霍恩比姆家。

在大厅等候时,阿莫斯看着霍恩比姆的肖像说:"上次来这里,我遭到了这辈子最大的打击。"

铲子说:"现在轮到霍恩比姆惊惶无措了。"

一个男仆把他们领进书房。霍恩比姆见到他们吓了一跳。"这是怎么回事?"他气呼呼地说,"我要见的是小巴罗菲尔德,不是一个代表团。"

铲子说："我们是来交涉小巴罗菲尔德的债务问题的。"

"如果你们是来求饶的,那就是在浪费时间。"

"哦,不是。"铲子说,"我们不指望你大发慈悲。"

霍恩比姆心生疑窦,不再像先前那样傲慢无礼:"好吧,别浪费我的时间,你们想要什么?"

"我们不找你要什么东西,"铲子说,"但巴罗菲尔德有东西要给你。"

阿莫斯将银行票据递过去。

德林克沃特开口道:"霍恩比姆,在你向银行出示那张票据之前,你需要交出所有与已故的奥巴代亚·巴罗菲尔德欠你债务有关的文件。那捆文件应该就放在你的桌子上,你如果不能马上交出文件,就必须把银行票据还给小巴罗菲尔德。"

霍恩比姆那张胖嘟嘟的大脸登时吓得煞白,接着羞得粉红,最后气得通红。他不理睬德林克沃特,直视着阿莫斯。"你从哪儿弄来的钱?"他大吼道。

阿莫斯似乎有点儿害怕,但并未退缩:"我认为您不需要知道这个,高级市政官。"

好样的,阿莫斯,铲子在心底赞许。

"是你偷来的!"霍恩比姆咆哮道。

德林克沃特插话道:"我可以向你保证,霍恩比姆,这笔钱来路正当。"

霍恩比姆转身对德林克沃特说:"你来这里管什么闲事?这跟你半毛钱关系都没有!"

德林克沃特温和地说:"我作为治安法官来见证一桩合法交易,也就是一笔债务的偿还。为避免误解,也许你可以写一张简单的字条,说巴罗菲尔德已经还清了他欠你的债。我会作为见证人,证明你写了这张字条。巴罗菲尔德可以保留这张字条作为还款凭证。"

霍恩比姆说:"这里面肯定有鬼!"

"冷静,别说出一些会让你后悔的话。"德林克沃特说,"你我都是法官,我们像小贩一样互相大喊大叫是不成体统的。"

霍恩比姆似乎想大声反驳,但他克制了冲动,二话没说,抓起一张纸,飞快地写了几行字,递给德林克沃特。

德林克沃特看了看字条。"嗯,"他说,"勉强看得清。"他拿起羽毛笔签了名,然后把字条递给阿莫斯。

霍恩比姆咬牙切齿地说:"如果各位没有别的事情需要在下效劳,就请回吧。"

三人站起来,嘟囔了一声"再见",离开了房间。

他们走到街上,铲子终于忍不住笑了起来。"刚才那一幕太精彩了。"他说,"那家伙气得要命!"

阿莫斯对德林克沃特说:"他对您那么无礼,我很抱歉,高级市政官。"

德林克沃特点点头:"今晚我把他得罪惨了。"

铲子略一沉吟,说:"我怀疑,我们三个都跟霍恩比姆结下梁子了。"

阿莫斯懊恼地说:"我非常感激你们二位。霍恩比姆可是个难缠的敌人。"

"我知道,"铲子说,"但有时候一个人必须做正确的事。"

*

第二天早上,铲子去了姐姐的服装店,希望在拉蒂默太太来取新外套时见到她。铲子很幸运。拉蒂默太太像一股和煦的春风似的飘进了屋,铲子不禁再次暗暗感叹她有多么倾国倾城。

她试穿外套时,铲子凝视着她的身体,假装检查衣服是否合身。她身材曼妙,铲子忍不住想象她衣服下的胸部有多么丰腴诱人。

他本以为自己很谨慎,但拉蒂默太太注意到了他的眼神,他顿时大感尴尬。拉蒂默太太微微扬起眉毛,大大方方、兴趣盎然地看了他一眼,仿佛他的目光只是让她有点儿惊讶,却没有真正惹她不快。

铲子因为被人发现而羞愧,赶紧把目光移开,感到脸颊发红发烫。"很合适。"他嘟囔道。

"是的,"凯特说,"我觉得贝卡改得非常精确,不大不小刚刚好。"

铲子说:"不好意思,女士们,我必须回去工作了。"说完,他就从后门离开了。

他暗骂自己不争气,怎么能那样粗鲁无礼。但拉蒂默太太的反应也勾起了他的兴趣。她并没有感到被冒犯,反倒像是很高兴他注意到了她的胸部。

他在心里问自己：我到底在干什么呀？

自从妻子贝齐去世以后，他已经禁欲十年了。他并不缺乏欲望，恰恰相反，他渴望女人。他好几次都动过续弦的念头。鳏夫经常再婚，通常是和更年轻的女人，但年轻女孩无法吸引他的注意。他认为，要娶年轻人，你自己也必须年轻才行。他曾经看上过茜茜·巴格肖，一个布商的孀妻，年纪与他相当，做事干练务实。茜茜明确表示愿意同他上床，"试试合不合身"，就好像他们可以像试穿新衣服一样尝试合不合得来。他喜欢茜茜，但仅仅喜欢还不够。他对贝齐的爱可以唤醒内心的激情，这是简单的好感绝不能比的。

但现在，他突然感到，他也许会对阿拉贝拉·拉蒂默产生激情。当他和阿拉贝拉在一起的时候，他的灵魂里似乎有什么东西在蠢蠢欲动。打动他的不仅是阿拉贝拉的美貌，虽然那确实也令他目眩神迷。真正令他怦然心动的，是阿拉贝拉看待世界的方式——她似乎觉得这世界很有趣，但还应当变得更好。他也持同样的观点。

他觉得，若是自己和阿拉贝拉结了婚，他们永远都不会厌倦做爱，他们总会有话可说。

当他打量阿拉贝拉的胸部时，她并没有在意。

但阿拉贝拉已经结婚了。

嫁给了主教。

所以，我最好忘记她，铲子想。

第一部分　纺纱机

第九章

击败霍恩比姆的喜悦开始消退之后，阿莫斯不得不思考未来的出路。他面临着艰巨的挑战。他已经做好了埋头苦干的准备——这对他来说习以为常——但光是吃苦就够了吗？若是能扩大业务，就能更快地偿还贷款，甚至开始积累一些资金。但纱线短缺成了问题的瓶颈。他怎么才能弄到更多的纱线呢？

他突然想到，可以给纺纱工更高的工资。因为纺纱工几乎都是女人，所以工资很低。如果提高工资，会有更多的女人成为纺纱工吗？他不确定。女人还有其他责任，许多人根本没有时间。而且，羊毛纺织业非常保守：如果阿莫斯提高工资，王桥的其他布商会指责他想搞垮整个行业。

但是，一想到他可能会面临数年惨淡经营的局面，他就心灰意懒。

一天深夜，他在鱼巷偶遇罗杰·里迪克。"嘿，阿莫斯，老伙计，"罗杰说，突然用上了大学里的俚语，"我今晚可以在你家过夜吗？"

"当然，欢迎之至。"阿莫斯说，"我在巴德福德庄园受到了盛情款待。你如果愿意，可以住上一个月。"

"不，不，我明天就回家。我在卡利弗那里输光了所有的钱，在拿到父亲给我的下一笔定期津贴之前，我身无分文了。"

休·卡利弗绰号"款爷"，在鱼巷有一座房子，一楼是酒馆兼咖啡馆，二楼是赌场，三楼是妓院。罗杰是二楼的常客。

阿莫斯说："我家已经备好晚餐了。"

"太好了。"他们开始并肩而行。"对了，"罗杰说，"你最近过得怎么样？"

"唉，我爱的女孩更喜欢一个黄头发的丝带制造商。"

"你的问题很好解决，去卡利弗那里的顶楼就行。"

阿莫斯没有理会这个建议。他甚至不会被风尘女子所诱惑。他说："在我开始偿还父亲的债务之前，还有许多生意上的短板需要弥补。"

"这场战争会影响你吗？法国人高奏凯歌，在所有战场上势如破竹——萨伏伊、尼斯、莱茵兰[1]、比利时。"

"英格兰西部的许多布料都出口到欧洲大陆，而战争将破坏经贸关系。但军需合同应该可以弥补这方面的损失。军队需要大量新制服。我希望能从这门生意中获利——前提是能搞到足够多的纱线。"

他们来到阿莫斯家。阿莫斯的母亲准备了一顿晚餐，有火腿、腌

---

[1] 萨伏伊和尼斯是法国东南部与意大利接壤的地区。莱茵兰，旧地区名，今德国莱茵河中游。

洋葱、面包和啤酒。她迅速为罗杰摆好餐具，说了句"我不打扰你们两兄弟聊天啦"，便上床睡觉去了。

罗杰喝了一大口啤酒。"这么说，纱线短缺了？"他问。

"是的。铲子认为这是飞梭的引入造成的。织布工工作得更快了，但纺纱工人没有跟上。"

"我不久前去过库姆，参观了一个大学同学的父亲开的棉纺厂。"

阿莫斯点点头。棉纺织业大部分位于英格兰北部和中部，但南部也有一些棉纺厂，主要在港口城市，如库姆和布里斯托尔，那里是原棉的卸货地。

罗杰接着说："你知道，棉纺业者发明了一种纺纱机。"

"我听说过。但那种机器纺不了羊毛。"

"他们管那东西叫珍妮纺纱机——了不起的发明。"罗杰热情洋溢地说。他喜欢任何一种机器——越复杂越好。"一个人可以同时转动八个纺锭。而且那东西简单易用，女人都能操作。"

"我希望有一种比旧纺车快八倍的机器。"阿莫斯说，"但棉纤维比羊毛更结实。羊毛太容易断裂了。"

罗杰似乎陷入了沉思。"这是个问题，"他说，"但我认为并不是全无解决办法。纱线可以不绷那么紧。你也许可以用珍妮纺纱机去纺更厚更粗的羊毛，而用传统的手工纺纱机去纺更细的羊毛……我需要再看看那种机器。"

阿莫斯开始看到一线希望。他知道罗杰在巴德福德的作坊里有多么心灵手巧，善于发明，便提议道："我们为什么不一起去库姆呢？"

罗杰耸耸肩:"为什么不呢?"

"后天有驿车去那里。我们下午三点左右就能到。"

"那就去吧。"罗杰说,"反正我把钱都输光了,闲着也是闲着。"

*

阿莫斯在《王桥公报》和《库姆先驱报》上登了一则广告:

敬告各位受人尊敬的布商:

阿莫斯·巴罗菲尔德在此宣布,

他的父亲,已故的奥巴代亚·巴罗菲尔德先生所开创的

历史悠久的羊毛生意

将继续经营,不会中断。

专营高品质布料:

安哥拉羊毛、美利奴羊毛、漂亮的克什米尔羊毛;

既有纯羊毛布,也有羊毛与丝绸、棉花、亚麻的混纺布。

所有垂询,必定函复。

阿莫斯·巴罗菲尔德先生

王桥高街

他在卫理公会会堂里把广告拿给铲子看。"很好,"铲子说,"你没有批评你父亲,同时又暗示近期的衰退局面已经结束,你将作为新主人全力以赴地经营企业。"

"没错。"阿莫斯兴高采烈地说。

"我相信广告的力量,"铲子说,"广告本身不会把你的商品卖出去,但它会创造机会。"

阿莫斯也有一样的盘算。

那天晚上本该学习《圣经》,主题是该隐和亚伯的故事[1],可一提到谋杀,大家就开始谈论法国国王被处决的事。王桥的主教曾在布道中称法国革命者犯了谋杀罪。

这是英国贵族、神职人员和大部分政府官员的观点。首相威廉·皮特对法国革命者怀有强烈的敌意,而反对党辉格党内部出现了分歧:大多数人支持皮特,可也有相当一部分人认为革命中存在很多积极因素。民众中也出现了类似的分裂:少数人主张按照法国的路线进行民主改革,而谨慎的多数人宣称效忠国王乔治三世,反对革命。

鲁普·安德伍德站在皮特一边。"显而易见,那是谋杀,"他义愤填膺地说,"是大逆不道的罪行。"他的额发遮住了眼睛,他摇摇头,想把头发甩回去。

然后,他瞥了简一眼。

阿莫斯意识到,鲁普只是在装腔作势,讨简欢心。简今晚穿着一

---

[1] 根据《圣经》记载,该隐是亚当与夏娃的长子,杀死了其弟亚伯。

件藏青色连衣裙，戴着男人戴的那种高帽，如往常那般，是优雅的化身。她会被鲁普坚定的道德立场吸引吗？

铲子看问题的角度向来与众不同，他说："法国国王被送上断头台的那天，我们在王桥绞死了乔西亚·庞德，因为他偷了一只羊。那是谋杀吗？"

阿莫斯本想说些机灵话，给简留下深刻的印象，让鲁普看起来很傻，但他不确定自己站在哪一边，也不知道自己对法国大革命有什么看法。

鲁普虔诚地说："上帝让路易成了国王。"

铲子说："上帝也让乔西亚成了穷人。"

阿莫斯暗忖：对呀，我怎么就想不到这个呢？

鲁普说："乔西亚·庞德是小偷，经过法庭审判并被判有罪。"

"路易是个叛徒，被指控与他国家的敌人合谋。"铲子反驳道，"他经过法庭审判并被判有罪，就像乔西亚一样。不过要我说的话，叛国比偷羊严重多了。"

阿莫斯判断不必自己出手让鲁普出丑了，因为铲子正在代劳。

鲁普的言语浮夸起来："那场处决留下的污点，法国人几百年都洗脱不掉。"

铲子嗤笑道："鲁普，你身上也有同样的污点吗？"

鲁普皱起眉，不明所以："显然，我从来没有杀过国王。"

"可是，你我的祖先在一百四十多年前处决了英王查理一世。按照你的逻辑，我们身上也有那场处决留下的污点。"

鲁普的口气软化下去。"杀死国王是没有好处的。"他绝望地说。

"我不同意。"铲子温和地说,"杀死国王之后,我们英国人享受了一个多世纪的宗教自由,宽容度越来越高,法国人则被迫继续信奉天主教——直到现在。"

阿莫斯觉得铲子的观点太极端了。他现在终于找到了自己要说的话。"有很多法国人因为持有'错误的观点'而被杀害。"他说。

鲁普说:"铲子,你听到了吧,你对阿莫斯的发言有何高见?"

"我认为阿莫斯的话没错。"铲子出人意料地说,"只是我记得主说过:'先去掉自己眼中的梁木,然后才能看得清楚,去掉你弟兄眼中的刺。'[1] 我们不应该关注法国人做错了什么,而应该问问我们自己的国家需要改革什么。"

米德温特法政牧师出面打圆场。"朋友们,我觉得我们今晚的讨论已经足够深入了。"他说,"今晚离开这里时,我们可能都会问自己,我们的主会怎么想——别忘了,他自己也曾遭到处决。"

这让阿莫斯心头一震。人们很容易忘记基督教与鲜血、折磨和死亡有关——尤其是在这个朴素的卫理公会会堂里,四周只看得到灰泥墙壁和简单的家具。天主教徒则更加现实,他们的教堂里有耶稣被钉在十字架上的雕像,也有殉道者被折磨至死的绘画。

米德温特接着说:"上帝会谴责法国国王被送上断头台吗?如果答案是肯定的,他会赞成绞死乔西亚·庞德吗?我不会给你们这些问

---

[1] 出自《新约全书》中的《马太福音》第七章第五节。

题的答案。我只是相信，根据耶稣的教导来思考这些问题，可能会让我们的头脑更加清醒，让我们明白这些问题并不简单。好了，让我们用祈祷来结束今晚的讨论吧。"

大家都低下了头。

祷词相当简短："哦，主啊，请赐予我们为正义而战的勇气，以及承认错误的谦卑。阿门。"

"阿门。"铲子大声说。

*

从布里斯托尔到库姆的驿车路过王桥，停靠在市场广场的贝尔客栈。阿莫斯和罗杰坐在车厢外的座位上。阿莫斯买不起里面的座位，罗杰也没钱。罗杰向阿莫斯借钱，并说："我会还你钱的！"但阿莫斯拒绝借钱给他。他喜欢罗杰，但借钱给赌徒是不明智的。

马车离开了市场广场，沿着主街前行，那里的大多数房子现在都是商店。马车驶过梅尔辛桥，这座诞生于中世纪的双桥得名自其建造者梅尔辛。桥从北岸延伸到麻风病人岛，经过凯瑞丝医院，最后到达南岸。过桥之后，马车蜿蜒着穿过一个叫"情人地"的繁华郊区。在阿莫斯的想象中，这里很久以前曾是情侣幽会的地方。如今这里已经没有田地了，尽管有些花园里还种着果树。接着，马车穿过一大片零零落落的穷人房屋，最后进入开阔的乡间。

天很冷，但他们俩都穿着宽大的外套，围着针织围巾，戴着针织

第一部分　纺纱机

帽子。罗杰抽着烟斗。在马车停下来换马的客栈，他们购买了暖身饮料。客栈的暖身饮料有茶、汤以及加了热水的威士忌。

阿莫斯被乐观情绪所鼓舞。他告诉自己，现在高兴还为时过早，但他忍不住去想，罗杰的提议可能会彻底改变他的生意。一台可以同时转动八个纺锭的机器！

他们在一家旅馆过夜，第二天早上便前往罗杰的朋友珀西·弗兰克兰家。珀西的父亲很有钱，他和妻子、两个青春期的孩子以及珀西一起，用丰盛的早餐招待了他们。阿莫斯没有吃多少。他对这次造访感到相当紧张，担心希望落空。

早餐后，他们径直前去弗兰克兰家庭园里的仓库。仓库下层用来存放货物，纺纱则在楼上完成。

阿莫斯终于走进纺纱室，花了很长时间才明白自己看到了什么。然后他才意识到，这不是一台，而是整整一排纺纱机。

每台机器都像一张小桌子，齐腰高，大约三英尺长，一英尺半宽，由四条结实的腿支撑。这种机器似乎是由两个人操作的——一个女人和一个孩子。女人站在机器狭窄的一端，线拉到另一端的纺锤上。她用右手转动一侧的大纺轮。纺轮转动八个纺锤，将棉花缠成紧绷的线。她判断线足够紧了，就用左手推动一根横杆，让八条新的松散粗纱进入纺纱机。

房间里有八台机器。

阿莫斯问弗兰克兰先生："这孩子是做什么的？"

"他是接线工，给他母亲拼补断了的线。"弗兰克兰先生说。

139

他们看见一个大约十一岁的男孩在拼补线头。他爬到机器下面去补，这样他母亲就不用暂停工作了。纺织工人的工资向来都是按产量而不是工作时间来计算的。男孩拿起两个线头，放在左手掌里，让它们重叠两三英寸，然后用右手手掌把线头搓在一起——每次只用力揉搓按压一下，如此连续数次。当他把右手拿开时，两根线已经交织在一起，重新变成了一根。整个过程只花了几秒钟。

阿莫斯发现男孩的手掌由于不断摩擦而长满老茧。他拿起男孩的右手，摸了摸变厚的部分。

男孩骄傲地说："我的手硬邦邦的，再怎么搓都不会流血了。"

阿莫斯问弗兰克兰先生："既然固定配备接线工，线肯定经常断吧？"

"恐怕是的。"

这是个坏消息。阿莫斯对罗杰说："棉线经常断，毛线的情况只会更糟。就连萨尔·克利瑟罗这样的手工纺纱者有时也会把线纺断。"

罗杰问男孩："在整个过程中，有没有一个时刻线最容易断？你明白我的意思吗？"

"明白，先生。"男孩说，"就是把松线拉紧的时候，特别是母亲用力拽的时候。"

罗杰对阿莫斯说："我也许能做点儿什么，解决这个问题。"

阿莫斯激动不已。这台机器可以为他提供扩大业务所需的纱线，但它的作用还不止于此。有了它，阿莫斯就不必在农村四处走访家庭工人了。只要往他的仓库里塞一屋子纺纱工，他们生产的纱线就会比

第一部分　纺纱机

村子里所有的妇女加在一起的都多。如果有人生病，不能干活儿，阿莫斯也不用等上一个星期才能知道。机器会增强他对生产的管控。

他按捺住兴奋，努力变得务实，对弗兰克兰先生说："我不知道珍妮纺纱机是否可以改装成纺织羊毛的机器，但如果我判定可以改装，我要到哪里去买呢？"

"北边有几个地方制造这种机器。"弗兰克兰说，然后略一沉吟，补充道，"或者，我也可以从我的机器里挑一台卖给你。我正准备用一种叫'走锭纺纱机'的更大的机器来取代珍妮纺纱机，这种新机器可以同时纺四十八根线呢。"

阿莫斯目瞪口呆："四十八根！"

罗杰忍不住评论道："纺锤会像5月的大黄一样疯长吧。"

阿莫斯专注于实际问题："您的走锭纺纱机预计什么时候到位？"

"随时都有可能。"

"您打算叫价多少卖一台二手珍妮纺纱机？"

"我是花六镑买的，而且还没什么磨损，所以我可以把一台二手机器以四镑的价格卖给你。"

阿莫斯琢磨，现在订购的话，过几天就能到货。他可以凑出四镑，不过那样的话，他就没有钱应急了。

但他不停地想到同一个问题：这机器能纺羊毛吗？而答案从未改变：只有试一试才知道。

他仍然举棋不定。

弗兰克兰先生说："明天有位棉纺厂老板要来看机器。"

141

"今晚我给您答复。"阿莫斯说,"谢谢您给我这个机会。我感激不尽。"

弗兰克兰先生微笑着点点头。

"不过,我必须和我的工程师认真讨论一下。"

他们握了握手,阿莫斯和罗杰离开了。

阿莫斯和罗杰去了一家酒馆,点了一顿清淡的午餐。罗杰兴致勃勃,粉红的脸庞因兴奋而涨得通红。"我知道如何降低断线的发生率。"他说,"我能想象出来。"

"很好。"阿莫斯说。他知道自己正处在十字路口。如果他买下机器,却纺不了羊毛,就将不得不多花几年来攒钱还债。但如果一切顺利,他将开始赚到真金白银。

"这是在冒险啊。"他对罗杰说。

"我喜欢冒险。"罗杰说。

"我讨厌冒险。"阿莫斯说。

但他还是买了那台机器。

*

在珍妮纺纱机到货之前,阿莫斯决定保持乐观,去竞标军需合同。

王桥民兵队的指挥官是诺斯伍德子爵亨利上校,他是夏陵伯爵的儿子兼继承人。民兵队的上校指挥官通常只是象征性的职位,但夏陵的传统是伯爵的儿子必须担任现役上校,而不只是顶一个虚衔。诺斯伍德子爵还是代表王桥的下议院议员——铲子说,贵族总喜欢让家族成员占据要职高位。

诺斯伍德子爵通常和他父亲住在伯爵城堡,但在民兵队被召集后,他租下了威拉德公馆,那是一座位于市场广场的大房子,可供上校和几名高级参谋居住。根据王桥的传说,这座房子曾经属于内德·威拉德,他是伊丽莎白女王宫廷中举足轻重的人物,尽管没有人知道他到底担任的是什么职务。

诺斯伍德子爵的到来在社会上引起了轰动:他二十三岁,单身,毫无疑问是全郡最受欢迎的单身汉。

阿莫斯从未见过他,也不知道谁能代为引荐,所以他决定去威拉德公馆碰碰运气。

他在宽敞的大厅被一个四十来岁的人拦住了,此人身穿中士制服:下身是白色马裤和绑腿,上身是红色短夹克,头上是高高的平顶筒状军帽。中士夹克的红色实际上是一种偏灰的玫瑰色,说明染色做得很差。"你有什么事,年轻人?"中士突然问道。

"我来找诺斯伍德子爵,也就是你的上校。"

"有预约吗?"

"没有。请告诉他,阿莫斯·巴罗菲尔德想和他谈谈你的制服。"

"我的制服?"那人气呼呼地说。

"是的。它应该是红色的,而不是粉红色。"中士看了看自己的袖子,皱起眉。阿莫斯接着说:"我希望看到夏陵民兵队衣着整洁体面，诺斯伍德子爵应该也有同样的想法。"

中士迟疑良久，然后说："在这里等着。我去问问。"

阿莫斯站在大厅里，发现这里忙得热火朝天：人们从一个房间快速走到另一个房间，在楼梯上相遇时也会匆匆交谈两句。这给人一种繁忙又高效的印象。众所周知，很多贵族军官游手好闲，懒散怠惰，但也许诺斯伍德子爵不一样。

中士回来说："请跟我来。"

他把阿莫斯领进房子前部的一个大房间，窗户正对大教堂西面。诺斯伍德子爵坐在一张大书桌后面。壁炉里的火烧得正旺。

书桌旁坐着一个身穿中尉制服、手拿一沓文件的人，阿莫斯认识此人：他叫阿奇·唐纳森，是卫理公会教徒。阿莫斯朝他点点头，然后向子爵鞠了一躬。

诺斯伍德子爵没有戴假发，头发短而卷曲。他的鼻子很大，看起来一脸和善，但一双敏锐的眼睛正在打量阿莫斯。我只有大约一分钟时间来打动这个人，阿莫斯想，如果失败了，我会被立刻赶走。"子爵大人，在下是王桥布商阿莫斯·巴罗菲尔德。"

"比奇中士的制服有什么问题，巴罗菲尔德？"

"它是用茜草红染的，那是一种植物染料，呈粉红色而不是红色，并且褪色很快。这对普通士兵来说没什么问题，但中士和其他士官的制服布料应该用紫胶红染色。紫胶红来自一种有鳞昆虫，呈现出深红色，但没有胭脂虫红那样昂贵。胭脂虫红可以染出真正明亮的'英国红'，用于军官制服。"

"我喜欢懂行的男人。"诺斯伍德子爵说。

阿莫斯闻言大喜。

诺斯伍德子爵接着说:"我猜,你是想给民兵队提供做制服的布料吧。"

"我很乐意提供一种结实耐用、防风防雨、每平方码重十六盎司[1]的绒面呢,作为普通士兵和中士的制服布料。对于军官,我建议用一种更轻的超细绒面呢,同样实用,但表面更光滑,用特别进口的西班牙羊毛制成。我的专长是制作上等布料,子爵大人。"

"我明白了。"

阿莫斯继续侃侃而谈:"至于价格——"

诺斯伍德子爵举起一只手,让他停下:"我听够了,谢谢。"

阿莫斯闭上嘴。他觉得自己即将遭到拒绝。

但诺斯伍德子爵并没有把他赶走,而是转向唐纳森,道:"请写一张字条。"唐纳森拿起纸,在墨水瓶里蘸了蘸羽毛笔。"请少校跟巴罗菲尔德商议制服布料事宜。"诺斯伍德转向阿莫斯,"我想让你见见威尔·里迪克少校。"

阿莫斯强忍住惊叫的冲动,闷哼了一声。

唐纳森用吸墨沙吸干墨水,将字条交给阿莫斯,没有费心封口,甚至都没有折叠。

"里迪克负责所有采购工作,由军需官协助。他在这座房子里有

---

[1] 1 盎司合 28.3495 克。

一间办公室，就在楼上。谢谢你来见我。"

阿莫斯鞠了一躬，走了出去，竭力掩饰着沮丧。他觉得自己给诺斯伍德留下了好印象，但这很可能无济于事。

他在二楼靠后一个烟雾弥漫的小房间里找到了里迪克。威尔身穿红外套和白马裤，正在抽烟斗。他警惕地向阿莫斯打了个招呼。

阿莫斯尽可能表现出欢快友好的样子。"很高兴见到你，威尔。"他愉快地说，"我刚和诺斯伍德上校谈过了，他给你写了张字条。"阿莫斯递过字条。

威尔读了起来，目光停在纸上，半晌都没挪开。读完这条短短的信息似乎并不需要这么长时间。然后，他拿定了主意，说："听着，咱们边喝啤酒边讨论这个问题吧。"

"悉听尊便。"阿莫斯说，虽然他觉得早上用不着喝艾尔啤酒。

他们离开了威拉德公馆。阿莫斯以为他们会去离这儿只有几步之遥的贝尔客栈，但威尔领着他下了坡，拐进鱼巷。令阿莫斯惊愕的是，威尔在"款爷"卡利弗的店前停了下来。

阿莫斯说："我们去别的地方，行吗？这个地方名声不太好。"

"胡扯。"威尔说，"我们只是进去喝一杯，不上楼。"他走了进去。

阿莫斯跟在后面，希望没有卫理公会教徒碰巧看到他们。

他从未来过这里，但这里的一楼看起来和其他酒馆别无二致，看不见楼上正在进行的邪恶勾当的任何迹象。他不由得松了口气，但依然忐忑。他们坐在一个安静的角落，威尔要了两大杯黑啤，这是一种烈性啤酒。

阿莫斯决定直接切入正题。"我可以以每码一先令的价格向你提供制作新兵制服的普通绒面呢。"他说，"你找不到比这更低的价格了。同样的布料，用紫胶红染色，给中士和其他士官制作制服，每码需要加收三便士。而军官用的'英国红'超细绒面呢，每码只要三先令六便士。你在王桥绝对找不到报价更低的布商了。"

"你从哪儿弄那么多纱线？我听说目前纱线短缺啊。"

威尔的消息竟然如此灵通，阿莫斯暗暗吃了一惊。"我有特殊货源。"他说。这倒不算瞎说：珍妮纺纱机马上就要送到了。

"什么货源？"

"这个我不能透露。"

一个侍者端来啤酒，站在一旁等待。威尔看了看阿莫斯，阿莫斯意识到他应该付钱。他从钱包里掏出几枚硬币给了那人。

威尔喝了一大口黑啤，心满意足地叹了口气，然后说："假如民兵队需要一百套中士制服，得花多少钱？"

"你需要买两百码紫胶红染色的绒面呢，每码一先令三便士，总共十二镑十先令。如果你现在就下单，我可以给你抹掉零头，只要十二镑。尽管我让利很多，但我相信你肯定会对布料十分满意，下次会订购更多。"阿莫斯抿了口啤酒，以掩饰紧张。

"听起来不错。"威尔说。

"太好了。"阿莫斯又惊又喜。他没有料到跟威尔做生意如此简单。这虽然不是一笔大订单，但可能只是个开始。"我现在回家开发

147

票，几分钟后拿来给你签字。"

"好的。"

"谢谢。"阿莫斯说。他举起自己的大酒杯，停在空中，等待威尔碰杯——这一动作表示双方达成了协议。两人碰了杯，喝了酒。

"还有一件事，"威尔说，"发票开十四镑。"

阿莫斯不明白："但价格是十二镑。"

"我就付你十二镑。"

"那我怎么给你开十四镑的发票呢？"

"这是我们军队的做事方式。"

阿莫斯突然醒悟了："你告诉军队价格是十四镑，你付给我十二镑，自己留下两镑。"

威尔没有否认。

阿莫斯义愤填膺地说："这是贿赂！"

"小点儿声！"威尔环顾四周，但附近一个人也没有，"动动脑子，你这蠢货。"

"但这是欺诈！"

"你这人怎么回事？生意就是这样做的啊。你跟我装什么天真？"

阿莫斯一时间也动摇了，疑心威尔说的是真话，做生意就得靠贿赂，无一例外。也许这正是他父亲对他秘而不宣的一点。但他转念一想，许多王桥布商都是卫理公会教徒，他坚信他们不会犯下行贿的罪行。他说："我不会开具虚假发票。"

"那样的话，你就拿不到订单了。"

"你觉得你会找到愿意贿赂你的布商吗?"

"我知道我会。"

阿莫斯摇摇头:"哼,卫理公会教徒不是这样做生意的。"

"那你就太傻了。"威尔说,然后将啤酒一饮而尽。

第十章

在基特六周卧床期结束前一天,威尔·里迪克回到了巴德福德。

不幸的是,基特的保护人罗杰一星期前就走了。仆人听说,罗杰住在王桥的阿莫斯·巴罗菲尔德家,从事一个神秘项目,谁也不知道具体是什么。

基特一直盼望着起床。

他起初依然头痛欲裂,心悸不已,连动动身子都不愿意。他太累了,只要能躺在柔软温暖的床上,他就倍感轻松。阿范一天三次帮他坐直,喂他燕麦粥、肉汤,或者泡在热牛奶里的面包。进食耗尽了他的力气,一吃完,他就又躺下了。

事情渐渐发生了变化。有时候他可以透过窗户观赏鸟,他说服阿范在窗台上放些面包屑来吸引它们。阿范经常在仆人吃完晚餐后和他坐在一起。他们没什么可聊的时候,他就给阿范讲他从母亲那里听来的《圣经》故事：挪亚方舟、约拿和鲸鱼、约瑟和他的彩衣[1]。阿范知道的《圣经》故事不多。她七岁时成了孤儿，来到庄园宅邸工作，这个地方可没人想过给孩子讲故事。阿范不识字，连自己的名字都不会写。得知阿范没有工资时，基特十分诧异。"我在这儿干活儿就跟为父母干活儿一样。"她说，"里迪克老爷是这么讲的。"

基特跟母亲提起这件事的时候，母亲说："我觉得他们是把她当奴隶一样使唤。"但话一出口她就后悔了，吩咐基特千万别对外人重复这句话。

妈妈每个星期天下午都来看他。她从厨房门进来，走后面的楼梯上楼，这样就不会碰到里迪克老爷和他的儿子们。阿范说他们甚至都不知道她来过。

基特迫不及待地想要恢复正常生活。他想穿上衣服，在厨房里和其他仆人一起吃饭。他甚至期待着和阿范一起打扫壁炉，擦靴子。

但现在，他的热情消失了。威尔在家的时候，基特闭门不出才更安全。

被准许下床那天，基特不得不先躺在床上，等待外科医生亚历克·波洛克来检查。早餐后不久，亚历克穿着那件旧燕尾服走进房间，说："躺了六个星期，我的小病人身体怎么样啦？"

他实话实说："我感觉很好，先生，我相信我可以回去工作了。"

---

[1] 约拿和鲸鱼的故事，是说约拿被一条大鱼（通常被描绘成鲸鱼）吞下，在它身体里面待了三天，然后被吐到陆地上。约瑟和他的彩衣的故事，是说约瑟的父亲雅各送给他一件漂亮的彩衣，这让他的哥哥们嫉妒不已，便把约瑟卖到埃及当奴隶。

他没有提到他对威尔的恐惧。

"嗯,你看起来好多了。"

基特补充道:"我有床睡,还有东西吃。我非常感激。"

"好,好。现在告诉我,你的全名是什么?"

"克里斯托弗·克利瑟罗。"基特不明白为什么外科医生会问这个。

"那现在是一年中的什么季节呢?"

"冬末春初。"

"你还记得耶稣母亲的名字吗?"

"玛利亚。"

"啊,看来,威尔那匹该死的马没对你的脑子造成严重损伤。"

基特懂得了为什么外科医生会问他一些答案显而易见的问题:为了确定他思维正常。他说:"这是不是意味着我可以工作了?"

"还不行,你母亲可以带你回家,但在接下来的三个星期里,你不能做任何剧烈运动。"

这让他松了一口气。他可以晚一点儿再见到威尔了。到时候,威尔也许又得去王桥了。基特精神大振。

亚历克接着说:"把绷带继续缠在头上,好让其他孩子知道你不能玩粗野的游戏。不许踢球,不许跑步,不许打架,也绝对不许干活儿。"

"但我母亲需要钱。"

亚历克对这点似乎毫不在意:"完全康复之后再去工作吧。"

"我又不懒。"

"基特，没人觉得你懒。大家都知道，你的头被烈马踢伤了。现在我要去找你母亲谈谈。好好享受今早的静卧时光吧，等会儿你就得下床了。"

*

萨尔对基特牵肠挂肚。她感到自己无依无靠，孤苦伶仃，简直就跟哈里去世时一样凄惨。她不喜欢一个人待在家里，没有人可以交谈。她之前还没有意识到，她的生活完全围着基特在转。她总是忍不住想确认他过得怎样：他饿吗？他冷吗？他在附近吗？他安全吗？但在过去六个星期里，一直是其他人在照顾他，这还是他出生以来第一次发生这样的事。

亚历克·波洛克走进她家时，她立刻高兴起来。她知道，自从威尔的马踢伤基特，已经过去了整整六个星期。她从纺车边站起来："他情况好转，能够起床了吗？"

"是的。情况本来可能很严重，但我相信他挺过来了。"

"上帝保佑，亚历克。"

"他是个聪明的孩子，不是吗？你说他六岁了。"

"现在快七岁了。"

"比他的同龄人成熟得多。"

"我也是这么想的，不过母亲总是认为自己的孩子很特别，对吧？"

"是的,我注意到了。"亚历克哈哈一笑,"孩子是否真的特别就另当别论了。"

"这么说,他康复了。"

"但我希望你让他在家休养三个星期。不要让他玩游戏或者做任何剧烈运动。他绝不能跌倒撞到头。"

"我会千方百计保证他安全的。"

"但三周后就要让他正常生活了。"

"太感谢你了。你知道,我付不起你的诊金。"

"我会把账单寄给里迪克老爷,但愿他会付款。"

外科医生说完便离开了。萨尔穿上鞋子,戴上帽子,在肩上裹了条毯子。天依然很冷,但不再寒气刺骨。

田野里,男人们开始春耕。她在房舍间穿行,大家向她打招呼,而她对每个人都说同样的话:"终于要从庄园宅邸把我的基特接回家了,感谢上帝。"她步履飞快。其实她不必如此心急,但既然基特马上就能回家,她自然迫不及待。

她像往常一样从厨房门进去,从后面的楼梯上楼。她看到基特站在卧室里,穿着他搬进庄园宅邸时穿的那件破烂衣服。这时她突然泪如雨下。

她跪在地上,温柔地拥抱着基特,仍然啜泣不止。"别担心,我是因为太开心才掉眼泪的。"她说。她之所以开心,是因为基特还活着,但她没有把这话告诉儿子。

她打起精神,站了起来。她注意到范妮也在房里,就站在床边,于是也拥抱了范妮。"谢谢你对我儿子那么好。"她说。

范妮说:"他太可爱了,让人不知不觉就想照顾。"

基特拥抱了范妮,吻了吻她长满粉刺的脸颊,说:"我很快就回来帮你打扫壁炉,擦靴子。"

"不用着急,好好养病。"她说。

萨尔拉着基特的手,和他一起离开卧室,但一出门便撞见威尔,他就站在楼梯口。

萨尔不禁发出一声惊叫,然后僵立原地。她感到基特惊恐地握紧了她的手。过了一会儿,她反应过来,行了个屈膝礼,垂下目光,以免直视威尔,试着从他身边默默走开。

威尔挡住了她的去路。

基特往后一缩,想要躲到萨尔的裙子后面。

"别把他带回来了,"威尔说,"这小崽子没用。"

萨尔抑制住愤怒。威尔造的孽还不够吗?他杀了她的丈夫,伤了她的孩子,却还想嘲弄她。她用勉强控制住的声音说:"我当然会按照里迪克老爷的吩咐去做。"

"里迪克老爷会很高兴摆脱这个小崽子的。"

"既然如此,我们现在就走,少爷。再见。"

威尔没有让路。

萨尔走到他近前,盯着他的脸。萨尔几乎和他一样高,一样壮。她的声音不由自主地变得低沉而清晰。"让我过去。"她说,怒火几乎就要喷薄而出。

她看到威尔眼中闪过一丝恐惧,仿佛在后悔这次对峙。但他不会退缩。他似乎铁了心不让她好过。"你在威胁我吗?"他轻蔑地说,但听上去只是在虚张声势。

"随你怎么想。"

范妮用高亢、惊恐的声音说:"外科医生说了,基特必须回家,威尔少爷。"

"我不知道父亲为啥要自找麻烦,派人去请外科医生。这小崽子死了也没什么大不了的。"

这句话深深刺激了萨尔。希望别人去死本就是恶毒的诅咒,何况基特这次命悬一线全拜威尔所赐。萨尔想都没想就挥出右臂,猛击威尔脑侧。她膀大腰圆,力气惊人,这一拳打在威尔身上,发出砰的一声。

威尔登时脚步踉跄,头晕眼花,倒在地上,痛苦地呻吟起来。

范妮惊得倒吸一口冷气。

萨尔盯着威尔。血从他耳朵里流出来。萨尔被自己的所作所为吓坏了。"上帝饶恕我吧。"她说。

威尔没有起身,只是躺在那里嗷嗷哀叫。

基特哭了起来。

萨尔牵着他的手,领着他绕过正在痛苦呻吟的威尔。她必须尽快离开这座房子。她领着基特走到楼梯上,匆匆下楼。他们穿过厨房,没有和其他仆人说话,那些仆人也只是瞪大眼睛看着他们。

他们从后门离开,回家去了。

第一部分 纺纱机

*

那天下午,里迪克老爷召见了萨尔。

她无疑触犯了法律。她犯了罪。更糟糕的是,她是一个攻击绅士的普通村民。她的麻烦大了。

维护法律和秩序是治安法官的职责。他们也被称为地方法官,由国王在各郡的代表,也就是郡治安长官来任命。治安法官不是法学家,而是当地的地主。在王桥这样的市镇,有好几个治安法官,但在村里通常只有一个,而巴德福德村的治安法官是里迪克老爷。

重大罪行由两名或两名以上法官审理,可能判处死刑的指控必须由法官在巡回法庭审理[1]。但较轻的罪行,如醉酒、流浪和轻微的暴力行为,可以由一名法官单独审理,通常是在法官家中进行。

里迪克老爷就是审理萨尔的法官,也是唯一的陪审团成员。

她当然会被判有罪,但她会受到怎样的惩罚呢?法官可以命令罪犯戴上足枷,在地上坐一天,这种惩罚会让罪犯蒙受奇耻大辱。

萨尔担心的是鞭刑,法官动不动就会判处这种刑罚,陆军和海军里天天都有人被打得皮开肉绽。行刑通常是公开的。罪犯会被扒光衣服或者半裸着绑在柱子上——即便还有衣物勉强蔽体,在这种折磨中也会被撕得粉碎。行刑用的鞭子通常是可怕的九尾鞭,那是嵌入了石

---

[1] 11世纪中期诺曼人征服英国后,为巩固王权,威廉一世(征服者)设立巡回法庭,代表王室到地方处理原由地方法庭享有管辖权的案件。亨利二世将之常态化、规范化,使其成为王室法庭的组成部分。

头和钉子的九条皮带,可以迅速撕裂皮肤。

醉酒者可能会被鞭打六下,打架者则是十二下。萨尔攻击了一位绅士,可能要挨二十四鞭,那对她来说是真正的考验。在军队里,士兵经常被鞭打数百下,有时甚至被打死。对平民的惩罚没有那么野蛮,但也足以叫人吃不消。

萨尔立即带着基特去了庄园宅邸——她不能丢下儿子一个人。他们并肩而行的时候,她问自己能说些什么来为自己辩护。威尔对所发生的事情至少负有部分责任,但她主动指出这一点是不明智的:这无异于在人家伤口上撒盐。权贵可以为自己的罪行找借口,普通人则应该悔罪:任何自我辩解的企图都可能招致更严厉的惩罚。

萨尔来到庄园宅邸,仆役长普拉茨把她领进书房,里迪克老爷坐在书桌后面,威尔坐在他旁边,耳朵上缠着绷带。乔治教区长坐在侧面的一张桌子旁,桌上摆着笔、墨和记录簿,没有人请萨尔坐下。

里迪克老爷说:"好了,威尔,你最好说说发生了什么事。"

"这个女人在楼上的楼梯口挡住了我。"威尔说。

他已经在撒谎了,但萨尔什么也没说。

"我叫她别挡我的路,"威尔继续道,"然后她就打了我的头。"

里迪克老爷看着萨尔:"你有什么要为自己辩解的吗?"

"我对发生的事感到非常抱歉。"萨尔说,"我只能说,最近几个月我的家人接连遭遇不幸,我都被逼疯了。"

里迪克老爷说:"但这不能成为你攻击威尔的理由。"

"我认为威尔少爷对我丈夫的死和我儿子受的重伤负有部分责

任,但他似乎对我毫无怜悯之心,还觉得我儿子无足轻重。"

威尔说:"无足轻重?瞧瞧那个小崽子!他绝对一无是处——我干吗要为他流泪?我当然觉得他无足轻重。反正你们这些村民生了一大堆孩子。少一个也没什么好哭的。"

萨尔努力保持卑微的语气:"他母亲会哭的,少爷。"

里迪克老爷对威尔皱起眉,显得很不自在。里迪克老爷虽说铁石心肠,但也并不像他的大儿子那么恶毒。萨尔看得出来,威尔这样说话对他自己没有好处。他将一个小孩视如草芥,毫不在乎,就连他的家人也难免对他心生鄙夷。

萨尔说:"对不起,里迪克老爷,但基特是我的独子。"

威尔说:"幸好你只有这么一个孩子!你连一个孩子都照顾不过来——你不得不把他送到这儿来白吃白住。"

"少爷,无论是婚前还是婚后,我这辈子从来没有向教区寻求救济,直到我丈夫不幸遇害。"

"哦,你是说,他死了都是别人的错,对吗?"威尔说。

萨尔只是直视着他的眼睛,一个字也没说。

她的沉默意味深长,里迪克老爷不得不采取行动。"好吧,我想事情已经很清楚了,"他说,"除非你们觉得还有什么需要补充的。"

威尔说:"一定要鞭打她一顿。"

里迪克老爷点点头:"这是对袭击绅士行为的适当惩罚。"

萨尔说:"不,求您高抬贵手!"

里迪克老爷继续道:"不过,这个女人最近吃了很多苦,而这些都不是她的错。"

威尔气呼呼地说:"那你想怎么办?"

里迪克老爷转向他:"闭上你的臭嘴,小子。"威尔明显往后一缩。"我是你父亲——看看你对这家老实谦卑的农民干了些什么,你以为我为你感到骄傲吗?"里迪克老爷问道。

威尔吓得答不上来。

里迪克老爷转身面对萨尔:"我有点儿同情你,萨尔·克利瑟罗,但我不能对你所犯的罪行放任不管。你如果留在这个村子,就必须受到鞭打;但如果你离开,你打我儿子这件事就一笔勾销。"

"离开!"萨尔惊呼。

"我不能让你大摇大摆地住在村子里。总会有人指出,你就是那个打了里迪克老爷的儿子却逃脱惩罚的女人。"

"但我该去哪儿呢?"

"我不知道,也不在乎。不过,你如果明天天亮前还不走,就要吃三十六下鞭子。"

"可是——"

"别说了。你毫发无伤地脱身了。马上离开这座房子,天一亮就离开巴德福德。"

威尔说:"想想你他妈的有多走运吧。"

萨尔拉着基特的手,离开了庄园宅邸。

第一部分 纺纱机

*

村里的每个人都知道,萨尔把威尔·里迪克打倒在地。萨尔从庄园宅邸出来的时候,她的许多朋友都在等她。安妮·曼问她发生了什么事。萨尔觉得将来龙去脉讲一遍会很痛苦,她只想讲一次,于是她让安妮告诉大伙儿去布赖恩·派克斯塔夫家见她。

萨尔来到布赖恩家,发现后者结束了一天的田间劳作,正在清理犁上的泥。她问布赖恩能不能让她在他的谷仓里与大家碰面,如她所料,布赖恩欣然应允。

等待朋友陆续赶来的时候,萨尔努力整理思绪。她觉得很难想象从明天开始她的生活会是什么样子。她会去哪里呢?她会怎么做呢?

所有人聚齐之后,她详细讲述了整件事。听到威尔诅咒基特去死时,他们纷纷低声咒骂;听到她如何把威尔打倒在地时,他们全都热烈欢呼;听到乡绅判决将她逐出村子时,他们无不惊得倒吸一口冷气。"明天一大早我就要离开了,"萨尔说,"但愿你们都能为我祈祷。"

布赖恩站起来,做了一番即兴祷告,祈求上帝眷顾萨尔和基特,不管发生什么事都要照顾他们。然后提问开始了。大家问了所有她也在问自己的问题,而她没有答案。

布赖恩很务实:"你只能先拿一些方便携带的东西离开。我们会把你剩下的东西放在这个谷仓里。等你在别的地方安顿好了,你可以雇辆马车回来,把所有东西带走。"

他无微不至的关怀让萨尔几欲垂泪。

粗梳工米克·西布鲁克说："我姑姑在库姆有一家旅馆，既便宜又干净。"

"这可帮了我们大忙了。"萨尔说，虽然库姆离巴德福德只有两天路程，但对一个很少离开巴德福德的人来说，这段距离足以令人生畏。"不过，我必须挣钱糊口才行。我没有资格申请济贫金——你只有在你出生的教区才能得到济贫金。"

吉米·曼说："欧森汉姆的采石场怎么样？他们总是需要劳动力。"

萨尔心存疑虑："他们会雇女人吗？"她从未去过欧森汉姆，但她对男人的偏见了如指掌。

"我不知道，但你和大多数男人一样强壮。"吉米说。

"这正是惹恼他们的地方。"

大家都想帮忙，七嘴八舌地提了许多建议，但这些想法都只是臆测，萨尔和基特可能会在验证建议是否可行时饿死。过了一会儿，她向大家道过谢，拉着基特的手离开了。

出谷仓后，她发现夜幕已经降临，但走夜路对她来说易如反掌。明天晚上，她就是异乡异客了。

回到家，她热了些肉汤做晚餐。吃过晚餐后，她将基特哄睡了。

她坐在火炉旁思索。不一会儿，有人敲门。哈里的叔叔艾克·克利瑟罗和吉米·曼一起进来了，吉米手里拿着三角帽。"亲友们凑了一点儿钱，"艾克叔叔说，"不多。"吉米给她看了眼帽子里的一小堆便士和几个先令。艾克说得没错，钱不多，但接下来的几天，他们母子无依无靠，生活拮据，这笔钱无疑是雪中送炭。无家可归的人只能去酒馆买食物，那比自己买菜做饭贵得多。

吉米把硬币哗啦啦地倒在桌子上，棕色的便士和银色的先令汇成一条小溪。萨尔知道穷人把钱捐出去有多难。"我真不知道……"她哽咽了一下，重新说道，"有你们这群解囊相助的亲友，我真不知道该怎么表达感激之情。"要将他们统统抛诸身后，我是多么痛苦啊，她想。

艾克说："愿上帝保佑你，萨尔。"

"愿上帝也保佑你。还有你，吉米。"

他们离开后，萨尔上床睡觉，但辗转反侧，难以入寐。人们常说"愿上帝保佑你"，但有时上帝未必会这样做，她最近觉得自己遭到了诅咒。上帝赐予了她善良的亲友，也带来了强大的敌人。

她想起了萨拉姨妈。萨拉自愿离开村子，到王桥大街上演唱民谣。萨尔一直很钦佩萨拉。也许自己也可以在离开村子后时来运转，发家致富。在认识哈里之前，村庄生活从来都不是她想要的。

萨拉姨妈去了王桥。也许那里也适合萨尔。

她越想越觉得这是个好主意。她可以在半天内走到那里，尽管步行这么久对基特小小的腿来说很吃力。在那个市镇，她确实认识一个人：阿莫斯·巴罗菲尔德。也许她可以继续为阿莫斯纺纱。阿莫斯甚至可能会帮她找一个房间，让她和基特住在一起。

想好了可行方案，她感觉舒服了一点儿。她筋疲力尽，睡意终于战胜了她。不过，天还没亮她就醒了。她不知道此时是几点，只能借着火炉里的余烬发出的微光在屋里走来走去。她收拾了几样要带走的东西。

她不得不带上母亲的纺车。纺车很重，她得背着纺车走十英里路，但这可能是她唯一的谋生工具。

她没有可换的衣服，只能穿她仅有的裙子、鞋子，戴她仅有的帽子。她希望自己有鞋给基特穿，但基特在去庄园宅邸工作之前从没穿过鞋子。他的外套太大了，这是一件好事，因为那够他穿好几年的了。

她会带上锅、菜刀和家里仅有的一点儿食物。她犹豫要不要带上她父亲的《圣经》，但最终决定不带。基特不能把书当饭吃。

她不知道自己之后是否会有钱雇马车来搬家具。房间里没有多少东西——两张床、一张桌子、两把凳子和一条长凳——但这些都是哈里做的，她很喜欢。

田野东边的天空露出鱼肚白，她叫醒基特，煮了粥。然后，她洗了锅、碗、勺，用一根旧绳子把它们捆在一起。她把食物放进袋子，让基特拿着。然后，他们走出门外。萨尔关上门，心里很确定她再也不会打开这道门了。

他们首先去了圣马太教堂。墓地里立着一个简单的木制十字架，横杆上用白漆整齐地写着哈里·克利瑟罗的名字。

"我们就在这里跪一会儿吧。"她对基特说。

基特一脸困惑，但没有质疑她。母子二人跪在坟前。

萨尔想到了哈里：他精瘦结实的身体，他爱争辩的性格，他对她的爱和对基特的关心。萨尔确信他现在已经到了天堂。她想起他们的恋爱过程：先是调情，然后是试探性的亲吻和牵手，接着是周日做完礼拜后在树林里缠绵难舍的幽会，最后是对共度一生的期许。她还记得哈里是如何痛苦地死去的,她不明白这种残酷的结局怎么可能是上帝的旨意。

然后,她像卫理公会教徒在聚会时会做的那样,大声地即兴祈祷。她请求哈里照看她和他们的孩子,并恳求上帝帮助她照顾基特。她为殴打威尔的罪过请求宽恕,但祈祷威尔的耳朵早日康复之类的话却怎么也说不出口。她祈求上帝对她的考验尽快结束,然后她道了声"阿门",基特也道了声"阿门"。

他们站起来,走出墓地。

基特问:"我们现在要去哪里?"

"王桥。"萨尔说。

*

阿莫斯和罗杰过去几天一直在改造珍妮纺纱机。

他们在阿莫斯仓库的里屋工作,工作时房门紧锁。他们不想提前泄露新纺纱机的消息。

他们正在用英国羊毛进行测试,这种羊毛比从西班牙或爱尔兰进口的羊毛更坚韧,长纤维使其不易断裂。罗杰在八个纺锤上各绑了一根松散的粗纱,然后将其穿过夹具,使其绷紧,以便纺纱。这一系列操作完成后,阿莫斯开始操作机器。

手工纺纱是一门需要学习的技艺,但操作机器却很简单。阿莫斯用右手慢慢转动大纺轮,让纺锤转动起来,开始捻线。然后他停下纺轮，小心翼翼地沿着机身推动横杆，把新的粗纱送入纺锤。

"成功啦！"阿莫斯欢呼道。

罗杰说："在弗兰克兰那边，纺轮转动的速度快得多。"

阿莫斯加速转动纺轮，线开始断裂。

"不出所料。"罗杰说。

"我们怎样才能解决这个问题呢？"

"我有一些想法。"

最近几天，罗杰尝试了不同的解决方案。成功的方案是在纺织过程的每个阶段都给线加重，使其保持紧绷。为了得到准确的加重数值，他们进行了多次试错。今天，在经历了一上午令人沮丧的反复尝试之后，他们终于大获成功。就在这时候，阿莫斯的母亲叫他们去吃午餐了。

*

萨尔对王桥的记忆十分清晰。虽然她上次来这里已是十年之前，但那是一次令人难以置信的经历，每个细节都深深地烙印在她的脑海里。今天，她可以见证这座市镇发生了怎样翻天覆地的变化。

从北面高地一步步接近王桥的时候，她看到了熟悉的地标：大教堂、带穹顶的羊毛交易所，横跨在河流之上、特色鲜明的双桥。这个地方似乎更大了，尤其是西南方向，那里的房子比她记忆中更多了。但她也看到了一些新东西。河的另一侧，从桥出发再往上游走，以前那里只有田地，如今则矗立着六座又长又高的建筑，都紧靠河岸，开着一排排大窗户。她模模糊糊地记得曾听人说起过这样的建筑：它们是织布厂，墙壁间的宽度很窄，窗户又很高，这样就能让纺织工人劳动时看得更清楚。水是用来缩绒[1]或者说毡化的，染色也需要用水；河水湍急的地方，还可以驱动水力织机。有些工厂肯定十年前就在这里了，萨尔暗忖，因为她出生前王桥就是一座织布业发达的市镇。但先前这里的建筑又小又分散，后来不断发展壮大，已经形成了独立的纺织工业区。

"就快到了，基特。"她说。基特疲惫不堪，步履蹒跚。要不是身上带着纺车和锅，她本可以背着儿子走的。

他们进入王桥。萨尔向一位面善的女士打听阿莫斯·巴罗菲尔德住在哪里，得知他住在大教堂附近的一座房子里。

一个女仆打开门。

"我是阿莫斯·巴罗菲尔德的纺纱工。"萨尔说，"如果可以的话，我想和他谈谈。"

女仆有些警惕："请问你叫什么名字？"

"萨尔·克利瑟罗。"

"哦！"女仆说，"你的事我们都听说了。"她低头看着基特："这就是那个被马踢到头的小男孩吗？"

"对，这就是基特。"

---

[1] 通过缩水、捶打或熨烫增加（布料的）重量和厚度。

"我相信阿莫斯会想见你的。进来吧。哦,对了,我叫埃伦。"女仆领着他们在房中穿梭,"他们正在吃午餐。我给你们倒点儿茶,好吗?"

"太感谢啦。"萨尔说。

埃伦把他们领进餐厅。阿莫斯和罗杰·里迪克坐在餐桌旁。看到萨尔和基特,他们俩吃了一惊。

萨尔行了个屈膝礼,然后唐突地说:"我被逐出巴德福德了。"

罗杰问:"为什么?"

萨尔羞愧地说:"很抱歉,罗杰先生,我打了您哥哥威尔的脑袋,把他打翻在地。"

沉默片刻,罗杰爆发出欢快的大笑。阿莫斯旋即也跟着笑起来。"好样的!"罗杰说,"早就该有人打他脑袋了。"

罗杰和阿莫斯安静下来后,萨尔说:"笑固然好笑,但我现在没家了。巴罗菲尔德先生,要是我能在王桥找到住处,我希望能继续为您纺纱——如果您还需要我的话。"

"我当然需要你!"阿莫斯说。

萨尔的心情登时轻松下来。

阿莫斯接着说:"我很乐意购买你的纱线。"他稍作踌躇,然后说:"但我有一个更好的主意。我也许能给你一份新工作,挣的钱比手工纺纱多一点儿。"

"那是什么工作?"

阿莫斯站起来。"我需要带你去看看。"他说,"来仓库吧。罗杰和我有一台新机器。"

第二部分

主妇的反抗

1795年

第二部分　主妇的反抗

第十一章

　　萨尔和基特为阿莫斯工作了两年多。在此期间，他们的工作地点发生了变化。阿莫斯的生意发展得太大，屋子后的仓库已经无法容纳：他现在有六台纺纱机和一个缩绒室。他在王桥西北方的河边租了一家小工厂，那里河水湍急，足以驱动缩绒锤反复捶打布料，使其收缩变厚。

　　他们从早上五点辛苦工作到晚上七点，只有在星期六这天——多么幸福的星期六啊——他们可以干到下午五点就收工。在工厂上班的所有孩子从早到晚都很累。然而，基特和母亲的生活比以前好多了。基特的母亲挣到了钱，他们住在一个有真正烟囱的温暖房子里。最重要的是，他们逃离了杀死他父亲的巴德福德恶霸。他希望自己永远不用再住在乡下了。

　　然而，好景不长，战争渐渐让他们的生活陷入困境。九岁的基特意识到金钱的重要性。他明白战争税抬高了所有东西的价格，而布业工人的报酬却没有增加。面包没有被征税，但由于小麦收成不好，价格也上涨了。学会操作珍妮纺纱机后,有一段时间,萨尔已经买得起牛肉、糖、茶,还有蛋糕了。但现在他们只能吃培根,喝淡啤酒。尽管如此,这总比在村里过得好。

基特最好的朋友是一个叫休的女孩,她和基特年龄相仿,并且也失去了父亲。休和母亲乔安妮一起在巴罗菲尔德的工厂上班,她们操作的纺纱机就在萨尔的旁边。

今天是个特殊的日子。所有工人一走进工厂就意识到了这一点。他们看到,在一楼的缩绒机旁边,放着一个四柱床或者驿车那么大的东西,上面罩着帆布。这肯定是昨晚他们都回家后送来的。

在半小时的午餐休息时间里,他们一直在谈论那东西。基特的母亲说那一定是一台新机器,尽管没有人见过那么大的机器。

阿莫斯·巴罗菲尔德的朋友罗杰·里迪克在下午三点左右出现。基特永远不会忘记罗杰在巴德福德对他的好意。他还记得,是罗杰改造了阿莫斯的第一台珍妮纺纱机。现在,这样的机器一共有六台。在战争影响到生意之前,阿莫斯一直在计划购入更多的机器。

阿莫斯命令工人提前半小时停止工作,到一楼那个神秘装置周围同他和罗杰会合。他吩咐工人停止运转缩绒机,因为那玩意儿咚咚哐哐的巨大撞击声可以淹没任何人的说话声。然后他说:"不久前,库姆的希普拉普先生向我订购了五百码麻毛混纺布。"

连基特都知道,那是一份大订单。工人闻言都欢呼雀跃。

阿莫斯接着说:"我开价五十五镑,即使被还价到五十镑我也愿意。但他只肯给三十五镑,还说他认识的另一家王桥布商愿意以这个价格成交。唉，我知道，不管哪个布商，能做成这笔交易的唯一办法就是降低工人工资。"

人群中传出不满的嘟囔声。基特周围的男男女女全都一脸警惕，好像随时要爆发反抗。他们不喜欢老板说要降低计件工资。

阿莫斯说："所以我拒绝了他。"

工人听到这话，无不松了口气。

阿莫斯说："我不喜欢拒绝订单，因为我们的订单量已不如从前。如果情况继续恶化，你们中的一些人将不得不被解雇。"

现在基特开始担心了。他知道目前没有王桥布商需要额外的工人。他听母亲说过，布商没有找人顶替那些离开的工人，因为他们不确定未来会发生什么，也不知道战争会持续多久。阿莫斯的困境并非孤例。

"但我找到了解决办法。我知道怎样才能在不降低计件工资和不裁员的情况下完成希普拉普先生的订单。"

众人陷入沉默。基特感觉到工人都满腹狐疑，不确定是否该相信阿莫斯。

阿莫斯和罗杰把帆布罩子从神秘装置上扯下来，扔在地上。即便完全看清了那个东西，基特仍然不知道它是哪门子机器。他从未见过这种玩意儿。

他看得出来，其他人也没见过。他们都在疑惑地窃窃私语。

只见那座黑色金字塔里有八个圆柱形金属滚筒。这让基特想起了他曾在高街上看到的一堆水管。这些圆筒上似乎布满钉子。整个装置被安装在一个结实的橡木平台上，平台的腿又短又粗。

这显然是一台机器，但它是做什么的呢？

阿莫斯回答了大家没说出口的问题："这就是我们面临的问题的解决方案——一台粗梳机。"

基特知道粗梳是什么。他想起了在巴德福德从事手工粗梳的米克·西布鲁克。米克用的是带铁齿的刷子，而现在基特看到，这台机器的每个滚筒都包裹着皮套，皮套上布满钉子，就像米克的铁齿刷一样。

阿莫斯继续道："这样的机器已经存在很长时间了，但直到最近几年才开始流行，这是最新的型号。羊毛通过第一对滚筒送入机器，钉子会梳理羊毛并拉直纤维。"

基特说："可粗梳工必须一遍又一遍地梳羊毛，从早到晚忙个不停。"

工人哄堂大笑，因为说这话的竟然是个小娃娃。但过了一会儿，乔安妮说："想想看，他讲得没错。"

"是的，"阿莫斯说，"这就是为什么这台机器有这么多滚筒。只梳一遍远远不够。羊毛要经过第二对滚筒，这对滚筒上的铁齿靠得更近。然后羊毛经过第三对、第四对滚筒，越往后梳理得越细，去除的污垢越多，纤维也拉得越直。"

罗杰补充道："这台机器是为棉花设计的，羊毛更柔软，所以我改进了铁齿，让它们不那么锋利，并扩大了上下滚筒之间的间隙，这样梳理过程就更温和了。"

阿莫斯说:"我们测试过机器,结果证明改进方案有效。"

萨尔开口问:"那谁来转动滚筒呢?"

"不需要人转动。"阿莫斯说,"同缩绒机一样,粗梳机是由河水的强大力量驱动的——水流导入引水槽,通过齿轮和链条带动滚筒旋转。只需一个人来看管机器,并在机器运转时进行小调整即可。"

乔安妮说:"那手工粗梳工该怎么办?"

问得好,基特想。如果采用水轮驱动的粗梳机,可能就不需要米克和其他粗梳工了。

阿莫斯似乎已经准备好这个问题的答案了。"我不会对你们撒谎。"他说,"你们都了解我——我不希望大家失去生计。但我们必须做出选择。我可以把这台机器送回去,忘掉希普拉普的订单,告诉你们中一半的人,明天不用来上班了,因为我没有工作可以提供给你们。或者,我可以让你们都继续工作,但降低你们的计件工资。又或者,我们可以把计件工资维持在同一水平,完成希普拉普先生的订单,同时让你们都继续工作——前提是必须使用粗梳机。"

乔安妮挑衅似的说:"你可以用自己的钱维持经营。"

"我没那么多钱,我还在偿还父亲三年前留给我的债务。你们知道他是怎么欠下这些债的吗?"他的语气变得有点儿激动,"亏本经营。有一件事我可以肯定地告诉你们:我不会那样做,绝对不会。"

一个女人说:"我听说这些机器干的活儿比较糙。"众人纷纷低声附和。

另一个女人说:"我觉得这机器看上去很邪恶,浑身都是钉子。"

基特听过人们这样谈论机器。他们不明白机器是如何工作的，所以他们说里面一定藏了个小魔鬼在操作机器。基特了解机器，他知道里面没有小魔鬼。

满腹牢骚的工人陷入短暂的沉默，这时基特的母亲发话了。"我不喜欢这台机器，"她说，"我不想看到手工粗梳工丢掉饭碗。"她扫视周围的工人——其中大多数是女人——说："但我信任巴罗菲尔德先生。如果他说我们别无选择，我相信他。对不起，乔安妮。我们必须接受粗梳机。"

阿莫斯什么也没说。

工人面面相觑。基特听到大家七嘴八舌地议论开来，大多数人都压低了声音。他们怏怏不乐，但并没有大动肝火。听他们的语气，他们似乎是无可奈何地接受了现实。他们慢慢散开，轻声互道晚安，看上去全都心事重重。

萨尔、基特、乔安妮和休一起动身离开。他们四人在暮色中步履沉重地往家中走去。白天他们在工厂工作时，外面下过雨，现在夕阳照在水坑上，泛着点点金光。他们穿过市场广场，看见点灯工人正举着火引子四处点灯。广场中央，刑具在昏暗的光线中若隐若现：绞刑架、足枷和鞭笞柱——鞭笞柱其实就是两根柱子加一根横木，罪犯会被绑在上面，双手捆在头上，接受鞭打。木头刑具上布满斑斑点点的棕色血迹。基特尽量不去看那东西，因为瞟一眼便浑身都起鸡皮疙瘩。

他们经过大教堂时，钟声开始响起。星期一晚上钟手照例会练习。基特知道教堂有七口钟：音高最高的一号钟叫作高音钟，音高最低的七号钟叫作低音钟。他们像往常一样从简单的排列开始，按音高从高到低的顺序敲击七口钟：编号一、二、三、四、五、六、七。他们很快就会转而敲击更复杂的组合。他们通过改变击钟的顺序来改变曲调，基特对此颇感兴趣。这里面藏着一种令人心悦诚服的逻辑。

王桥西北有一个租金低廉的社区，萨尔和基特在那里租了房子，与休和她的家人同住。一楼的后部是厨房，他们都在那里做饭，吃饭。一楼前部的房间住着休的舅舅贾奇，他比乔安妮小五岁，现年二十五岁，在霍恩比姆的一家工厂做织布工。贾奇也是钟手，基特从他那里学到了一些跟敲钟有关的知识。

楼上有两张床。乔安妮和休睡在前屋，萨尔和基特睡在后屋。大多数穷人都会睡在一起取暖，节省柴火或煤炭的费用。

乔安妮的姨妈多蒂·卡斯尔住在低矮的阁楼上。她年高体弱，只能靠缝补袜子和裤子勉强维生。

一到家，基特就躺在他和母亲共用的床上——那张从巴德福德带来的大床。他感到母亲脱下他的靴子，给他盖上毯子，然后他就睡着了。

过了一会儿，萨尔叫醒了基特，他跌跌撞撞地走下楼梯吃晚餐。他们吃了配洋葱的火腿和涂了肉油的面包。他们都饿坏了，三下五除二便吃得精光。乔安妮又用一片面包抹了抹煎锅内壁上残留的肉油，将面包分给孩子们。

用完晚餐，两个孩子上床睡觉。基特一挨枕头就沉入了梦乡。

*

萨尔洗了脸，梳了头，用一条旧的红丝带扎起头发，然后爬上阁楼，请多蒂姨妈照看孩子们一两小时。"如果他们醒了，就给他们一些面包。"她说，"如果您饿了，也可以吃点儿。"

"不用了，谢谢你，亲爱的。我很好。我整天坐在这里，用不着太多食物。你们在工厂干活儿的人才需要多吃点儿。"

"那好，您千万别客气。"

她朝屋里看了眼熟睡的基特。床边放着写字用的一块蜡板和一枚钉子。每天晚上，萨尔都会花时间练习写字，抄写《圣经》的段落——她身边只有这一本书。她的字写得越来越好了。每个星期天，她都会教基特写字，但其他日子基特都太累，学不动。

她吻了吻基特的额头，然后去了另一间卧室。乔安妮戴上一顶自己绣的有花朵图案的帽子，吻了吻睡着的休，然后两个女人便一起出了门。

她们沿着主街款款而行。市中心熙熙攘攘，人们纷纷走出家门，寻找快乐与陪伴，也许还有爱情。萨尔已经对爱情死了心。她非常确定，乔安妮的弟弟贾奇想娶她，但她拒绝了贾奇。她爱过哈里，哈里却死于非命，她不愿再冒险涉入爱河，经历与爱人生离死别的痛苦，更不愿把自己的幸福交到草菅人命后依然可以逍遥法外的权贵手中。

她们穿过广场。贝尔客栈是一座规模宏大的建筑，有一个通向院子和马厩的马车入口。顾名思义，贝尔客栈入口的拱门顶端挂了一口钟[1]，驿车离开时会敲钟示警。不久以前，敲钟是为了邀请人们来客栈看戏，但现在戏剧都在剧院上演。

贝尔客栈有一个很大的酒吧，里面摆着一排路障似的酒桶。酒吧内，人们谈笑风生，烟雾缭绕。钟手已经到了，照旧坐在壁炉边的桌子旁，头上戴着破帽子，面前放着陶制大酒杯。敲完钟，他们每个人可以得到一先令报酬，所以星期一晚上他们总是有钱买艾尔啤酒。

萨尔和乔安妮向侍者各要了一大杯艾尔啤酒，得知价格已从三便士涨到四便士。"和面包一个价了。"侍者说，"原因也一样：小麦太贵了。"

萨尔和乔安妮坐下来，贾奇阴沉着脸对她们说："我们一直在谈论巴罗菲尔德的新机器。"

萨尔喝了一大口艾尔啤酒。她不喜欢喝醉，而且她也只付得起一杯酒的钱，但她喜欢麦芽的芬芳和酒精带来的温暖。"那叫粗梳机。"她对贾奇说。

"我称它为'饿死工人的机器'。"贾奇说，"过去几年，总有工厂主想将新型机器引入英格兰西部，结果工人一暴乱他们就退缩了。我们现在也该这样干。"

萨尔摇摇头："随你怎么说，反正那种机器救了我。布料市价太低，阿莫斯·巴罗菲尔德本打算把我们一半人都打发回家，但采用新机器之后，即使价格降低他也能维持经营，我也得以继续操作珍妮纺

---

[1] "贝尔"（Bell）有"钟"的意思。

纱机。"

贾奇不喜欢这种论调,但他喜欢萨尔,于是强压怒火道:"那么,萨尔,你觉得手工纺纱工会怎么看那台新机器?"

"我不知道,贾奇。但我确实知道的是,在开始操作巴罗菲尔德的第一台珍妮纺纱机之前,我一贫如洗,无家可归。如果他没有购入粗梳机,我今天可能已经失业了。"

这时阿尔夫·纳什开口了。他不是钟手,但他经常同他们一起喝酒,萨尔认为他爱上了乔安妮。他现在就坐在乔安妮旁边。阿尔夫是奶品商,牛奶经常溅在衣服上,所以他闻起来有一股奶酪味。萨尔觉得乔安妮不会喜欢他。阿尔夫说:"萨尔说得有道理,贾奇。"

与铲子一起工作的织布工赛姆·杰克逊是这群人中比较有思想的成员之一。他说:"这下没法分清好坏了,反正我做不到。机器帮助一些人保留了工作,却夺走了另外一些人的工作。你怎么知道是利大于弊还是弊大于利呢?"

"这就是让我们挠头的地方。"萨尔说,"我们知道问题,但我们不知道答案。我们需要学习。"

"学习不适合我们这种人。"阿尔夫说,"我们可上不了牛津大学。"

讨论进行到这里,铲子终于发言了。他是"司钟",也就是钟手的指挥。"你错了,阿尔夫。"他说,"全国各地的劳动人民都在自学。他们上图书馆看书,加入图书分享俱乐部、音乐社团和合唱团,还参加《圣经》学习小组和政治讨论会。伦敦通信协会有好几百个分会。"

铲子的观点让萨尔兴奋起来,她说:"我们应该这样做——研究和学习。你说的这个通信协会是什么东西?"

"是为了讨论议会改革、工人投票权之类的问题而成立的机构,如今已经遍布全国各地。"

贾奇说:"王桥还没有。"

萨尔说:"嗯,但这里应该也成立分会才对。这正是我们所需要的。"

另一个钟手——在主街开了一家印刷店的杰里迈亚·希斯科克——也开口发言了。"我知道伦敦通信协会,"他说,"我兄弟在伦敦,为他们印刷了一些资料。他喜欢他们。他说他们通过多数票决制决定一切。他们开会的时候,主人和仆人没有高低贵贱之分。"

"这说明民主平等的决策是可以实现的!"贾奇说。

"我不知道,"赛姆不无焦虑地说,"我们会被称为'革命者'的。"

铲子说:"伦敦通信协会不主张革命,而是倡导改革。"

"等一下。"阿尔夫说,"就在去年圣诞节前,伦敦通信协会的一些人不是因为叛国罪受到审判了吗?"

"有三十个人,"酷爱读报的铲子说,"被指控密谋反对国王和议会。有证据表明,他们曾发起议会改革运动。如今说我们的政府不完美似乎是一种犯罪。"

阿尔夫说:"我不记得他们是被绞死了还是怎样。"

铲子说:"他们竟然厚着脸皮要求英国首相威廉·皮特出庭。皮特首相不得不承认,十三年前,他自己也曾为议会改革奔走呼号。案件在哄堂大笑中不攻自破,陪审团驳回了指控。"

赛姆依旧忐忑:"即便如此,我也不想因叛国罪受审。伦敦的陪审团可能会网开一面,王桥的陪审团则不一定会高抬贵手。"

贾奇说:"我不在乎陪审团。我愿意冒险一试。"

萨尔说:"贾奇,你像狮子一样勇敢,但我们需要智勇双全。"

"我同意萨尔的观点。"铲子说,"成立社团没问题,但不要称其为伦敦通信协会的分会——那样做是自找麻烦。如果你们愿意,就叫它……'苏格拉底学会'吧。"

"该死,我不知道那是什么意思。"贾奇说。

"苏格拉底是一位希腊哲学家,他认为可以通过讨论和辩论获得真理。这是米德温特法政牧师告诉我的。他说我是苏格拉底的信徒,因为我喜欢辩论。"

"我曾经认识一个希腊水手。他嗜酒如命,但绝不是该死的哲学家。"

其他人都笑了。

铲子说:"随便你怎么起名字,只要听起来和革命没关系就行。可以先开个会,讨论别的东西,比如科学,比如艾萨克·牛顿的理论。不要对会议讳莫如深——告诉《王桥公报》。成立一个委员会来负责学会的运作。请米德温特法政牧师担任委员会主席。让一切看上去光明正大,至少一开始是这样的。"

萨尔激动不已:"我们必须这么做!"

杰里迈亚说:"可是,谁会来跟王桥的工人谈论科学呢?"

他们都认为找到这样的人难如登天,但萨尔灵光乍现。"我认识一个上过牛津大学的人。"她说。

他们都不解地看着她,只有乔安妮笑眯眯地说:"你说的是罗杰·里迪克吧?"

"没错。他是阿莫斯·巴罗菲尔德的朋友,经常来我们厂里。"

铲子说:"你能问问他吗?"

"当然可以。我是第一个用他改造的珍妮纺纱机工作的人,现在我还在操作那台机器。他总会停下脚步,问我工作得怎么样。"

"你这样贸然去问,他不会觉得唐突吗?"

"我觉得不会。他不像他哥哥威尔。"

"这么说,你会去问他啰?"

"一见到就问。"

不久这群人就散了。回家路上,乔安妮问萨尔:"你确定要这么做?"

"做什么?"

"参加那个苏格拉底学会。"

"是的,迫不及待呢。"

"为什么?"

"因为我现在整天都在工作,睡觉,照顾孩子。我不想让这些事情成为我生活的全部。"她又想起了萨拉姨妈提到的从报纸上读到的东西。

183

"但你会惹上麻烦的。"

"只是学习科学罢了,不会的。"

"但他们绝不会只学习科学。他们还想谈论自由、民主和人权。你知道的。"

"嗯,英国人应该有发表自己观点的权利。"

"大谈言论自由的人知道,这种权利只属于权贵。他们认为我们这样的人不应该有自己的观点。"

"但伦敦通信协会的那些人被判无罪。"

"尽管如此,赛姆的话还是有道理的——你不能保证王桥的陪审团也会网开一面。"

萨尔开始觉得乔安妮可能是对的。

乔安妮接着说:"如果工厂工人开始谈论政治,高级市政官和法官就会感到害怕——他们的第一反应就是杀鸡儆猴。贾奇和铲子去闹腾没关系——他们没有孩子。如果他们被流放到澳大利亚,甚至被绞死,遭殃的只有他们自己。但你有基特,我有休,如果我们不在他们身边,谁来照顾他们呢?"

"哦,天哪,你说得对。"成立苏格拉底学会的想法让萨尔着了魔,没有意识到其中的风险,"但我答应过要和罗杰·里迪克谈谈。我不能让其他人失望。"

"那就小心点儿。一定要非常小心。"

"我会的,"萨尔说,"我发誓。"

第二部分 主妇的反抗

第十二章

在王桥大教堂侧面的小礼拜堂里，有一幅圣莫妮卡的壁画，她是母亲们的守护神。这幅画创作于中世纪，在宗教改革时期被刷上了灰泥，但经过二百五十年的脱落磨损，那层灰泥越来越薄，现在已经可以看到圣徒的脸了。她皮肤白皙，这让铲子百思不得其解，因为圣莫妮卡是非洲人。

8月的第一天，也就是他妻子贝齐去世整整十二年那天，铲子在那里点燃了一支蜡烛。外面乱云飞渡，阳光穿过云层，照亮了中殿的拱门，灰色的石头瞬间被镀上一层闪亮的银色。

铲子站在那里注视着烛火，回忆贝齐。他想起那年他们俩都十九岁，在王桥郊区的小屋里组建了家庭，那是一段多么令人欢欣鼓舞的时光啊。他们觉得自己就像在玩结婚游戏的孩子。他的织机和贝齐的纺车占据了两个小房间中的一个，他们在厨房里做饭，睡觉。他工作的时候，每次抬起头，都能看到一头黑发的贝齐在俯身操作纺车。他向来是开开心心的。贝齐怀孕后，他们更加兴奋，没完没了地谈论他们的孩子会是什么模样：漂亮、聪明、高大、淘气？但贝齐因难产而死，他们的孩子也从未来到这个世界。

他追忆着往事，时间悄然流逝。忽然，他觉察到有人站在旁边。他转过身，只见阿拉贝拉·拉蒂默正看着他。阿拉贝拉一言不发，只是递给他一朵红玫瑰——多半是从她花园里采的。他猜到了阿拉贝拉的用意，便从她手中接过玫瑰，轻轻放在祭坛中央。

那朵花在苍白的大理石上红得夺目，仿佛一滴新鲜的血迹。

阿拉贝拉默默走开了。

铲子留下来，思考了一会儿。红玫瑰象征爱情。阿拉贝拉本来是打算把花献给贝齐的，却递给了铲子。

他走出小礼拜堂。阿拉贝拉在中殿等他。"您知道我会来这儿。"他说。

"当然。你每年8月1日都要来这个小礼拜堂。"

"您注意到了。"

"你这么做已经很久了。"

"十二年。"

"卫理公会教徒通常不向圣徒祈祷。"

"我是一个奇怪的卫理公会教徒。我不擅长循规蹈矩。"铲子耸耸肩，"卫理公会教徒最值得称道的地方在于，他们认为内心感受比宗教规矩更重要。"

"你也相信这一点吗？"

"是的。"

"我也是。"

"您最好也加入卫理公会。"

阿拉贝拉嫣然一笑。"那将是多大的丑闻啊。主教夫人加入卫理公会!"她转过身,拿起先前搁在洗礼盆里的一小堆刚洗过的唱诗班长袍,"我必须把这些衣服收好放到教袍室去。"

铲子不想结束谈话:"我想您不至于亲自洗衣服吧,拉蒂默太太。"

她当然不会。"我监督别人洗。"她说。

"嗯,那我帮您拿袍子,您可以监督我。"他从阿拉贝拉手里接过那堆袍子,她欣然放手。

她说:"有时候,我觉得我有一半的时间都是在监督别人干活儿。要不是可以读书,我真不知道该怎么打发时间。"

铲子突然来了兴趣:"您喜欢读什么书?"

"我有一本主张妇女权利的书,作者是玛丽·沃斯通克拉夫特[1]。但我得把书藏起来。"

铲子不问也知道为什么。他断定主教会强烈反对。

"我也喜欢小说,"她说,"《汤姆·琼斯》[2]。"她笑盈盈地说:"你让我想起了汤姆·琼斯。"

他们穿过中殿。没什么特别的事情发生,但铲子能感到弥漫在他们周围的紧张气氛,仿佛他们心中都藏着什么难以启齿的秘密。

---

[1] 玛丽·沃斯通克拉夫特(1759—1797),英国作家、哲学家和女权倡导者,被认为是女权主义的奠基人之一。她最著名的作品是《女权辩护》,阿拉贝拉说的应该就是此书。
[2] 英国剧作家兼小说家亨利·菲尔丁(1707—1754)的代表作,1749年首次出版,主要讲述了弃儿汤姆·琼斯的生活遭遇。

他没有忘记两年多前在姐姐店里的那一刻，阿拉贝拉发现他在欣赏她的婀娜身姿，却没有生气，只是好奇似的扬了扬眉毛。阿拉贝拉当时的模样宛然在目。他曾告诉自己，必须忘记阿拉贝拉，但他做不到。

他跟着阿拉贝拉走进南翼的一扇矮门。教袍室是一个空空的小房间，里面只放着一个书架、一面镜子和一个叫"教袍柜"的大橡木箱子。阿拉贝拉打开沉重的箱盖，铲子小心翼翼地将长袍放进去。阿拉贝拉撒了一些干薰衣草，防止飞蛾产卵。

然后她转身对铲子说："十二年了。"

铲子看着她。太阳从云层中短暂露头，一束阳光从小窗射进来，落在她头上，她浅棕色头发中那一丝赤褐显得越发明亮。

铲子说："我想起我们年轻单纯的时候，一切都是那么有趣。那是一种纯真无邪的欢乐。那种感觉再也体会不到了。"

"你那时深爱着贝齐。"

"拥有爱人的时候，你会无比幸福；但失去爱人的时候，你又会无比痛苦。"他一时间痛不欲生，不得不吞声忍泪。

"不，你错了。"阿拉贝拉说，"还有一种痛苦的处境比失去爱人更糟糕，那就是骑虎难下，进退两难，明白自己永远也品尝不到爱情的滋味了。"

铲子大吃一惊，不是因为阿拉贝拉说了什么——他和其他人多多少少已经猜到阿拉贝拉的悲惨处境——而是因为她竟然如此掏心掏肺，直言不讳。然而，惊讶之余，铲子也分外好奇，于是问："那是怎么发生的呢？"

"我喜欢的那个男孩娶了别人。我以为自己心碎了，但其实没有，我只是生气了。然后斯蒂芬向我求婚，我就答应了，因为我想狠狠报复那个男孩。"

"斯蒂芬年纪比你大很多。"

"当时是我的两倍。"

"很难想象你会那么莽撞。"

"我年轻的时候很傻。我现在也不太聪明，但以前更没脑子。"她转过身，放下箱盖。"你问我，我才说的。"她说。

"抱歉，是我好奇心太重。"

"不过，大多数男人都会告诉我应该怎么做。"

"我不知道你应该怎么做。"

"几乎没有男人愿意承认自己的无知。"

这话是真的，铲子笑了。

阿拉贝拉走到门口。铲子把手放在门把手上，但还没等他为阿拉贝拉开门，阿拉贝拉就吻了他。

那个吻很笨拙。她猛地扑过来，嘴唇错误地贴在他的下巴上。

这种事她似乎不太熟练，铲子暗想。

但阿拉贝拉很快就纠正偏差，吻上了他的嘴。然后她缩了回去，但他感觉阿拉贝拉不会就此结束。过了一会儿，阿拉贝拉又吻了他。这一次，她把嘴唇贴在他的嘴唇上，没有挪开。她是认真的，铲子想。他把手放在阿拉贝拉肩上，嚅动嘴唇，回吻她。阿拉贝拉牢牢抱住他，身体紧贴在他身上。

可能会有人进来，铲子想。他不知道在王桥会怎样处置亲吻主教夫人的人。但他沉浸在快乐之中，无法自拔。阿拉贝拉把他的手从肩上拿开，移到下面。他轻轻地揉捏起来，听见阿拉贝拉从喉咙深处发出轻柔的呻吟。

阿拉贝拉突然恢复了理智，挣开他的怀抱，目光炽热地注视着他的眼睛。"上帝啊，救救我吧。"她轻声说，然后转过身，打开门，匆匆离去。

铲子一动不动地站在原地，心想：这到底是什么意思呢？

*

约瑟夫·霍恩比姆高级市政官喜欢看到丰盛的早餐摆在面前：培根、腰子、香肠、鸡蛋、涂黄油的烤面包、茶、咖啡、牛奶和奶油。他吃得不多——喝了点儿加奶油的咖啡，吃了些烤面包——但只要愿意，他便可以像国王一样大吃大喝。光是知道这一点就让他满心欢喜。

他的女儿德博拉和他一样，饭量很小。但他的妻子林妮和儿子霍华德却总是狼吞虎咽，把自己吃得挺胸凸肚，脑满肠肥。就连只配享用残羹冷炙的仆人也一样大腹便便。

霍恩比姆正在阅读《泰晤士报》。"西班牙已经和法国讲和了。"他说完后又呷了口奶油咖啡。

德博拉说："但战争还没有结束，不是吗？"她反应很快。这一点也跟霍恩比姆很像。

霍恩比姆说:"对英格兰来说还没有结束。我们还没有与那些凶残的法国革命者讲和,我希望我们永远不会。"

霍恩比姆以品评的目光打量着德博拉。她长得不太好看,霍恩比姆想,虽然为人父母者很难用这样的字眼评价自己的孩子。她有一头浓密的深色鬈发和一双漂亮的棕色眼睛,但她的下巴太大,实在与美貌不沾边。她已经十八岁,到了谈婚论嫁的年龄。也许可以引导她找一个对家族生意有帮助的配偶。想到这里,霍恩比姆说:"我看到你在剧院同威尔·里迪克聊天。"

德博拉平静地看了他一眼。她并不害怕父亲。她哥哥害怕,她母亲也害怕。德博拉对父亲毕恭毕敬,但并不唯命是从。"是吗?"她不动声色地说。

霍恩比姆努力装出漫不经心的样子,问道:"你喜欢里迪克吗?"

德博拉若有所思地顿了顿,答道:"是的,我喜欢。他是那种想要什么就能得到什么的人。您为什么这么问?"

"他在和我一起做大生意。"

"军需合同。"

德博拉说中了。"没错。"霍恩比姆说,"我邀请他今晚来吃饭。我很高兴你喜欢他——今天晚上应该会非常愉快。"

男仆辛普森走进房间,说道:"高级市政官霍恩比姆老爷,如果方便的话,曾拜会过您的那位奶品商想和您谈谈。"

"奶品商?"霍恩比姆不明所以,"这到底是怎么回事?"霍恩比姆很少和为家里提供货物的商人说话。这时,他突然想起自己曾借钱给这个人：他的名字叫阿尔弗雷德[1]·纳什。霍恩比姆站起身，把餐巾放在椅子上，走了出去。

纳什站在后门门厅里，也就是供人脱靴子的地方。雨水从纳什的外套和帽子上滴下来。霍恩比姆闻到了一丝奶品店的味道。

"你来找我有什么事，纳什？"他突然问。他希望那个人不会再要钱了。

"我是来给您报信的，高级市政官。"

这倒是出人意料。"接着说。"

"我碰巧听到一件您会感兴趣的事，觉得应该告诉您，因为您曾经大发慈悲，借钱给我，帮我扩大奶品店。"

"很好。你听到了什么？"

"大卫·肖维勒，就是绰号'铲子'的那个人，打算成立伦敦通信协会的王桥分会。"

这消息可真是有趣。"是吗？见鬼！"

霍恩比姆讨厌铲子。霍恩比姆多年来一直希望接手由阿莫斯继承的奥巴代亚·巴罗菲尔德的生意，谁知他的计划被铲子破坏了。铲子为阿莫斯筹措到借款，霍恩比姆美梦落空，所有努力付诸东流。

纳什继续道："您是里夫斯协会[2]的主席……"

"是的，当然。"里夫斯协会是政府为对抗伦敦通信协会而成立

---

[1] 即前文的阿尔夫。"阿尔夫"是阿尔弗雷德的昵称。

[2] 1792年由律师约翰·里夫斯（1752—1829）创建的保守政治团体，主张保护自由和财产，反对议会改革。

的。里夫斯协会王桥分会举行过几次枯燥乏味的会议,后来逐渐销声匿迹。不过,霍恩比姆与协会中一批反对激进主义的正义人士仍有联系。"还有谁参加了这个新团体?"

"织布工贾奇·博克斯。还有萨尔·克利瑟罗,她为阿莫斯·巴罗菲尔德操作珍妮纺纱机。虽然她只是一介女流,但他们都愿意听她讲话。"

这样的人让霍恩比姆怒火中烧。"他们只是想拉着我们一起陷入贫困的深渊。"他愤愤地说,"我们要把这些闹事者像害虫一样消灭掉。铲子将因叛国罪被绞死。"

纳什似乎被霍恩比姆的激烈言辞吓了一跳,忙道:"但他们说伦敦那些家伙被判无罪了。"

"软弱啊软弱,这就是异端邪说潜滋暗长,渐成气候的原因。但伦敦是伦敦。这里可是王桥。"

"是的,先生。"

"帮我留意这件事,好吗,纳什?"

"我办得到,先生。他们邀请我加入他们的委员会。"

"你同意了吗?"

"我说我会考虑一下。"

"加入委员会,这样你就什么都知道了。"

"好的,先生。"

"你要向我报告一切。"

"我很乐意为您效劳。"

"我们要给他们一个教训。"

"是的,先生。我可以再提一件事吗?"

霍恩比姆早料到纳什必有所求。正所谓"等价交换,各取所需"。

"请说。"

"现在市场不景气——沉重的战争税、飞涨的食物价格,还有那么多找不到工作的工人。"

"我知道。我也是受害者。"事实并非如此。霍恩比姆从军需合同中获利颇丰。但他奉行的原则是从不承认自己过得好。

"如果您允许我下个季度不用还款,那就帮了我大忙啦。"

"延迟还款?"

"是的,先生。当然,我最终会全部还清的。"

"你当然要还清。不过,我同意你下个季度不必还款。"

"谢谢您,先生。"纳什碰了碰自己的帽子,以示敬意。

霍恩比姆继续吃起了早餐。

*

几天后,罗杰·里迪克出现在巴罗菲尔德的织布厂。

萨尔越想越觉得罗杰应该给苏格拉底学会做第一次演讲。没有人会反对科学演讲。罗杰是巴德福德的乡绅里迪克老爷的儿子,这意味着他是统治精英的一员。此外,罗杰不会要求报酬。这一点很重要,因为学会付不起这笔钱。

第二部分　主妇的反抗

她从小就认识罗杰。孩子们不太在意阶层间的礼法规矩，乡绅的孩子可以和雇农的后代一起在小溪里戏水。她见证了罗杰的成长。十几岁的时候，罗杰就表现出与其他家庭成员迥然不同的特质。

但这并不意味着罗杰会对她唯命是从。

罗杰走进纺纱室时，萨尔不禁感叹，他的脸庞已经不再稚嫩。罗杰现在才二十出头，仍然容貌英俊，身材修长，皮肤白皙，但罗杰不是她中意的那种类型——她偏爱更有男子汉气概的男人。尽管如此，罗杰还是很有魅力，尤其是他顽皮地坏笑的时候。所有的女人都喜欢他，他甚至会跟她们调侃打趣。

他说："你好啊，萨尔，这台旧机器怎么样了，身子骨还硬朗吗？"

"我很好，珍妮纺纱机也很健康，里迪克先生。"

这是他们以前讲过好几次的笑话，说完两人都放声大笑。

"这台机器看起来好小啊。"罗杰说，"如今他们制造的机器有九十六个纺锤。"

"我听说过。"

罗杰注意到基特。"你好啊，孩子。"他说，"你的头怎么样了？"

"没事了，先生。"基特说。

"不错。"

其他女人都停下手头的工作，听他们对话。在下一台机器前，乔安妮问："您为什么不在牛津呢，里迪克先生？"

"因为我不再是学生了。我已经完成了三年学业。"

"我希望您通过了考试。"

"是的。我在打牌输钱排行榜上名列前茅。"

"如今您上知天文下知地理了。"

"哦,不,只有女人才无所不知。"

听到这话,女工全都欢呼起来。

他说:"圣诞节后,我要去另一所大学读书——柏林的普鲁士科学院。"

"普鲁士!"萨尔说,"您得学德语。"

"还有法语。不知为何,那里是用法语讲课。"

"又要学习!没完没了吗?"

"事实上,我认为没有尽头。"

"嗯,王桥的工人打算自学。您得小心点儿,说不定我们会赶上您的。"

他皱眉问道:"怎么回事?"

"我们要成立一个名为苏格拉底学会的新组织。"

"你们要成立苏格拉底学会。"他努力掩饰自己有多么惊讶,萨尔看得出来。

"我受大家委托,想问您是否愿意做开幕演讲。"

"是吗?"罗杰被打得措手不及,不知如何作答,他的狼狈相让萨尔感到好笑。"演讲。"他说,显然在整理思路,"嗯,这样啊。"

"我们认为您可以谈谈艾萨克·牛顿。"

"你们这样想啊。"

"但您实际上可以选择任何科学话题。"

"嗯……我在牛津学的是太阳系。"

萨尔不知道太阳系是什么。

罗杰察觉到她的困惑,于是说:"你知道,就是学习太阳、月亮和行星,还有它们是怎么旋转的。"

这听起来可不怎么有趣,但谁知道呢?萨尔想。

罗杰补充道:"我做了一个小模型,展示了它们进行相对运动的方式。我这样做只是为了好玩,但这个模型可以帮助人们理解。"

听起来有戏。罗杰很快接受了有关学会的想法。萨尔说不定请得动他。

"这叫作'太阳系仪'。"罗杰说,"别人也做过。"

"我认为您应该给大家看看,里迪克先生。听起来棒极了。"

"也许我会这么做。"

萨尔强忍住胜利的微笑。

阿莫斯·巴罗菲尔德走过来。"罗杰,你妨碍女工工作了。"他说。

罗杰说:"她们打算成立苏格拉底学会。"

"我希望不是在工作时间。"阿莫斯搂着罗杰的肩膀,"过来看看粗梳机是怎么工作的。真是太神奇了。"说着他们便离开了。

罗杰在楼梯口停下脚步。"告诉我日期,"他对萨尔喊道,"给我写封信。"

"好的。"萨尔答道。

罗杰和阿莫斯消失了。

一个女人说:"你没法给他写信,萨尔。你斗大的字也不识一箩筐。"

"只怕你会大吃一惊的。"萨尔说。

*

阿拉贝拉从容自若地跟铲子说话,仿佛什么事也没发生过。每次在市场广场,在他姐姐的服装店,或者在大教堂相遇的时候,阿拉贝拉总是冲他冷冷一笑,客客气气地说两句话,然后就走开了。见阿拉贝拉这样淡定轻松,铲子几乎开始怀疑,阿拉贝拉从来没有送过他红玫瑰,他们从来没有单独在教袍室待过,她从来没有如饥似渴地吻过他,也没有抓过他的手按在她胸前。

那他该怎么想呢?他需要建议——他很少需要别人的建议——但他不能对任何人透露分毫。他们做了一点儿稍稍出格的事——穿着衣服接吻,只持续了一分钟——这对阿拉贝拉和他都十分危险,但主要是对阿拉贝拉,因为这种事一旦曝光,受指责的总是女方。

也许这样的事不会再发生了。也许阿拉贝拉希望这个吻永远不被提起,希望这个秘密被忘得干干净净,随他们一同埋入土中,直到末日审判那天。如果是这样,他会有些失望,但他会照阿拉贝拉的意愿去做。然而,他的直觉告诉他,阿拉贝拉不会一直抱有这样的想法。那个吻不是随意轻浮的嬉戏,不是无关紧要的小事。那个吻表达了一种激情,一种心灵深处的感觉。

他努力想象阿拉贝拉的生活是什么光景。主教的问题不仅仅是

第二部分 主妇的反抗

上了年纪——如果他是一位精力充沛的老人，热情洋溢地爱着阿拉贝拉，那也许还可以接受。但他身体笨重，行动迟缓，自以为是，缺乏幽默感。也许在他们之间曾经让阿拉贝拉怀上埃尔茜的那种欲望已经荡然无存。铲子从未去过主教府楼上，但他相信他们早就分房而眠。

这种情况很可能已经持续了很长时间，任何正常的中年女人都会因此感到幻灭和愤怒，并开始对其他男人想入非非。

但阿拉贝拉为什么会选择铲子呢？虽然不愿意告诉别人，但铲子知道女人往往会对他青眼有加。他喜欢和女人聊天，因为她们能言善道，而且言之成理。如果他向女人提出严肃的问题，比如："你对生活有什么期待？"女人会说："我主要就是希望看到我的孩子长大成人，安家立业，过上幸福的生活，最好还能生下自己的孩子。"如果他问男人同样的问题，他会得到愚蠢的答案，比如："我想娶一个二十岁的处女，她得有一对大奶子，还得有一家客栈。"

如果铲子是对的，阿拉贝拉最终会屈服于自身的欲望，尝试开始一段真正的恋情，那他该如何应对呢？他立刻意识到这个问题是多余的。他不会做出理性的决定。这可不是买房。他对阿拉贝拉的感情就像一座随时会决堤的大坝。阿拉贝拉是一个冰雪聪明又热情似火的女人，而且好像已经对他芳心暗许。面对这样的女人，他甚至从未想过抗拒。

但他们偷情的后果也许会非常悲惨。他想起了沃斯利夫人的案子，那个女人曾遭受令人痛不欲生的羞辱。当时铲子才十八岁，与贝齐两情相悦，但他已经养成了看报的习惯，看的通常是被有钱人扔掉的过期报纸。他从报上了解到，沃斯利夫人有一个情夫，她丈夫起诉了那个情人，要求后者赔偿两万英镑，这是他对妻子贞洁的估价。两万英镑是一笔巨款，足以在伦敦买下一座顶级豪宅。那个情夫可不是彬彬有礼的君子，他曾在法庭上辩称沃斯利夫人的贞操一文不值，因为在他之前，沃斯利夫人已经同另外二十个男人通奸过。沃斯利夫人的风流韵事的每个细节都在法庭上暴露无遗，然后被报纸大肆传播，成为许多国家的人们在街头巷尾津津乐道的谈资。法庭最终采纳了那个情夫的说法，判他给理查德爵士一先令赔偿金，这意味着沃斯利夫人的贞操就只值一先令。这残酷的判决充满了对沃斯利夫人的鄙夷不屑。

如果铲子铤而走险，和主教夫人发生关系，同样的噩梦就会降临在他们头上。

而阿拉贝拉将深受其害，苦不堪言。

*

铲子穿过王桥大礼堂带立柱的宏伟大门，苏格拉底学会的第一次会议不久就要在这里召开。

他非常希望会议能顺利举行。萨尔和其他人对此寄予厚望。王桥的工人想努力提高自己的文化水平，他们理应获得成功。铲子觉得这是王桥发展史上的一大步。他希望王桥成为将工人视为人，而不仅仅是"劳力"的地方。可是，倘若没人听得懂这场演讲怎么办？倘若大家觉得无聊，吵嚷起来怎么办？最糟糕的是，倘若没人来怎么办？

第二部分　主妇的反抗

铲子与阿拉贝拉·拉蒂默和她的女儿埃尔茜同时进入大礼堂。王桥的精英阶层对学会活动很感兴趣。铲子抖掉帽子上的雨水,向两位女士鞠了一躬。

"我听说你先前去伦敦了,肖维勒先生。"阿拉贝拉生硬地说,"希望你一切顺利。"

这是社交场合的标准寒暄,他对阿拉贝拉的拘谨深感失望,但他还是强颜欢笑,答道:"伦敦之行非常愉快,我还做了几笔不错的生意,拉蒂默太太。王桥这边的情况怎样?"

"一如既往。"阿拉贝拉说,没有看他,然后又轻声补充道,"从无变化。"

铲子不知道埃尔茜能否觉察母亲与他之间的微妙关系。女人对这种事通常非常敏感,但没有迹象表明埃尔茜已经知晓秘密。她说:"我想去伦敦。我从来没去过。真的像他们说的那么刺激吗?"

"刺激,没错。"铲子说,"忙碌,没错。拥挤、嘈杂、肮脏,没错。"

他们走进纸牌厅,演讲将在那里举行。房间里几乎座无虚席,这稍稍缓解了铲子的忧虑。

房间中央的桌子上放着一个木箱,铲子猜罗杰·里迪克的太阳系仪就在里面。椅子和长凳在桌子周围排了好几圈。

各色人等聚集一堂,既有华冠丽服的富人,也有穿着黄褐色外套、戴着破旧帽子的工厂工人——工人每天都是这样的打扮。他注意到工人都坐在后面的长凳上,而衣着讲究的富人坐在靠前的椅子上。

他知道，这样泾渭分明的分区并不是事先安排好的。大家都本能地按自己的身份落座，自然而然地形成了这样的格局。真不知这个现象是有趣还是悲哀。

在场的女人屈指可数。铲子并不感到意外：尽管没有禁止女人参加，但这样的活动通常被认为只适合男人。

阿拉贝拉在铲子面前转过身，指着房间另一边坐着的两三个女人，对埃尔茜说："我们应该坐那边。"她明确表示不想和铲子坐在一起。他明白这是在避嫌，但依然感到自己遭到了厌弃。

埃尔茜转向那边。铲子感到阿拉贝拉的手在他的上臂停留了片刻。她用力捏了铲子一下，然后立刻把手抽开，朝房间另一边走去。虽然时间极短，那个动作却明确传递出亲昵的信号。

铲子感到有点儿头晕。一个没有经验的女孩可能会发出错误的信号，但没有哪个成熟的女人会那样触碰男人，除非她别有深意。阿拉贝拉是在告诉他，他们之间有心照不宣的秘密，他不必在意她表面上的冷漠。

铲子喜不自禁，但他不会采取任何行动。身处险境的那个人是阿拉贝拉，所以她必须沉着冷静。铲子只需听从她的指挥。

贾奇·博克斯气鼓鼓地朝他走来。贾奇动不动就会生气，所以铲子不以为意。"出什么事了？"他温和地问。

"这里有这么多权贵！"贾奇愤愤不平地说。

此言不假。铲子可以看到阿莫斯·巴罗菲尔德、诺斯伍德子爵、德林克沃特高级市政官和威尔·里迪克。"这有什么不好？"他问贾奇。

"我们不是为了他们才成立这个学会的！"

铲子点点头："你说得有道理。不过，有他们在这里，我们就很难被指控叛国。"

"我不喜欢这样。"

"这个问题以后再谈吧。我们后面还会举行委员会会议。"

"好吧。"贾奇说，然后他暂时恢复了平静。

他们坐下来。米德温特法政牧师站起身，叫大家安静，然后说："欢迎参加王桥苏格拉底学会的第一次会议。"

后排的人纷纷鼓掌。

米德温特接着说："上帝赋予我们学习的能力，让我们去理解我们周围的世界：昼夜交替，风起潮涌，草木葳蕤，还有草木滋养的亿万生灵。他把这种能力赋予了我们所有人，无论贫富尊卑。数百年来，王桥都是学术中心，这个新学会是这一神圣传统的最新体现。愿上帝保佑苏格拉底学会。"

几个人说："阿门。"

米德温特继续道："我们今晚的主讲人是刚从牛津大学毕业的罗杰·里迪克先生，他将给我们讲讲太阳系。交给您了，里迪克先生。"

罗杰站起身，来到桌旁。他看上去很放松，铲子想，也许他在大学里就做过演讲。发言前，罗杰眉开眼笑地看着听众，慢慢地转动身子，转了一整圈。"如果我像这样转，但转得更快，那么在我看来，你们所有人似乎都在绕着我飞驰，"他一边说一边继续转，"地球自转的时候，形成了黑夜和白昼。在我们看来，太阳似乎在绕着我们运动,早上升起,晚上落下。但表象是靠不住的。你们没有动,对吧?动的是我。太阳也没有动——动的是地球。"他停了下来,然后说:"我有点儿晕了。"听众捧掌大笑。

"地球在自转,也在公转。它每年绕太阳公转一周。公转的时候,它也可以自转,就像板球一样。地球是太阳系的七颗行星之一[1],这些行星每一颗既在自转也在公转。听上去越来越复杂了,对不对?"

台下响起了轻笑,然后是低声的附和。铲子想:罗杰很擅长科学演讲——他把科学知识讲得跟尽人皆知的常识一样。

"所以,我做了一个模型来展示行星是如何围绕太阳转动的。"

罗杰打开桌上的箱子,拿出一个看起来像一堆小金属圆盘的装置。人们纷纷从座位上探出身子。一个尖锥从这堆东西中央伸出来,顶端是一个黄色的球。

罗杰说:"这叫作太阳系仪,黄色的球代表太阳。"

铲子很欣慰。一切进展顺利。他看见萨尔脸上洋溢着喜悦的光芒。

每个金属圆盘都连着一根 L 形的杆子,杆子末端粘着一个小球。"小球代表行星,"罗杰说,"但这个模型有一个问题。有人知道吗?"

众人沉默了一会儿,然后埃尔茜开口道:"模型太小了。"

听到是女人在发言,有人不满地嘟囔起来,但罗杰大声回应道:

---

[1] 太阳系的第八颗行星海王星 1846 年才被发现。——编者注

"对！"

埃尔茜没有上过文法学校，因为那里不允许女孩入学。但铲子记起她有段时间请过家庭教师。

罗杰说："如果按比例缩放，地球应该比一颗泪珠还小，在房间另一头离我们十码远的地方。而实际上，太阳离王桥有九千三百万英里。"

这一不可思议的距离让听众惊叹不止。

"所有的天体都在运动，正如我们即将看到的那样。"他环视听众，"这里谁年纪最小？"

立刻有人细声细气地说："我，我。"

铲子朝房间另一头望去，看到一个红头发男孩站了起来：萨尔的儿子基特。铲子估计他九岁了。大家都笑他太心急，但基特不觉得有什么好笑的。他是个相当严肃的孩子。

"请过来。"罗杰说，然后转向听众，"这位是基特·克利瑟罗，和我一样，出生在巴德福德。"

基特走到桌边，大家为他鼓掌。

"只要轻轻握住那个把手就行了。"罗杰说，"很好。现在慢慢转动它。"

行星开始围绕太阳转动。

基特如痴如醉地观察着他转动仪器的效果，说："所有行星的运转速度都不一样！"

"对。"罗杰说。

基特看得愈加仔细了。"那是因为你装了齿轮，就像钟表一样。"他的语气里充满了钦佩。

铲子已经猜到罗杰的模型使用了齿轮传动装置，但一个九岁的孩子竟然也能看出这一点，这不得不令人惊讶叹服。当然，所有的织布厂工人都要和机器打交道，但并不是所有工人都明白机器是如何工作的。

罗杰让基特回到座位上，说："过一会儿，所有想操作仪器的人都可以来试试。"他继续演讲，逐一介绍行星的名字，报出它们到太阳的距离。他指出了通过一根短杆与地球相连的月球，然后解释说，其他一些行星也有一个或多个卫星。他展示了地球的倾斜是如何造成寒冬炎夏的。听众全都听得入了迷。

演讲结束时，罗杰赢得了热烈的掌声。然后，人们围在桌子周围，争先恐后地操作太阳系仪，使行星绕太阳转动。

最终听众散去了。罗杰把太阳系仪放回箱子里，和阿莫斯·巴罗菲尔德一起离开了。房间里只剩下委员会成员，他们将几条长凳摆成一个圈，坐下来。

演讲成功举办，委员们喜气洋洋。"祝贺你们所有人。"米德温特法政牧师说，"这都是你们自己的功劳——你们不需要我也能成事。"

贾奇快快不乐。"这不是我想要的！"他说，"太阳系固然很有趣，但我们需要更多地了解如何改变现状，让我们的孩子不挨饿。"

萨尔说："贾奇是对的。这场演讲开了个好头，为咱们学会赢得了尊敬。可是，在食品价格高得离谱、工人找不到工作的情况下，这样的演讲对我们没有帮助。"

铲子同意他们两人的观点。

印刷商杰里迈亚·希斯科克说:"也许我们应该讨论一下托马斯·潘恩的《人权论》。"

米德温特委婉地说:"我相信,那本书主张当政府无法保护人民的权利时,革命是正当的,因此法国大革命是好事。"

赛姆·杰克逊说:"那将给我们招来麻烦。"

铲子读过《人权论》,是托马斯·潘恩思想的忠实信徒,但他认为米德温特和杰克逊的担心很有道理。"我有更好的主意,"他说,"选一本批判潘恩的书。"

贾奇抗议道:"为什么?"

"比方说,佩利副主教[1]的《致英国劳动人民:你们应该对生活感到满足的理由》。"

贾奇横眉怒目:"我们不想宣传那种东西!你是怎么考虑的呀?"

"冷静点儿,贾奇,我来告诉你我是怎么考虑的。无论我们选择潘恩还是佩利,主题都是一样的,即英国政府的改革,所以我们会进行同样的讨论。但在外人看来就不一样了。我们讨论的是一本写给我们,告诉我们要对自己的命运感到满足的书,他们有什么理由反对呢?"

贾奇一开始咬牙切齿,然后茫然不解,接着陷入沉思,最后笑逐颜开,道:"该死,铲子,你真是个狡猾鬼。"

---

[1] 威廉·佩利(1743—1805),英国圣公会牧师、基督教护教家、哲学家和功利主义者。

"我就当这是一种恭维吧。"铲子说,其他人全都会心一笑。

米德温特说:"这是一个很好的计划,铲子。当然,我们学会可能会发现,佩利副主教的论点令人失望,站不住脚,但这绝不能被视为叛国。"

杰里迈亚说:"伦敦通信协会出版了一本名为《对佩利副主教的答复》的小册子。我兄弟帮他们印的,所以我知道。我家里甚至也有一份。我可以印一堆。"

萨尔说:"印书固然很有用,但请记住,我们学会面向的是那些可能无法识文断字的人。我认为我们需要请人来做一场演讲,介绍这个话题。"

"我认识一个人,"米德温特说,"他是在牛津大学教书的牧师,叫巴索洛缪·斯莫尔,在教授中有点儿特立独行。他不是革命者,但对潘恩的观点持同情态度。"

"太好了。"铲子说,"请问问他是否有意前来,法政牧师。"他转向众人:"我们需要尽可能保守这个秘密,直到最后一刻再公布。相信我,这个城里有很多人想让工人一直蒙昧无知下去。我们如果太早泄露消息,就会给敌人组织进攻的时间。保密至关重要。"

众人点头称是。

第二部分　主妇的反抗

第十三章

作为在伦敦长大的男孩,霍恩比姆曾经对法官和他们可能施加的惩罚深感恐惧。现在,他也成了他们中的一员,没什么可怕的了。尽管如此,当法庭书记员宣布米迦勒节开庭期的季法院[1]正式开庭审案时,霍恩比姆的内心深处仍然有一丝震颤。遥远的记忆如魅影般爬上心头,令他不寒而栗。他不得不摸摸自己的假发,提醒自己,他现在也是一名法官了。

公会大厅的会议厅也被用作季法院和巡回法庭。霍恩比姆喜欢这个古老房间的富丽堂皇。上了清漆的木镶板和古老的横梁证实了他的崇高地位。但当会议厅里挤满王桥的罪犯和他们泪流满面的家人时,他还是希望这里的通风能好一点儿。他讨厌穷人身上的气味。

在受过法律训练的书记员的协助下,法官在王桥有产者组成的陪

---

[1] 英国于1971年前在郡或自治市一级设立的基层刑事法院,受理较轻微的刑事案件。英国法院自13世纪以来一直沿用四个开庭期,即春季开庭期、复活节开庭期、三一节开庭期和米迦勒节开庭期。米迦勒节开庭期的时间大致是每年10月到12月。

审团面前审判盗窃、伤害和强奸案。他们审判所有的罪行，但可判死刑的除外。对死刑案件，他们必须召集大陪审团[1]，由大陪审团来决定是否将案件提交到上级法庭，即巡回法庭。

今天，他们审理了许多盗窃案。时值9月，庄稼连续两年歉收。一条四磅重的面包现在要卖一先令，几乎是平时价格的两倍。人们偷窃食物，或者偷一些可以很快卖掉的东西来换现金买食物。他们走投无路。但在霍恩比姆看来，这不是借口，他主张严惩不贷。窃贼必须受到惩罚，否则就会法治崩坏，最后每个人都会穷困潦倒。

下午快结束时，法官聚集在一个较小的房间里，享用马德拉白葡萄酒和磅饼[2]。市镇生活中最重要的决定往往是在这样的非正式场合做出的。霍恩比姆趁机和首席法官、高级市政官德林克沃特聊起了铲子的苏格拉底学会。

"我认为那个组织是一个巨大的隐患。"霍恩比姆说，"铲子会找一些兴妖作怪的人发表演讲，告诉工人他们的报酬过低，受到了剥削，他们应该像法国人那样起来推翻统治者。"

"我也有相同的担忧。"威尔·里迪克说，他在父亲去世后成为巴德福德的乡绅和治安法官，"那个凶残成性的女人萨尔·克利瑟罗也参加了苏格拉底学会。她因为试图攻击我而被逐出巴德福德。"

霍恩比姆听过另一个版本的故事，说萨尔实际上把里迪克打倒在

---

[1] 西方国家中对重大刑事案件参加侦查、决定是否起诉的陪审组织。14世纪中叶起，英国将陪审团分为大、小两种。大陪审团由十二人组成。

[2] 一种多蛋重油的蛋糕。

地,但里迪克省略这个令他羞于启齿的细节是情有可原的。

霍恩比姆希望其他法官能意识到危险,但他大失所望。德林克沃特高级市政官把一根手指伸到假发下面搔了搔秃头,温和地说:"我也参加过他们的会议,内容是介绍太阳系的知识。这没什么害处。"

霍恩比姆叹了口气。德林克沃特向来养尊处优,从未经历磨难。他继承了父亲的生意,将其卖给霍恩比姆,买了十几栋大房子出租,从此当上了富贵闲人。他不知道锦衣玉食的生活也可能不堪一击。他没有从法国大革命中吸取任何教训。他的反对并不令人惊讶,然而,看到所谓的开明人士竟然对低贱阶层的叛乱威胁视而不见,霍恩比姆不由得惶悚不安。他喝了口甜酒,强压下内心的恐慌,努力装出轻松的模样。"他们非常狡猾。"他说,"但我碰巧知道,他们的第二次会议将倡导议会改革。"

德林克沃特摇摇头:"请原谅,霍恩比姆,我必须告诉你,你弄错了。我从我的女婿米德温特法政牧师那里了解到,他们正在研究佩利副主教的书,书中主张劳动人民应该知足常乐,不要对改革或革命趋之若鹜。"

里迪克用手指朝德林克沃特戳了两下:"你的女婿不会再当法政牧师了。他已经背弃圣公会,将成为卫理公会的牧师。他们已经在筹钱给他发工资了。"

"但佩利仍然是圣公会副主教。"德林克沃特反驳道,"他的书本来就是供劳动人民学习的。我真的不明白这有什么好反对的。"

霍恩比姆将所有法官扫视一遍,发现自己没能说服他们,于是立刻放弃了这个话题。"好吧。"他不情不愿地说。反正他还有备用计划。

法官们解散了,霍恩比姆同里迪克一起离开公会大厅。雨下得很大,整个夏天都是这样。他们翻起外套领子,压低帽子。连续两年的恶劣天气导致粮价飞涨,霍恩比姆买了一百蒲式耳[1]的粮食藏在仓库里。他希望能以买入价双倍的价格出售。

走着走着,里迪克突然结结巴巴地说起话来,这对他来说很不寻常。"我必须说……我非常喜欢你的女儿德博拉……"他说,"她……很可爱,而且,嗯,也非常聪明。"

他说对了一半。德博拉机智聪慧,看上去也很讨人喜欢,拥有十九岁少女的苗条身材。但说实话,她并不可爱。然而,里迪克已经爱上了她,至少认为她会成为一位好妻子。霍恩比姆暗自欢喜:他的计划进展顺利。但他尽量不流露出欣然自得的迹象。"谢谢。"他平静地说。

"我想我应该告诉你。"

"非常感谢。"

"你了解我的地位和财富。"里迪克说。他为自己身为巴德福德的乡绅而自豪,尽管他只属于下等贵族,能管辖的只有一千名左右的村民。"我想,我不需要向你证明,我有能力让德博拉继续过她习惯的锦衣玉食的生活。"

---

[1] 在英国,1 蒲式耳合 36.37 升。——编者注

"这个我自然明白。"霍恩比姆对里迪克在夏陵民兵队中的地位更感兴趣。霍恩比姆给了他大笔贿赂,并得到了物有所值的回报。其他供应商排着队向里迪克行贿,然后以虚高的价格将货物卖给军队。每个人都大发横财。

里迪克说:"我不知道德博拉是否对我有同样的感觉,但我想试着问清楚——如果你允许的话。"

霍恩比姆按捺住激动的心情。他可不想鼓励里迪克索要丰厚的婚姻财产授予[1]。"你得到了我的允许,也得到了我最美好的祝愿。"

"谢谢。"

德博拉通情达理,她知道自己应该找对家族生意有利的结婚对象,而且她似乎很喜欢里迪克。但里迪克因为严厉地对待村民而声名狼藉,这可能会让她望而却步。那样的话,霍恩比姆的如意算盘就落空了。

他们来到霍恩比姆家。"进来坐坐。"霍恩比姆对里迪克说,"我还有一件事想和你讨论一下。"

他们脱下湿外套,挂起来,水滴落在瓷砖地板上。霍恩比姆看见儿子霍华德正穿过大厅,便说:"霍华德,找人来把这里拖一下。"

"好的。"霍华德恭顺地说,然后下楼去了地下室。

这让霍恩比姆想起他还得给儿子找个新娘。在择偶问题上,霍华德甚至都不会主动去选。只要是父亲相中的人,他不会有半点儿不

---

[1] 指婚姻双方当事人之间约定的财产授予,通常在打算结婚的阶段订立协议,据此为未来的丈夫、妻子及其子女的利益而对动产或不动产安排授予。

满。但哪个女人愿意嫁给霍华德呢？一个想要舒适富足的生活，却无法凭美貌嫁入豪门巨室的女人。或者，说白了，一个野心勃勃却相貌平平的姑娘。霍恩比姆必须睁大眼睛去找才行。

他把里迪克领进书房，那里的壁炉里燃着炉火。他注意到客人焦渴难耐地望着餐具柜上的一小瓶雪利酒，但他们刚刚在公会大厅喝过马德拉白葡萄酒，霍恩比姆觉得男人没必要每次一落座就往肚里灌酒精。

里迪克说："很遗憾你没有得到其他法官的支持。我已经尽了全力，但他们没人响应。"

"别担心。俗话说，通往伦敦的路不止一条。"

"你有备用计划？"里迪克会心一笑，点点头，"我早该猜到。"

"我没有把我知道的一切都告诉德林克沃特。"

"你还留了一手。"

"没错。杰里迈亚·希斯科克正在印刷一本伦敦通信协会的小册子，名为《对佩利副主教的答复》。我知道那册子上的观点同佩利说的针锋相对。苏格拉底学会的人打算在会议上分发那些小册子。"

"是谁告诉你的？"

是奶品商纳什，但霍恩比姆没有讲出来。他摸摸自己的鼻翼，这是表示有难言之隐的常见手势。"请原谅，我要保守秘密。"

"是我多嘴了。那我们怎么利用这个消息呢？"

"我觉得很简单。我怀疑那本小册子言辞悖逆，蛊惑人心，足以构成煽动罪。如果是这样的话，希斯科克就会遭到起诉。"

里迪克点点头:"我们如何行动?"

"我们和郡长一起去希斯科克家搜查,若他果真有罪,我们就行使我们作为法官的权力,做出即时判决[1]。"

里迪克咧嘴一笑:"好。"

"你现在去见菲尔·多伊,告诉他,明天天一亮就到这里来见我们,最好带个警察来。"

"好。"里迪克站起来。

"不要告诉多伊郡长具体原因——我不想走漏消息,让希斯科克在我们到达之前烧掉证据。而且无论如何,多伊不需要知道理由。有两个法官告诉他必须展开搜查,这就足够了。"

"当然。"

"明天拂晓见。"

"放心吧。"里迪克说完就走了。

霍恩比姆坐在壁炉前凝视火焰。铲子和米德温特法政牧师这样的人自以为很聪明,但他们不是霍恩比姆的对手。他要终结他们大逆不道的颠覆活动。

霍恩比姆突然意识到自己这样做并非十拿九稳。阿尔夫·纳什的消息可能是错的。希斯科克也有可能把印出来的小册子藏了起来,或者交给别人保管了。想到这里,霍恩比姆心中有点儿惴惴不安。如果霍恩比姆在黎明时带着郡长和警察突击搜查希斯科克的房子,却没有

---

[1] 指未经陪审团听审而做的判决,又称"简易判决"。

找到任何罪证，那他就会大出洋相。被人耻笑是他不能忍受的事。他是一位举足轻重的人物，理应受人尊敬。不幸的是，有时冒险是必要的。他想，在四十多年的人生中，他曾经多次履险蹈危，但最终都化险为夷——而且闯过险滩之后，他常常会变得比以前更富有。

他的妻子林妮打开门往里看。他二十二年前娶了林妮，现在林妮已经不配做他的配偶了。如果能重来一次，他会做出更好的选择。林妮长得不漂亮，说起话来像个出身低微的伦敦人，事实上她就是。她固执地坚持着一些习惯，比如把一大块面包放在桌上，需要时用一把大刀切成片。但要摆脱她就太麻烦了。离婚非常困难，需要议会就个别申请通过具体法令才能做到，而且离婚会让男人名誉扫地。不管怎么说，林妮将家政打理得井井有条，在他偶尔想做爱的时候，林妮也总是愿意配合。仆人也喜欢林妮，良好的主仆关系保证了全家的和谐。

仆人不喜欢霍恩比姆。他们惧怕他，而这正合他的意。

林妮说："晚餐准备好了，你要吃吗？"

"我马上就来。"他说。

*

忧郁的男仆辛普森一大早就叫醒了霍恩比姆，说："不巧下雨了，老爷。真遗憾。"

没什么好遗憾的，霍恩比姆在心里对自己说，盘算着仓库里储存的粮食。每到下雨天,那些粮食都能为他赚更多的钱。

"里迪克先生已经到了,还有郡长和戴维森警员。"辛普森说,仿佛在宣告有人悲惨地去世了似的。他的语气向来如此,从无变化。甚至在说晚餐已经备好的时候,他也是这种万念俱灰的语气。

霍恩比姆喝了辛普森端来的茶,迅速穿好衣服。里迪克正在大厅等候,跟多伊郡长低声交谈。多伊是个戴着廉价假发的自以为是的小个子。他拿着一根笨重的手杖,顶端有抛光花岗岩做的球状大手柄,这东西既可以当拐杖用,也可以充当一种可怕的武器。

雷吉·戴维森警员站在门边,他肩膀宽阔,身上有多次打斗留下的伤疤:鼻子断了,一只眼睛半闭着,脖颈后部还有刀疤。霍恩比姆觉得,如果戴维森不是警察,他很可能会去当拦路贼,袭击和抢劫那些粗心大意地带钱夜行的人。

雨水从三人的外套上滴落下来。

霍恩比姆简单介绍了此行的目的:"我们要去杰里迈亚·希斯科克在主街上的家。"

"印刷店。"多伊说。

"没错。我认为他印刷了煽动叛国的小册子,罪大恶极。如果事实证明我没错,他会被绞死。我们要逮捕他,没收他的印刷品。我估计他会大声抗议,主张他有言论自由,但不会做什么像样的抵抗。"

"他的员工还没上班。"戴维森说,"没人跟我们打架。"他听起来很失望。

霍恩比姆带头走出房子。这四个人快步走过高街,走下主街的斜坡。大教堂上疏导雨水的滴水兽正在汩汩喷水。印刷店位于主街尽头，从那里可以看到已经上涨的湍急河水。

除了少数顶级巨富，王桥的绝大部分商人都住在自己的店铺里，希斯科克也不例外。他家没有地下室，房子正面也没有改造过，所以霍恩比姆猜测印刷店一定在房子后面。

霍恩比姆说："敲门，多伊。"

郡长用手杖把手敲了四下门。里面的人听得出这不是友好邻居的礼貌拜访。

开门的是希斯科克本人。他是一个三十岁左右的瘦高个儿，睡衣外面匆匆套了件外套。他立刻意识到自己有麻烦了，他眼中突然闪现的恐惧让霍恩比姆高兴得发抖。

多伊用极其自负的口吻开口道："法官收到消息，说你这里在印刷煽动叛国的小册子。"

希斯科克壮起胆子说："这是一个自由的国家，英国人有权表达自己的意见。我们不是俄国农奴。"

霍恩比姆说："你的自由并不包括颠覆政府的权利——傻瓜都知道。"他打了个手势，催多伊前进。

"让开！"多伊对希斯科克说，然后他冲进了屋。

希斯科克退后一步，让他们进去。霍恩比姆跟在多伊后面，另外两人紧随其后。

气势汹汹地闯进来后，多伊却发现自己不知道该去哪儿。他犹豫片刻，道："嘿，希斯科克，我命令你护送法官去你的印刷店。"

希斯科克领着他们穿过房子。一行人经过厨房时,希斯科克大惊失色的妻子、一个不知所措的女仆,还有一个吮吸拇指的小女孩,全都瞠目结舌地盯着他们。希斯科克顺手抄起一盏油灯。房屋后门直通印刷作坊,那里散发着上了油的金属活字、新纸和墨水的味道。

霍恩比姆环顾四周,盯着陌生的机器看了一会儿,一时间竟有点儿不知所措。但他很快就弄清了情况。他认出若干装着金属活字的托盘——活字纵向排列着,很整齐——一个可以放入活字以组成单词和句子的字盘,还有一台带长柄的笨重装置——那肯定就是印刷机。周围堆满了一捆捆、一箱箱的纸,有的是白纸,有的已经印好了字。

他看了看字盘里的活字:这肯定是希斯科克正在排的书。也许就是那本大逆不道的小册子,他想,心跳加快了一点儿。但他看不懂这些字。"来点儿光!"他说。希斯科克顺从地点亮了几盏灯。霍恩比姆仍然看不懂字盘里的字:那些字似乎是倒着拼写的。"这是密码吗?"他斥责道。

希斯科克轻蔑地看着他。"你现在看到的是将出现在纸上的文字的镜像。"他说,然后用嘲讽的语气补充道,"傻瓜都知道。"

此言一出,霍恩比姆恍然大悟:很明显,金属活字的排列顺序必须与印刷出来的文字左右颠倒才行。他觉得自己蠢透了。"当然。"他突然说。希斯科克的最后一句话让他羞愧难当。

以这种方式观察活字,他看出那是来年,也就是1796年的日历。

希斯科克说:"印刷日历是我的专长。这种日历标出了一年中所有的教会节日,很受神职人员欢迎。"

霍恩比姆不耐烦地转过身："这不是我们要找的。打开所有箱子，把捆起来的纸都解开。这里肯定有革命宣传品。"

希斯科克说："确认这里没有那些材料之后，你能帮我重新打包箱子，捆好纸张吗？"

这个愚蠢的问题不值得回答，霍恩比姆未予理会。

多伊和戴维森开始搜查，霍恩比姆和里迪克从旁观看。希斯科克的妻子走了进来，她身材苗条，面容姣好，五官轮廓分明。她试图表现出勇敢反抗的样子，但看上去有点儿心虚："怎么回事？"

希斯科克说："别担心，亲爱的。我们这里没有郡长要找的东西。"

希斯科克说得很有把握，霍恩比姆不禁心头一紧。

希斯科克太太看着多伊郡长："你把这里弄得一团糟。"

多伊张开嘴想说话，但显然没有想到该说什么，只好又闭上嘴。

希斯科克对妻子说："回厨房去，给艾米准备早餐吧。"

希斯科克太太犹豫了一下，显然对丈夫将自己打发走感到很不高兴。但她一会儿就离开了。

霍恩比姆环顾四周。那女人说得对，这地方被弄得乱七八糟，但更要命的是，他们没有发现任何煽动叛国的东西。"主要是日历，"多伊说，"还有一箱剧院即将上演节目的广告，以及一家新开的精美餐具店的传单。"

希斯科克说："你现在满意了吗，霍恩比姆？"

"你应该叫我霍恩比姆高级市政官才对。"他担心在这里一无所获会让他无地自容，于是固执地说，"煽动叛国的印刷品肯定藏在这里的什么地方。去居住区找找。"

他们翻遍了一楼,什么也没找到。这地方虽然陈设简朴,但住着却很舒适。希斯科克和他的妻子仔细观察着搜查过程。楼上有三间卧室,再加上一个很可能是给女仆住的阁楼房间。他们首先去了显然是夫妻卧室的房间,里面有一张尚未整理的大双人床,上面散落着颜色鲜艳的毯子和皱巴巴的枕头。多伊搜查希斯科克太太的衣柜时,她挖苦道:"郡长,我的内衣里有什么你感兴趣的东西吗?"

希斯科克说:"没必要这样,亲爱的。他们这是在白费力气。"但他的声音里透着一丝恐惧,霍恩比姆觉得搜查人员可能就要有发现了。

他们在衣柜和毛毯柜里什么也没找到。床边放着一本很大的《圣经》,棕色皮革封面,虽不旧,但已被翻阅过很多次。霍恩比姆把书拿起来打开——标准的詹姆士王译本[1]。他翻了几页,有东西掉了出来。他弯腰捡起来。

那是一本十六页的小册子,封面上的标题是《对佩利副主教的答复》。

"好啊,看我发现了什么。"霍恩比姆心满意足地长舒一口气。

"这里面没什么煽动叛国的东西。"希斯科克说,但他已经面无血色。他绝望地补充道:"这册子可以帮我研究《圣经》。"

---

[1] 即"英王钦定译本",1603年英王詹姆士一世为使国内各教派融洽相处而主持译出的《圣经》译本。1611年出版。该译本很快成为最通行的《圣经》英文译本,在英语语言史和文学史上占有重要地位。

霍恩比姆随意打开小册子。"第三页，"他说，"'法国大革命的好处'。"他抬起头，嘴角挑起一丝冷笑："请告诉我，《圣经》中什么地方提到过法国大革命？"

"《箴言》第二十八章。"希斯科克毫不犹豫地答道，然后念出了引文，"'暴虐的君王辖制贫民，好像吼叫的狮子、觅食的熊'[1]。"

霍恩比姆没有理会，继续翻看小册子。"第五页，"他说，"'共和政体的优点'。"

"作者有权发表自己的观点，"希斯科克说，"我不一定同意他所说的一切。"

"最后一页，'法国不是我们的敌人'。"霍恩比姆抬起头，"如果这都不算对我们军事力量的破坏的话，我不知道什么才是。"他转向里迪克："我认为希斯科克持有煽动叛国的印刷品。你怎么看？"

"我同意。"

霍恩比姆转向希斯科克："两位法官判你有罪。叛国是可判处绞刑的重罪。"

希斯科克开始颤抖。

"我们到外面去考虑到底如何惩处你。"霍恩比姆打开门，替里迪克扶着。他们来到门外楼梯口，霍恩比姆关上门，留下多伊郡长和戴维森警员看守希斯科克夫妇。

里迪克说："单凭我们两个，无权判处他绞刑。但案子提交到巡

---

[1] 出自《旧约全书》中的《箴言》第二十八章第十五节。

回法庭的话，我担心他们不会判他有罪。"

"没错。"霍恩比姆说，"可惜啊，没有证据表明他印刷或以其他方式传播了这一材料。说不定这些小册子已经印刷好，藏到某个秘密的地方去了。但这只是一种猜测。"

"那就判他鞭刑？"

"我们最多只能判这么重。"

"打十多鞭子就差不多了吧。"

"还得往上加。"霍恩比姆说。他还没忘记希斯科克说"傻瓜都知道"时的鄙夷模样。

"你说多少就多少。"

他们回到屋里。"考虑到你的罪行，你的惩罚会很轻。"霍恩比姆对希斯科克说，"你将在市场广场上接受鞭刑。"

希斯科克太太尖叫道："不！"

霍恩比姆称心快意地说："你要挨五十下鞭子。"

希斯科克打了个趔趄，差点儿摔倒。

希斯科克太太歇斯底里地哭了起来。

霍恩比姆说："郡长，把他带到王桥监狱去。"

*

铲子正在织机前工作，苏珊·希斯科克冲进他的作坊。她没戴帽子，黑发被雨水淋湿，一对大眼睛哭得通红。"他们把他带走了！"

223

她说。

"他们是谁？"

"霍恩比姆高级市政官、里迪克乡绅，还有多伊郡长。"

"他们带走了谁？"

"我的杰里[1]——他要挨鞭子了！"

"冷静点儿。跟我到我房间去。"铲子领着苏珊穿过房门，"坐下。我给你泡杯茶。深呼吸，把事情跟我一五一十地说清楚。"

苏珊开始讲述原委。铲子把水壶放在火上，准备好茶叶、茶壶、牛奶和糖。他给苏珊泡了一杯特别甜的茶，那能给她力量。苏珊的话让他坐立不安。尽管铲子采取了预防措施，霍恩比姆还是对苏格拉底学会下了毒手。

苏珊讲毕，铲子说："五十鞭！这太过分了。海军才会打这么多。"五十鞭不是惩罚，而是折磨。霍恩比姆想恐吓民众。他不知着了什么魔，铁了心要阻止王桥工人自学。

"我该怎么办？"

"你必须去监狱看望杰里。"

"他们会让我进去吗？"

"我去和狱卒吉尔伯特·吉尔摩谈谈，他们叫他'吉尔'。他会让你进去的。给他一先令就行。"

"哦，谢天谢地，至少我能看到杰里了。"

---

[1] 杰里迈亚的昵称。

第二部分 主妇的反抗

"给他带点儿热食和一大壶艾尔啤酒。那会帮助他打起精神。"

"好的。"苏珊似乎快活了些。能够为杰里迈亚做点儿什么让她振作了起来。

现在,铲子不得不讲一些让人揪心扒肝的事了:"他还需要穿上旧裤子,系好宽皮带。"

她皱眉道:"为什么?"

他不得不实话实说:"裤子会被鞭子撕碎。宽皮带是用来保护肾脏的。"有些人一连几周都会尿血。有些人从此一病不起。

"哦,上帝。"苏珊又叫起来,但这次声音更轻,与其说是惊叫,不如说是悲鸣。

铲子问出了那个压在他心头的问题:"他们有没有说是谁告发了你丈夫?"

"没有。"

"你有头绪吗?"

"没有。"

铲子点点头。肯定是委员会里的某个人。有两三个人可疑,但他认为嫌疑最大的是阿尔夫·纳什。那个奶品商有点儿靠不住。

我会找出真相的,他心中冷冷地想。

苏珊根本不在乎谁是叛徒。她只想着她丈夫。"我要给他带一份豆子炖培根。"苏珊说。"他母亲以前经常给他做这道菜。"她站起来,"谢谢你,铲子。"

"请向他转达我最诚挚的……"铲子不知道下面怎么说。最诚挚

225

的祝福？问候？祈祷？"最诚挚的爱。"他说。

"我会的。"

苏珊走了，依然悲痛欲绝，但这会儿更加平静坚定了。铲子回到织机前，一边操作机器，一边仔细思考希斯科克被捕一事带来的后果。如果苏格拉底学会未来需要印刷品，他就不得不委托另一家印刷商了——必须是王桥法官管辖范围之外的印刷商，很可能要到库姆找。

他没完成多少工作就再次被打断。这次闯进来的是姐姐凯特，她穿着帆布围裙，围裙上插着别针。"你能到我家里来吗？"她说，"有人想见你。"

"谁？"

尽管附近没人偷听，凯特还是刻意低声细语地答道："主教夫人。"

铲子感到既急切又惶恐。只是看一眼阿拉贝拉就足以令他兴奋不已，而现在，阿拉贝拉居然主动来找他。然而，他们两人之间的吸引是危险的。尽管如此，他还是无法拒绝阿拉贝拉的召唤。"马上就去。"他说，然后和凯特匆匆穿过雨水冲刷过的院子。

进屋后，凯特说："她在楼上，右边的门。那里没有其他人。"

"谢谢。"铲子爬上楼梯。这一层的三个房间是卧室，但主要用作顾客的更衣室。阿拉贝拉在最大的房间里，站在床边，穿着凯特三年前用铲子织的布做的格子外套。铲子一本正经地说："拉蒂默太太！您大驾光临，我真是不胜荣幸。"他看出阿拉贝拉很激动。

阿拉贝拉低声说："关上门。"

铲子关上了身后的门："怎么了？"

"杰里迈亚·希斯科克将因为持有煽动叛国的小册子而受到鞭打。"

"我知道。他妻子刚刚告诉我的。消息传得真快。你为什么这么担心？"

她压低声音，紧张地耳语道："因为你可能是下一个！"

听到阿拉贝拉如此关心自己的安危，铲子不由得心中一热。但话说回来，阿拉贝拉只是在没头没脑地瞎担心吗？他有没有犯法？他身上没有煽动叛国的文字材料，但他肯定参与组织了一场可能会批评政府、质疑对法战争是否明智，并为共和政体辩护的会议。这是否构成犯罪尚不清楚，但法官大权在握，可以随心所欲地解释法律。

鞭刑是一种令人倍感痛苦和羞辱的惩罚，但他现在已经没法退出苏格拉底学会了。霍恩比姆和里迪克是恃强凌弱的恶霸和满嘴谎言的骗子，绝不能让他们像王室一样统治王桥。"我觉得我没什么危险。"他对阿拉贝拉说，经过一番努力，成功地让自己的声音听起来比实际更自信。

"我受不了了！我就是忍不住要胡思乱想！"说着，阿拉贝拉扑进他怀里，"我对你的身体朝思暮想，而且是经年累月地想。现在我满脑子都是你皮开肉绽、鲜血淋漓的样子。"

他抱住阿拉贝拉。"你真的在乎我啊。"他说。面对阿拉贝拉猛然迸发的激情，他有点儿茫然无措。

阿拉贝拉后退一步，擦了擦眼睛："你必须放弃苏格拉底学会，不然你会引火烧身的。主教说法官不会允许那样的组织存在。"

"我不能放弃。"

"这只是你出于自尊而做出的愚蠢决定!"

"也许是吧。"

"但说真的,那些革命言论有什么用?只会让人们对自己的处境感到不满罢了。"

"主教也是这么说的吗?"

"嗯,没错。但他说得不对吗?"

"他不明白。我们这样的人珍惜拥有自己的观点并表达出来的权利。你无法想象这有多重要。"

"你说'我们这样的人',是觉得我跟你们不一样?"

"嗯,是的。你是主教夫人。你可以随心所欲。"

"你知道那不是真的。我如果能随心所欲,早就和你睡在那张床上了——"阿拉贝拉凝视着他,她那奇妙的橙棕色眼睛让他惊叹不已。"光着身子。"阿拉贝拉补充道。

铲子大感意外。他从没听过任何女人说出这样的话,更不用说主教夫人了。他心潮澎湃,情不自禁地说:"那就算挨鞭子也值了。"

阿拉贝拉走近一步,解开外套扣子。这是一个邀请,铲子抚摸着她的身体,探索着她的曲线,透过裙子感受她温暖的肉体。铲子抚摸她的时候,她注视着铲子的眼睛。铲子确信他们马上就要开始做爱了,就在这里,在这张床上。

这时,他听到外面传来凯特的声音:"您可以在这里试穿,托利弗太太。"

铲子和阿拉贝拉僵住了。

楼梯上响起脚步声,另一个声音说:"哦,谢谢。"

铲子转身向门口走去。门是关着的,但锁里没有钥匙。他看到阿拉贝拉脸色煞白。铲子站在门后,用靴子的鞋尖顶住门的底部,以防门被推开。

接着,他听到另一扇门上的把手咔嗒一转,门开了。托利弗太太走进了楼梯口另一侧的房间。门关上了,有人轻轻敲门,凯特小声说道:"安全了。"

铲子为阿拉贝拉打开门。"你先走。"他说。

阿拉贝拉二话没说就离开了。

凯特低头看着锁说:"我最好给这扇门弄把钥匙。"

铲子知道凯特会替他保守秘密。他已经替姐姐保守秘密很多年了。他记得,在他们十几岁的时候,他走进姐姐的卧室,看到她正在亲吻女友。铲子匆匆离开,但他们后来谈起了这件事。凯特告诉铲子,她爱女人,不爱男人,但这件事绝不能让任何人知道。铲子答应保密,他从来没对外人透露过。

现在,凯特狠狠地盯着他说:"看在上帝的分儿上,小心点儿。"

铲子笑呵呵地应道:"这话我也对你说过很多次。不过,恋人总是甘愿为了爱以身犯险。"

"那不一样。没有人怀疑两个女人。人们认为没有男人那东西就不能做爱。可你是个单身汉,而她是主教夫人,人们如果发现你们私通,会把你们钉在十字架上的。"

当然，人们不会真的把他钉死在十字架上，但人们可以让他没法继续在王桥做生意。"我们什么也没做！"他说，"嗯，就是接了个吻。"

"但你们会做更多的事，不是吗？"

"嗯……"

她绝望地摇摇头："我们是一类人，你和我。"

他们一起下了楼。铲子从后门离开，穿过院子，回到自己的住处。

他需要和阿尔夫·纳什谈谈，看看这个人会作何反应，若阿尔夫流露出内疚的迹象，便可证实他的猜想。一天中的这个时间，阿尔夫应该在他的奶品店。铲子戴上帽子，穿上外套，拿起牛奶罐，再次出门。

阿尔夫一个人在店里，数着早上送牛奶时收到的钱。他看上去很健康，脸胖嘟嘟的，这应该是吃了太多黄油和奶酪的缘故。铲子把罐子放在柜台上。

阿尔夫从桶里舀起一量杯牛奶。等他专心地把量杯里的牛奶倒进铲子的罐子里时，铲子才开口问道："你听说他们逮捕杰里迈亚了吗？"他仔细观察阿尔夫的脸，等待对方作答。

阿尔夫毫不迟疑，用坚定的声音说："我在送奶时听到了十几次。每个人都在谈论这件事。"他倒完奶，说道："请付一便士，铲子。"他面无表情，但没有与铲子对视。

铲子递上一枚铜便士。

他猜阿尔夫就是告密者，但他想核实确定。忽然，他想到了一个办法。他靠在柜台上，低语道："他们只找到一本小册子，是从伦敦带来的原版。"

"听说了。"

"幸运的是，杰里迈亚昨天印刷完后，将那些小册子都藏在我的仓库里了。"这是一个谎言。

阿尔夫第一次直视他："藏在你的仓库里？真聪明。"

阿尔夫咬钩了，铲子暗暗得意。"我们骗过了霍恩比姆那个浑蛋。"他继续编造谎言，"我们开会所需的小册子，一本都不会少。"

"好消息。"阿尔夫说，但他的语气冷冰冰的。铲子觉得他肯定是在演戏。

铲子拿起牛奶罐，向门口走去。他还有一件事要说。他转过身："不要把我刚才说的话告诉任何人，好吗？"

"当然不会。"阿尔夫说。

"甚至不要和其他委员会成员提到这件事。隔墙有耳。"

"我会守口如瓶的。"阿尔夫说。

*

正午前一小时，市场广场上已经人头攒动。天下着雨，但大家依然聚过来观看鞭刑。货摊上商品琳琅满目，贝尔客栈也在开门营业，但大家囊中羞涩，不怎么愿意消费。尽管如此，广场上还是挤得水泄不通，只有鞭笞柱周围的一块地方是空着的。那里人人避之唯恐不及,仿佛担心那块地面遭到了污染,会让人染上恶疾似的。

王桥的行刑人站在鞭答柱旁,手里拿着鞭子。他叫摩根·艾文森,鞭刑是他负责执行的刑罚之一。他是个不受欢迎的人,而他本人并不在乎别人的好恶。这倒是好事,因为没有人愿意和行刑人做朋友。他每周工资一镑,每执行一次死刑还会再拿一镑——对那么少的工作量而言,这份报酬不可谓不丰厚。

执行鞭刑的报酬是每次两先令六便士。

杰里迈亚是从公会大厅旁边的王桥监狱押送过来的。他上身赤裸,双手绑在身前,由两名警察押着,沿主街而来。大家看到他时,广场上响起一片饱含同情的嗡嗡声。

如果被判有罪的人是入室盗窃犯或拦路抢劫犯,大家就会嘲笑奚落,大声辱骂,甚至向罪犯扔垃圾:他们讨厌小偷和抢劫犯。但这次不一样。他们认识杰里迈亚,他没有伤害过他们。他读过一本提倡改革的小册子,他们中的大多数人都认为改革早该进行了。所以现场听不见多少讥笑声,鞭答柱附近的男孩刚开始尖叫,立马有人叫他们闭嘴。

铲子站在大教堂的台阶上,眺望着广场。他身边的乔安妮抱着一样东西,看起来像是干净的大床单。铲子问:"这是干什么用的?"

"你等着瞧吧。"乔安妮说。

萨尔也在那里。她说:"告诉我,铲子,谁背叛了我们?有人告诉霍恩比姆,杰里迈亚要印那本小册子。是谁?"

"我不知道,"铲子说,"但我会查出来的。"

贾奇说:"查出来了告诉我。"

"你要干什么?"

"向那人解释他错在哪里。"

铲子点点头。他知道贾奇会如何"解释",那绝不是心平气和地讲道理。

多伊郡长官威十足地挤过人群。警察把杰里迈亚带到鞭笞柱前,那是一个由三根木梁组成的状如门框的粗糙结构。作为判处杰里迈亚鞭刑的法官,霍恩比姆和里迪克紧跟在警察后面。

杰里迈亚被固定在三根木梁组成的方框上,如同画框中的人像。他的双手被绑在头顶的横梁上,露出整个背部。

鞭子是标准的九尾鞭,九根皮带中嵌入了石头和钉子,威力倍增。艾文森晃了晃鞭子,似乎在掂量它的重量,然后小心翼翼地将皮带拉直。

每个城镇和村庄都有这样的鞭子。皇家海军的每艘船,陆军的每个作战单位,也都有这样的鞭子。人们认为它对维护法律秩序和军事纪律来说至关重要。据说它能阻止犯罪和不端行为,铲子对此表示怀疑。

一位牧师从大教堂走出来。铲子、贾奇、萨尔和乔安妮让开了路。铲子不认识这个人,但他很年轻,多半是初级牧师。主教不会纡尊降贵来参加这种司空见惯的惩罚,但教会必须对当下的事态表示认同。人群看到牧师长袍,稍微安静下来。牧师大声吟诵祷文,请求上帝宽恕罪犯的罪行。没有多少人说"阿门"。

霍恩比姆对艾文森点点头，后者站到杰里迈亚左后侧，以便右臂挥鞭时可以大幅向后摆动。

人群安静下来。

艾文森动手了。

皮鞭打在皮肤上，发出啪的一声脆响。杰里迈亚没有出声。他的背上浮起红肿的伤痕，但没有流血。

艾文森扬起手臂，又抽了一鞭。这一次，出现了针尖大小的血点。

艾文森动作缓慢：惩罚本来就不应该匆匆结束。如果他累了，大可以延长拷打的时间。他扬起手臂，抽了第三鞭，这时杰里迈亚身上有好几处都开始流血了。他发出一声呻吟。

鞭打继续进行。杰里迈亚背上出现了更多的伤口。为了多处开花，艾文森又鞭打了他的腿，撕碎了他的裤子，让他露出了屁股。

多伊郡长喊道："十。"计算鞭数是他的工作。

杰里迈亚的后背很快就血肉模糊。现在鞭子不再落到皮肤上，而是打在下面的肌肉上，他开始痛苦地呼号起来。郡长说："二十。"这痛苦的刑罚变得单调乏味，不怎么好看了，一些感到厌恶和无聊的观众陆续离开，但大多数人都留下来看到最后。杰里迈亚开始在每次鞭子落下后惊声尖叫，而在鞭子抽打的间隙，他会发出一种既像呜咽又像呻吟的可怕声音。

"三十。"

艾文森现在累了，抽打之间的休息时间更长了，但他的力道似乎依然凶猛。他举起鞭子时，上面会掉下一块块皮肉，观众纷纷瑟缩后退，因为他们怕人体碎片像雨一样落在他们身上。

杰里迈亚现在浑身赤裸，只剩靴子和皮带。他已经无力尖叫了，只能像孩子一样嘤嘤抽泣。

"四十。"多伊说。铲子感谢上帝，这一切终于快结束了。

四十五鞭时，贾奇对乔安妮说："行动。"

铲子看见这对姐弟挤过人群，朝鞭笞柱走去。

杰里迈亚闭着眼睛，但仍在哭泣。

最后一鞭抽下去，多伊说："五十。"

贾奇站在杰里迈亚面前。警察解开杰里迈亚的双手，他倒了下来，但贾奇扶住了他。乔安妮打开床单，盖在杰里迈亚惨不忍睹的背上。贾奇把他转了半圈，乔安妮将床单缠绕到杰里迈亚身前，遮掩他的裸体。贾奇又将他转回来，自己弯下腰，让这个半昏迷的人趴到他肩上，然后站了起来。

他背着杰里迈亚，回到后者家中，把他交给了苏珊。

*

两天后，黎明时分，铲子被仓库门上传来的咚咚敲门声惊醒。

他知道是谁在敲门。不到四十八小时前，他告诉阿尔夫·纳什，仓库里藏着煽动叛国的小册子。阿尔夫相信了这个谎言，而且——正如铲子所料——把假情报传给了霍恩比姆，后者又告诉了多伊郡长。现在，正是郡长在盛气凌人地敲门。

阿尔夫是叛徒，而且已落入圈套。

铲子喊道："我来了！"但他还是不慌不忙地穿上裤子和靴子，衬衫和马甲。他不打算半裸着去见郡长。保持体面非常重要。

敲门声再次响起，声音更大，而且持续不断。"请耐心等待！"他喊道，"我来了！"然后他打开了门。

果不其然，他看到了霍恩比姆、里迪克、多伊和戴维森。多伊说："法官收到消息，说你这里藏有煽动叛国的印刷品。"

铲子转向霍恩比姆，后者怒视着他，让他不禁想起"眼神也可以杀人"这句话。"欢迎您大驾光临，高级市政官。"

霍恩比姆一脸困惑："欢迎？"

"当然。"铲子笑眯眯地说，"请您务必彻底搜查这里，洗刷恶毒诽谤带给我的污名。我将感激不尽。"他看到霍恩比姆脸上掠过一丝不安。"请进。"他扶着门，站到一边，让前来搜查的四人通过。

他们开始四处查看。"你们需要一点儿光线。"铲子说，他开始点亮油灯，给四人每人一盏。他们看上去都很不自在。他们习惯了搜查房屋时遭人怨恨和阻挠，无法理解铲子的友好反应。

他们搜检了仓库里的一捆捆布匹，扯掉了铲子床上的毯子，查看了铲子和其他织布工的织机，仿佛经纬线里可能藏着数百张传单。

最终，他们放弃了。霍恩比姆又气又恼，简直像要爆炸了似的。

铲子将四个搜查者送到街上。这时天已经大亮，高街上看得到人影了，有的人在赶去上班，有的人在准备开店。铲子坚持要和怒火中烧的霍恩比姆握手，还大声感谢他的"好意相助"，以引起路人注意。用不了多久，城里的每个人都会知道，霍恩比姆搜查了铲子的仓库，却一无所获。

铲子回到自己的房间做早餐。他洗盘子的时候，贾奇进来了。"我都听说了。"他说，"为什么多伊郡长认为你有煽动叛国的小册子？"

"因为阿尔夫·纳什告诉他我有。"

贾奇努力理解着这句话的意思："但你没有那些东西啊。"

"当然没有。"

"那为什么阿尔夫认为你有？"

"有人告诉他的。"

"是谁？"

"我告诉他的。"

"但是……"贾奇一脸茫然，"等等。"

铲子面带微笑，看着贾奇厘清头绪。终于，贾奇恍然大悟："你真是个狡猾鬼，铲子。"

铲子点点头。

贾奇说："这证明阿尔夫·纳什是个叛徒。因此，他一定是告发杰里迈亚的人。"

"我也是这么想的。"

贾奇脸色阴沉："我知道接下来该做什么了。"

"我相信你知道。"铲子说。

第十四章

早餐桌上,霍恩比姆用好奇的目光打量着伊索贝尔·马什。

她的昵称是贝尔,但她并不漂亮[1]。然而,她非常活泼,霍恩比姆的家人都很喜欢她。贝尔昨晚留下来过夜。早餐时,德博拉和贝尔一起浏览《时尚画廊》杂志上的图片,嘲笑她们觉得可笑的帽子。那些宽檐帽上装饰着丝带、羽毛和花别针。

霍华德和她们一起开怀大笑,这引起了霍恩比姆的注意。他更仔细地观察起贝尔来。她蓝眸明亮,红唇饱满,门牙暴凸,嘴唇拼命合拢也盖不住牙齿。她可能非常适合成为霍华德的新娘。

她的父亲艾萨克·马什经营着城里生意最好的染坊。他雇了十来个人,赚了很多钱。几年前,霍恩比姆曾暗中打听过马什是否愿意出售自己的染坊,这样一来霍恩比姆的商业帝国将如虎添翼。但马什给出了否定的回答。

---

[1] "贝尔"(Bel)与"美女"(belle)发音一样。

然而，贝尔是独生女。如果她嫁给霍华德，这对夫妻最终将继承染坊，而那实际上会变成霍恩比姆的囊中物。

在霍恩比姆观察餐桌边的年轻人时，霍华德说："这帽子里好像住了一家子鸽子呢！"姑娘们咯咯笑起来，贝尔打趣似的拍了拍霍华德的胳膊。他假装受伤，说自己胳膊断了，贝尔再次哈哈大笑。她似乎很喜欢霍华德。

霍恩比姆以前从未见过霍华德与女孩调情。看来这孩子精于此道，只不过手法独特。他这个本事不是从父亲那里学来的。嘿嘿，霍恩比姆琢磨，染坊可能真会落到我手里。

他的妻子林妮让男仆再多倒些牛奶。辛普森带着一如既往的悲伤表情说："对不起，夫人，暂时没有牛奶了。"

这让霍恩比姆火冒三丈。这么多仆人加在一起，难道就不能弄到能满足全家早餐需求的牛奶吗？他气呼呼地说："我们怎么会没有牛奶呢？"

"今天早上纳什没有来送牛奶，老爷，我只好派女仆去奶品店自己拿。她应该马上就回来了。"

林妮说："没关系，辛普森，我们可以等几分钟。"

"谢谢您，夫人。"

霍恩比姆不喜欢林妮如此大方地宽恕仆人，但他什么也没说，因为他在思考更重要的事。辛普森的话引起了他的警觉。阿尔夫·纳什今天早上没有来送牛奶，为什么？

霍恩比姆搜查铲子的仓库一无所获，这让他坐立难安。他怀疑狡猾的铲子很可能在得到密报后运走了那些违法小册子。但给他通风报信的人会是谁呢？霍恩比姆还没弄明白这一点。不过，现在又出了新状况。到底发生了什么事，导致纳什今天早上没来送奶呢？

霍恩比姆忧心忡忡地站起来。林妮诧异地扬起眉毛——她的丈夫还没有喝完咖啡呢。"有件事我需要处理一下。"他咕哝着解释了一句，离开了房间。

他披上外套，戴上帽子，穿上防水马靴，然后离开了房子。他冒着雨心急火燎地奔向奶品店。步入店内时，他终于松了口气。那里聚集了一小群人，大多是高街以北豪门大宅里的仆人，他们手里拿着大小不一的奶罐。他的女仆琼也在其中，但他未予理睬。

纳什的妹妹保利娜站在柜台后面，手脚麻利地打着牛奶。今天的顾客异乎寻常地多，她必须以最快的速度提供服务。霍恩比姆挤到前排："早上好，纳什小姐。"

她冷冷地瞥了霍恩比姆一眼："早上好，高级市政官。很抱歉没给你送货——"

"那不打紧。"他不耐烦地说，"我是来找纳什的。"

"对不起，他病了，躺在床上起不来。你想打点儿牛奶吗？我可以借你一个罐子——"

霍恩比姆没心情忍受这女人的粗野无礼，于是提高嗓门儿道："快带我去见他！"

保利娜迟疑起来，看样子很不情愿，但她没有胆子违抗霍恩比姆。"遵命。"她板着脸说。

霍恩比姆绕过柜台。保利娜撇下顾客，把他领进居住区。他跟着保利娜上了楼。保利娜打开一扇门往里看。"霍恩比姆高级市政官来了，阿尔菲[1]。"她说，"你觉得有精力见他吗？"

霍恩比姆从保利娜身边挤过去。他一进门就闻到凝乳的味道，知道这便是纳什的卧室。房间装饰简单，颜色朴素，没有任何女性化的元素，比如靠垫、饰品或刺绣。纳什虽然已经三十多岁，但还是单身。

他躺在床上，霍恩比姆惊讶地发现他全身大部分地方都裹着绷带。他的一条腿和一只胳膊绑着夹板，头上缠着纱布，血不停地渗出来。他看上去遍体鳞伤，十分凄惨。

他说话含糊不清，好像一张嘴就很痛："请进，霍恩比姆先生。"

保利娜双手叉腰站在门口，对霍恩比姆说："这都是你的错。"

霍恩比姆闻言暴怒，但还是强压怒火，冷冷地说："你可以走了，纳什小姐。"

她权当没听见，继续道："我希望你来这里是为了弥补你做的一切。"

"我什么都没做。"

纳什说："回店里去吧，保利娜。再站着不动，咱们就得亏钱了。"

她看起来怒气未消，没行屈膝礼就离开了房间。

霍恩比姆问纳什："你到底怎么了？"

纳什没有回头去看霍恩比姆——也许他头一动就痛。他盯着天花

---

[1] 和"阿尔夫"一样，"阿尔菲"也是阿尔弗雷德的昵称。

板说:"今天早晨天还没亮,我出门去牛棚干活儿,三个拿棍棒的蒙面人袭击了我。"

这正是霍恩比姆担心的。他确信铲子就是幕后黑手。"你显然请外科医生来看过了。"

"他说我的胳膊断了,小腿也骨折了。"

"你看起来很平静。"

"在他给我服用鸦片酊之前,我一点儿也不平静。"

鸦片酊是溶解在酒精中的鸦片。

霍恩比姆拉过一把椅子,坐在纳什旁边。他憋着一肚子的气,缓慢而谨慎地开口了。"好了,仔细回想一下。"他说,"虽然他们蒙了面,但有没有人看起来很面熟?"他认为铲子应该不在袭击者当中:那家伙太狡猾,不会干那种蠢事。但说不定那几个罪犯与铲子有关联。

"天很黑,"纳什绝望地说,"我几乎什么也没看见,一转眼就倒在了地上。我脑子里只有一个念头:逃离那些棍棒。"

"你听到了什么?"

"没有人说话,只有人咕哝。"

"你没有喊出来吗?"

"有,我一直在喊,但他们砸烂了我的嘴。"

"这样你就认不出他们了。"

纳什被这句嘲讽激怒了:"不,我认得他们。他们是苏格拉底学会的人。"

"当然是他们。"

"希斯科克挨了鞭刑,他们暴跳如雷,通过某种途径了解到是我告的密。话说回来,如果你只判打他十几鞭子,他们也许会选择忍气吞声。但你判得太重了。"

霍恩比姆对这句批评置之不理:"如果你认不出袭击者是谁,我们就无法给他们定罪。你不能站在法庭上说,他们打你是因为你在替我监视他们。"

"那我就该一声不吭吗?我要怎么跟多伊郡长说?他一定会来找我问话的。"

"别担心多伊。只需要告诉他,你遭到一伙蒙面人袭击。他们有没有偷什么东西?"

"他们抢走了我的零钱袋,里面全是一便士和半便士的铜币。总共不到五先令。"

"因为不到五先令而丧命的人也比比皆是。你的遭遇可以成为《王桥公报》上的一个好故事。但事实上,那伙人袭击你不是为了劫财。他们拿走钱,只是为了将袭击伪装成抢劫,撇清苏格拉底学会的嫌疑。"

"没人会上当。"

"是的,但这样一来,我们就很难证明他们涉案。所以我们必须另想办法对付他们。"

霍恩比姆默默思索了一两分钟,然后开口道:"你知道,这是铲子那个王八蛋干的。一定是他发现了你是内鬼。"

"你凭什么说是他?"

霍恩比姆渐渐厘清了头绪："他告诉你小册子在他的仓库里，而这一情况他没对第三个人提过。如果我到那里搜查，那就表明是你向我告了密，所以你一定是内鬼。"

"可小册子根本就不在那儿。"

"甚至可能压根儿就没印出来。"

"这是个陷阱。"

"我们掉进去了。"铲子真是奸诈透顶，霍恩比姆气急败坏地暗暗骂道。必须将他碎尸万段，像甲虫一样踩在脚下，蹍为齑粉。

"我当卧底的日子结束了。"纳什说。

"确实如此。你现在对我没用了。"

"我对此并不感到遗憾。话说回来，你得掏腰包帮我一把才行。外科医生说我要过好几个月才能再去送牛奶。"

"找别人送奶吧。"

"我会的。不过我得付工钱，每周大概十二先令吧。"

"只要你还没法工作，这笔钱我就替你付。"

"还有外科医生的诊金。"

霍恩比姆知道这些费用他不得不付。如果他拒绝，纳什就会满城嚷嚷，抱怨他忘恩负义，霍恩比姆安插卧底监视苏格拉底学会的事就会暴露无遗，那局面就不可收拾了。"好吧。"他答应道。

但霍恩比姆担忧的主要不是钱。铲子把他耍得团团转，气得他七窍生烟，他必须做点儿什么。

他站起来："等你找到送奶的人，告诉我一声，我会把钱寄给你。"他来到门口，急着想走，以免纳什提出更多要求。他回头瞥了一眼：纳什静静地躺在床上，盯着天花板，脸色如死尸般苍白。霍恩比姆走了出去。

他在雨中踽踽而行，心事重重。他感觉自己正在失去对事态的控制，这让他心神不宁。他曾两次试图铲除苏格拉底学会，但都以失败告终：第一次是试图说服德林克沃特高级市政官取缔该组织，结果遭到拒绝；第二次是希望通过惩罚希斯科克达到杀鸡儆猴的目的，结果搬起石头砸了自己的脚。

他沮丧地想，真正的问题是法律太模糊，太软弱了。国家需要更严厉地禁止煽动叛乱。报纸上有人提议用严刑峻法惩治叛国者。议会议员应该停止空谈，起身行动。如果议会不去维护和平，镇压刁民，那它还有什么用？

代表王桥的下议院议员是诺斯伍德子爵。

诺斯伍德从来没有认真对待过他的议员职责，而现在国家处于战争状态，民兵队也活跃起来，他便有了很好的借口不去尽责。话虽如此，他依然会不时去一趟威斯敏斯特[1]，也许可以说服他支持通过新法律，打压苏格拉底学会这样的团体。

霍恩比姆来到市场广场，进入威拉德公馆。

他在门厅里跺了跺湿漉漉的靴子，抖掉雨水，对一个头发花白的中士说："请立即禀告诺斯伍德上校，霍恩比姆高级市政官要见他。"

---

[1] 威斯敏斯特是英国国会大厦所在地。

中士傲慢地说:"我去问问上校是否有空。"

典型的草根新贵,霍恩比姆想。这个人在被征召入伍前很可能是个仆役长。"你叫什么名字?"霍恩比姆说。

这个人显然不喜欢被人问话,但又没胆子违抗高级市政官,答道:"比奇中士。"

"去问吧,比奇。"

霍恩比姆利用等待的时间盘算起来:诺斯伍德是辉格党人,他们比托利党人更自由开明。不过,诺斯伍德以治军严格著称,这样的将领往往会对犯上作乱者施以铁腕。总的来说,诺斯伍德很可能会反对苏格拉底学会。

他决定不提发生在阿尔夫·纳什身上的事。他应该避免让自己看起来像在挟嫌报复,最好表现得如同一位关心公共福祉的公民。

比奇中士很快就回来了——诺斯伍德似乎对霍恩比姆的地位有所了解,尽管他的中士并不知情。过了一会儿,霍恩比姆被领进房子前部的一个宽敞房间,里面炉火熊熊,可以看到大教堂的西面。

诺斯伍德坐在一张大桌子后面,身边站着一个身穿中尉制服的年轻人,显然是他的副官。令霍恩比姆吃惊的是,那个浑蛋牧师的漂亮女儿简·米德温特也在房内,像士兵一样穿着红色外套。她坐在诺斯伍德的桌子边缘,好像她才是桌子的主人一样。

看到霍恩比姆,简站起来行了个屈膝礼,霍恩比姆也礼貌地鞠了一躬。他记得听到德博拉和贝尔谈论简,说她正在绞尽脑汁嫁给诺斯伍德,所以她大概是来这里推进求爱计划的。上午十点左右通常不是社交拜访的时间，但也许简·米德温特是那种认为自己可以为所欲为的红粉佳人吧。

德博拉和贝尔认为简不可能嫁给子爵，因为她父亲是卫理公会教徒。但现在看到诺斯伍德脸上迷迷糊糊的表情，霍恩比姆觉得那两个姑娘可能错了。

霍恩比姆希望简不要留下。令他如释重负的是，简走到门口，给诺斯伍德送了个飞吻，然后出去了。

诺斯伍德羞得满脸通红，十分尴尬，然后他说："请坐吧，高级市政官，请坐。"

"谢谢子爵大人。"霍恩比姆坐下来。诺斯伍德在简的热烈追求下不堪一击，这表明他有软弱的一面。这可不是好消息。时代需要强悍的人。

任何时代都需要强悍的人。

"需要茶点吗？"诺斯伍德客客气气地问，"外面天气可真糟。"

诺斯伍德的桌上有一个托盘，里面放着一个咖啡壶和一罐奶油。霍恩比姆想起自己还没有吃完早餐。"如果能来杯加了点儿奶油的咖啡，那就真是感激不尽了。"

"没问题。中士，去拿个干净的杯子，快点儿。"

"马上就去，长官。"比奇退了出去。

礼貌地寒暄过后，诺斯伍德迅速切入正题："说吧，高级市政官，你来找我，目的何在？"

"我为民兵队制服提供的布料，您一直都非常满意，对吧？"

"我想是的。目前还没收到投诉。"

"那太好了。我知道您已委派下属负责采购,但如果您想亲自垂询布料事宜,我自当知无不言,言无不尽。"

"谢谢。"诺斯伍德有点儿不耐烦地说。

一番巴结后,霍恩比姆立刻转向主题:"不过,我此次前来,是希望您能作为代表我们的下议院议员,而不是民兵队指挥官,倾听我的请求。我想您应该会俯允吧?"

"当然。"

"我对铲子——大卫·肖维勒——和一些下层市民组成的苏格拉底学会深感忧虑。我认为该组织的真正目的是颠覆政府。"

"哦?我还参加了他们的第一次会议呢。"

霍恩比姆心里咯噔了一下。

诺斯伍德继续道:"那次会议相当精彩,而且完全无害。"

"子爵大人,这说明铲子诡计多端。他们弄虚作假,只为让我们中的一些人误以为可以高枕无忧。"

诺斯伍德不喜欢别人暗讽他遭到了愚弄:"我看不出他们有采取暴力行动的迹象。"

"我碰巧知道,他们的第二次会议将讨论议会改革。"

诺斯伍德并不觉得这有多么大逆不道。"那当然要另当别论。"他说,但脸上并无忧色。中士拿来一副杯碟,倒上咖啡,加入奶油,递给霍恩比姆,此时诺斯伍德继续道:"违不违法,得看他们说了什么。但我们肯定不能事先禁止他们开会。仅仅计划开会讨论议会并不违反任何法律。"

"这就是问题所在。"霍恩比姆说,"应该制定法律禁止这样的会议。我听说,议会里已经有许多人主张制定更严厉的法律,惩治煽动叛乱的罪行。"

"嗯……你说得没错。皮特首相想要重典治国。但你知道,英国人有权表达自己的意见。毕竟我们是一个自由的国家,只是不能自由过头,无法无天。"

"确实如此。我可是言论自由的坚定支持者。"这当然与事实完全相反,但这时候喊喊口号是有好处的,"然而,我们正在进行战争,国家需要团结起来对抗该死的法国人。"

诺斯伍德摇摇头:"你要知道,镇压这种事容易做过头。"

霍恩比姆从不担心什么"做过头":"我不明白您的意思。"

"嗯,我相信你已经听说奶品商阿尔夫·纳什的事了。"

霍恩比姆心头一惊。诺斯伍德怎么已经知道了?"那件事跟当前的话题有什么关系?"

"有人说,是纳什背地里指控了那个吃鞭刑的印刷商,所以他遭到报复,挨了一顿暴打。"

"那太荒唐了!"霍恩比姆抗议道,但他很清楚,纳什确实告了密。铲子和他的朋友说不定已经把这故事传遍全城了,霍恩比姆想。

"我有时也会判人鞭刑,"诺斯伍德说,"这是对偷窃犯或强奸犯的适当惩罚,但打十几下就足够了。在朋友面前受到肉体伤害和精神羞辱之后,罪犯会发誓再也不以身试法。可是,五十鞭或以上的酷刑太惨无人道了,只会引起观众对罪犯的同情,反倒让罪犯成了英雄。罪犯会露出伤疤给大家看,仿佛那是值得炫耀的战功奖章。这样一来,惩罚便产生了适得其反的效果。"

霍恩比姆发现自己的游说毫无成果。"好吧,我只能说,大体而言,王桥的商人普遍希望禁止颠覆政府的会议。"

"我并不感到意外。但我们有义务让下层人民享有一定的自由,不是吗?一直关在马厩里的马很快就会丧失活力。"

霍恩比姆知道再待下去只是浪费时间,于是突然站起来:"谢谢您接见我,子爵大人。"

诺斯伍德没有起身:"你是我选区中举足轻重的选民,我总是很高兴与你这样的选民交谈。"

霍恩比姆离开时,心中腾起一种几近恐慌的不祥预感。他已经连遭三次失败。令他大感意外的是,犯上作乱的势力竟然在精英人群中也有盟友。

他需要从长计议。他不想回家,那里的日常琐事可能会打断他的思路。他穿过市场广场,走进大教堂。在这座用冰凉的灰色石材建造的安静建筑中,他可以摒除杂念,聚精会神。

问题的核心是缺乏警惕。大家都觉得,工人组建俱乐部学习知识没什么危险可言。霍恩比姆知道事情没有那么简单。他需要将其他人从麻木中唤醒。任何鼓励工人自由发表意见的团体都是祸乱之端。社会表面上风平浪静,但随时可能爆发叛乱。

如果苏格拉底学会的下次会议演变为暴力事件,那就可以证明他的担心并非空穴来风。

说不定,他可以做做手脚。

是的,他寻思,这或许就是答案。

如果会议上爆发暴力事件,那全城都会反对苏格拉底学会。也许会有人争论是谁挑起了冲突,但这个问题几乎无人会真正关心。他们对言论自由的执着,是经不起几扇被打破的窗户的考验的。

但是,该如何安排呢?

他立刻想到了威尔·里迪克。虽然里迪克一家是上层权贵,威尔却和王桥的底层混混儿勾肩搭背。他在"款爷"卡利弗那座臭名昭著的房子里消磨了很多时光,应该认识几个恶棍。

霍恩比姆再次走进雨中,前往里迪克家。

里迪克的仆役长接过霍恩比姆的湿外套和帽子,挂在大厅壁炉旁。"里迪克老爷在用早餐,高级市政官。"他说。

霍恩比姆瞅了瞅怀表,快到中午了。这早餐吃得真够晚的。

仆役长打开一扇门说:"老爷,您可以接见霍恩比姆高级市政官吗?"

门里传出里迪克的声音:"叫他进来。"

霍恩比姆走进餐厅,发现里迪克不是一个人。他旁边坐着一个穿着睡衣和晨袍的姑娘,她长长的黑发乱蓬蓬的,没有梳理。他们面前摆着一盘烤好并剖开的髓骨,两人正用勺子舀出骨髓,津津有味地大快朵颐。"进来吧,霍恩比姆。"里迪克说,"哦,对了,这位是……"他似乎记不起那女孩的名字了。

"玛丽安娜。"她说,向霍恩比姆投以调皮的眼神,"你看,我是西班牙人。"

你是西班牙人的话,我的屁股就是西班牙屁股,霍恩比姆在心里嘲讽道。

"来根骨头吧。"里迪克殷勤地说,"很好吃。"他用大酒杯喝了一大口艾尔啤酒,眼睛布满血丝。

"不用了,谢谢。"霍恩比姆说,转向正准备离开房间的仆役长,"不过,我想要一杯加奶油的浓咖啡。"

"马上就来,先生。"

霍恩比姆坐了下来。和玛丽安娜坐在同一张桌子边,他感到很不自在。他觉得妓女很恶心,但他需要威尔的帮助。"我一直在努力游说,希望当局能取缔铲子发起的所谓苏格拉底学会。"

"那个疯婆娘萨尔·克利瑟罗也是发起者之一。"

"是的。阿尔夫·纳什被人打了,代表我们的下议院议员诺斯伍德子爵不肯帮忙。"

"可你已经有计划了,对吧?"里迪克狡黠地说。

"哦,看啊,"玛丽安娜说,"我把骨髓洒到胸口了。你能帮我弄干净吗,威利[1]?"

里迪克拿起餐巾,擦了擦她裸露的酥胸。

"你为什么不用舌头?"玛丽安娜说。

---

[1] 威尔的昵称。

霍恩比姆实在看不下去了:"听着,威尔,我们能私下谈谈吗?"

"当然可以。"里迪克说,"你下去吧,亲爱的。"

玛丽安娜噘着嘴站了起来。

"待会儿我会用舌头舔你的,宝贝儿。"里迪克说。

"我等你哟。"

门关上后,霍恩比姆说:"这种事,你应该戒掉才对。你很快就要结婚了——娶我的女儿。"

里迪克面露窘色。"当然,当然。"他说,"事实上,我只是在和玛丽安娜道别。"

"那就好。"霍恩比姆压根儿不相信这番鬼话,但他没有揪着不放。毕竟,他在里迪克的帮助下赚到了丰厚的利润,他可不愿因小失大。

"我要做一个模范丈夫。"里迪克发誓道,"单身汉的生活对我来说已经结束了。"

"我很高兴听到这个消息。让妓女在早餐桌边和你一起吃饭实在是太不体面了。"

仆役长端着霍恩比姆的咖啡进来了。

里迪克说:"把你的计划讲给我听。"

"去参加铲子等人举办的会议的人多半都对他们心怀同情。说不定不会有人提出异议。我们需要给他们物色一些强有力的反对者。"

"强有力的反对者?"

里迪克倒是一点就通,霍恩比姆想。"毫无疑问,城里有许多坚定的爱国青年会对铲子和萨尔的胡言乱语感到义愤填膺。"

里迪克慢慢点头。

"我想你可能认识几个爱国青年吧。"

"我当然知道去哪里找他们。就从码头区的屠宰场酒馆开始吧。"

听起来不错。"你能让他们中的一些人来参加下次会议吗?"

"哦,可以。"里迪克龇牙一笑,"他们会很乐意的。"

第十五章

阿莫斯在高街偶遇鲁普·安德伍德,猛然意识到他们有一段时间没见面了。卫理公会最终与圣公会分道扬镳,而鲁普很可能是决定留在圣公会的人之一。阿莫斯径直问道:"你已经放弃我们卫理公会了吗?"

"我已经放弃简了。"鲁普没好气地说。他晃了晃脑袋,把头发从眼前甩开:"或者,更确切地说,她已经放弃我了。"

这对阿莫斯来说是个重要的消息。他问:"出什么事了?"

鲁普英俊的面庞扭曲起来,露出失望和怨恨的神色:"她抛弃了我,就是这样。所以你可以拥有她了。我甚至不会吃醋。在我看来,她完全是你的了。"

"她取消了婚约?"

"我们从未正式订婚。我们只是'心照不宣'罢了。现在连这种默契都没了。她只给我撂了一句话:'再见,愿上帝保佑你。'"

阿莫斯为鲁普感到难过,同时又情不自禁地燃起了希望:如果简不想要鲁普了,她有没有可能看上我呢?阿莫斯几乎不敢想这个问题。"她说为什么要分手了吗?"

"她没说实话。她说她发现自己不爱我了。我不确定她是否真的爱过我。不过,真实原因是我财力不足。"

阿莫斯还是不明白:"但她变心一定是因为发生了什么事吧。"

"没错。她父亲辞去了圣公会牧师的职务。他不再是大教堂的法政牧师了。"

"我知道,但是——"阿莫斯突然醒悟,"现在他穷了。"

"他要靠卫理公会教众艰难筹措的工资过活了。简再也不能穿华丽的衣服,再也没有女仆给她穿衣梳头,再也没有刺绣内衣了。"

听鲁普提到内衣,阿莫斯大吃一惊。鲁普不可能知道简穿什么内衣,对不对?但他们已经做了很久的情侣,也许简已经允许鲁普一亲芳泽了。

应该不可能。

阿莫斯决定不去纠结这个问题。"她爱上别人了吗?"阿莫斯问。

"据我所知,没有。她跟谁都眉来眼去。霍华德·霍恩比姆很可能是王桥最富有的单身汉——也许简会千方百计嫁给他。"

阿莫斯觉得这是有可能的。霍华德不太聪明,当然也不英俊,但他和蔼可亲,不像他父亲。"霍华德应该比简小几岁吧。"阿莫斯说。

"那不会阻止她的。"鲁普说。

第二部分 主妇的反抗

*

星期天，在城里的教堂和小礼拜堂做完晨祷后，一部分王桥人有去墓地参拜的习惯。阿莫斯偶尔也会心血来潮，想花几分钟去拜祭一下过世的父亲，于是他离开卫理公会会堂，向大教堂墓地走去。

他总是在菲利普院长的坟墓前停下脚步。那是整个墓地中最高大的坟墓。菲利普是12世纪一位颇富传奇色彩的修士，不过人们对他的故事知之甚少。根据《蒂莫西书》——一本关于大教堂历史的书，从中世纪开始记录，后来陆续有所增补——菲利普在大教堂被大火焚毁之后组织了重建工作。

阿莫斯把目光从坟墓上移开，看见简·米德温特站在几码外的另一座坟墓旁。她穿着一件暗灰色的衣服。和鲁普谈话之后，阿莫斯一直希望有机会和简谈谈。这是一个十分不合适的时刻，但他还是抵挡不住诱惑。他走过去，站在简身边，读起了墓碑上的铭文：

珍妮特·埃米莉·米德温特

1750年4月4日

至

1783年8月12日

查尔斯挚爱的妻子

朱利安、莱昂内尔和简的母亲

"与基督同在，这是好得无比的。"

阿莫斯努力回想简母亲的形象，但实在力有不逮。"我几乎记不得她长什么样子了。"他说，"她去世的时候，我大概十岁。"

"我母亲喜欢漂亮衣服，喜欢聚会，喜欢说长道短。她喜欢贵族男女。她一定很想见国王。"简的眼睛湿润了。阿莫斯感觉自己的心都揪紧了。不过，简会不会是在演戏？她经常这么做。

阿莫斯陈述了显而易见的事实："你像你母亲。"

"可我的两个哥哥不像。"朱利安和莱昂内尔去苏格兰念大学了。"他们俩都像我父亲，只知工作，从不玩乐。我爱我的父亲，但我不能过他那种生活。"

她的情绪很不寻常，阿莫斯想。他从未见过简如此坦率地表达自己的想法。

她说："鲁普的问题在于，他也像我父亲。"

王桥的大多数布商都是这样。他们不辞辛劳地工作，几乎没有闲暇时间。

阿莫斯忽然想到自己也不例外："我想我跟他们也一样。"

"你确实跟他们一样，亲爱的阿莫斯，不过我没有权利批评你。你父亲的墓在哪里？"

阿莫斯向简伸出手臂，简把一只手轻轻搭在他手腕上，友好但不亲密。他们就这样穿过墓地。

简从未如此深情地对阿莫斯说过话，但她是在解释为什么自己永远不会成为阿莫斯的爱人。我真是搞不懂女人，阿莫斯在心里嘀咕。

他们来到阿莫斯父亲墓前。阿莫斯跪在墓碑旁，清理了地面上的一些杂物：枯叶、一块破布、一根鸽子羽毛、一个栗子壳。"或许我也像我父亲。"他说，然后站了起来。

"在忘我地工作方面，你的确像他。但你品格高尚，这让你变得非常强大。"

阿莫斯哑然失笑："我并不强大，虽然我很想变强大。"

简摇摇头："这么说吧：我不想做你的敌人。"

阿莫斯望着她那双灰色的大眼睛。"也不想做我的妻子。"他悲伤地说。

"也不想做你的妻子。我很遗憾，阿莫斯。"

阿莫斯很想吻她。"嗯，"他说，"我也很遗憾。"

*

王桥剧院看起来就像城里一座古典造型的排屋，墙上开着好几排一模一样的窗户。剧院内部是一个大厅，平坦的地面上摆着许多长凳。高出地面的舞台位于剧院的尽头。靠墙的包厢由木柱支撑。最昂贵的座位在舞台上，阿莫斯觉得那些华冠丽服的富人似乎也是演出的一部分。

当晚的第一出戏是《威尼斯的犹太人》，舞台背景上画着一座海滨城市，大大小小的船只鳞次栉比。埃尔茜走过来，坐在阿莫斯旁边。他们一起运营主日学校两年多了，现在已经成了亲密的朋友。

阿莫斯从来没有看过莎士比亚戏剧。他在剧院看过芭蕾舞、歌剧和哑剧,但这是他第一次看戏剧。他引颈而望,恨不得他们马上开场。埃尔茜以前看过莎士比亚戏剧,也读过今晚这出戏的剧本。"其实这出戏的原名是《威尼斯商人》。"她说。

"说'犹太人'而不是'商人'的话,票应该会卖得更多吧。"

"我想是的。"在库姆和布里斯托尔有不少犹太人,他们主要从事再出口贸易,从弗吉尼亚购买烟草,然后卖到欧洲大陆。很多人讨厌他们,但阿莫斯不明白为什么。他们和圣公会教徒以及卫理公会教徒信仰的是同一个上帝,不是吗?

"人们说莎士比亚很难理解。"阿莫斯说。

"有时是的。语言过时了,但你如果仔细听,仍然会被打动。"

"铲子说莎士比亚很暴力。"

"是的,有时候有血腥的情节,《李尔王》里有一幕……"

阿莫斯看见简·米德温特走了进来。

埃尔茜放弃了莎士比亚的话题。"你知道吗,简已经和可怜的鲁普·安德伍德分手了?"她说。

"是的。鲁普痛苦极了。"

"她觉得自己在做什么?她让那个可怜的男人等了两年,现在却把他当成不称心的仆人一样一脚踹走。"

"鲁普并不富有,而简想过舒适的生活。很多人都希望如此。"

"我就知道你会替她找借口。"埃尔茜说,"那个女孩不懂爱的真谛。"

阿莫斯耸耸肩:"我自己可能也不懂。"

"爱上简的男人都倒了大霉。"

埃尔茜对简的批评在阿莫斯听来很刺耳。他说:"简是那种男人喜欢而女人厌恶的女人,我不明白为什么。"

"我明白。"

观众安静下来,阿莫斯指了指舞台。终于可以不再争论下去了,他感到如释重负。三个演员出现在舞台上,其中一人说:"真的,我不知道我为什么这样闷闷不乐[1]。"

"我知道我为什么闷闷不乐。"埃尔茜说。

阿莫斯不明白埃尔茜是什么意思,但他被剧情吸引住了。安东尼奥解释说,他所有的财富都投到了在大洋上往来航行的商船上。看到这里,阿莫斯对埃尔茜耳语道:"我理解那种感觉:贵重的货物在运输途中,你会为货物的安全担心得要命。"

在第二场中,鲍西娅抱怨不能自己选择丈夫,而必须嫁给那个能从金、银、铅三匣中选出她父亲预定的匣子的人。阿莫斯对此大为不满。"她父亲为什么要这样做?"他说,"毫无道理啊。"

"这是一个童话故事。"埃尔茜说。

"我早就不是孩子,不适合听童话了。"

夏洛克在第三场现身后,整个故事变得生动起来。他戴着假鼻子和鲜红灌木一样的假发冲上舞台,观众嘘声不断,他冲到舞台前部对着他们咆哮。一开始,大家都在嘲笑他。后来,他同意借给安东尼奥三千

---

[1] 出自莎士比亚戏剧《威尼斯商人》第一幕第一场,为全剧第一句台词。本书莎翁戏剧译文均出自人民文学出版社 2014 年版《莎士比亚全集》,朱生豪等译。

金币，条件是安东尼奥如果不能按时偿还，就要接受惩罚。"我们不妨开个玩笑，在约里载明要是您不能按照约中所规定的条件，在什么日子、什么地点还给我一笔什么数目的钱，就得随我的意思，在您身上的任何部分割下整整一磅白肉作为处罚。"夏洛克狡狯而歹毒地说。

"安东尼奥绝不会同意的。"阿莫斯说。但安东尼奥接着就说："很好，就这么办吧；我愿意签下这样一张约。"阿莫斯不由得倒吸一口冷气。

幕间休息时，有一段芭蕾舞，但大部分观众都没有看，而是选择伸伸腿脚，购买饮食，同朋友聊天。埃尔茜不见了。众人一齐交谈的声音喧嚣鼎沸。阿莫斯注意到简径直向诺斯伍德子爵走去。她是一个攀龙附凤的无耻小人，但亨利·诺斯伍德似乎并不介意。阿莫斯走近两步，想听简在说什么。

"我父亲说我们不应该憎恨犹太人。"简说，"您怎么看，诺斯伍德子爵？"

诺斯伍德回答说："任何类型的外国人恐怕我都不喜欢。"

"我同意您的看法。"简说。

无论诺斯伍德说什么，简都会同意的，阿莫斯酸溜溜地想。她并不真的讨厌犹太人，她只是喜欢贵族。

"英国人是世上最好的民族。"诺斯伍德说。

"哦，是的。尽管如此，我还是想去国外旅行。您出过国吗？"

"我在欧洲大陆待过一年，学了几句法语和德语，还在意大利买了一些画。"

"您真幸运！您是绘画爱好者吗？"

"你知道，我是军人，我欣赏绘画的标准很简单。任何有马或狗的东西都不错。"

"我希望有一天能看到您的画。"

"哦，这样啊，你当然可以去看看，没问题。但那些画在伯爵城堡，而我在王桥还有很多事情要做。你知道，民兵队虽然没有在海外服役，但已经接管了我们国家的防务，这样正规军就可以自由地在国外作战了。"阿莫斯注意到，亨利突然变得健谈起来，因为话题转到了军事上。亨利补充说："但你知道，民兵队必须做好战斗准备，才能承担起保家卫国的重任。"

简不想谈论民兵队。"我还从没去过伯爵城堡呢。"她说。

这是一个强烈的暗示，但阿莫斯并没有留下来听亨利的回应，因为戏又开始了。他匆匆回到自己的座位坐下，这时埃尔茜说："散场之后，你可以送我回家吗？"

"当然可以。"阿莫斯说。

埃尔茜似乎很高兴，虽然阿莫斯不知道为什么。

他被夏洛克迷住了，贝尔蒙特那几对恋人[1]反倒让他觉得很恼火。但他从没看过这样的戏，演出结束时，他决定今后要再看几部莎士比亚戏剧。"我可能需要你给我解释一下。"他对埃尔茜说。她又一

---

[1] 贝尔蒙特是《威尼斯商人》的主人公之一巴萨尼奥的恋人鲍西娅所在的城市。巴萨尼奥追求并最终娶了鲍西娅，而鲍西娅的侍女尼莉莎也爱上了巴萨尼奥的朋友葛莱西安诺，并嫁给了他。

次高兴起来。

临走时，阿莫斯说："简可以嫁给诺斯伍德吗？她的社会地位是不是太低了？诺斯伍德将在父亲去世之后成为夏陵伯爵，而简只是牧师的女儿，而且还是卫理公会教徒。夏陵伯爵夫人有时得见国王，不是吗？这种事你比我知道得多。"

这是实话。作为主教的女儿，埃尔茜与贵族关系较为密切，同布商倒是没那么熟悉。她也许可以自己嫁给诺斯伍德，不过阿莫斯断定她压根儿没这念头。她从造访主教府的客人那里听到了不少流言蜚语。"这很难，但也不是不可能。"她说，"贵族有时确实会娶身份地位配不上自己的女孩。但多年以来，大家一直认为亨利会娶他的远房表妹米兰达。米兰达是库姆勋爵的独生女，他们的结合意味着两个家族的土地也将合二为一。"

"但如果双方只是达成了默契，没有正式订婚，那就可以不作数啊。"阿莫斯说，"爱能战胜一切。"

"不，爱不能。"埃尔茜说。

*

9月一个寒冷潮湿的早晨，来自同一家庭的三个孩子被埋葬在圣路加教堂的墓地里。这三个孩子都是定期来埃尔茜的主日学校上课的学生，她眼看着他们一周周苍白消瘦下去。一块厚蛋糕已经不足以拯救他们。

他们的父亲先前在王桥操作缩绒机,但有一天,一个松动的锤头从轴上脱落,飞出来砸在他脑袋上,要了他的性命。在那之后,他的妻子和孩子们搬进了一座破旧房子的廉价地下室。母亲努力靠缝纫为生,把孩子们独自留在地下室,自己出去找活儿干。她的针线活儿干得很快,价格又便宜。孩子们患上了住潮湿地下室的人身上常见的那种病,又咳又喘,加上身体太虚弱,他们在一天之内全部去世了。现在,他们的母亲在坟前呜呜抽泣,因为太穷买不起丧帽,她的头上只盖着一块棉布。赞美诗唱的是《主是我的牧者》。埃尔茜有一个罪恶的想法,觉得牧者并没有照顾好这三只羔羊。

圣路加教堂是位于贫穷街区的一座砖砌小教堂,教区牧师穿着的黑色长筒袜上胡乱地打满了补丁,两条腿瘦得皮包骨头。坟墓旁站着数量惊人的送葬者,大多数都衣衫褴褛。他们唱得毫无热情,也许是觉得牧者也没为他们做多少事。

埃尔茜不禁好奇:他们的悲伤是否有一天会变成愤怒,如果会的话,是在多久之后?

她自己也心如刀割,同时又深感无奈。她想,要是能把这三个孩子带回家,每天在主教府的厨房里喂饱他们,那该多好啊。她马上意识到,这是不切实际的幻想,但她必须做点儿什么才行。

可怜的小棺材被放进坟墓,阿莫斯·巴罗菲尔德走过来,站在埃尔茜身边。他穿着一件黑色长外套,用浑厚的男中音唱着赞美诗。他的脸上湿漉漉的,要么是泪水,要么是雨水,要么两者兼而有之。

阿莫斯的出现使埃尔茜平静下来,她心头的忧愁顿时减轻大半。

她忘记了自己又冷,又湿,又痛苦。阿莫斯没有让问题消失,他只是让问题看起来更小,更容易处理。埃尔茜将胳膊伸进阿莫斯的臂弯,阿莫斯紧握着她的手,放在自己胸口,表达深深的同情。

葬礼结束后,他们一起离开墓地,仍然手挽着手。"这种事还会发生的。"埃尔茜低声对阿莫斯说,"我们学校还会有孩子死去的。"

"我知道,"阿莫斯说,"光有蛋糕还不够。"

"我们肯定可以给他们更多的东西……"埃尔茜自言自语道,"比如肉汤。为什么不呢?"

"那我们想想怎么筹措肉汤吧。"

埃尔茜喜欢阿莫斯这个优点。他表现得好像一切皆有可能。也许这是因为他在父亲去世后克服了重重困难,这段经历让他从此遇事积极乐观,昂扬上进,跟埃尔茜的性格相得益彰。

埃尔茜说:"我们学校的赞助者可以改用豌豆和萝卜煮汤,替代烤磅饼。"

"对,还可以加一些便宜的肉块,比如羊颈肉。"阿莫斯轻轻捏了捏鼻尖,这说明他正在思考,"他们会这么做吗?"

"这要看是谁去向他们提出请求。查尔斯·米德温特牧师会去找卫理公会的人吗?"

"我去请他帮忙。"

"我去游说圣公会的人。"

"我们可以在星期天早上去找面包师,购买星期六没卖完的不新鲜面包。"

"他们星期六做的最后一件事就是廉价出售剩余面包。不过,他们可能还有多的……"

"不管怎样,我们可以问问他们。"

他们来到主教府外,停下脚步。埃尔茜急切地说:"那我们就试试吧。"

阿莫斯严肃地点点头:"我们必须试试。"

埃尔茜很想吻他,但最终还是把手臂抽了出来:"那下个星期天?"

"当然。越快越好。"

说完,他们就分开了。

埃尔茜不想立刻回主教府,于是走进大教堂,那里向来是思考的好地方。此刻大教堂内没有举行任何仪式。她需要仔细思考喂饱孩子们的新方案,但她满脑子都是阿莫斯。阿莫斯不知道埃尔茜有多爱他:他以为他们只是朋友。他痴痴地恋着简·米德温特,但那个女孩对他的爱毫无回应,而且无论从哪方面看都配不上他。埃尔茜想要祈祷,求上帝让阿莫斯爱上她,忘掉简,但这似乎太自私了,不是应该祈求神佑的事。

在南甬道上,她从两个正在吵架的男人身边走过。她认出了老赌徒斯坦·吉廷斯,还有城里最大赌场的老板"款爷"卡利弗。这两个人都不是常来做礼拜的人,所以他们很可能是进来吵架的,同时躲躲雨。这并不奇怪。人们经常来这里讨论问题,洽谈交易,甚至八卦一些风流韵事。现在这两人争论的似乎是钱,但埃尔茜对此漠不关心。

她注意到一个她不认识的男人跪在高高的祭坛前。那人看起来很年轻，裹着一件宽大的外套，遮住了里面的衣服，所以埃尔茜看不出他是不是牧师。他的脸抬起来，但眼睛闭着，嘴唇翕动，正在虔诚地默祷。埃尔茜想弄清此人是谁。

她本打算到南翼安静地坐下，但甬道里的争论变得激烈起来。那两个男人开始大声叫嚷，气势汹汹地互相攻讦。她考虑过干预，建议他们到外面去吵。但她又觉得他们如果留在教堂，就不太可能拳脚相向，于是她打消了在这里寻求片刻宁静的念头，径直走了出去，一言不发地从他们身边走过。

在她身后，卡利弗喊道："如果你两手空空来赌博，那就得承担后果！"

一声满腔义愤的怒吼旋即传来："我命令你们立即离开这个圣地！"

埃尔茜转过身，看见那个一直在高高的祭坛前祈祷的小伙子。他大步走向那两个吵架的人，埃尔茜发现他长相俊朗，此时却气得面红耳赤。"出去！"他对吉廷斯和卡利弗说，"马上出去！"

吉廷斯衣衫褴褛，瘦骨伶仃，满脸羞愧，正要匆匆逃走，但卡利弗没有那么容易被吓倒。他不仅高大魁梧，还是城里的富商大贾。他可不会被人呼来喝去。"你到底是谁？"他说。

"我是凯内尔姆·麦金托什。"年轻人带着一丝自豪说。

埃尔茜知道此人早晚会来。米德温特法政牧师的辞职引发了大教堂神职人员的一系列晋升，主教私人侍从的职位出现了空缺，于是埃尔茜的父亲任命一个远房亲戚来补缺，此人是刚从牛津大学毕业的年轻牧师。如此说来，眼前这人便是那个牧师了。他肯定刚下驿车。

他迅速解开外套扣子,露出里面的牧师长袍:"我是拉蒂默主教的助手。这是上帝的居所。我命令你们到别处去争吵。"

卡利弗这时才看到埃尔茜,对她说:"他以为自己是谁?狂妄的小子。"

"回家吧,款爷。"埃尔茜平静地说,"你如果让斯坦·吉廷斯赊账赌博,那就得承担后果。"

款爷显然对这个年轻女子的嘲讽大为光火,打算跟她大吵一架,但他转念一想,改变了主意。沉默片刻后,款爷同吉廷斯一起悄然退下,从南门廊上的大门离开了。

埃尔茜饶有兴趣地打量着刚到的牧师。他和埃尔茜年龄相仿,大约二十二岁,一头浓密的金发,一双迷人的绿眼睛,漂亮得像个女孩。他勇气可嘉,敢于对抗像卡利弗那样的大恶霸。但他看上去快快不乐:很明显,他对这场争执在埃尔茜的干涉下草草结束很不满。

埃尔茜说:"他们没有恶意。"

"我自己能对付他们,"麦金托什傲慢地说,"不过我还是要谢谢你。"

这人可真够敏感的,她想。但这也没什么。

"他们似乎把你当成什么有权有势的大人物了。"他继续道。一个姑娘三言两语就让两个暴怒的男人不敢造次,这让他颇感讶异。

"大人物?"她说,"算不上。我是埃尔茜·拉蒂默,主教的女儿。"

他登时不知所措:"请原谅,拉蒂默小姐。我不知道是您。"

"没什么好道歉的。现在我们已经认识了。你见过主教了吗?"

"还没有。我把行李送到主教府后就直接来到了这里,感谢上帝保佑我平安抵达。"

好虔诚啊,埃尔茜想。但这是真情流露,还是惺惺作态呢?"好吧,我带你去见主教。"

"乐意之至。"

他们离开大教堂,穿过广场。"我听说你是苏格兰人。"埃尔茜说。

"是的,"麦金托什生硬地答道,"这有什么关系吗?"

"对我来说无所谓。我只是很惊讶你没有口音。"

"我在牛津大学的时候就改掉了。"

"故意的吗?"

"丢了乡音也没什么好遗憾的。大学里存在一定的偏见。"他温和地说,但声音中透着一丝苦涩。

"听到这个我很难过。"

他们走进主教府,埃尔茜把麦金托什带到父亲的书房。那是一个舒适的房间,壁炉里炉火正旺,但没有书桌。"麦金托什先生来了,父亲。"她说。

"他的行李已经到了!"主教从软垫椅上站起来,热情地同麦金托什握手,"欢迎光临,亲爱的孩子。"

"能够来到这里,我深感荣幸,主教大人。我谨向您致以诚挚的谢意,谢谢您授予我圣职。"

主教看向埃尔茜。"谢谢你,亲爱的。"他说,想把埃尔茜打发走。

埃尔茜没有离开:"我刚刚参加了三个主日学校学生的葬礼,他们都来自同一个家庭。他们的父亲去世了,母亲艰难地养活他们。他们住在潮湿的房间里,因此得了感冒,然后在一天内全部殒命。"

主教点点头。"他们现在和天父在一起了。"他说。

主教漠不关心的态度激怒了埃尔茜。她提高嗓门儿道:"他们的天父可能会问,为什么他们的邻居没有采取任何行动来帮助他们。耶稣可是说过'喂养我的小羊'[1]的呀。我相信您记得。"

"你最好把神学问题留给神职人员,埃尔茜。"主教说。他朝麦金托什心照不宣地眨眨眼,麦金托什则报以谄媚的微笑。

"我会的。"她说,然后挑衅似的补充道,"我要给上帝的小羊喂营养丰富的肉汤。"

"当真?"主教狐疑道。

"至少是那些来我主日学校的孩子。"

"那你要怎么做肉汤呢?"

"我们的厨房足够大。就算增加一点儿食物开支,对您来说也微不足道。"

主教大惊失色:"我们的厨房?你当真要拿我们家厨房的食物给城里的穷孩子吃?"

"不光是我们家的。主日学校的赞助者都会这样做。"

---

[1] 出自《新约全书》中的《约翰福音》第二十一章第十五节:"他们吃完了早餐,耶稣对西门彼得说:'约翰的儿子西门,你爱我比这些更深吗?'彼得说:'主啊,是的,你知道我爱你。'耶稣对他说:'你喂养我的小羊。'"

"这太荒谬了。粮食短缺是全国性问题。我们无法养活所有人。"

"不是所有人,只需要养活主日学校的学生就行了。先告诉他们要像耶稣一样善良仁慈,然后又让他们饿着肚子回家,我怎么能干这样悖谬的事呢?"

主教转向新来者:"你怎么看,麦金托什先生?"

麦金托什看上去很不自在:他不喜欢被要求裁断埃尔茜和她父亲孰是孰非。他稍作踌躇,答道:"我唯一能肯定的是,我有责任听从主教的指导,我想拉蒂默小姐也一样。"

麦金托什没有埃尔茜想象中勇敢。埃尔茜继续劝说父亲:"卫理公会教徒对救济主日学校学生这件事尤其热心。"这只是希望而非事实,但她告诉自己这是一个善意的谎言。

她父亲又斟酌了一下。他不想显得比卫理公会教徒小气。"有多少孩子上主日学校?"

"从不少于一百人。有时是两百人。"

麦金托什大吃一惊:"哎呀!主日学校的班级通常只有十二个孩子,在一个小房间里上课。"

主教对埃尔茜说:"你和你的卫理公会朋友想要喂饱所有的孩子?"

"当然。但我们的赞助者中有很多圣公会教徒。"

"嗯,你最好和你母亲谈谈,看看她认为我们的厨房能提供些什么。"

埃尔茜竭力保持面部紧绷,避免得意地笑出来。"好的,父亲。"她说。

第十六章

第一次提出苏格拉底学会的想法时，萨尔没想到这个组织会成就一番轰轰烈烈的事业。她记得自己当时只是随口一提："我们应该这样做——研究和学习。你说的这个通信协会是什么东西？"在她当时的想象中，苏格拉底学会只是十几个人在客栈楼上的房间里开开会罢了。罗杰·里迪克演讲的成功改变了她的看法。超过一百人参加了活动，《王桥公报》还报道了这件事。而这场胜利就是她个人的胜利。虽然贾奇和铲子一直在给予她鼓励和帮助，但她才是学会活动的主导者。她为自己所做的一切感到自豪。

但现在她觉得创建苏格拉底学会只是第一步。这是全国正在进行的一场运动的一部分：劳动人民自学，读书，听演讲。这场运动的背后有一个目的——他们希望在国家治理的问题上拥有发言权。战争爆发时，他们不得不参战；面包价格飙升时，他们却只能挨饿。在她看来，既然我们为这个国家吃了苦，受了难，那这个国家何去何从就该由我们说了算。

自从被赶出巴德福德，我走了好长一段路啊，萨尔想。

苏格拉底学会的第二次会议定于一个月后举行。以当时的情形而论，这次会议似乎尤为重要……面对不断上涨的物价，尤其是食品价格，王桥工人无不怒火冲天。有一些城镇发生了面包暴乱，领导者往往是那些拼命想填饱家人肚子的妇女。

会议安排在星期六举行，因为这天大家会提前几小时下班。在会议开始前几分钟，萨尔和贾奇去了查尔斯·米德温特牧师家，迎接前来演讲的巴索洛缪·斯莫尔牧师。

米德温特牧师已经搬出了法政牧师宅邸，那是一座堪比宫殿的豪宅。他的新家在卫理公会会堂附近，交通方便，但比工人的小屋大不了多少。萨尔觉得，那种感觉肯定如同从天上掉到了地下，对渴望锦衣玉食的简来说，落差感应该更加强烈。

客厅里，米德温特给萨尔和贾奇倒了雪利酒。萨尔感到很不自在，贾奇更加难受。他们尽量穿戴整洁，但鞋子上依然打着补丁，衣服也褪了色。然而，卫理公会牧师却对他们大加赞扬："斯莫尔牧师，这两位是王桥劳动人民知识运动的领袖。"

斯莫尔说："很荣幸见到你们两位。"他身材瘦削，声音柔和，同萨尔一直以来所想象的教授一般无二：头发花白，戴着眼镜，由于常年埋头读书而身形佝偻。

贾奇说："说实话，牧师，萨尔的确是我们当中的有识之士。"

这种赞扬让萨尔很不好意思。我算哪门子有识之士？她想。不过没关系，我正在学习。

斯莫尔说:"告诉我,你估计今晚会有多少听众?"

萨尔说:"两百人上下吧。"

"这么多!我平时只有十几个学生。"

斯莫尔有点儿紧张,萨尔大感意外,但也更加自信了。

米德温特牧师干了杯中的雪利酒,然后站了起来。"我们不能迟到。"他说。

他们沿着主街前进。在街灯的映照下,雨丝闪闪发亮。他们来到大礼堂附近,萨尔震惊地看到外面站着十来名夏陵民兵。他们虽然全身湿透,但依然制服齐整,手持火枪。铲子已故妻子的弟弟弗雷迪·凯恩斯也在其中。他们为什么会出现在这里?

萨尔惊恐地看到威尔·里迪克和他们在一起,身上佩剑,显然是民兵队的头目。

萨尔双手叉腰站在他面前。"这是怎么回事?"她说,"我们不需要你和你的士兵。"

威尔盯着她,轻蔑的表情中夹杂着一丝恐惧。"身为治安法官,我把民兵队带到这里,以防闹出什么乱子。"他趾高气扬地说。

"出乱子?"萨尔说,"这里只有讨论小组,不会出什么乱子。"

"咱们走着瞧。"

萨尔突然想到一个问题,皱眉道:"亨利·诺斯伍德子爵为什么没来?"

"诺斯伍德上校今天不在城里。"

这太遗憾了。诺斯伍德绝不会做出这种公然挑衅的事。威尔既恶毒又愚蠢，而且他跟萨尔还有私怨。

但萨尔对此无能为力。

走进大礼堂，她看见多伊郡长和戴维森警员就站在入口处，竭力装出一副不知道自己有多不受欢迎的样子。

一排排座位面对诵经台。萨尔看到参加这次会议的人很多，比第一次的时候还多。许多手艺人——织匠、染匠、手套匠和鞋匠——都和工厂工人混在一起。铲子和钟手一起坐在后排。

印刷商杰里迈亚·希斯科克也在场，尽管他显然还没有从鞭刑中完全恢复过来：他脸色苍白，神情紧张，外套下的身躯格外臃肿，说明他背上还缠着厚厚的绷带。他的妻子苏珊坐在他旁边，带着不甘示弱的表情，仿佛敢于挑战任何说她丈夫是罪犯的人。

房间里的女性屈指可数，苏珊和萨尔身处其间。人们常说，政治这种事应该留给男人去搞。有些女人相信这一点，或者说假装相信。

听众中有一群年轻人，萨尔曾见过他们在河边的屠宰场酒馆附近游荡。她低声对贾奇说："我不喜欢那些小子，他们看上去就不像好人。"

"我认识他们。"贾奇说，"芒戈·兰兹曼、罗布·艾普尔亚德和纳特·哈蒙德——必须盯紧他们才行。"

萨尔和贾奇坐在前排，米德温特和斯莫尔牧师也在那里。一分钟后，铲子站起来，走到诵经台前。台下响起一片饱含惊讶的窃窃私语：大家都知道铲子很聪明，也读报纸，但他毕竟只是个织布工。

铲子举起一本《致英国劳动人民：你们应该对生活感到满足的理

由》。"我们应该密切关注佩利先生说的话,"他开口道,"他非常睿智,熟知在我们英格兰西部该如何立身行事,因为他是……卡莱尔的副主教。"众人哄堂大笑。卡莱尔位于毗邻苏格兰的英格兰边境,距离王桥大约三百英里。

铲子以同样戏谑的口吻说下去。萨尔看过佩利的小册子,知道里面的言辞自大狂傲,对劳动人民极尽轻慢。铲子面无表情地将其中最刺耳的部分念了出来。每次引述都会激起更大的笑声。他在听众面前演起戏来,假装对他们的反应大惑不解,火冒三丈,这让他们笑得更厉害了。就连托利党人也被逗乐了,没有人反唇相讥,也没有人起哄刁难。米德温特对萨尔耳语道:"一切顺利。"

铲子在欢呼声和掌声中坐下,米德温特向众人介绍了斯莫尔牧师。

佩利是哲学家,斯莫尔也是。斯莫尔的论述充满学术气息。他没有提到法国大革命或英国议会。他讨论的是统治权的问题。他承认国王是由上帝选出的,但公爵、银行家和店主也同样如此,他们都不是完美的,所以没有人可以凭借"神授之权"进行统治。听众变得不耐烦了,开始坐立不安,交头接耳。萨尔深感失望,但至少斯莫尔没有摇唇鼓舌,蛊惑人心。

突然有人跳起来,喊道:"天佑吾王!"萨尔看见是芒戈·兰兹曼。

"哦,见鬼。"她说。

听众中又有几个人跟着站起来,大喊了几声"天佑吾王!",然后坐下。

萨尔注意到,闹事的是屠宰场酒馆那伙人,但似乎不止贾奇提到

277

的那三个。她惊恐万分。出了什么事？斯莫尔并没有特别提到乔治国王，他们几乎不可能被他的演讲激怒。难道他们本就打算不管斯莫尔说什么都要起来嚷嚷？他们为什么要来这里故意扰乱会议？

斯莫尔继续演讲，但很快又被打断了。"叛徒！"有人喊道。然后又有人喊"共和党人！"和"平等主义者[1]！"。

萨尔在座位上转过身。"你们如果不听他的话，就不知道他是什么样的人。"她声色俱厉地驳斥道。

"妓女！"他们又嚷起来。然后又有人喊"天主教徒！"和"法国女人！"。

贾奇站起身，慢慢走到后面，靠近那些大喊大叫的家伙。他的朋友杰克·坎普也加入进来，他的块头更大。他们没有和闹事者说话，而是双臂抱胸站在那里，看着前方。

米德温特喃喃道："这可不妙，萨尔。也许我们应该立刻结束会议。"

萨尔闻言一惊。"不行，"她说，尽管她也忧心忡忡，"那就等于向他们屈服。"

"但硬撑下去的话，结果可能更糟。"

萨尔觉得米德温特也许是对的，但她做不到承认失败。

斯莫尔继续讲了一会儿，但时间不长。那些人又叫嚷起来，萨尔说："他们就是来寻衅滋事的！"

---

[1] 1642年至1649年英国内战时期极端激进的反对派，主张废除君主制度，要求社会和土地改革，鼓吹宗教自由。

"我敢肯定,这一切都是事先安排好的。"米德温特说,"有人决意要抹黑苏格拉底学会。"

萨尔有种不祥的感觉。她知道米德温特说得对。屠宰场酒馆那群小子不是在对斯莫尔大放厥词,只是在按预谋行事罢了。

她意识到,里迪克对此心知肚明。这就是他带着民兵队来这里的原因。他们早就狼狈为奸,图谋不轨了。

但谁是幕后主谋呢?这个市镇的统治阶层不支持苏格拉底学会,但他们真的会为此策划一场暴乱吗?她问:"谁会干这样的事?"

"一个惶悚不安的人。"米德温特说。

萨尔不明白他的意思。

坐在叫嚷者旁边的人开始起身走开,毫无疑问是担心接下来可能发生不测。

斯莫尔牧师放弃演讲,坐了下来。

米德温特站起来,朗声宣告:"我们现在休息一会儿,一刻钟后再进行讨论。"

萨尔希望这能让大家平静下来,但她绝望地看到这无济于事。大家纷纷朝门口奔去。萨尔一直盯着屠宰场酒馆的暴徒。他们留在原地,为自己引起的恐慌而得意扬扬。

萨尔看到一个逃跑的女人撞上了芒戈·兰兹曼。后者踉跄了一下,朝女人的面部猛击了一拳。鲜血从女人鼻子里喷出来。然后贾奇袭击了芒戈。很快就有五六个人厮打起来。

萨尔本想亲自动手,掀翻一些闹事者,但她忍住了。多伊郡长在哪儿？脑中刚闪过这个问题，萨尔就看见多伊走进了远端的门。他刚才出去干什么了？答案随即出现：威尔·里迪克和民兵队也跟着进了门。那些士兵，加上戴维森警员，将缠斗在一起的人拉开，绑起来，让他们躺在地板上，实施逮捕。看到这一幕，大多数斗殴者都将怨愤抛诸脑后，逃之夭夭。

萨尔说："我要去核实他们有没有逮捕屠宰场酒馆那帮恶棍。"她毅然向士兵走去。

威尔·里迪克挡住她的去路。"少管闲事，萨尔·克利瑟罗。"他说，然后狞笑一下，补充道，"我不想让你受伤。"

萨尔说："你在大礼堂外面，不知道暴乱是谁挑起的，但我可以告诉你。"

"这话留给法官吧。"里迪克说。

"但你就是法官。你不想知道吗？"

"我很忙。给老子滚开。"

萨尔开始默默记下所有被捕的人。有些是屠宰场酒馆的暴徒，但其他的都是被他们连累的人，贾奇就是其中之一。

里迪克让被捕者都站起来。他们被绑在一起，押了出去。萨尔和米德温特紧随其后。他们去了与大礼堂隔街相望的王桥监狱。囚犯交给了狱卒吉尔·吉尔摩。萨尔目送囚犯和狱卒消失在监狱的黑暗中，对里迪克说："你最好把你逮捕的所有人都交给法官审判，绝不能徇私枉法，私纵囚犯。"

从里迪克的表情中，萨尔可以看出他正打算偷偷放掉那些暴徒。

"你别担心。"他语气轻快地回应道。

米德温特说:"你们曾公开表现出对卫理公会教徒的偏见,这将影响你们起诉被捕者时的公平性,不是吗?"

"诉讼执法的事交给我,牧师。你专心研究神学吧。"

*

星期一上午,法官聚集在公会大厅会议厅的前厅里。霍恩比姆喜不自胜,因为苏格拉底学会的第二次会议变成了一场大乱斗——正如他计划的那样——但他决定马不停蹄,再接再厉。他整个星期天都在为审判做准备,以确保将那帮叛乱分子定罪重判。

所有陪审员都是二十一岁至七十岁的男性,他们都在王桥拥有不动产,且该不动产每年至少可以产生四十先令的租金收入。这一群体也有权投票选举议员,这被称为"四十先令选举权"。这群人构成了市镇的统治精英。一般来说,他们会毫不犹豫地判工人有罪。

选择陪审员是郡长的职责,他本应随机挑选。但霍恩比姆认为,一些符合条件的人是不可靠的,所以他告诉多伊,要排除卫理公会教徒和其他不遵奉圣公会的新教教徒,他们可能会同情那些试图组织讨论小组的人。多伊二话不说就同意了。

霍恩比姆唯一遗憾的是,铲子没有遭到逮捕。

德林克沃特高级市政官是首席法官,他将主持审判。霍恩比姆担心德林克沃特会宽大处理,但威尔·里迪克可以弥补德林克沃特的纵容。

趁法官等待被告被带出监狱的当儿，霍恩比姆读起了《泰晤士报》，装出一副轻松惬意的样子。"保王党在法国又被打败了。"他说，"我对拿破仑·波拿巴这个年轻将军一无所知。有人听说过他吗？"

"我没听说过。"德林克沃特边说边对着镜子整理假发。

"我也没有。"里迪克说。他不怎么看报。

"他听起来像极了魔鬼。"霍恩比姆接着说，"报纸上说，他在巴黎的街道上部署了四十门大炮，用霰弹消灭了保王党人。即使身下的战马被打死了，他依然继续战斗。"

德林克沃特说："我不喜欢听到有人中炮身亡。对我来说，这似乎太不文明了。战斗就应该人对人，枪对枪，剑对剑。"

"您说的也许有道理。"霍恩比姆说，"尽管如此，我还是希望波拿巴将军站在我们这一边。"

法庭书记员探头进来，报告庭审已经准备好了。

"很好，叫他们保持安静。"德林克沃特说。

三位法官进入法庭，各就各位。

房间里挤满了人，有十几个被告、许多证人，以及他们的家人和朋友。此外还有一些好事之徒，他们凑到这里只不过是因为这是城里的一桩大事。陪审团坐在房间侧面的长凳上。除了法官和陪审团，其他所有人都站着。

除了法官的书记员卢克·麦卡洛，房间里没有法律专业人员。律师很少出席地方治安法官举行的审判，也许在伦敦除外。在大多数案件中，受害者也是起诉人。不过，由于斗殴是公开事件，今天提起诉讼的将是多伊郡长。

多伊宣读了被控普通企图伤害罪[1]的人的名单，包括贾奇·博克斯、杰克·坎普和苏珊·希斯科克。名单上没有屠宰场酒馆的那几个小子：芒戈·兰兹曼、罗布·艾普尔亚德和纳特·哈蒙德。霍恩比姆吩咐郡长将他们无罪释放。不过，他们此刻也在房间里——作为证人，而不是被告。

里迪克对霍恩比姆耳语道："可惜没抓住萨尔·克利瑟罗那婊子。"

德林克沃特说："被告贾奇·博克斯也是演讲活动的组织者之一，我们先审他的案子。"

霍恩比姆意识到，他不是唯一为这次审判做过筹划的人。德林克沃特此举显然是深思熟虑的结果，霍恩比姆不由得大感意外。不过话说回来，也许德林克沃特已经和他聪明过人的女婿米德温特牧师讨论过这个案子，后者应该有了锦囊妙计。贾奇·博克斯似乎也收到了消息，因为他面色如常，并不惊讶于第一个受审。

博克斯被指控袭击芒戈·兰兹曼，但他拒不认罪。兰兹曼在法庭上宣誓如实陈述，说博克斯将他打倒在地，然后踢了他一脚。法官问博克斯有什么要说的。

"如果法官大人愿意倾听的话，我想告诉你们发生了什么事。"博克斯答道。霍恩比姆确信这句话是事先排练过的。而且，博克斯穿

---

[1] 指不严重的侵犯他人身体的罪行。

着一件体面的外套和一双得体的鞋子,显然是为了这个场合借来的。

德林克沃特说:"是的,我们愿意听,说吧。"

庄严的法庭环境让博克斯心神不宁,但他很快克服了焦虑,胸有成竹地开始陈述。"会议平静地进行了将近一小时,这时有人开始捣乱。"他说,"来自牛津大学的斯莫尔牧师——"

霍恩比姆打断了他的话:"斯莫尔不是唯一发言的人,对吧?"

博克斯被问得有点儿不知所措。他花了点儿时间整理思绪,然后说:"铲子也发了言,就是大卫·肖维勒。"

"关于什么话题?"霍恩比姆问。

"嗯……佩利副主教写给劳动人民的书。"

"铲子的发言把听众逗笑了,对不对?"

"他只是念了书里的一些片段。"

"用滑稽的声音念?"

"用正常的声音。"

德林克沃特说:"嗯,如果有人将书中内容念出来,引得听众发笑,那也许是作者的错,而不是朗读者的错。"听众中发出一阵窃笑。"继续,博克斯。"德林克沃特说。

博克斯受到鼓舞:"斯莫尔牧师谈的是一般意义上的君主,并未提及乔治国王本人,这时芒戈·兰兹曼站起来喊道:'天佑吾王!'其他一些人也站起来跟着喊。我们不明白是哪句话冒犯了他们。他们似乎就是专门到会上捣乱的。我们怀疑他们是有人花钱雇来的。"

听众中传来一声大喊:"太对了!"

那是一个女人的声音,里迪克嘟囔道:"是那个姓克利瑟罗的女人。"

博克斯接着说:"斯莫尔先生继续演讲,但那伙人又打断了他,大喊他是叛徒,是共和党人,是平等主义者。萨拉[1]·克利瑟罗太太说:'你们如果不听他的话,就不知道他是什么样的人。'但他们却骂她是妓女,而这是一个恶毒的谎言。"

霍恩比姆又打断了他的话:"你说的是萨尔·克利瑟罗吗?"霍恩比姆听说她才是苏格拉底学会真正的组织者。

博克斯说:"是的。"

霍恩比姆直视着萨尔说:"就是那个因为袭击里迪克老爷的儿子而被逐出巴德福德村的女人?"

博克斯被迫处于守势。他沉默片刻才答道:"里迪克杀了她的丈夫。"

威尔·里迪克在法官席上发言:"我绝对没有。"

德林克沃特不耐烦地说:"我们不是来审那个案子的。继续提供证词吧,博克斯。"

"是的,法官大人。我和杰克·坎普走过去,站在闹事者旁边,但那无济于事。噪声太大了,演讲者讲不下去,米德温特牧师只好宣布中途休息,希望芒戈和他的朋友们能闭嘴或离开,那样我们才可以安静地讨论,学点儿东西。但许多人朝门口冲去,我猜他们是被喊声

---

[1] 即萨尔。"萨尔"是萨拉的昵称。

吓到了,索性决定回家。"

霍恩比姆第三次打断他:"说重点吧,伙计。你有没有袭击芒戈·兰兹曼?"

想让贾奇转移话题可没那么容易。他说:"莉迪娅·马利特试图离开时撞到了芒戈,于是芒戈朝她脸上打了一拳。"

德林克沃特问:"莉迪娅·马利特在这里吗?"

一个年轻女子从人群中走出来。她很漂亮,但鼻子和嘴巴又红又肿。

德林克沃特问:"你脸上的伤是芒戈·兰兹曼造成的吗?"

她点点头。

德林克沃特说:"如果你是肯定的意思,请回答'是的'。"

"细(是)的。"她说,大家都笑了。"对不细(起),我说话不太对信(劲)。"她补充道,这些话引来了更多的笑声。

"我认为你脸上的伤可以证实你的说法。"德林克沃特说,他看向郡长,"如果该受害者的说法是准确的,那兰兹曼未被起诉就着实令人惊讶了。"

多伊郡长说:"那是因为证据不足,法官大人。"

德林克沃特对郡长的托词显然并不满意,但决定不予深究。"接下来发生了什么,博克斯?"

"我把芒戈打倒了。"

"为什么?"

贾奇愤愤不平地回答:"他打了一个女人!"

霍恩比姆说:"那你为什么踢他?"

"为了让他趴在地上。"

德林克沃特说:"你不应该那样做。这是无视法律,私行惩治。你应该向郡长报告兰兹曼的暴力行为。"

"菲尔·多伊出去叫民兵了!"

"你可以稍后再报告。你说得够多了,博克斯,我想我们已经得到了所有需要的信息。"

见审判这样磨磨蹭蹭、不温不火地进行下去,霍恩比姆憋了一肚子不痛快。如果他是首席法官的话,绝不会让博克斯长篇大论地讲述暴力冲突是如何挑起的。这可能会引起陪审团的同情。屠宰场酒馆的那几个小子被轻易放过,逍遥法外,德林克沃特显然对此耿耿于怀。

像往常一样,法庭会先审理所有的案件,然后再请陪审团做出裁决。这样做并不明智:到一天结束时,陪审团早就忘了他们听到的大部分内容。不过话说回来,陪审团拿不定主意的时候,通常会宁枉勿纵,做出有罪判决。霍恩比姆觉得这倒是好事一桩,因为在他看来,几乎每个惹上官司的人都应该受到惩罚。

今天审理的案子大同小异。A打了B,因为B推了C。每个被告都声称受到了挑衅。受伤情况都不是很严重:皮肉瘀青,肋骨骨折,牙齿脱落,手腕扭伤。审理每个案子,德林克沃特都煞费苦心地指出,受到挑衅并不能成为大打出手的理由。最后,陪审团认定被告全都有罪。

该由法官决定如何惩罚了。他们低声交谈起来。霍恩比姆说:

"我认为这显然应该判鞭刑。"

"不,不。"德林克沃特说,"我认为我们应该让他们戴一天足枷。"

霍恩比姆嘟囔道:"我建议允许他们缴纳十先令罚款来替代肉刑。"他希望能挽救特定的几个人。

"不行。"德林克沃特斩钉截铁地说,"应该对他们一视同仁。我不希望他们中的一半人戴着足枷寸步难行,另一半人却在城里到处溜达——仅仅因为有人给后者交了罚款。"

这正是霍恩比姆计划要做的事,但他不得不向德林克沃特的裁决让步,只得说:"好吧。"

和往常一样,他有备用计划。

*

霍恩比姆瞧不起劳动者,尤其是他们聚集在一起的时候。他认为,在所有乌合之众当中,最狂妄骄横的就是伦敦的暴徒。然而,就连霍恩比姆也被第二天早晨报纸上的消息惊得目瞪口呆。在国王前往议会的路上,他的马车遭到了高呼"面包与和平!"的流氓的袭击。石头砸碎了马车窗户。

他们向国王投掷石头!霍恩比姆从未听说哪位君主受过如此奇耻大辱。这是叛国罪。尽管怒发冲冠,他却还是意识到这条消息也许大有用处,因为今天他要去见郡治安长官夏陵伯爵。他小心翼翼地把报纸折好，塞进外套，然后出了门。

他对停在前门的马车颇觉得意。这是伦敦朗埃克街的皇家马车制造商约翰·哈切特为他打造的。他小时候就见过这样的马车，并渴望拥有一辆。这是一种四轮双座篷盖马车，速度快，但很稳定，不易在高速行驶时翻车。车身是蓝色的，装饰有金色的线条，涂了漆的表面闪闪发亮。

里迪克已经在车厢里了。他们要一起去伯爵城堡。两位法官前去投诉的话，郡治安长官肯定很难等闲视之。

他们驱车穿过市场广场。虽然时间还早，但广场上已经很热闹了。霍恩比姆停下马车，以便看看那些正在受罚的人。

被称为"足枷"的刑具夹住了罪犯的腿，迫使他们在地上以很不舒服的姿势坐一整天。这带给他们精神上的羞辱远甚于肉体上的痛苦。今天上午，被判有罪的十二个人全在雨中示众。

罪犯往往会受到嘲笑和谩骂，无力反抗。也许还会有人将粪堆里的粪便扔向他们。公然的暴力是不允许的，但什么是不被允许的暴力往往很难界定。然而，今天广场上没人表现出敌意。这说明他们对罪犯心怀同情。

不过，霍恩比姆依旧无动于衷。他不在乎公众是不是喜欢自己。他又不靠别人的喜欢来挣钱。

他看着主犯贾奇·博克斯和他的姐姐乔安妮并排待在一起。他们似乎并没有遭受多大痛苦。乔安妮正同一个提着购物篮的女人聊天。贾奇正从大酒杯里喝艾尔啤酒，多半是某位好心人送来的。

然后，霍恩比姆注意到活动组织者萨尔·克利瑟罗，她甚至没有受到指控。她站在博克斯旁边，肩上扛着一把沉重的木铲。如有必要，她会挺身而出，保护博克斯。霍恩比姆怀疑没有人敢跟她动手。

这一切都让霍恩比姆满腔怒火。

里迪克评论道："真正的罪魁祸首是活动组织者，他们可不在那边受刑。"

霍恩比姆点头表示同意："今天下午从伯爵城堡回来之后，我们就能牢牢掌控这个市镇的司法了。"

他吩咐车夫继续赶路。

这是一段漫长的旅程。里迪克提议玩几把法罗[1]，但霍恩比姆婉拒了。他不喜欢玩游戏，尤其是那种可能会输钱的游戏。

里迪克问他对伯爵了解多少。"几乎不了解。"霍恩比姆说。在他的记忆中，伯爵就是老年版的诺斯伍德子爵——同样的大鼻子，同样的锐利眼神，但伯爵是个秃头，而子爵有一头棕色鬈发。"我在正式场合见过他，他在任命我为法官之前接见过我。仅此而已。"

"我也一样。"

"他当然不懂商业，但贵族里懂商业的寥寥无几。他们认为财富来自土地。他们仍然生活在中世纪。"

里迪克点点头："子爵有些软弱。他爱说英国是个自由的国家。我不知道伯爵是不是也一样。"

---

[1] 一种用纸牌赌博的游戏，玩牌者对牌出现的顺序下注。

第二部分 主妇的反抗

"我们去一探究竟吧。"这次与伯爵的会面非常重要。如果一切顺利,霍恩比姆将在王桥获得更大的权力。

几小时后,他们看到了伯爵城堡。那里其实已不再是一座城堡,尽管还保留着一小段防御墙,上面有城垛和用于射箭的窄缝窗。这座住宅的现代部分是用红砖砌成的,有长长的菱形铅条玻璃窗,还有许多高高的烟囱,将烟雾送入上方的雨云中。霍恩比姆和里迪克从马车上下来,匆匆走进城堡,高大榆树上的白嘴鸦轻蔑地嘎嘎乱叫。

"我希望伯爵会请我们吃午餐。"他们在门厅脱下外套时,里迪克说,"我饿坏了。"

"别指望了。"霍恩比姆说。

伯爵在书房而不是在客厅迎接他们,这表明他们的社会地位比他低,所以他认为这是一次公事公办的会面。他穿着一件紫红色外套,戴着一顶银灰色假发。

霍恩比姆惊讶地看到诺斯伍德子爵也在那里,后者穿着骑行服,而非制服。苏格拉底学会开会那晚,子爵肯定也是到这里来了。他的出现是一桩可恶的意外。他不大可能赞同霍恩比姆将要提出的方案。

巨大的壁炉里燃着熊熊大火。温暖的空气令霍恩比姆心情愉悦,因为乘马车过来的路上非常冷。

一个男仆端着雪利酒和饼干过来招待他们。霍恩比姆婉言谢绝,他觉得自己需要时刻保持清醒。

他讲述了苏格拉底学会那场会议的经过:演讲者宣扬革命,忠于国王的市民奋起抗议,共和党暴徒对市民进行恐吓,于是发生了暴乱。

伯爵专心倾听，但诺斯伍德子爵的脸上露出怀疑的神情，他问："有人死亡吗？"

"没有。不过有几个人受了伤。"

"严重吗？"

霍恩比姆本打算撒谎说是的，但他突然想到，诺斯伍德子爵可能收到了他的副官唐纳森中尉的报告。他不得不承认事实。"不是很严重。"他说。

"那么，这与其说是暴乱，不如说是斗殴。"诺斯伍德子爵道，呼应了德林克沃特在法庭上的说法。没错，肯定有人向子爵通报了消息。

"十二个人被带到法官面前，"霍恩比姆说，"德林克沃特高级市政官主持了审判，然后问题便接二连三地产生。首先，德林克沃特把指控从暴乱降级为袭击。陪审团目光如炬，认定十二人全都有罪。但德林克沃特坚持从轻量刑。他们都被判戴一天足枷，这会儿正在一边受刑一边和过路人聊天哩，甚至有人给他们送艾尔啤酒喝。"

里迪克说："这是对正义的嘲弄。"

伯爵说："你们觉得这件事很严重。"

"我们确实这么认为。"霍恩比姆说。

"你们认为该怎么做？"

霍恩比姆深吸一口气。成败在此一举。"德林克沃特高级市政官七十岁了。"他说。"当然，年龄并不能决定一切。"他想起伯爵已年近六旬，急忙补充道，"然而，德林克沃特已经进入了温柔敦厚、老成练达的人生阶段。在这个阶段，有些人变得宽宏大度，无所不容——这种态度或许适合当祖父，但不适合当首席法官。"

"你是要我解除德林克沃特的职务吗？"

"是的，解除他的法官职务。当然，他还可以继续做高级市政官。"

诺斯伍德子爵插嘴说："我猜你想接替德林克沃特当首席法官，对吧，霍恩比姆？"

"如果伯爵大人俯允，我会谦卑地接受这个职位。"

里迪克说："霍恩比姆高级市政官显然是最佳人选，大人。他是城里首屈一指的布商，迟早会成为市长。"

好了，霍恩比姆想，该说的都说了。现在是时候看伯爵如何回应了。

伯爵似乎举棋不定："单凭你们告诉我的情况，我不确定是否能有理有据地解除德林克沃特的法官职务。这种反应似乎过激了。"

霍恩比姆一直担心伯爵会这样想。

诺斯伍德子爵说："我们不要小题大做。英国人有权发表自己的观点，而王桥的苏格拉底学会是一个倡导各抒己见、公开辩论的团体。只是有几个人被打出鼻血罢了，算不上什么革命。我不认为该学会对乔治国王陛下或英国宪法构成了丝毫威胁。"

那是你一厢情愿的幻想，霍恩比姆在心里嘀咕，但他不敢说出来。

房间里陷入沉默。伯爵支持德林克沃特的态度似乎很坚定，而他儿子看上去对谈话进行到这一步非常满意。里迪克一脸茫然。他不是天才，也不知道接下来该做什么。

但是，霍恩比姆还留了一手，或者说，还有绝招没使出来。"大人，不知您今天有没有看报纸？"他拿出《泰晤士报》，"据报道，伦敦的暴徒居然向国王扔石头。"

伯爵惊呼："天哪！"

里迪克说："我不知道竟有这事。"

诺斯伍德子爵说："这是真的吗？"

"根据这篇报道，暴徒高呼的口号是'面包与和平！'。"霍恩比姆打开报纸，递给伯爵。

伯爵读了几行，说："他们打破了国王马车的窗户！"

"也许是我反应过度，"霍恩比姆假惺惺地说，"但我确实认为，我们这个国家的掌权者需要对煽动者和革命者采取更强硬的行动。"

伯爵说："我开始觉得你是对的了。"

诺斯伍德子爵一声不吭。

里迪克说："那些人是魔鬼啊。"

霍恩比姆说："革命就是这样开始的，不是吗？反动思想会导致暴力，而暴力会不断升级。"

"也许你是对的。"伯爵说。

伯爵的态度在软化，霍恩比姆心想，但伯爵的儿子会从中作梗。

一个姑娘走进房间，穿着昂贵的骑行服，戴着一顶漂亮的小帽子。她向伯爵行了个屈膝礼，说："舅舅，很抱歉打扰您，但骑马队伍正在等我的表兄亨利。"

诺斯伍德子爵站了起来："对不起，米兰达小姐。这是一次重要的谈话……"他显然不愿离开。

但伯爵说："你可以走了，亨利。谢谢你的帮助。"

霍恩比姆意识到这个女人是亨利的表妹米兰达·利特尔汉普顿。据说他们已经非正式订婚。霍恩比姆不是谈情说爱方面的专家，但在他看来，米兰达似乎比亨利更热情。

不过，亨利的离开对霍恩比姆来说倒是走了大运。

"好漂亮的姑娘啊。"里迪克羡慕道。

闭嘴，你这个傻瓜，伯爵不需要你对他未来的儿媳妇品头论足，霍恩比姆暗骂道，然后连忙说："非常感谢伯爵大人今天拨冗接见我和里迪克先生。对这份殊荣，我们铭感五内。我们知道，这次谈话对您治下的夏陵郡，尤其是王桥市至关重要。"

这纯粹是拍马屁的废话，却将伯爵的注意力从里迪克对米兰达的无知妄言上移开了。"是的，"伯爵说，"谢谢你提醒了我。我想我必须听从你的建议，告诉德林克沃特他该退休了。"

啊，成功了！霍恩比姆心花怒放，但依然面无表情。

"我会写信给德林克沃特的。"伯爵继续道。

霍恩比姆急不可耐地说："如果您想让我送信……"

"我看不用了。"伯爵严厉地说，"德林克沃特可能会认为这是对他的无礼冒犯。我会把信交给诺斯伍德子爵。"

霍恩比姆意识到自己得意忘形了："是的，大人，当然应该由子爵大人送信。请恕我愚钝。"

"我想你一定迫不及待地想要上路了,回王桥要走很长一段路。"

伯爵的语气不容反驳。他也不打算请客人留下来吃饭。霍恩比姆站起身:"伯爵大人,如果您允许的话,我们这就告辞了。"

伯爵伸手摇铃,不一会儿男仆就进来了。霍恩比姆和里迪克鞠了个躬,退入门厅。伯爵没有送他们。

他们穿上外套,走到门外。霍恩比姆的马车静候着他们,车身在雨中泛着微光。他们上了车,马车缓缓驶离。

里迪克说:"我不得不承认,霍恩比姆,你是个聪明的恶棍。"

"是的,"霍恩比姆说,"我知道。"

第二部分　主妇的反抗

第十七章

　　工人的工资在星期六下午五点下班时发放。虽然纺纱工的工作时间都是固定的，但工资的多少取决于他们纺了多少纱线。萨尔和基特通常能纺出价值十二先令左右的纱线。三年前，这样的收入会让萨尔觉得自己非常富有，但从那以后，粮食歉收推高了食品价格，战争税又导致其他必需品越发昂贵。如今十二先令只能勉强维持一周的开销。

　　拿到工资后，萨尔和乔安妮立即去付房租。她们在绵绵细雨中艰难行进，基特和休跟在她们身后。有壁炉的房间比填肚子的食物更重要。冻死的速度比饿死快。拖欠房租是走向赤贫的第一步。

　　他们的房子归大教堂所有，但收租处却在他们居住的贫民区。他们的房租是每周一先令。萨尔付十二便士中的五便士，因为她占用的房屋面积略小于一半。她们交了钱，然后带着孩子向市场走去。天已经黑了，但货摊上灯火通明。

　　萨尔向面包师要了一条标准的四磅重面包，面包师说："要一先令两便士。"

萨尔怒不可遏："昨天还是一先令一便士，而一年前才七便士！"

面包师看起来疲惫不堪，好像一整天都在听同样的抱怨。"我知道，"他说，"面粉以前是十三先令一袋，现在是二十六先令一袋。我该怎么办？如果以低于成本的价格出售，我不到一周就会破产。"

萨尔知道面包师在夸大其词，但她明白他的苦衷。她买了一条面包，乔安妮也买了一条，但如果价格再上涨，她们该怎么办？

这不仅仅是王桥的问题。铲子说，全国各地都深受其害。在一些城镇，妇女掀起了暴乱，而这些暴乱通常以商店门口为起点。

大教堂南面的室内市场上有一家肉店，摆着令人垂涎欲滴的牛肉、猪肉和羊肉，但价格着实叫人望洋兴叹。萨尔想找些野鸡或鹧鸪，这些瘦小野禽的肉嚼着很硬，必须炖着吃。通常每年这个时节都能买到，今天却遍寻不着。"是天气的原因，"肉贩说，"这种阴沉多雨的天气，伐木工根本看不到鸟，更别说捕捉它们了。"

萨尔和乔安妮又看了腌肉和熏肉，培根和咸牛肉，但就连这些肉也很贵。最后她们买了咸鳕鱼。"这东西我可不爱吃。"休抱怨道。乔安妮板着脸驳斥道："你就谢天谢地吧——有些孩子只能喝粥呢。"

回家的路上，她们经过大礼堂，那里正准备举行宴会。马车在门前停下，名媛淑女快步进入大楼，小心翼翼，以免靓妆艳服被雨水淋湿。礼堂后部的厨房正在接收最后一批货物：大袋的面包、整条的火腿，还有一桶桶波尔图葡萄酒。世道如此艰难，有些人却还是消费得起这些东西。

一个搬运工扛着一篮从西班牙运来的橘子，乔安妮问他："这是哪家举办的宴会呀?"

"霍恩比姆高级市政官。"那人说,"两对新人一起办婚礼。"

萨尔听说过这件事。霍华德·霍恩比姆娶了贝尔·马什,德博拉·霍恩比姆嫁给了威尔·里迪克。萨尔为任何嫁给威尔·里迪克的女孩感到痛心。

"这将是一场盛大的宴会,"搬运工说,"将有几百人参加。"

这就包括了城里一半以上的选民。霍恩比姆现在是首席法官,将来肯定会竞选市长。在一些市镇,市长的职位每年由高级市政官轮流担任,但在王桥,市长是选举产生的,直到退休或被高级市政官罢免才离任。当前,菲什威克市长身体健康,广受爱戴,但霍恩比姆准备打一场持久战。

萨尔和乔安妮回到家中。萨尔把面包和咸鱼放在厨房里。她们晚些时候会让炉火自然熄灭,然后带孩子们去贝尔客栈。她们省下柴火钱,就可以买一杯艾尔啤酒了。想到这里,萨尔不禁满心欢喜。再说了,明天还是休息日。

乔安妮朝楼上喊了几声多蒂姨妈。贾奇走进厨房切鱼,大家围坐在桌旁。多蒂没有出现,乔安妮对休说:"快上楼找你姨婆。她可能在睡觉。"休把面包塞进嘴里,上了楼。

不一会儿,她回来说:"姨婆不肯说话。"

众人沉默片刻,然后乔安妮说:"哦,天哪。"

她匆匆上楼,其他人紧随其后。他们都挤进了多蒂在阁楼的房间。老太太躺在床上,眼睛睁得大大的,但什么也看不见。她的嘴也张着,但已经没有了呼吸。萨尔见过死亡,知道那是什么样子,她毫不怀疑多蒂已经去世了。乔安妮一言不发,泪水已止不住地流了下来。萨尔去摸了摸多蒂的心跳,然后是脉搏,但她只是在走过场。手摸到多蒂身上时,萨尔才发觉多蒂已经形如槁木。她先前竟然毫无察觉,此时不禁羞愧难当。

萨尔知道,食物短缺时往往会发生这种悲剧:幼童和老人会衰弱而死。

孩子们瞠目结舌,惊恐不已。萨尔本想把他们赶出房间,后来又决定让他们留下来。他们一生中会看到很多死人,所以最好早点儿学会适应。

多蒂是乔安妮母亲的妹妹,在乔安妮的母亲去世后抚养她长大。此时乔安妮悲痛欲绝。她早晚会从痛苦中走出来,但萨尔不得不负责接下来的丧葬事宜。多蒂也是贾奇的姨妈,但他们俩向来感情疏远。不管怎样,需要做的工作大部分都得女人来干。

萨尔和乔安妮必须清洗尸体,用裹尸布裹起来——在物价飞涨、家庭预算不足的情况下,裹尸布可是一笔沉重的开支——然后,萨尔会去找圣马可教堂的教区牧师商谈葬礼的事。如果葬礼能在明天,也就是在星期天举行,那他们所有人星期一都可以正常上班,不必损失工资。

"贾奇,"萨尔说,"乔安妮和我要处理可怜的多蒂的遗体,你能给孩子们准备晚餐吗?"

"哦!"他说,"啊,当然可以。你们俩,跟我下楼吧。"

第二部分 主妇的反抗

他带着孩子们出去了。

萨尔卷起了袖子。

*

埃尔茜和她的母亲阿拉贝拉坐在舞厅的一侧,观看舞池中的男女跳着古老的法国加伏特舞,脚步轻盈,舞姿翩跹,如同随节奏上下起伏的波浪。女人穿着色彩明艳的衣服,裙摆飞扬,袖口低垂,褶边蓬松,高耸的发髻上丝带飘飘;男人则穿着紧身马甲和挺括的燕尾服。

"这时候跳舞可真奇怪,"埃尔茜若有所思地说,"我们在战场上节节败退,人民连面包都买不起,国王的马车都被扔了石头。我们怎么还有闲情逸致寻欢作乐呢?"

"这正是最需要寻欢作乐的时候呀。"她母亲说,"我们不能总是想着悲惨的事。"

"我想您是对的。或者,这里的人并不关心战争、国王,或者饥饿的工人。"

"如果你能泰然处之的话,这也许是一种不错的生活方式——快乐而冷漠。"

我不想过这样的生活,埃尔茜想,但她决定让这句话烂在肚子里。她爱母亲,但她们母女没有多少共同点。她和父亲也没有什么共同点。有时候,她真的怀疑自己是不是父母亲生的。

此刻舞池里的那两对新婚夫妇会生出什么样的孩子呢?埃尔茜暗

自琢磨，霍华德·霍恩比姆的后代多半会像他一样又胖又懒。"霍华德看起来稀里糊涂的，一个劲傻乐。"她说。

"订婚时间太短了。我听说他在选择新娘方面没有多大发言权，"阿拉贝拉说，"他当然会晕晕乎乎，不知所措了。"

"反正他对自己的新娘似乎挺满意。"

"就算她长着龅牙他也不在乎。"

"他或许在庆幸自己没有抽中下下签哩。霍恩比姆高级市政官本可以为他选一个更糟的新娘。"

"贝尔·马什说不定也出于同样的原因心存感激。霍华德是个好孩子，一点儿也不像他父亲。"

埃尔茜点头表示同意："贝尔眉飞色舞，看起来得意极了。"她把注意力转向另一对夫妇，他们似乎更严肃。她确信里迪克不会管自己的孩子，不过那对孩子的成长倒更有好处。她说："我敢肯定，里迪克只是想找个人帮他打理家务，这样他就可以把所有时间花在喝酒、赌博和嫖娼上了。"

"他可能会发现德博拉并不会逆来顺受。看看她结实的下巴，那是意志坚定的标志。"

"但愿如此吧。我很想看到里迪克在一位强悍女性面前手忙脚乱、疲于应付的样子。"

凯内尔姆·麦金托什走过来，坐到埃尔茜旁边。"好一幅其乐融融的场面啊，"他说，"两对新人在神圣的婚姻中找到了幸福。"

时间会证明他们是否找到了幸福，埃尔茜想，然后问道："父母包办的婚姻也是神圣的吗？"

麦金托什犹豫了一下，然后说："关键得看那是不是上帝的抉择。"

这是一个含糊其词的回答，但埃尔茜什么也没说。

加伏特舞结束了，司仪宣布接下来跳小步舞。这是双人舞。染坊主艾萨克·马什，贝尔的父亲，这时走上前来，邀请阿拉贝拉跳舞。"不胜荣幸。"她说着站了起来。这种事司空见惯。阿拉贝拉很可能是王桥最有魅力的中年女性，许多男人都想趁机与她共舞。她喜欢这种万众瞩目、被奉若天人的感觉，所以她往往来者不拒。

埃尔茜问麦金托什："你对婚姻有什么期望？"

"对我来说，婚姻意味着拥有一个支持我履行神圣使命的人。"麦金托什立刻答道。

"非常明智。"埃尔茜说。"夫妻就应该相互支持。"她补充道，指出夫妻要相互支持，而不仅仅是妻子支持丈夫。

"没错。"麦金托什没有注意到埃尔茜已经修正了他的观点，"你呢？你想从婚姻中得到什么？"

"孩子。"埃尔茜说，"我憧憬着拥有一座大房子，房里满是孩子——四个，也许五个，全都健康快乐，有玩具、书籍和宠物。"

"嗯，多多生养自然是符合上帝旨意的。不过，你婚后应该不会继续运营主日学校了吧。"

"我当然会。"

麦金托什眉毛一扬："你不愿全心全意地服侍丈夫吗？"

"我想我可以兼顾。毕竟，运营主日学校也是符合上帝旨意的工作呀。"

麦金托什勉强点头表示同意:"是的,的确是。"

谈话已经转到私人问题上了,埃尔茜想。她本来只想驳斥麦金托什那种婚姻意味着幸福的轻率臆断,但麦金托什突然话锋一转,问她结婚后是否会继续工作,还劝她全心全意地服侍丈夫。他这口吻,听上去简直就像是在考虑娶她为妻了。

埃尔茜还没回过神,就看到了自己真正心仪的男人——阿莫斯。她恨不得马上就嫁给他。阿莫斯穿着崭新的深红色燕尾服和淡粉色马甲。埃尔茜意识到阿莫斯以前没见过麦金托什,于是介绍他们互相认识。

麦金托什说:"我当然听过很多关于你的事,拉蒂默小姐经常和你在一起。"他说这话时的语气略带不满。

"我们一起运营主日学校。"阿莫斯说,"对了,我想你可能认识我的朋友罗杰·里迪克。他刚从牛津大学毕业,你应该也是。"

麦金托什神色一凛:"是的,我确实遇到过一两次里迪克。"

"他1月要去柏林。"

"恐怕他和我的交际圈不一样。"

"没错。"阿莫斯笑了,"罗杰是个嗜赌成性的人——这可不是神学学生的好消遣——但他是一位才华横溢的工程师。"

"告诉我,"麦金托什说,"为了在主日学校教书,你都做了什么准备?"

阿莫斯当然一点儿都没准备过,埃尔茜觉得麦金托什这样问太得罪人了。

阿莫斯迟疑片刻，答道："回顾我自己的学校生活，我认为优秀的教师必须能清晰流畅地表达自己的思想。脑子稀里糊涂，说话就会颠三倒四。所以，我会尽力让我讲授的内容浅显易懂。"

埃尔茜补充道："这可是阿莫斯的看家本领。"

麦金托什固执地说："但你没有对《圣经》做过系统研究。"

埃尔茜意识到，麦金托什是想确立自己的优势地位。他说埃尔茜花了很多时间和阿莫斯在一起。也许他将阿莫斯当成了情敌。

他这样想倒是符合事实。

"我非常了解《圣经》。"阿莫斯激情澎湃地说，"我每周参加一次卫理公会的《圣经》学习班，多年来一直如此。"

"啊，原来如此，"麦金托什带着高人一等的微笑说，"卫理公会的《圣经》学习班啊。"

他这是在强调自己上过大学，而阿莫斯没有。埃尔茜知道，年轻男人都是这样，动不动就争风吃醋。她母亲曾告诉她——她母亲有时说话非常粗俗——两个男人间的这种争吵叫作"撒尿比赛"。

埃尔茜的父亲出现了。他走得很慢，看上去筋疲力尽。埃尔茜担心他哪里不舒服。

麦金托什嗖地站了起来："主教大人。"

"替我把副主教找来，好吗？"主教说，似乎有点儿喘不上气，"我需要和他谈谈明天的礼拜仪式。"

"我马上就去，主教大人。"麦金托什匆匆走开。主教继续往前走。

阿莫斯对埃尔茜说:"罗杰告诉我,麦金托什在牛津大学不太受欢迎。"

"他说原因了吗?"

"这人是个马屁精,总想讨好大人物。"

"我觉得他野心勃勃。"

"你好像挺喜欢他的。"

埃尔茜摇摇头:"我既不喜欢他,也不讨厌他。"

"你和他毫无共同之处。"

这种话让埃尔茜很不高兴。她秀眉微蹙:"你为什么要在我面前说他的坏话?"

"因为我知道那只狡猾的狐狸想干什么。"

"是吗?"

"他想和你结婚,因为这有助于他晋升。"

埃尔茜听得无名火起:"就是为了这个?好吧,好吧。"

阿莫斯没有注意到埃尔茜的反应:"当然就是为了这个。主教的女婿在教会里几乎不可能得不到晋升。"

埃尔茜怒火中烧:"你确定吗?"

"是的。"

"你不认为麦金托什牧师仅仅是爱上了我?"

"不,当然不是。"

"你凭什么认为年轻男人绝不可能爱上我?"

阿莫斯似乎觉察到埃尔茜误解了自己的意思,不禁有点儿愤慨:"我不是这个意思。"

"你似乎是这么想的。"

"你不知道我在想什么。"

"我当然知道。女人总是知道男人在想什么。"

这时,身穿黑绸礼服的简·米德温特出现了。"我没有舞伴。"她说。

阿莫斯一跃而起。"你现在有了。"他说,然后拉着简离开了。

埃尔茜好想大哭一场。

她母亲回到座位上。埃尔茜问她:"父亲还好吗?他看上去有点儿虚弱。我怀疑他可能病了。"

"我不知道,"阿拉贝拉说,"他说他很好。但他太胖了,稍微动一下就会觉得累。"

"哦,老天。"

"让你忧心的应该是别的事吧。"阿拉贝拉敏锐地说。

埃尔茜瞒不过母亲。"阿莫斯惹恼了我。"

阿拉贝拉吃了一惊:"这可不寻常呀。你喜欢他,对吧?"

"是的,但他想娶简·米德温特。"

"而简·米德温特钟情于诺斯伍德子爵。"

埃尔茜决定把麦金托什的事告诉母亲:"我认为麦金托什先生想娶我。"

"他当然有这个念头。我看到他看你的眼神了。"

"真的吗？"埃尔茜没有注意到母亲在观察他们，"可是，我永远也不会爱上他的。"

阿拉贝拉耸耸肩："你父亲和我从没有强烈地爱慕过对方。他非常自负，但他让我过得舒适安稳，我喜欢他这一点。至于他，他觉得我很特别——多谢他看得上我——但对我们双方来说，那都不是如饥似渴、欲罢不能的爱情……你明白我的意思吧？"

埃尔茜明白。谈话开始变得私密，她不禁尴尬起来，但也很着迷。她说："现在呢？嫁给他您高兴吗？"

阿拉贝拉淡淡一笑。"当然高兴！"她握住埃尔茜的手，"不然我怎么会生下你呢？"

*

没有人在宗教节日工作。对王桥的工人来说，重要的宗教节日就是休息日。这些节日包括耶稣受难瞻礼、圣灵降临节、万圣节和圣诞节，还有一个只在这里庆祝的节日——每年晚些时候的圣阿道福斯节。阿道福斯是王桥大教堂的守护圣人，圣阿道福斯节这天会有一个特别的集市。

这一日，天空飘着小雨，比最近的几场瓢泼大雨小多了。每年的这个时候，农民必须判断自己冬天能养活多少牲畜，然后将多余的宰杀掉，所以肉价通常会下降。而且，大多数农民都已经提前留下了一些夏季丰收的谷物，待到粮食供应减少时高价出售。

第二部分 主妇的反抗

萨尔、乔安妮和贾奇来到市场广场,希望能买到便宜的牛肉或猪肉,孩子们也跟着来凑热闹。

但他们大失所望。市场上没有多少食物,而且全都价格不菲。高不可攀的价格让前来购物的女人群情激愤。她们几乎无法忍受全家挨饿的可怕光景给她们带来的恐惧感。这些女人连首相的名字都叫不出来,却说应该把他赶下台。她们希望结束战争,更有甚者声称这个国家需要像美国和法国那样来一场革命。

萨尔买了一些牛肚和羊肠。这种东西要煮上好几小时才嚼得动,而且必须和洋葱一起煮,否则便难以下咽。她真希望能买一点儿真正的肉给基特吃。基特这么小,工作又这么辛苦。

在广场北侧,教堂墓地旁边,人们正在拍卖粮食。拍卖师身后堆着高高的麻袋,每一堆都属于不同的卖家。萨尔听到面包师们气呼呼地抱怨粮食卖价太高。其中一个说:"如果我花那么多钱买粮食,我的面包会比牛肉还贵!"

"今天最大的一批拍卖品是一百蒲式耳小麦,"拍卖师说,"诸位愿意出多少钱?"

"看那边,"乔安妮说,"那个戴红帽子的女人后面。"萨尔扫视人群。乔安妮说:"那是我想的那个家伙吗?"

"你说的是霍恩比姆高级市政官?"

"我觉得就是他。他在粮食拍卖会上干什么?他是个布商啊。"

"也许他只是好奇——和我们一样。"

"他像打量猎物的蛇一样好奇。"

竞拍者的报价不断上涨，大家纷纷不满地咕哝起来。他们绝对买不起用这种小麦做的面包。

乔安妮说："卖这批粮食的农民赚翻了。"

萨尔突然灵光一闪，说道："卖粮食的可能不是农民。"

"还有谁会有小麦出售呢？"

"有人在收获季从农民手中低价购入小麦，囤积起来，等价格飙升后再卖出牟利。"她回忆起报纸上的一个词，"'投机者'。"

"啊？"贾奇闻言愕然，"这不是违法的吗？"

"我不这么认为。"萨尔说。

"这种做法就他妈的该是违法的。"

萨尔同意这一点。

粮食售价已经超出萨尔的想象，也超出了王桥面包师的承受能力。

几个人开始把麻袋扛起来，装上手推车。每个麻袋装一蒲式耳小麦，重约六十磅，必须两人一起工作，各抓麻袋一头，然后一起将麻袋甩到车上。这些人萨尔一个也不认识。他们一定是外地来的。"是谁买了粮食呀？"萨尔大声问。

前面的一个女人转过身。萨尔对此人有点儿模糊的印象。她是多兹太太。"我不知道，"她说，"不过，这会儿跟拍卖师说话的那个穿黄马甲的家伙叫赛拉斯·蔡尔德，是库姆的粮商。"

乔安妮说："你觉得他是买家吗？"

"看上去像这么回事，不是吗？那些搬麻袋的人很可能是他的驳船船工。"

"但这意味着粮食将从王桥运出去。"

"没错。"

"哎呀,这样干可不行。"乔安妮愤愤不平地说,"王桥的粮食不应该运到库姆去。"

"可能运得更远。"多兹太太说,"我听说我们的粮食要卖给法国,因为法国人比我们有钱。"

"怎么能把粮食卖给敌人呢?"

"有些人为了钱什么都干得出来。"

贾奇说:"真有这样的人。让他们见鬼去吧。"

手推车很快装上了货,两人各抓一个把手,将车推走了。车拐上主街,推车的人身子后仰,使劲拽着把手,以防车滑下斜坡。

萨尔说:"基特、休,跟着那辆车,看它去了哪里,然后赶紧跑回来告诉我。"

孩子们飞快地跑开了。

赛姆·杰克逊走过来告诉萨尔:"据说那一百蒲式耳的粮食要运往法国。"这个消息已经在人群中传开了。

一些妇女围住第二辆手推车,慷慨激昂地教训运货的男人。萨尔听到远处传来"法国"和"赛拉斯·蔡尔德"等词语,然后有人高呼:"面包与和平!"这就是他们在伦敦对国王喊过的口号。

赛拉斯·蔡尔德穿着黄马甲,看上去忧心忡忡。

霍恩比姆不见了。

基特和休上气不接下气地沿主街跑了回来。"车去了河边。"基特说。

休补充道:"他们正把麻袋放到驳船上。"

基特说:"我问了一下是谁的驳船,有人说是赛拉斯·蔡尔德的。"

"坐实了。"萨尔说。

多兹太太一直在听基特说话。现在她转向身边的人。"你听到了吗?"她说,"我们的粮食被装上驳船,要运到库姆去。"

这人转向另一个女人,重复了同一个消息。

乔安妮说:"我要自己去河边看看。"萨尔想劝她小心,但乔安妮像她弟弟贾奇一样固执。她不等萨尔开口提醒,就自顾自地穿过广场。萨尔、贾奇和孩子们紧随其后。多兹太太跟在他们后面。其他人也有同样的想法。他们开始有节奏地反复高喊"面包与和平!"。

萨尔看见威尔·里迪克急匆匆地走进位于威拉德公馆的民兵队总部。经过公馆前窗时,她看见霍恩比姆站在里面,愁眉不展地望着窗外。

*

诺斯伍德的办公室内,霍恩比姆对里迪克说:"你现在必须把这群暴徒镇压下去。"

"我不知道该怎么——"

"不惜一切代价。召集你的民兵。"

"今天是圣阿道福斯节,诺斯伍德上校给士兵放了一天假。"

"诺斯伍德到底在哪儿？"

"伯爵城堡。"

"还在那里？"

"是的。很多士兵就在外面，和他们的女朋友在广场上。"

这是事实。霍恩比姆焦头烂额地望着外面。民兵穿着制服——他们没有足够的钱买两套衣服——但他们和其他人一样，正在享受假期。"有些城镇由另一个郡的民兵队守卫。"霍恩比姆说，"这种制度更有效，因为可以杜绝徇私枉纵。士兵更愿意对陌生的闹事者采取强硬措施。"

"我同意，但诺斯伍德不会调用别处的民兵队。"里迪克说，"他说这违背了传统。"

"诺斯伍德是个该死的傻瓜。"

"而且里士满公爵也反对。他是军械总长。他说那样做让征兵变得困难重重——士兵不愿意被派到离家很远的地方。"

霍恩比姆知道他不能与公爵和子爵对抗——至少在他成为下议院议员之前做不到。"那就出去告诉他们列队集合。"他对里迪克说。

里迪克踌躇不决："他们可不乐意。"

"他们别无选择，只能按命令行事。何况形势越来越严峻，正在演变为暴乱。"

里迪克无法反驳。"好。"他说，然后走进门厅。霍恩比姆跟在后面。

比奇中士站在门厅里问："有何吩咐，长官？"

"绕着广场走,找到所有穿民兵队制服的人,叫他们到这里来。给他们分发火枪和弹药,然后让他们在河边列队集合。"

中士对这一命令感到很不安,似乎要提出抗议。这时他看到霍恩比姆的眼睛,于是改变了主意。"马上就去,长官。"说完,他走出大门。

年轻的唐纳森中尉走下楼梯。里迪克说:"从军械库取出火枪和弹药。"

"是,长官。"

两个士兵从广场走进来,一脸不高兴。里迪克说:"你们两个,扣好上衣。尽量让自己看起来像个士兵。你们的帽子呢?"

"我没有戴帽子,长官。"一个士兵说,然后气鼓鼓地补充了一句,"今天是假日。"

"之前是假日,但现在不再是了。打起精神来。比奇中士会发给你一支枪。"

另一个士兵是弗雷迪·凯恩斯,里迪克记得他是那个兴妖作乱的铲子的亲戚。凯恩斯问:"我们要开枪打谁,长官?"

"我叫你打谁就打谁。"

凯恩斯显然不喜欢这个命令。

唐纳森带着火枪和弹药回来了。霍恩比姆不是军人,但他知道标准的燧发火枪是滑膛枪,射击精度不够。有些团会给神枪手配发来复枪,这种枪枪管内有螺旋状凹槽,可以旋转子弹并使其直线飞行。但大多数士兵通常是对着一大群敌军开火,射击精度并不是优先考虑的问题。

今天的敌人将是一群平民——大部分是妇女——同样也不需要射击精度。

唐纳森给每个士兵发了一支枪和一把纸壳枪弹。士兵把弹药装在腰带上的防水皮套里。

又有两个士兵从广场走进屋子,里迪克重复了一遍指令。其他士兵也陆续跟进来,然后比奇中士回来了。"就是这些人了,长官。"他说。

"什么?"只有十五到二十个士兵进入门厅。"广场上至少有一百个穿民兵队制服的人!"

"说实话,少校,看到民怨沸腾的场面,许多士兵都作鸟兽散了。"

"把他们的名字列出来。他们都要挨鞭子。"

"我会尽力的,长官。但您明白,那些我没接触过的人,我也不知道他们的名字——"

"哦,闭上你的笨嘴。把这座楼里的所有人都叫出来,官兵都叫。我们会在去码头区的路上召集更多的人。"

"他们太不守纪律了!"霍恩比姆沮丧地说。

"我不明白。"里迪克说,"我每周都会下令施行至少一次鞭刑,好让士兵安分守己。我和巴德福德的村民从来没有太大的矛盾。这些民兵在发哪门子疯?"

唐纳森问:"少校,需要向人群大声朗读《取缔暴乱法》[1]吗?"

"是的,"里迪克说,"派人去把市长请来。"

*

人群沿着主街朝河边缓缓前进。街边的所有人注视着他们走过,有些人加入进来。萨尔对抗议者的增长速度感到惊讶。路还没走到一半,至少有一百人了,其中大多数是妇女。萨尔听到一个旁观者喊道:"把民兵队叫来!"她开始觉得自己这样冒冒失失地跟大家一起闹事,或许不是明智之举。当然,他们有权知道粮食的去向。但群情激愤,人们绝不会客客气气地提几个问题就罢休的。

她担心贾奇会干蠢事。贾奇心地善良,但脾气暴躁。她劝贾奇:"千万别冲动,求你了。"

贾奇狠狠地瞪了她一眼:"女人不该给男人出主意。"

"对不起,但我不想看到你像杰里迈亚·希斯科克那样挨鞭子。"

"我有分寸。"

她问自己为什么这么关心贾奇。贾奇是她最好的朋友的弟弟,但这并不意味着她必须对贾奇负责。

乔安妮一马当先,走在队伍最前面。萨尔环顾四周,确保孩子们紧跟在后面。

---

[1] 1715年英国通过的一项法令,旨在防止国内动乱。该法令规定:如十二个或十二个以上的人非法集会,则向他们宣读此法令,如集会者不在此次宣读后一小时内解散,则科以重罪。

第二部分 主妇的反抗

他们来到河边，沿着码头区向西走，发现了停在屠宰场酒馆前的手推车。车上的货物已经卸了一半。一个驳船船工将麻袋扛在肩上，走过一块又短又窄的木板，来到甲板上。另一个人穿过木板回到岸上。这是一项繁重的劳动，运货的工人膀大腰圆，身强力壮。

乔安妮站在手推车前，双手叉腰，咄咄逼人地扬着下巴。驳船船工说："你有毛病啊？"

她说："你必须停止工作。"

驳船船工一头雾水，但还是轻蔑地笑了笑，说："我为蔡尔德先生工作，又不是为你。"

"这是王桥的粮食，不能运到库姆去，也不能运到法国去。"

"关你屁事。"

"就关我的事。你不能把粮食装上船。"

"谁能阻止我——你？"

"是的。我和其他所有人。"

"一群女人？"

"没错。一群不想让孩子饿着肚子睡觉的女人。我们不会让你把这些粮食运走的。"

"哼，我不会停止工作的。"驳船船工弯腰去抓麻袋。

乔安妮一脚踩住麻袋。

那人抽回手，抡起拳头朝乔安妮脑袋侧面打去。乔安妮踉跄倒退。萨尔怒不可遏地喊出声来。

驳船船工又弯下腰去抓麻袋，但还没来得及扛起来，就被五六个女人袭击了。他是一个壮汉,只见他奋力挣扎,挥拳猛击,打倒了两三个女人,但立刻又有人接替她们战斗。萨尔正想加入,形势已然变化,不需要她出手了:女人们抓住驳船船工的胳膊和腿,把他摔倒在地。

船工的同事从驳船上下来搬另一个麻袋,看到他遭到围攻,立刻施以援手,对那些女人拳打脚踢,试图将她们从他身上拖开。接着又有两个驳船船工跳上岸,加入斗殴。

萨尔转过身,看见基特和休在她身后。她迅速将他们抱起来,一只手臂下夹一个,奋力挤过人群。不一会儿,她看到了善良的邻居珍妮·詹金斯,一个没有孩子的寡妇,她很喜欢基特和休。"珍妮,你能带他们回家吗?那里才安全。"

"当然可以。"珍妮说,然后她拉着孩子们的手走了。

萨尔转过身,看到贾奇就在她身后。"精明。"他说,"想得真周到。"

萨尔望着他身后。威尔·里迪克率领着三四十个民兵正朝这边赶来,铲子已故妻子的弟弟弗雷迪·凯恩斯也在其中。看到河边上演的闹剧,士兵哈哈大笑,为痛打库姆船工的王桥女人欢呼。她听到里迪克的咆哮:"你们这些兵蛋子到底在干什么?列队集合!"

中士重复了一遍命令,但士兵置若罔闻。

与此同时,那些在广场上给手推车装货的船工沿主街狂奔而来,粗暴地推开人群。毫无疑问,他们是来拯救码头区的同事的。有些人还带着木板、大锤之类的简易武器,没心没肺地左挥右砍,驱赶挡路的人。

屠宰场酒馆前，菲什威克市长正在宣读《取缔暴乱法》。但没有人理会。

萨尔听到里迪克大喊："枪上肩！"

她以前听过这样的指令。民兵队在河对岸的田野里操练了好几天，那儿离巴罗菲尔德的工厂不远。例行的射击程序包含大约二十个不同的动作。"枪上肩"之后是"持枪立正"，然后是"左臂夹枪"和"上刺刀"，之后她就忘了。士兵经常这样做，一听到口令，就能不假思索地执行动作，就像萨尔操作珍妮纺纱机时一样。铲子告诉萨尔，之所以不厌其烦地操练，就是要确保士兵在战斗中会下意识地按固定程序行动，不管周围多么混乱。萨尔很好奇这一招是否真的有效。

萨尔看得出来，今天这些士兵动作缓慢且不协调，显然一肚子不情愿。但他们没有违抗命令。

士兵咬掉纸壳枪弹的末端，往火药池里倒了点儿火药，然后用挂在枪管下面的推弹杆将纸弹的主体部分塞入枪管，紧紧压实。基特对任何机器都感兴趣，他告诉萨尔：击发机构会产生火花，点燃起爆火药；起爆火药迅速燃烧，火焰通过火门点燃枪管内的大量火药；火药发生爆炸，其产生的强大气流将子弹射入空中。

萨尔想，像弗雷迪·凯恩斯这样的小伙子肯定不会射杀王桥的妇女同胞吧？

她盯着里迪克，但轻声对贾奇说："你能给我找一块石头吗？"

"没问题。"

街上铺着石头，河边车来车往，铁轮不断损坏路面，砌合石块的砂浆也随之松动。虽然道路时常修缮，但你总能找到松动的石块。贾奇递给萨尔一块。石头光光圆圆的，握在她右手里，不大不小，很舒服。

她听到里迪克高喊："准备！"

这是倒数第二步，士兵笔直站立，枪指向天空。

然后是最后一步："开火！"

士兵用火枪瞄准人群，但没有人开枪。

"开火！"里迪克再次下令。

她看见弗雷迪开始摆弄自己的枪，打开击发机构，检查火药池，其他人也迅速效仿。萨尔知道，枪哑火的原因有很多：也许燧石没有打出火花；也许火药潮了；也许起爆火药点燃了，但火焰没有通过火门。

然而，二十五支枪同时发生故障几乎是不可能的。

这令人难以置信。

萨尔听见弗雷迪说："全湿了，中士。雨水造成的。湿火药打不燃。"

里迪克满脸通红。"胡说八道！"他喝道。

中士对里迪克说："您知道，长官，他们不会向自己的朋友和邻居开枪。"

里迪克勃然大怒。"那我来！"他说完后从一个士兵手里夺过火枪。趁里迪克瞄准的当儿，萨尔把石头扔了出去，正中里迪克的后脑勺。火枪从里迪克手里滑落，他身子一软，倒在地上。

萨尔心满意足地叹了口气。

这时贾奇叫道："小心，萨尔！"

有什么东西打中她的脑袋，她眼前一黑，昏死过去。

*

萨尔苏醒过来，发现自己躺在什么坚硬的东西上。她头痛欲裂，睁开眼睛，看到了茅草屋顶的底部。她在一个大房间里。房里散发着不新鲜的啤酒、做好的饭菜和烟草的味道。她正躺在一家酒馆的桌子上。她转过头，想看看四周，但稍一动弹就疼痛难忍。

这时她听到贾奇说："你还好吗，萨尔？"不知为什么，他的声音里充满柔情。

萨尔又试着转头，这次没那么痛了。她看到贾奇的脸，就在她的侧上方。"我头疼得厉害。"她说。

"哦，萨尔，"贾奇说，"我还以为你死了呢。"说着他突然哭了，这让萨尔惊诧不已。

贾奇向她弯下腰，把头靠在她旁边。她若有所思，慢慢伸出双臂，亲切地搂住贾奇宽大的肩膀，把他拉到自己的胸前。贾奇的反应让萨尔很吃惊。三年前，萨尔曾以为贾奇想娶她，但她拒绝了贾奇。她觉得贾奇的热情已经消退了。

但贾奇显然对她念念不忘。

贾奇轻声啜泣,泪水滴落在萨尔的脖子上。"一个驳船船工用一块厚两英寸、宽四英寸的木板打了你。"贾奇说,"我在你倒地前抓住了你。"他的声音低成了耳语:"我怕会失去你。"

萨尔说:"要杀我,他们得打得更狠才行。"

一个女人说:"喝点儿这个。"

萨尔小心翼翼地转过头,只见屠宰场酒馆老板的妻子正拿着一个玻璃杯。屠宰场酒馆老板是个恶棍,但他的妻子心地还不错。"扶我坐起来。"萨尔说,贾奇用一只强壮的手臂托住她的肩膀,扶她坐了起来。她觉得有点儿头晕,但很快就清醒了。她接过杯子,杯中的东西闻起来像白兰地。她抿了一小口,感觉好多了,然后将酒一饮而尽。"要的就是这个味儿。"她说。

贾奇说:"我们的萨尔又回来啦。"他喜极而泣,又笑又哭。

他给了老板娘一枚硬币,老板娘把杯子拿走了。

萨尔问贾奇:"我打中了威尔·里迪克,对不对?"

贾奇笑了:"你打中了。"

"有人看见了吗?"

"他们都忙着躲避那些船工呢。"

"好吧。现在情况怎么样?"

"听起来,事态已经平息了。"

萨尔侧耳谛听。她能听到男男女女的呐喊声,有的满含愤怒,但听上去还没有发生暴乱:没有声嘶力竭的尖叫,没有打碎玻璃的声响,也没有大肆破坏的聒噪。

她抬起腿,身子一转,脚放到地上。她又感到头晕目眩,但很快就好了。"但愿乔安妮没事。"

"我刚才还看见她在安抚大家呢。"

萨尔把身体重量转移到脚上,感觉没有大碍:"带我从后门出去,贾奇,这样我才能稳稳当当地走一阵。"

贾奇扶住萨尔的肩,支撑着她的体重,她也搂住贾奇的腰。他们慢慢穿过后门,走进院子,经过敞开的谷仓门。

萨尔被一种强烈的冲动攫住。她转向贾奇,抱住他。"吻我,贾奇。"她说。

贾奇低下头,无比温柔地吻了她。

萨尔已经三年多没有像这样吻过男人了。她发现自己已经忘记了这种吻有多么美好。

她别开头,道:"我喝了白兰地——我嘴里的酒气能让你醉倒。"

贾奇说:"光是看你我都能醉倒。"

萨尔端详着他的脸,他的目光里柔情无限。"我低估你了,贾奇。"她说,然后又吻了他。

这次如干柴烈火,一点就着。贾奇抚摩着她。她感到欲火顿时燃遍全身。她知道,在接下来的几秒钟里,贾奇会想要进入她的身体,而她也求之不得。

她推开贾奇,扫视院子,说:"到谷仓去。"

他们走进去,贾奇关上门。在昏暗的光线中,萨尔看见了几桶啤酒、几袋土豆,还有马厩里一匹百无聊赖的马。然后她背靠着墙,贾奇拉起她的裙子。她身边放着一个装满空瓶子的木箱,她抬起一条腿,把脚放在箱子上面。贾奇毫不费力地进入了她的身体。这时她想起那种感觉多么惬意。"啊……"贾奇发出颤抖的呻吟。

他们没两下便结束了。她咬着贾奇的肩膀,不让自己喊出声来。然后他们紧紧地拥抱着彼此,不肯分开。片刻之后,他们又开始了。愉悦的感觉很快再次袭来,这次更加强烈。

这种情况发生了三次。第三次结束时,她已经累得站不起来了。她松开贾奇,倒在地上,背靠着谷仓墙壁坐下。贾奇也瘫倒在她身边。她呼呼喘气,看见贾奇在揉肩膀,想起自己咬过他。"哦,老天,我伤到你了吗?"她说,"对不起。"

"我发誓,你没有什么好抱歉的。"贾奇说,逗得萨尔咯咯直笑。

她注意到,那匹马正用好奇的目光漫不经心地看着她。

不远处,一群人齐声呼喊起来,将萨尔一下子拉回现实。"我希望乔安妮没事。"她说。

"我们最好去看看。"

他们站了起来。

一阵眩晕再次袭向萨尔,但这次是刚才的激情导致的,她立刻恢复过来。尽管如此,她还是挽着贾奇的胳膊,绕过酒馆侧面,来到码头区。

他们发现自己站在人群后部,面朝河流。一旁站着一小组夏陵民兵,他们身穿制服,手持火枪,但看起来桀骜不驯,愤愤不平。威尔·里迪克正坐在台阶上,有人在检查他的后脑勺。显然,他的手下一直拒绝进攻。萨尔听说,在一些城镇,民兵队实际上支持暴乱的家庭主妇,还帮她们偷食物。

驳船船工早已不见踪影。

乔安妮一马当先,站在什么东西上慷慨陈词。"我们不是贼!"她喊道,"我们不会抢粮食!"

人群不满地交头接耳,但他们没有打断她,等着听她接下来说什么。

贾奇和萨尔挤到最前面。粮食已经从驳船上卸下来了,乔安妮站在一堆麻袋上。

"我提议,王桥的面包师可以按战前的价格买下这些粮食。"乔安妮大喊道。

贾奇平静地问:"这有什么意义?"但萨尔知道乔安妮打的是什么算盘。

"不过,"乔安妮补充道,"面包师也必须承诺按原来的价格出售四磅面包,也就是七便士一条!"

大家纷纷表示赞成。

"如果哪个面包师想违反这条规定……我们王桥的女人就会登门拜访,向他解释……他应该怎么做。"

全场欢声雷动。

"谁去把蔡尔德先生找来?他肯定就在附近。他穿着黄马甲。叫他来收钱。虽然没有他付的那么多,但总比没有强。面包师请拿着钱

325

在这里排队。"

贾奇目瞪口呆地摇着头。"我姐姐,"他说,"真是世上绝无仅有的女中豪杰呀。"

萨尔却满脸忧色:"但愿她不要因此惹上麻烦。"

"她阻止了人群哄抢粮食——法官应该奖励她才对!"

萨尔耸耸肩:"他们什么时候开始赏罚分明了?"

几个王桥面包师走到人群前面。穿着黄马甲的赛拉斯·蔡尔德来了,同面包师交谈起来,萨尔猜他们在讨论三年前一蒲式耳粮食的准确价格。但这个问题似乎马上得到了解决。蔡尔德拿到了钱,面包师的徒弟开始扛着一袋袋粮食离开。

"啊,"贾奇说,"看来一切都结束了。"

"这可不一定。"萨尔说。

*

第二天,在小治安法庭[1]的法官面前,乔安妮被指控犯有暴乱罪——一项死罪。

这出乎所有人意料。是乔安妮号召大家不要抢粮食的——结果她却要被判处极刑。

今天的听证未能判她有罪。法官无权判决死刑。他们只能召集大

---

[1] 两名或两名以上但不超过七名治安法官组成的治安法庭,可以定期在小治安法庭区内多处开庭,区别于一般治安法庭或季法院。

陪审团，由大陪审团做出决定，要么将乔安妮送到更高一级的法庭，即巡回法庭受审，要么直接驳回指控。

"大陪审团没有足够的理由将你送到巡回法庭受审。"贾奇对乔安妮说，后者的左脸上有一大块瘀青。

萨尔的脑袋也肿了起来。她对乔安妮的命运没那么乐观。

可怜的弗雷迪·凯恩斯因带头哗变在黎明时分遭到鞭打。铲子告诉萨尔，弗雷迪已经自愿加入正规军，那样就可以与英国的敌人战斗，而不是朝邻居开枪了。他将加入第107步兵团，也就是王桥步兵团。

霍恩比姆担任首席法官。威尔·里迪克坐在他旁边。他们无疑想置乔安妮于死地，但他们并没有最终决定权：最终决定将由陪审团做出。

萨尔相信霍恩比姆没有发现贾奇是他手下的织布工。为霍恩比姆工作的工人有好几百个，他不可能全都认识，甚至大部分都不认识。他如果发现了，保不齐会炒贾奇鱿鱼。不过，他也可能会认为，与其让贾奇跑到外面去闹事，还不如将他留在工厂里老实织布。

多伊郡长选任了陪审员。他们宣誓的时候，萨尔仔细观察了一番。他们都是富裕的王桥商人，骄傲自大，因循守旧。许多有资格担任陪审员的市民思想开明，有些人甚至是卫理公会教徒，比如铲子、杰里迈亚·希斯科克、唐纳森中尉，但这类人没有宣誓就职。显然陪审团是霍恩比姆吩咐多伊安排的。

乔安妮拒不认罪。

第一个证人是驳船船工乔比·达克,他说乔安妮袭击了他,而他进行了自卫。"我们已经把大约一半的麻袋装上了驳船,然后她就带着暴徒来了,想要阻止我工作。"他说,"所以我把她推开了。"

乔安妮打断了他。"你说我是怎么做的?"她说,"我是怎么阻止你的?"

"你站在我前面。"

"我踩在一袋粮食上,对不对?"

"是的。"

"那伤到你了吗?"

旁听者哄堂大笑。

达克窘态毕露:"当然没有。"

萨尔乐观了一些。

乔安妮摸了摸脸上的瘀伤:"那你为什么要打我的脸?"

"我没有。"

法庭上有几人喊道:"是你干的!是你干的!"

霍恩比姆说:"安静!"

铲子走上前来。"我看到了,"他说,"我发誓是乔比·达克打了乔安妮的脸。"

好样的,铲子,萨尔暗暗称赞。他是布商,但他支持工人。

霍恩比姆勃然大怒:"我要你说话的时候,肖维勒,我会告诉你的。继续,达克。接下来发生了什么?"

"嗯,她摔倒了。"

"然后呢？"

"然后我遭到五六个女人的围攻。"

有人高喊："你艳福不浅呀！"众人再次哄笑。

霍恩比姆说："那些女人的头目是谁？"

"是她，乔安妮，被指控的那个人。"

"是她带领暴徒从市场广场来到河边的？"

"是的，是她。"

这倒是真的，萨尔想。

"所以她就是暴乱的煽动者。"

这话有些夸张，但达克回答"是的"。

乔安妮问："我打了你几下，乔比？"

他龇牙一笑。"就算你打了我，我也没感觉到。"他得意扬扬地说。

"但你还是说我挑起了暴乱？"

"是你把其他女人带来的。"

"她们殴打了你？"

"她们那两下子根本算不上殴打，但我无法摆脱她们！"

"这么说，她们没有打你？"

"她们阻止我工作。"

"这个你刚才已经说过。"

"是你带她们来的。"

"那我让她们来河边的时候说了什么？"

"你说了'跟我来'之类的话。"

"我什么时候说的?"

"我离开市场广场的时候听到你说的。"

"你说我让那些女人跟上我?"

"是的。"

"然后我阻止你工作?"

"是的。"

"但你说过,我带着其他女人到河边之前,你已经卸下了一半的麻袋。"

"没错。"

"那么,你一定提前离开了市场广场,比我们这些女人早得多。"

"是的。"

"那么,既然你已经在码头区卸麻袋,你怎么还能听到我叫她们跟我来呢?"

贾奇大声说:"啊哈!"

霍恩比姆厌恶地皱眉望向贾奇。

达克说:"也许你花了很长时间才说服她们。"

"事实上,你从未听到我让她们跟我来,因为我从未说过这种话。你在胡编乱造。"

"不,我没有。"

"你是个骗子,乔比·达克。"乔安妮转过身,不再理他。

乔安妮的反驳十分有力,萨尔想,但她说服陪审团了吗?

其他的驳船船工也做出了类似的陈述,但他们只能说那些女人袭击了他们，他们进行了反击。萨尔认为，达克刚才自相矛盾的证词让他们所有人的话都显得不可信。

然后，乔安妮从自己的角度回顾了事情始末，尤其强调她当时一心想阻止大家擅自拿走粮食。

霍恩比姆打断了她的话："可你把粮食卖了！"

这是无可辩驳的事实。

"是的，但价钱公道。"乔安妮说。

"粮食的价格由市场决定。你决定不了。"

"但我昨天决定了，不是吗？"

旁听者开怀大笑。

乔安妮补充道："而且我把钱交给了蔡尔德先生。"

"但那远低于他购入的价格。"

"那是谁高价卖给他的？是你吗，霍恩比姆高级市政官？你赚了多少？"霍恩比姆想打断她，但她提高了嗓门儿，"也许你现在应该把多赚的钱还给蔡尔德先生。这才算公道，不是吗？"

霍恩比姆气得面红耳赤："小心你的措辞。"

"对不起，法官大人。"

"你拦下货物，强买强卖，这和抢劫没有多大区别。"

"有区别。我没有获利。但这无关紧要，对吧？"

"怎么会无关紧要呢？"

"因为我被指控犯下的罪行不是抢劫，而是暴乱。"

好机智的辩护啊，萨尔想，但这样有用吗？工厂老板都不喜欢工人太聪明。他们喜欢说,我花钱不是雇你来动脑筋思考的,而是雇你来照吩咐做事的。

乔安妮说:"我相信卢克·麦卡洛能证实我说的话。"

书记员麦卡洛没好气地说:"我不回答被告的问题。"

不过,霍恩比姆有点儿慌神。他刚才将质询带偏了方向,连忙纠正道:"你挑起了暴乱。你抢走了蔡尔德先生的粮食,然后卖掉了。"

"然后把钱给了蔡尔德先生。"

"你要传唤证人吗?"

"当然要。"

萨尔出庭做证,然后是贾奇、多兹太太,还有其他几个人。他们都说,乔安妮没有叫人跟着她,没有袭击任何人,还阻止了粮食被抢走。

陪审团退到一间偏房。

萨尔、贾奇、铲子和乔安妮聚在一起。乔安妮和萨尔有同样的担心。"你们觉得我刚才表现得太聪明了吗?"

"我不知道。"铲子说,"你不能表现得太温顺谦恭——那只会让他们觉得你确实有罪,而且开始后悔了。你必须拿出点儿气势来。"

贾奇说:"陪审团都是王桥的人——他们应该知道,我们自己都吃不饱,还将粮食卖到外地去,这样做是不对的。"

铲子说:"有一件事他们都同意:不管谁受苦,他们都有权赚钱。"

"这他妈的倒是事实。"贾奇说。

陪审团回来了。

萨尔压低声音道："贾奇，千万别让自己挨鞭子。"

"你在说什么呀？"

"如果判决结果对乔安妮不利，不要大喊大叫，也不要威胁陪审团或者法官。你那样做只会让自己也遭到惩罚。里迪克那头猪巴不得看到你挨鞭子哩。不管发生什么，闭上你的嘴。你能做到吗？"

"当然可以。"

陪审团站到法官面前。

霍恩比姆问："你们的判决是什么？"

其中一人说："我们判决，将被告送到巡回法庭受审。"

人群中响起了大声抗议。

萨尔看向贾奇："保持冷静，别轻举妄动。"

贾奇只是轻轻咒骂了一声："该死。"

第十八章

萨尔躺在床上，贾奇搂着她。她的头靠在贾奇肩上，双乳紧贴着贾奇的胸。贾奇的胸随着喘息上下起伏。除了他们的呼吸声，房里听不见其他声响——基特和休在楼上安睡。不远处的街上，两个醉汉正在争吵。但除此之外，城里一片寂静。萨尔的脖子上大汗淋漓，她感觉裸腿下的床单很粗糙。

她格外开心。她几乎在不知不觉中渴望着这份快乐，渴望与男人肌肤相亲的惬意，渴望与男人床笫缠绵的欢愉。哈里遇害后，她对谈情说爱失去了兴趣。然而，日久月深，她竟然鬼使神差般对贾奇萌生情愫，越来越喜欢魁梧强壮、热情奔放、浮躁鲁莽的贾奇。现在，她满心欢喜地依偎在贾奇怀里。暴乱那天，他们在屠宰场酒馆后面的谷仓里突然干出那种荒唐事。打那之后，她每天晚上都和贾奇睡在一起。她唯一的遗憾是没有早点儿这么做。

她的呼吸渐渐放缓，极度的兴奋一点点消退。这时她想起了躺在王桥监狱里的可怜的乔安妮。乔安妮有一条毯子，萨尔每天给她送食物，但牢房里寒冷刺骨，床也硬邦邦的。这让萨尔气不打一处来。那些高价牟利的家伙才应该被送去巡回法庭呢。

谁也不知道在审判中会发生什么，但在小治安法庭上的听证进行得很糟糕，那是不祥之兆。萨尔暗忖，他们不会绞死乔安妮吧？他们可能真会这么干。自国王的马车被扔了石头，各地陆续发生食品暴乱以来，政治气氛陡然一变：英国的统治精英变得冷酷无情，睚眦必报。在王桥，店主不再接受赊账，房东驱逐拖欠房租的房客，法官宣布严厉的判决。霍恩比姆和里迪克本是心狠手辣、刻薄寡恩之辈，此时却得到了许多商人的支持。正如铲子一直说的那样：权贵害怕了。

萨尔还担心钱的问题。乔安妮没有收入，休也没有，但两人都得吃饭。萨尔把阁楼租给了一个寡妇，但她每周只付四便士，因为那是一个没有壁炉的单间。

萨尔叹了口气，贾奇听到了。"告诉我你在想什么？"他说。他偶尔会很敏感。

"我在想我们入不敷出了。"

她感到贾奇耸了耸肩。"那不是新鲜事。"他说。

她问了贾奇同样的问题："你在想什么？"

"我在想我们应该结婚。"

萨尔吓了一跳，不过仔细想想，这也没什么好惊讶的。他们已经像夫妻一样生活在一起，照顾贾奇的外甥女和萨尔的儿子。在外人看来，他们就是一家人。

贾奇说："我们都是干力气活儿的工人，对男女之事没那么多讲究。但过不了多久，我们的朋友和邻居就会期待我们正式结婚的。"

这话没错。他们相好的消息会不胫而走，早晚有一天，教区牧师会出现在他们家门口，指出他们需要上帝的祝福才能百年好合。但她真的想要这样吗？眼下她是幸福的，但她有足够的信心告诉全世界她属于贾奇吗？

贾奇说："而且……"他犹豫了一下，不安地挪了挪位置，挠了挠大腿。她知道这是男人试图表达陌生情感的迹象。

她鼓励道："而且什么？"

"我想娶你是因为我爱你。"贾奇讪讪地补充道，"嗯，就是这样，我说出来了。"

这并没有让萨尔感到意外，尽管她依然十分感动。可是，她没怎么考虑过她和贾奇的未来。他可以很友好，对朋友和家人也很忠诚，但他有暴力倾向，这让萨尔迟疑不决。她观察到，如果强壮的男人被这个世界欺凌践踏，饱受委屈，那他难免会愤懑不平，动辄诉诸暴力。而法律对女人几乎毫无保护。

萨尔说："我也爱你，贾奇。"

"好吧，那就这么定了！"

"还没有。"

"怎么啦？"

"贾奇，我的哈里从来没有伤害过我。"

"所以……"

"有些男人，很多男人，认为结婚就意味着他们可以惩罚女人……

用拳头。"

"我知道。"

"你知道,但你是怎么看的呢?"

"我从来没有伤害过女人,也永远不会。"

"你发誓永远不会伤害我和基特。"

"你不相信我吗?"贾奇听起来很痛苦。

萨尔执意要求道:"你不郑重承诺的话,我是不会嫁给你的。但你也不要轻易发誓,除非你真心保证遵守承诺。"

"我永远不会伤害你和基特,我是真心的,我发誓,上帝做证。"

"那我愿意嫁给你,非常乐意。"

"太好了。"贾奇侧过身,抱住她,"我去找教区牧师谈发布结婚公告[1]的事。"他欣喜若狂。

萨尔吻了吻他的嘴,摸了摸他,不料贾奇立刻有了反应。"再来一次?"她问,"这么快?"

"如果你愿意的话。"

"哦,好啊,"她说,"我愿意。"

*

卫理公会会堂的圣餐仪式结束后,查尔斯·米德温特牧师宣布了

---

[1] 英国国教规定,举行婚礼前,应连续三个星期日在教区教堂发布结婚公告,以便他人提出异议。

一个消息。"在过去的几天里，皮特首相制定了两条我们需要了解的新法律。"他说，"铲子将为我们加以解释。"

铲子站起来："议会通过了《叛国罪法》和《危及治安集会处置法》，将批评政府或国王，以及召开旨在批评政府或国王的集会定为犯罪行为。"

阿莫斯知道法案内容，他反对这样做。他信奉非国教的卫理公会，因此热衷于言论自由。他认为没有人有权堵住别人的嘴。

会众里的其他人还没有想过新法律的问题，铲子直言不讳的总结引起了一阵义愤填膺的喧哗。

吵闹平息后，铲子说："我们不知道他们将如何应用这些法律，但至少原则上，苏格拉底学会讨论佩利副主教的书这样的会议是非法的。法庭不必证明发生了暴乱，只需证明有人批评政府或国王就行了。"

唐纳森中尉说："但我们不是农奴！他们想要回到中世纪。"

鲁普·安德伍德说："这更像是巴黎的恐怖统治时期，他们会处决任何被怀疑不支持革命的人。"

"没错。"铲子说，"有些报纸称其为'皮特的恐怖统治'。"

"他们到底怎么证明这样的法律是正当的？"

"皮特发表了一篇演讲，说人民应该依靠议会，而且只能依靠议会来解决他们抱怨的种种问题，人民应该相信议会可以为他们提供救济。"

"但议会并不代表人民。它代表的是贵族和地主阶级。"

"没错。我个人认为皮特的演讲很可笑。"

苏珊·希斯科克说:"我们仅仅因为讨论社会问题就成了罪犯吗?"她是受过鞭刑的印刷商杰里迈亚·希斯科克的妻子。

"简而言之,是的。"铲子说。

"但他们为什么要这么做呢?"

"他们害怕了。"铲子说,"他们无法赢得战争,也无法养活人民。王桥并不是唯一发生食物暴乱的市镇。当人群高呼'面包与和平!',向国王扔石头的时候,他们被吓破了胆。他们以为自己都会被送上断头台。"

米德温特牧师又站了起来。"我们是卫理公会教徒,"他说,"这意味着我们相信每个人都有权利拥有自己关于上帝的信仰。截至目前,这并不违法。但我们需要提高警惕。无论我们如何看待皮特首相和他的政府,如何看待这场战争,我们都应该保持沉默,至少在我们了解新法律将如何执行之前应该如此。"

铲子说:"我同意。"

铲子和米德温特是王桥自由派圈子里最受尊敬的两位人物,会众接受了他们的提议。

会议结束后,阿莫斯走向简·米德温特。她不再每隔几个月就换一套新衣服,因为她父亲不再是大教堂的法政牧师,而只是一位普通的卫理公会牧师,但她穿着"英国红"外套,戴着一顶军帽,看上去仍然风姿绰约,楚楚动人。

这一次,她没有一做完礼拜就匆匆离去。通常她会刻意在圣公会会众从大教堂出来的时候穿过广场,以便同诺斯伍德子爵调情。但子爵此刻在伯爵城堡。"你的朋友诺斯伍德错过了暴乱。"阿莫斯说。

"我敢肯定,"她说,"如果指挥民兵队的是子爵,而不是那个傻瓜里迪克,就不会发生暴乱了。"

阿莫斯认同里迪克是傻瓜,但他不确定亨利或其他人能阻止暴乱。"子爵到底为什么要去伯爵城堡呢?"

"我猜,他是想告诉他父亲,他不想娶他那个爱骑马的表妹米兰达。"

"这是他对你说的?"

"没有明说。"

"你觉得他想娶你吗?"

"那当然。"她笑逐颜开,但阿莫斯不相信她。

阿莫斯注视着她银雾般的眼睛说:"你爱他吗?"

她本可以义正词严地告诉阿莫斯,这不关他的事。但她还是回答了这个问题。"嫁给诺斯伍德子爵,我会非常幸福。"她说,话中满含对阿莫斯的挑衅。但阿莫斯听得出,她只是在虚张声势,她其实对婚姻幸福并无把握。"我将成为伯爵夫人,我的朋友会是王公贵族家的太太、小姐。我将穿着华冠丽服去参加盛大的晚会。我还会被介绍给国王。他八成会要我做他的情妇,而我会说:'不过,陛下,这肯定是罪过吧?'然后装出无比遗憾的样子。"

简从未恪守卫理公会教徒谦逊自制的美德,所以她这番痴人说梦并没有让阿莫斯感到震惊。她并没有真正皈依她父亲的宗教。如果她嫁给诺斯伍德，她会立刻回归圣公会。

阿莫斯说："但你并不爱诺斯伍德。"

"你说话的口气跟我父亲一样。"

"你父亲是王桥出类拔萃的人才，将我同他相提并论让我受宠若惊。但我还是要说，你并不爱诺斯伍德。"

"阿莫斯，你是个好人，我也喜欢你，但你没有权利纠缠我。"

"我爱你，你知道的。"

"我们在一起该有多惨啊，就像工蜂娶了蝴蝶。"

"你可以成为蜂后。"

"阿莫斯，你无法让我成为蜂后。"

"你已经是我心中的女王了。"

"多有诗意啊！"

我这是在自取其辱，阿莫斯想。但事实仍然是，诺斯伍德并没有向她求婚。他甚至没有邀请简去见他父亲。

可能永远也不会。

*

一个星期六晚上，萨尔和贾奇下班后在圣路加教堂举行了婚礼。他们没有钱庆祝，所以只带了基特和休一起去教堂。然而，令萨尔吃惊的是，阿莫斯·巴罗菲尔德和埃尔茜·拉蒂默来了，还作为证婚人签了字。然后，阿莫斯说外面有一加仑艾尔啤酒和一小桶牡蛎等着他们，给了萨尔一个大大的惊喜。

萨尔说："我们可以和乔安妮一起吃吗？"

"当然可以。"阿莫斯说，"我会给吉尔·吉尔摩一先令，再给他一杯艾尔啤酒，他会很高兴让我们进去的。"

一行人离开教堂，向监狱走去。那是一座由两栋古老的大房子合并而成的建筑，窗户上都装了栅栏，门都上了锁。吉尔兴高采烈地把他们带到乔安妮的小囚室。地面凹凸不平，墙上遍布霉斑，壁炉空空荡荡，没有生火，但所有人都对此毫不在意。他们只有五个大人和两个孩子，但很快就让这地方暖和了起来。阿莫斯给大家倒艾尔啤酒，贾奇用小折刀撬开牡蛎。吉尔主动提出卖给他们一条面包，好让这顿大餐更加丰盛，并索要两先令的天价，但阿莫斯还是付了钱，说："就让他多赚点儿吧。"

"我的弟弟，"乔安妮举起酒杯祝酒，"我本以为他永远都找不到好女人，但他却挑了最好的那个。上帝保佑他。"

贾奇说："我娶到了最好的女人，不是吗？现在谁会说我不聪明呢？"

阿莫斯说："你们俩是天作之合——都拥有强壮的臂膀和善良的心灵。基特还是主日学校里最聪明的男孩。"

埃尔茜急忙补充说："休是主日学校里最受欢迎的女孩。"

萨尔心花怒放。她本以为婚礼结束后，大家会回到家里享用炖羊脖肉，度过一个安静的夜晚，没想到竟然举行了一场热闹的宴会。

"我敢打赌，贵族的婚礼绝对没有这么有趣。"她说，"他们都穿着硬邦邦的衣服，一举一动都得彬彬有礼。"

乔安妮说："善良的夫人，我想要告诉你，我其实是夏陵公爵夫人约翰娜。"

基特和休尖声大笑。

萨尔配合着表演。她行了个屈膝礼，然后说："约翰娜公爵夫人，您屈尊大驾，莅临寒舍，我深感荣幸。但我必须指出，我是王桥伯爵夫人，几乎和您一样高贵。"

乔安妮转身对贾奇说："你，再给我开个牡蛎。"

贾奇说："亲爱的公爵夫人，您把我错当成仆役长了，其实我是博克斯主教。我这双洁白无瑕的手是不能用来开牡蛎的。"说着，他伸出手来。手是棕色的，伤痕累累，而且不是很干净。

萨尔咯咯地笑着说："亲爱的主教，我觉得您魅力非凡，亲我一下吧。"

贾奇吻了她，大家纷纷鼓掌。

萨尔环顾房间，意识到她生命中所有重要的人都在这里：她的孩子、她的丈夫、她最好的朋友、她最好朋友的孩子、教基特的女人，还有阿莫斯，那个总是给她带来好运的老板。在王桥和这个世界上，总有残忍无情、暴虐无道的人，但这个房间里的每个人都是好人。"天堂一定就是这个样子吧。"她说。

她又吞下一个牡蛎，喝了一大口艾尔啤酒，然后说："就算到了天堂，估计也找不到比艾尔啤酒配牡蛎更美味的东西了。"

*

王桥是举行巡回审判的市镇,王桥人历来以此为傲。这是与众不同的标志,表明这里是夏陵郡最重要的地方。法官一年两次从伦敦来访,这是王桥社交圈的大事,他总是邀约不断,应接不暇。

市政委员会以盛大的舞会欢迎巡回审判法官。不过,高级市政官并没有为此靡费公帑,挥霍无度:舞会是收门票的,而且很贵,所以反倒还能赚钱。

霍恩比姆家离大礼堂只有四分之一英里,当晚天气晴朗,他和家人决定步行前往。谢天谢地,夏秋两季的淫雨已经停歇,只是为时已晚,歉收无可避免。

霍恩比姆一行由三对夫妻构成:他和林妮,霍华德和贝尔,德博拉和威尔·里迪克。儿子和女婿都戴着白手套,穿着锃亮的靴子,将领巾系成巨大的蝴蝶结,这在霍恩比姆看来傻透了。女儿和儿媳的领口则开得太低了,但现在想让她们换衣服已经太晚了。

大礼堂门口的柱廊外站着一群市民,大部分是冒着寒风、裹着披肩的女人。她们专门到这里来看参加舞会的有钱人,一见到金银珠宝就轻声惊叫,一见到锦衣华服就拍手叫好,不管那是明黄色的斗篷、白色的毛皮,还是饰有羽毛和丝带的高帽子。霍恩比姆目不斜视地盯着前方,没有理会这群乌合之众。不过,穿过仰慕权贵的人群时,他的家人却向相识者挥手点头。

然后他们进入了大礼堂。拜重金购入的蜡烛所赐,整个会场灯火通明，映出一群珠光宝气的女人和神采英拔的男人，就连霍恩比姆也深受震撼。为了体面地出席这样的活动，王桥布商及其家人都穿上了顶级布料织成的衣服。男人穿的是紫色、亮蓝色、淡黄绿色和深栗色的燕尾服；女人穿的是带有醒目方格或鲜艳条纹图案的裙子，上面装饰着大量褶裥和蕾丝，腰部系着宽丝带。这些精美服装集中展示了王桥一流的纺织工艺。

参加舞会的男男女女正在排队，准备跳对面舞[1]。在这种舞蹈中，领舞的一对男女会不断更换。霍恩比姆注意到诺斯伍德子爵也在其中。令人惊讶的是，诺斯伍德看起来好像已经喝了不少香槟。

德博拉说："我希望乐队能演奏华尔兹舞曲。"

"想都别想。"霍恩比姆立刻驳斥道。他从来没有看过华尔兹，但他听说过这种新风潮的舞蹈。"这是欢迎巡回审判法官的舞会，是由自治市市政委员会组织的体面活动，绝不能跳下流舞蹈。"

德博拉通常会听从父亲的意见，但这次她没有让步："一点儿也不下流！伦敦人经常跳这种舞。"

"这里不是伦敦，我们不允许跳舞时……嗯，面对面拥抱。那太恶心了。抱在一起的两个人可能还没结婚呢！"

霍华德揶揄道："您知道吗，父亲，跳华尔兹是不可能让人怀孕的。"其他人放声大笑。

霍恩比姆火冒三丈："少给我油嘴滑舌，霍华德，尤其是在女士

---

[1] 一种由一对对舞伴面对面排成两行来跳的乡村舞蹈。

面前。"

"哦，对不起。"

德博拉说："父亲，您说话就像一个不愿使用新机器的老布商。您应该跟上时代的步伐！"

霍恩比姆恼羞成怒。他不认为自己是个墨守成规的老古董。"这种比喻太荒谬了。"他气呼呼地说。德博拉是家里唯一敢跟他顶嘴的人。

"就跳一两支华尔兹行吗？"

"不准跳华尔兹。"

他的儿女只好放弃，排队去跳对面舞。霍恩比姆看到阿莫斯·巴罗菲尔德也在队伍之中，不禁厌恶地皱起眉。

总有一些讨厌鬼要来破坏他的心情。

*

婚宴结束后，萨尔坐在厨房案桌旁，拿着借来的羽毛笔，蘸了一点儿墨水，打开她父亲留下的《圣经》。她写下日期，接着是"结婚"二字，然后问："'贾奇'怎么写？"

"你干什么呢？"贾奇说。

"我要把我们结婚的事记录在家庭《圣经》里。"

贾奇从她肩膀后面看过去。"这是一本好书。"他说。

这是一本旧书，萨尔想，但它有一个很耐用的黄铜扣子，书里的字也清晰易读。

"一定花了不少钱吧。"贾奇说。

"很可能。"她说,"是我祖父买的。你的名字怎么拼?"

"我没见过这名字写出来是什么样子。"

"这么说,就算我写错了,你也不知道。"

他笑了:"也不在乎。"

萨尔写的是"贾七·伯克四[1]与萨拉·克利瑟罗"。

"太棒了。"贾奇说。

萨尔觉得哪里不对,但字已经写完了。她把墨水吹干。等看不到反光,纸面上只留下暗淡无光的黑色墨迹时,她合上了书。

"好了,"她说,"我们去大礼堂看那些参加舞会的客人吧。"

*

埃尔茜不太会跳舞,但她喜欢和舞姿优雅、舞步精准的阿莫斯跳舞。跳对面舞特别消耗体力,最后离开舞池时,他们都累得气喘吁吁。

埃尔茜也将大礼堂用作主日学校的教学场地,但今晚这里看上去截然不同。这个地方恢复了本应有的样子:弦歌不绝,人声鼎沸,瓶塞频频被打开,酒杯斟满、倒空,迅速再次斟满。不过,埃尔茜更喜

---

[1] "贾奇·博克斯"的正确写法是 Jarge Box,但萨尔拼成了 Jarj Boks。

欢这里坐满锐意向学的穷苦孩子的时候。

她对阿莫斯说："哎呀，我进过监狱了。这还是头一遭呢。"

阿莫斯开怀大笑："我认识萨尔很久了。她真的很爱她的第一任丈夫哈里。我很高兴看到她重获幸福。"

"你是个好人，阿莫斯。"

"有时候是。"

埃尔茜知道，阿莫斯听到恭维话会难堪，于是她立刻改变了话题："听说苏格拉底学会已经解散了，我很难过。"

"铲子和米德温特牧师认为这样做最好。"

"太可惜了。"

"还剩一点儿钱，他们打算用这笔钱办一个图书分享俱乐部。"

"嗯，这也不错，只是对那些不识字的人没什么帮助。"

"恰恰相反，大家参加俱乐部就是为了学习认字。"阿莫斯看向埃尔茜身后，脸色骤变。

埃尔茜转过身，想看看是什么引起了阿莫斯的注意。简·米德温特在和诺斯伍德说话。我早该猜到的，埃尔茜想。她听到简说："过来吃点儿自助餐吧，先给肚里填点儿东西再喝香槟，我可不想看到你喝醉了丢脸的样子。"这是妻子或未婚妻才会说的话。

埃尔茜转身对阿莫斯说："如果简嫁给诺斯伍德，你会怎么办？"

"她不会的。伯爵不会允许的。"

埃尔茜依然不死心："但如果真的发生了，你会怎么做？"

"我不知道。"阿莫斯看起来很不自在，"我猜什么也做不了。"

他突然面露喜色:"战争正在进行,诺斯伍德迟早要去打仗。如果他战死沙场,简就又是单身了。"

这话有些冷血,阿莫斯平常不是这样。"就是说,你只能怀揣希望,耐心等待。"

"差不多吧。失陪一下。"阿莫斯离开她,跟着简和诺斯伍德走了。

绝望攫住了埃尔茜。她彻底没戏了。即使简嫁给了别人,阿莫斯也会对她死心塌地。

埃尔茜必须面对现实。

我二十二岁了,还是单身,她想。我只想要满屋的孩子。贝尔·马什现在成了贝尔·霍恩比姆,德博拉·霍恩比姆现在成了德博拉·里迪克,她们八成很快就会有孩子,而我还在等待一个爱别人的男人。

我不会让自己变成老处女。我必须忘掉阿莫斯。

她喝了一杯香槟,鼓励自己振作起来。

*

阿拉贝拉·拉蒂默穿着一件用铲子的山羊绒织物制成的赤褐色连衣裙,看起来分外迷人。紧身胸衣和高腰裙子突显了她丰满的胸部。铲子的目光几乎无法从她身上移开。他说:"如果我能让乐队演奏华尔兹,你愿意和我一起跳吗?"

"我很乐意,"她说,"但我不知道怎么跳。"

"我教你。我在伦敦学过。很容易。会有很多人学跳这种舞的——王桥还没有人跳过呢。"

"好吧。我希望神职人员不会感到愤慨。"

"他们就喜欢愤慨。吹胡子瞪眼让他们兴奋不已。"

铲子走到乐队演奏台,当前的舞曲结束后,他拿出一枚价值五先令的克朗银币,递到乐队指挥面前,问:"你们可以演奏华尔兹吗?"

"当然可以,"乐队指挥说,"但我认为霍恩比姆高级市政官不会喜欢的。"

这话惹恼了铲子,但他还是挤出微笑,强忍着怒气说:"霍恩比姆先生不可能一直事事顺心吧。"他举起那枚银币。"做不做由你。"他说。

乐队指挥接过了钱。

铲子回到阿拉贝拉身边:"节奏是一二三,一二三。左脚后退,然后右脚经左脚横步,然后左脚并于右脚,就像那些鞠躬时脚跟咔嗒一声并拢的外国人一样。"他站在阿拉贝拉面前,没有碰触她,然后两人一起迈出舞步。

阿拉贝拉很快就弄懂了。"这真的不难。"她说,目光炯炯,热情洋溢,铲子开始觉得阿拉贝拉或许也是爱他的,就像他深爱阿拉贝拉一样。

没有人注意到他们。在这样的舞会上,常常看得到舞伴互相教授精心编排的复杂舞步,比如沙龙舞——四对舞伴在一个方格内,跳舞时只触摸彼此的手。

第二部分　主妇的反抗

一支阿勒曼德舞[1]结束，音乐停顿了一下。通常乐队指挥会宣布下一支舞是什么，以便大家做好准备，但这次他没有这样做，也许是担心华尔兹还没开始就被打断了，这样他就不得不退还五先令。虽然没有提前宣告将演奏什么音乐，但那咚嗒咚嗒的节奏是清楚无误的。不熟悉这种音乐的人纷纷露出不明所以的神情。

"我们开始吧。"铲子说，"把你的右手放在我的左肩上。"他把手放在阿拉贝拉的腰上，感觉那里软软的，温温的。他抓住阿拉贝拉的另一只手，与肩齐高。他们的身体触碰在一起。

"这也太亲密了吧。"阿拉贝拉说，但并没有抱怨的意思。

铲子迈出第一步，阿拉贝拉顺利地跟上了他的节奏。他们很快就像已经跳过很多次似的，舞步轻松自如。

"只有我们在跳舞。"阿拉贝拉说。

铲子注意到，周围谈笑的人群已不像先前那样喧嚣，很多人都在注视他和主教夫人。他犯起了嘀咕：大庭广众下同阿拉贝拉如此亲昵也许是个错误。他不希望阿拉贝拉的丈夫找她麻烦。

他发现霍恩比姆怒气冲冲地盯着他。

阿拉贝拉说："哦，天哪，每个人都在看我们。"

铲子揽着他的心上人，他不想停下舞步。"让他们都见鬼去吧。"他说。

阿拉贝拉开怀大笑："你这傻瓜，我爱你。"

---

[1] 17世纪至18世纪欧洲的一种二拍板慢舞。

然后，德博拉·霍恩比姆拉着威尔·里迪克进了舞池，德博拉的哥哥霍华德和他的新婚妻子贝尔紧随其后。这两对夫妇也跳起了华尔兹。

"谢天谢地。"阿拉贝拉说。

铲子看着霍恩比姆的儿子儿媳、女儿女婿，说："他们一直在家里练习。我敢打赌霍恩比姆不知道这件事。"

更多的男女加入进来，很快就有一百人在跳华尔兹，或者试图跳华尔兹。铲子信心大增，将阿拉贝拉的身体拉得更近了。阿拉贝拉没有畏缩，紧贴着铲子一起旋转。阿拉贝拉在铲子耳边低语："哦，天哪，这就像性爱一样。"

铲子开心一笑。"如果你认为性爱就是这样，"他喃喃道，"那你肯定还没享受过最好的性爱。"

*

华尔兹结束了，乐队指挥宣布要演奏沙龙舞曲。凯内尔姆邀请埃尔茜做他的舞伴，埃尔茜同意了。凯内尔姆带她跳，动作娴熟。埃尔茜觉得自己并没有表现得笨手笨脚。跳完之后，凯内尔姆说："我们去喝香槟吧。"

这是埃尔茜今晚喝的第三杯酒。酒一下肚，她顿觉神清气爽，问道："你在牛津大学经常跳舞吗？"

凯内尔姆摇摇头。"没有女人。"他说，紧跟着补充道，"没有配得上同志向远大的牧师跳舞的女人。"

"你少来。"她说。

"少来什么?"

"少自命清高,贬损别人。这太讨人厌了。你是牧师,大家都知道,你看不上那些跟你不般配的女人。你不需要强调这一点。"

凯内尔姆愤愤地皱起眉,似乎想要抗辩。但他迟疑了一下,陷入沉思。

*

阿莫斯喜欢跳舞,也会跳华尔兹,但他没有进入舞池。他在跟踪简和诺斯伍德。他知道自己这样做很龌龊,但他们没有觉察,因为他们完全被对方吸引了。其他人也没有注意到阿莫斯,至少现在还没有。

简和诺斯伍德一起吃自助餐,一起跳舞,然后一起去舞池外围的休息区散步。最后,他们穿过大门,进入灯火通明的花园。

夜晚空气冷冽,外面几乎没有人。阿莫斯感觉到潮湿的雾气。

简披了一件斗篷御寒。他们来回漫步。诺斯伍德的脚步有些摇摆,而简的自控力还完好。黑暗中很难看清他们的脸,但他们的头靠得很近,显然在说着亲热的悄悄话。

阿莫斯靠在大礼堂的外墙上,像一个需要新鲜空气的人。简和诺斯伍德的关系即将取得重大突破,不再仅仅是打情骂俏、拨雨撩云。

然后他们消失了。

阿莫斯发现他们溜到一丛高高的灌木后面。现在没人看得见他们了。他们在干什么？阿莫斯必须知道。他穿过草坪。他无法控制自己。

走近之后，他发现可以透过灌木丛窥视他们。他们在拥抱亲吻，阿莫斯听到诺斯伍德在激情中呻吟。他感到怒不可遏，同时又为自己是个偷窥狂而感到羞愧。诺斯伍德正在做阿莫斯梦寐以求的事情。阿莫斯进退两难，既想冲过去揍诺斯伍德一顿，又想悄无声息地走开了事。

他看见诺斯伍德的手抓住简的胸。

他又走近两步。

"不行。"简平静地说，将诺斯伍德的手拉开。

阿莫斯一动不动地站在原地。

简握住诺斯伍德的双手，说："我嫁的那个人，他可以随时抚摩我——我很乐意让他这么做。"

阿莫斯听到诺斯伍德在喘息。

然后诺斯伍德说："嫁给我吧，简。"

"哦，亨利！"她说，"我愿意！"

他们再次接吻，但简很快挣脱诺斯伍德的拥抱，拉着他的手，把他从灌木丛后面领了出来。阿莫斯迅速转过身，假装在闲逛。

简没有上当。"阿莫斯！"她说，"我们订婚了！"

她没有停下脚步，径直把诺斯伍德领进了屋。阿莫斯紧随其后。

简牢牢地攥着诺斯伍德的胳膊,走向她父亲米德温特牧师,后者正在同德林克沃特高级市政官以及霍恩比姆的女儿、儿媳谈话。"父亲,"简说,"亨利有话要对您说。"

这句话传递出的含义只有一个,何况简还亲昵地叫起了诺斯伍德的名字。德博拉和贝尔都高兴得尖叫起来。

诺斯伍德喝醉了,但他根深蒂固的礼仪意识拯救了他。他毕恭毕敬地说:"先生,我可以向您的女儿求婚吗?"

卫理公会牧师迟疑不决。阿莫斯依然怀揣最后一线希望,暗暗祈求米德温特找个借口,让诺斯伍德明天再来拜访他,好好讨论一下求婚的事。

但简的外祖父德林克沃特却喜不自胜。"太好了!"他说。

贝尔·霍恩比姆大声说:"简要嫁给诺斯伍德子爵了!万岁!"

米德温特显然对这种唐突的求婚方式大为不满。然而,如果他当场拒绝,他女儿会受到羞辱。过了好一阵子,米德温特终于对诺斯伍德说:"是的,子爵大人,你可以向她求婚。"

"谢谢您。"诺斯伍德说。

德博拉·里迪克低声赞叹:"干得好,米德温特小姐。"她显然意识到整件事都是简处心积虑、巧妙策划的结果。

简牵着诺斯伍德的手,面对着他,深情款款地说:"我这辈子都要全力以赴,让我了不起的丈夫幸福快乐。"

阿莫斯转过身,离开大礼堂,朝家走去。

*

埃尔茜看见阿莫斯悻悻而去,从他落寞的样子推断出事了。她很快弄清了原委。不一会儿,房间里充满了欢声笑语,人们兴致勃勃地谈论着刚才那一幕,声音中透着震惊,也有对那种出格行为的些许愤慨。凯内尔姆·麦金托什走到埃尔茜身边说:"诺斯伍德向简·米德温特求婚,简答应了。"

"哎呀,"埃尔茜说,"这么看,简终于如愿以偿,要嫁给自己心仪的对象了。"可我还没有。

"你不惊讶吗?"

"不是很惊讶。简几个月来一直在努力博取诺斯伍德的欢心。"

"可她父亲是卫理公会教徒——而诺斯伍德将会成为夏陵伯爵!"

"简会成为伯爵夫人。"

"我担心,人们开始将卫理公会视为英国基督教的正常组成部分了。"

"这有什么问题?新教已经成为欧洲基督教的正常组成部分了。"

麦金托什被这句反驳弄得不知所措。埃尔茜很喜欢看他张口结舌、无言以对的样子。而且,他长得非常英俊。

麦金托什最后说:"你有时候会口无遮拦。"

"嘿,麦金托什先生,你听起来好像已经习惯我的个性举止了。"

麦金托什盯着埃尔茜看了一会儿:"你很聪明。"

"哇,这么夸我——尤其还是出自一个男人之口!"

"你又口无遮拦了。"

"我知道。"

"尽管如此,我还是很欣赏你。"

这是一种暗示,意思是"我爱上你了"。埃尔茜抑制住揶揄的冲动。她猜到麦金托什已经对她柔情一片,而诚挚的感情是不应该被嘲笑的。但话说回来,麦金托什从来没有如饥似渴地望着她,而阿莫斯看简的眼神中就充满了那种原始的欲望。埃尔茜不禁想起阿莫斯说过的话:"他想和你结婚,因为这有助于他晋升。主教的女婿在教会里几乎不可能得不到晋升。"

于是她问:"你有雄心壮志吗?"

"是的,我渴望为上帝工作。我的妻子会很高兴帮助我侍奉上帝的。"

他说的是陈词滥调,但他似乎很真诚。埃尔茜说:"为上帝工作,没错,但以什么身份呢?"

"如蒙上帝恩允,我想我可以成为一名主教,为上帝不辞辛劳。我受过必要的教育,而且工作起来全心投入,勤勤恳恳。"

"你不觉得你很高傲吗?"

如此犀利的质问让麦金托什很不自在,但他咬紧牙关,强忍下来:"是的,我必须承认,我有时候会犯下傲慢无礼的罪过。"

这话倒是很诚实。

埃尔茜说:"我爱孩子。你呢?"

"我从来没有机会接触孩子。我没有姐妹,只有一个比我大十二岁的哥哥。我最早的记忆就是他离开了家乡——离开了苏格兰。他去曼彻斯特找了份工作,而我去了牛津。在苏格兰,有抱负的年轻人很难出人头地。"

"对有些人来说,为上帝工作可能就意味着教育孩子。"

"我同意。耶稣说过:'让小孩子到我这里来,不要禁止他们,因为在天国的,正是这样的人。'[1]"

"你想在主日学校帮忙,但你和小孩子在一起总是不自在。"

"也许你可以教我。"

这是埃尔茜第一次看到麦金托什表现出谦卑。在他高傲的外表下,其实藏着一个有尊严的灵魂。

麦金托什说:"我跟你父亲谈过了。"

埃尔茜感到一阵恐慌。麦金托什现在要向她求婚了,她不知道该怎么回答。她环视了一下房间,说:"我没看见我父亲。"

"他离开了。他感觉不舒服。我有点儿担心他的健康。"

为了拖延时间,埃尔茜说:"那我母亲呢?"

"她说会找个人送她回家,叫你父亲不用担心。"

"哦,好的。"

"我告诉你父亲,我已经爱上你了……"

"我很荣幸。"这是一句客套话,既不表示接受也不表示拒绝。

"……我还说,你可能也喜欢上我了,尽管这种希望不大。"

---

[1] 出自《新约全书》中的《马太福音》第十九章第十四节。

第二部分 主妇的反抗

我不知道,埃尔茜想,我真的不知道。

"拉蒂默小姐——或者,请允许我称呼你'我最亲爱的埃尔茜'——你愿意嫁给我吗?"

该来的终于来了。现在埃尔茜必须做出一生中最重大的决定。

她完全了解阿莫斯内心深处的想法,所以她知道阿莫斯永远不会娶她。就在刚才,她看到了麦金托什从未向她展示过的一面。毕竟,他可能会成为一个好父亲。

埃尔茜永远不会狂热地爱他。但埃尔茜父母的婚姻也平平淡淡,波澜不惊。埃尔茜问母亲是否为嫁给父亲感到高兴时,母亲说:"当然高兴!不然我怎么会生下你呢?"我也会这样说服自己的,埃尔茜想——因为有了孩子,所以为婚姻感到高兴。

如果我十八岁,我会说不。但我现在二十三岁了,而且我没有简那种吸引男人的本领。我没法偏着脑袋,露出羞答答的微笑,故意亲昵地喃喃细语,好让男人凑近了倾听。我试过这一招,结果只觉得自己虚伪且愚蠢。然而,我希望有人在夜里吻我。我渴望生孩子,爱他们,把他们培养成优秀、聪明、善良的人。我不想孤独终老。

我不想成为一个无儿无女的老太婆。

"谢谢你对我的垂青,凯内尔姆。"她说,"是的,我愿意嫁给你。"

"感谢上帝。"凯内尔姆说。

*

铲子用私人钥匙打开大教堂北门廊的门。他走进去,阿拉贝拉跟着他。屋里比外面冷。他关上门,屋里伸手不见五指。他摸索着找到了锁孔,锁上了门。

"抓住我的燕尾服下摆,跟我来。"他对阿拉贝拉说,"我想我可以在黑暗中找到路。"

他像盲人一般伸出双臂,以免撞到柱子。他向西走,努力走直线。几秒钟后,漆黑的砖石上浮现出深灰色的尖拱,他意识到自己可以看到窗户了。走到与最后一扇窗户平行的地方时,他知道自己离尽头的墙只有两三步了。他的手碰到冰冷的石头,于是他转过身,顺着墙转过拐角,来到钟楼下面的前厅。他找到一扇门,打开。他们进去,他锁上了门。

他们爬上螺旋楼梯,来到悬挂钟绳的房间。

阿拉贝拉说:"我什么也看不见!"

铲子把阿拉贝拉抱在怀里,吻了一下。阿拉贝拉热情地回吻他,双手捧着他的头,手指插进他的头发里。铲子隔着阿拉贝拉的衣服抚摩着她,享受着她身体的柔软和温暖。

阿拉贝拉说:"但我想看到你。"

"上周一敲钟练习结束后,我留下了一个包。"铲子喘着粗气说,"你站着别动,等我去找。"他踩在垫子上穿过地板,感觉摇来晃去的绳子摩擦着他的外套。他跪下来四处摸索,最后摸到了他藏在这里的皮包。他拿出一支蜡烛和一个火绒盒，点燃了蜡烛。悬挂钟绳的房间里没有窗户，所以从外面看不见灯光。

他转过身来，看着阿拉贝拉。烛光中，他们相视一笑。

"这都是你计划好的。"阿拉贝拉说，"你好聪明。"

"与其说是计划，不如说是白日梦。"

蜡烛燃烧得更亮了，铲子把蜡滴在地板上，将蜡烛底部按在蜡滴里，一直握住，直到蜡滴变硬，固定住蜡烛。

阿拉贝拉说："我们躺在地板上吧。我不在乎舒不舒服。"

"我有个更好的主意。"地板上放着用于减少绳子与地板摩擦的垫子。铲子捡起几个垫子，堆在一起，做成一张床。

"你想得太周到了！"

"这一刻我已经想象了好几个月。"

她咯咯傻笑："我也是。"

铲子躺下来，抬头看着阿拉贝拉。

令他吃惊的是，阿拉贝拉跨立在他身上，把裙子撩到腰间。她的大腿白皙而匀称。铲子曾好奇她是否穿着内裤——穿内裤是一种有伤风化的新时尚，但她没有。

他感到很不好意思——他意识到这很傻，但这种感觉依然挥之不去。

阿拉贝拉一点儿也不害羞。她跨坐在他腿上，解开他的马裤前襟。"哦，太棒了！"她说着。

"我都要爆炸了。"铲子说。

"不，等等我！"阿拉贝拉挪到他身上。"别，先别用力。"过了一会儿，她俯下身，抓住铲子的上臂，吻了他。然后她抬起头，注视着铲子的眼睛，铲子抓住她。

"睁大眼睛，"阿拉贝拉说，"我要你看着我。"

这不难做到，铲子想，因为她赤褐色的头发飞扬，橙棕色的眼睛鼓圆了，嘴大张着，美妙的胸脯随着喘气上下起伏。我到底何德何能，竟然能与这样的绝色佳人颠鸾倒凤？

他希望这一切永远持续下去，但他不确定自己能否再坚持一分钟。然而，首先失控的是阿拉贝拉。她狠狠地抓住铲子的手臂，弄得他生疼。但他浑然不顾，因为他也没忍住。他们俩同时达到了高潮。"太棒了。"阿拉贝拉倒在他胸口上说，"太棒了。"

铲子搂住她，抚摸着她的头发。

过了一会儿，阿拉贝拉说："谢天谢地，你有这里的钥匙。"

这话让铲子觉得滑稽，不禁哑然失笑。阿拉贝拉也笑了。

然后她倒吸一口冷气："我刚才对你说的那些话、做的那些事！我通常不会……我是说，我从来没有……哦，该死，我还是闭嘴好了。"

又过了一会儿，她说："我本想坚持得久一点儿，但我等不及了。"

"别担心，"铲子说，"我们将来还有大把机会。"

第二部分　主妇的反抗

＊

萨尔认为，尽管巡回法庭上起诉乔安妮所依据的证据没有变化，但辩护比上次更有力。阿莫斯·巴罗菲尔德发誓说，乔安妮为他工作多年，一直诚实正派，平和温顺，绝不会煽动暴乱。王桥的其他贤达名士也提供了相似的证词：米德温特牧师、铲子，甚至还有圣路加教堂的教区牧师。赛拉斯·蔡尔德承认乔安妮将卖粮食的钱全给了他。

陪审团讨论了很长时间。这并不奇怪。先前小治安法庭的陪审团只需决定是否将她送到巡回法庭，而现在这个陪审团将做出生死攸关的决定。

萨尔问铲子："你觉得陪审团会如何裁判？"

"乔安妮把钱给了蔡尔德，这是对她有利的重要事实。对她不利的事实是，有暴徒向国王的马车扔石头。"

和萨尔站在一起的贾奇说："那不是乔安妮的错！"

"我也认为重判乔安妮是不公平的，但国王遇袭这件事让当局丧失了宽容之心。"

萨尔知道，他说的"重判"指的是死刑。"愿上帝保佑你是错的。"她虔诚地说。

"阿门。"铲子说。

对法庭上的旁听者来说，审判并不是唯一的话题。许多人都在谈论在欢迎巡回审判法官的舞会上订婚的两对情侣。诺斯伍德和简结合的消息不胫而走，满城哗然。昨天，简·米德温特在大教堂而不是卫理公会会堂参加了圣餐仪式。她和诺斯伍德坐在一起,仿佛他们已经结婚了。仪式结束后,米德温特牧师邀请诺斯伍德到他的简陋房舍吃星期日午餐,诺斯伍德欣然前往。不过,每个人都在等待诺斯伍德的父亲夏陵伯爵的反应。他很可能会反对——尽管他最终无法阻止二十七岁的儿子娶自己选择的新娘。

相比之下,埃尔茜·拉蒂默和凯内尔姆·麦金托什就没那么引人注目了,尽管有些人对埃尔茜答应凯内尔姆的求婚惊愕不已。

这两场婚礼肯定会在大教堂举行。想到这些婚礼必定比自己的婚礼豪华气派得多,萨尔忍不住瞥了眼贾奇,苦笑了一下。但即使她有能力重新安排婚礼,也不会做出任何改动。

如果我将这话大声讲出来,没有人会相信我的,她想。

陪审团回来了,书记员问陪审团团长他们是否认定乔安妮有罪。

"有罪。"陪审团团长说。

乔安妮身子一软,眼看就要摔倒,贾奇连忙扶住她。

人群中响起愤怒的抗议声。

萨尔看见威尔·里迪克笑了。要是当时能用那块石头砸死他就好了,萨尔想。

"被告席上的犯人,"法官说,"你被判有罪,应判死刑。"

乔安妮吓得面无血色。

"不过,"法官继续道,"你的市民同胞强烈要求宽大处理,商人赛拉斯·蔡尔德也做证,你把抢来的粮食卖得的钱都给了他。"

萨尔心想,这当然意味着乔安妮不会被绞死,但她会受到什么惩罚呢？挨鞭子？做苦役？戴足枷？

"因此，我不会判你死刑。"

贾奇说："哦，感谢上帝。"

"你将被送到澳大利亚新南威尔士州的流放地，服刑十四年。"

贾奇大喊："不！"

义愤填膺的不止他一人。群情激愤，更多的人大声抗议。

法官提高嗓门儿宣布："清场！"

郡长和警察开始把旁听者赶出去。法官消失在通往前厅的门里。萨尔拉着贾奇的胳膊，和他说话，以免他热血上头，冲击法庭。"十四年，贾奇——刑满时她才四十四岁。"

"你知道，即使刑期满了，也几乎没有囚犯回来。被流放到美洲的人都很少回来，何况更远的澳大利亚。"

萨尔知道他是对的。刑满释放的囚犯必须自己支付回家的费用，而要在流放地挣到这笔路费无异于天方夜谭。一旦被判流放，基本上就等同于终身驱逐。"我们可以心怀希望，贾奇。"萨尔说。

贾奇的愤怒变成了悲伤。他带着哭腔问："那小休怎么办？"

"她会被留下。没有人会把孩子带去流放地，何况这也是不允许的。"

"那她就没有父母了！"

"她有你我，贾奇。"萨尔庄严地低语道，"她现在是我们的孩子了。"

*

基特知道发生了可怕的事情,但许多天来一直没有大人向他透露细节。一天吃早餐的时候,他母亲开口道:"基特、休,我要向你们解释今天将要发生什么。"

终于要揭秘了,基特想。他兴致勃勃地坐直身子。

"休,你母亲今天早上得走了。"

休说:"为什么?"

基特也想知道。

萨尔说:"她曾经阻止大家把谷物袋装上蔡尔德先生的驳船,法官认为她做错了。"

基特知道这件事。他坚定地说:"那是王桥的粮食,不该送走的。"

贾奇说:"我们都这么认为,但法官另有看法,而他才是大权在握的人。"

休说:"妈妈要去哪儿?"

萨尔说:"澳大利亚的新南威尔士州。"

"很远吗?"

基特知道这个问题的答案。他喜欢收集地理方面的知识。"有一万英里呢。"他说,为自己的博闻多识骄傲不已。但休一脸茫然,仿佛不明白一万英里是什么意思。基特补充道:"坐船到那里需要半年的时间。"

"半年!"休这下听懂了,不禁放声大哭,"可她什么时候回来?"

萨尔说："要等很久。十四年。"

基特对休说："那时候你和我都长大了。"

萨尔说："基特,请让我来回答问题。"

"对不起。"

"等会儿我们就要去河边同你母亲告别。她将乘驳船去库姆,然后登上一艘大船,开始漫长的旅程。听着,郡长说我们不能拥抱或亲吻她。事实上,就连触碰她都是不行的。"

休抽泣道："这太不公平了!"

"当然不公平。但是,我们如果违反规定,就会惹上大麻烦。你们明白吗?"

"明白了。"休说。

"基特?"

"明白了。"

"那我们可以走了。"

他们穿上外套。

基特知道发生了什么,但没有完全理解为何如此。他认识的人都不觉得乔安妮是罪犯。法官怎么能做出这样邪恶的判决呢?

河边已经聚集了一群人。王桥以前也有人被放逐过,但他们都是小偷或者杀人犯。而乔安妮是女人,还是母亲。基特感觉到周围人群的愤怒。他们穿着破外套,戴着旧帽子,在细雨中挤在一起,满腔怨恨,但又无可奈何。

乔安妮被多伊郡长押送到河边,等待的人群中传来一阵饱含敌意的嗡嗡声。基特看到乔安妮的脚踝被链子拴住,不得不迈着很小的步子走路,看上去极不自然。休也注意到了这一点,她哭着问:"妈妈的脚上为什么拴着链子?"

基特说:"为了防止她逃跑。"

休号啕大哭。

萨尔气呼呼地说:"基特,我告诉过你,让我来回答问题。你这样说话,只会叫休更伤心。"

"对不起。"我只是说了实话,基特在心里嘀咕,但他见母亲心烦意乱,知道最好不要这时候同她争辩。

有人开始鼓掌,其他人也跟着鼓掌。乔安妮似乎突然注意到有许多人来为她送行,身体姿态陡然一变。她无法改变奇特的步态,但她挺直腰杆,高昂着头,左右张望,向她认识的人点头致意。基特隐约觉得,这会让休心里好受一点儿。对休来说,最糟糕的莫过于看到母亲凄惨绝望的样子。

乔安妮朝驳船慢慢走去,掌声越来越响。

基特拉着休的手,安慰她。基特的母亲牵着休的另一只手,多半是为了阻止她向乔安妮跑去。

乔安妮跨过跳板,走上驳船甲板。

休厉声尖叫,萨尔将她迅速抱起来。休的手脚拼命扑腾,但萨尔紧紧地抱住了她。

一个驳船船工解开缆绳,将船推离码头。河水力量强大,不慌不忙地载着驳船缓缓驶离。

甲板上,乔安妮转身面对岸边送别的人群。基特百思不得其解,她怎么能如此安静,只是默默地看着大家。她要离开她的家人和她一直生活的地方,前往地球另一边的陌生之所。一念及此,基特就忍不住头皮发麻,恨不得立刻将这个念头赶出脑海。

驳船的速度越来越快。休的尖叫声越来越弱。人群不再鼓掌。

驳船转过第一道河湾,从视野中消失了。

第三部分

《防止工人非法联合法》

1799年

第三部分 《防止工人非法联合法》

第十九章

阿莫斯·巴罗菲尔德四点钟起床。家里只有他一个人——他母亲两年前去世了。他迅速穿好衣服，几分钟后提着灯笼离开了。这是春天里一个清爽的早晨。时间尚早，但他并不是唯一起床的人。穷人的房屋里都亮起了灯，已经有成百上千的工人拖着沉重的步伐，沿着黑沉沉的街道走向工厂。

阿莫斯注意到有两个人在民兵队总部外面站岗，他们的制服外套是用霍恩比姆提供的红布制作的，这让阿莫斯心头很不是滋味。

王桥失去了往日的繁华。大家没钱重新粉刷前门，也没钱修复破碎的玻璃窗。一些商店已经倒闭；那些还苟延残喘的商店里，橱窗中陈列的货品寥寥无几，库存也严重不足。购物者只买最便宜的，不买最好的。阿莫斯专门经营的高档服装几乎无人问津。

罪魁祸首是战争。英国、俄国、奥斯曼帝国和那不勒斯王国组成的联军在欧洲和中东的大部分地区进攻法兰西帝国，却大败亏输。法军尽管偶尔也会遇挫，但总能重振雄风。阿莫斯暗暗感叹：都怪这场毫无意义的战争，我们所有人都在苦苦挣扎，勉强度日，而工人的愤怒情绪一天比一天高涨。

月光照在河面上，波光粼粼。阿莫斯穿过双桥的前半段，来到麻风病人岛，看见凯瑞丝医院灯火通明。走过双桥的后半段，他进入名叫"情人地"的郊区，并在那里左转。

在河的这一边，霍恩比姆建造了一排排房子，肩并肩，背靠背，每条街道中间都有一台水泵和一间厕所。这些房子是租给附近工厂的工人的。

在市镇北部和东部的丘陵地区，河流及其支流流速很快，足以带动水车，同时为缩绒和染色提供取之不尽的水。这里没有街道规划：房屋、水池和引水槽都是沿着河流建造的。

阿莫斯向上游走去，来到他的工厂。他向睡眼惺忪的看门人点点头，打开门上的锁，走了进去。他点灯时，哈米什·劳来了。后者穿着马靴，披着长长的蓝斗篷。

哈米什现在从事的是阿莫斯在父亲去世前做的工作：在乡间穿梭，走访农舍中的工人。哈米什总是穿着讲究，而且对人格外友善。他虽然性情温和，但也足够强悍，路遇歹人也无所畏惧。总而言之，他就是年轻版的阿莫斯。

他们一起把货物装到驮马上，谈论着哈米什今天要去的地方和要走访的工人。现在大多数纺纱工作都是在工厂里用机器完成的，所以要去走访的手工纺纱工越来越少了。但织布依然是一项手工技艺，织布工要么在家工作，要么在工厂工作。

"你最好警告他们,下周可能没活儿干了。"阿莫斯告诉哈米什,"我没订单了,也没钱囤积布料。"

"也许未来几天情况会有所好转。"哈米什乐观地说。

"我们可以心怀希望。"

工人开始陆续到来。他们吃着面包,用陶杯喝着淡啤酒,像早晨的麻雀一样叽叽喳喳地说个不停。他们总是有很多话题可聊。每天要辛辛苦苦地工作那么长时间,他们竟然还有精力谈天说地,阿莫斯觉得这简直不可思议。

五点钟,工作开始了。缩绒锤乒零乓啷,纺纱机沙沙嗡嗡,织机噼里啪啦。织布工将飞梭从右拉到左,又从左拉到右。对阿莫斯来说,这些机器的撞击声悦耳动听。布料是用来制衣保暖的,工资是用来养家糊口的,利润是用来维持整个企业运营的。但很快,他又忍不住担忧起来。

他找到了萨尔·博克斯。她是工人群体的非正式代表。尽管时局艰难,她看起来依然身体健康,精神饱满。婚姻生活滋养了她,尽管她丈夫贾奇在阿莫斯看来有点儿粗暴。

纺纱机现在靠水力驱动,纺纱工不必用手转动轮子。这意味着萨尔这样经验丰富的纺纱工可以同时管理三台机器。

他们必须提高嗓门儿说话才能盖过噪声。

"下周我就没有活儿给你们干了,"阿莫斯说,"除非我在最后一刻做成一笔生意。"

"你应该去找军队拿订单。"萨尔说,"那里有大笔的钱可赚。"

许多布商会对提建议的工人大发雷霆，但阿莫斯不会。他想要知道工人在想什么。他刚刚了解到一件重要的事：工人认为他没有去竞标夏陵民兵队的制服合同。现在他有机会澄清事实了。"别以为我没试过，"他说，"可威尔·里迪克把所有的订单都给了他的岳父。"

萨尔脸色一沉："威尔·里迪克应该被绞死。"

"想撬走那笔生意毫无可能。"

"威尔·里迪克以权谋私是不对的。"

"难道我不知道？"

"这个国家有很多地方不对。"

阿莫斯连忙说："说这话是要被控叛国罪的。"

萨尔不满地抿紧嘴唇。

阿莫斯注意到基特没有和萨尔在一起："你儿子呢？"

"去帮助珍妮·詹金斯了。"

阿莫斯环顾房间，一台纺纱机停了下来，基特正在俯身查看，长着姜黄色头发的脑袋紧贴着机器。阿莫斯穿过房间，想弄清发生了什么。

基特已经十四岁了，但看起来仍然像个孩子，声音尖尖的，下巴上一根胡楂都没有。"你在干什么？"阿莫斯问他。

基特愁容满面，似乎很担心遭到训斥。"巴罗菲尔德先生，我正用拇指指甲拧紧纺锤，但它之后还是会松。但愿我没做错什么。"

"没有，孩子，别担心。但这不是你的工作，对吧？"

"不是我的工作，先生，但女工总喜欢找我帮忙。"

珍妮说:"这是真的,巴罗菲尔德先生。基特在机器方面非常在行,每次机器出了问题,我们都会找他帮忙,他往往两三下就修好了。"

阿莫斯转向基特:"你怎么学会修机器的?"

"我从六岁起就在这里工作,可以说对纺纱机非常了解,先生。"

阿莫斯想起,基特一直对机械十分着迷。

基特补充道:"但如果我有一把螺丝刀,而不是只靠我的拇指指甲,我会做得更好。"

"我相信你可以。"阿莫斯思索起来。通常情况下,如果工人自己修理机器,解决简单的问题往往也要花很长时间。由专业人员来从事维修的话,可以节省时间并提高产量。

他仔细打量着这个小工程师,考虑将维修岗位固定化。他喜欢奖励那些做得比要求的最低限度工作更多的人:这可以鼓励其他人。他决定给基特一个头衔和一份周薪。他实在没法太大方,但多掏几先令出来还是可以的。

阿莫斯觉得最好先和萨尔商量一下。他认为萨尔不会反对,但事关萨尔的儿子,得到她的明确答复才稳妥。阿莫斯回到萨尔的工作岗位上。"基特真的很聪明。"他说。

萨尔喜形于色,得意扬扬:"说实话,巴罗菲尔德先生,我一直相信他会成就一番大事业。"

"嗯,这还算不上什么大事业,不过我在考虑让他成为维修工——负责机器维修保养的全职工人。"

她笑容满面:"您真是太好了,先生。"

"我只是承认已经存在的事实罢了。"

"这倒没错。"

"我每周付给他五先令。"

萨尔喜出望外:"您太好了,巴罗菲尔德先生。"

"我喜欢给工人应得的报酬——只要我做得到。"他仔细观察萨尔,看到她露出如释重负的表情。每周多赚几先令,她的生活预算就会宽裕许多。

阿莫斯说:"如果我下周不得不关闭工厂,基特可以在机器闲置的时候进来检查一下。防患于未然才是上策。这样可以吗?"

"可以,先生。我会告诉他的。"

"很好,"阿莫斯说,"我会给他买把螺丝刀。"

*

霍恩比姆带着儿子霍华德去参观新工厂。

自三年前结婚以来,霍华德已经有了一个孩子。他的妻子贝尔给他生了一个男孩,并用孩子祖父的名字"约瑟夫"给孩子取名,这让霍恩比姆大喜过望。"只要你不叫他乔伊[1]就行。"霍恩比姆说,"我讨厌乔伊这个名字。如果非要用简称,那就叫他乔吧。"他不愿想起自己在伦敦的垃圾堆里翻找食物的日子,那会儿他还是一个皮包骨头的

---

[1] 约瑟夫的昵称。

孩子，名叫乔伊。但他不需要解释自己的感受。他的家人会照他说的去做，不问为什么。

乔现在差不多两岁了，个子高大，一点儿也不像这个年龄的孩子——他应该会长成一个魁梧的汉子，就像霍恩比姆一样。他不会叫乔伊。

霍恩比姆的巨额财富将会传给第三代。财富的世代传承也是一种永生。

到目前为止，德博拉和威尔·里迪克还没有孩子，但现在放弃他们为自己诞下外孙的希望还为时尚早。

新工厂的厂址以前是一个猪圈，现在建厂的工程已经进入最后阶段。霍恩比姆和霍华德艰难地穿过一片被车轮碾压得泥泞不堪的田野。从库姆招来的建筑工人在四周搭起帐篷，生好篝火，挖出厕所。这家工厂将取代霍恩比姆现有的三家工厂。"工厂将完全用于生产制服用布。"霍恩比姆说，"销售对象不仅包括夏陵民兵队和第107步兵团，还包括其他十几个大客户。"

这座工厂不在河边，而是在一条小溪旁，因为机器不需要用水力驱动。霍恩比姆一直保守着秘密，就连家人也没有透露，但现在已经无法掩盖事实了，他决定把消息公之于众。霍华德比其他人先得到消息。"这将是王桥第一家以蒸汽为驱动力的工厂。"霍恩比姆无比自豪地说。

"蒸汽！"霍华德惊叹道。

蒸汽比流量不断变化的河水更稳定，力量比牛马更强大，现在全国已经有几百家工厂在使用蒸汽,尤其是在英格兰北部。王桥在这方面一直后知后觉,但如今已经由他开风气之先。

他们走了进去。工厂的规模令人震惊:城里唯一比它大的建筑是大教堂。

工人正在粉刷墙壁,给大窗户装玻璃——工厂需要光线。他们在广阔的空间中大声交谈,有些人还边工作边唱歌。来自库姆的工人不知道霍恩比姆是谁。他们如果知道,在他走过时就会安静下来。但这一次,霍恩比姆并不介意这种疏忽。他对自己的工厂实在太满意了。

他向霍华德展示了一座烧煤的火炉,炉子有小茅屋那么大,上面是一个同样大小的汽锅。他们旁边立着一个和霍恩比姆本人一样高的圆筒形蒸汽缸,蒸汽缸驱动着一个飞轮,飞轮又连着一根歧管。"这根歧管将动力传输到工厂的每个部分。"霍恩比姆说,"现在跟我上楼去。"

他领着霍华德上了楼。"这里是织布房。"里面有几十台织机,排成平行的四排。"你看到那些横贯天花板的轴了吗?它们通过传动带与织机相连。当轴旋转时,传动带就会带动织机完成纺织的三个步骤:第一步,将经纱中的奇数纱或偶数纱提起来,打开像鳄鱼嘴一样的'梭口';第二步,让飞梭带着纬纱穿过梭口,如同在鳄鱼的牙齿之间穿行;第三步,将纬纱牢牢地压入织口,这个动作叫'打纬'。然后从反方向重复这个过程,完成编织。"

"太神奇了。"霍华德说。

"但这不能用水力完成。动力织机需要精确而稳定的动力,每分钟一百二十转,误差不超过五转,否则飞梭可能会移动得太快或根本不动。河水不能提供如此精确而稳定的动力,但蒸汽可以。"

"我们还需要工人吗?"

"需要。但据说一个工人可以同时管理三到四台动力织机,有时甚至更多,这取决于工人的个人能力。等工厂正式开工后,我们将只需要现有劳动力的四分之一。"

"我能想象那时候的样子。"霍华德说,"所有织机都在自己工作,从早到晚都在为我们赚钱,只有几个工人在看着它们。"

霍恩比姆心潮澎湃,但也忧心如焚。工厂建成时,他将花光过去二十年的全部积蓄,再加上从汤姆森王桥银行借来的一大笔钱。他相信工厂会赢利,因为他在经营方面的直觉总是对的,这已经被证明了许多次。何况,他还拿下了军用布料的合同。尽管如此,做生意就必然伴随着风险,不可能百事百顺,万无一失。

霍华德也是这么想的。"如果和平降临怎么办?"他问。

"不太可能,"霍恩比姆说,"这场战争已经持续了六年,没有任何结束的迹象。"

回程途中,他们经过了为工人建造的房屋。拥挤的街道上堆满垃圾和粪便。霍恩比姆说:"这些人太脏了。"

霍华德说:"这其实是我们的错。"

霍恩比姆怒不可遏地说:"他们住在又臭又脏的鬼地方,这怎么是我们的错呢?"

霍华德瑟瑟发抖,但这一次他没有轻易退让:"这些是连栋房屋,没有院子。"

"啊，是的——我忘了这个细节。这为我们节省了很多钱。"

"但那样一来，他们就只能把垃圾堆在马路上了。"

"嗯。"

建筑工人在修一条新街道。霍华德说："已经有三个人来找我，说想在这里开店。"

"但我们自己也开了店，而且利润很高。"

"工人说我们的店卖的东西太贵。有人宁愿步行到市中心去购物，也不愿多花钱。"

"我们为什么要邀请竞争对手来降低我们的利润？"

霍华德耸耸肩："说实话，没必要。"

"当然没有。"霍恩比姆说，"他们要么多花钱在这里买，要么步行去市中心好了。"

*

5月集市在城郊一片树林旁的草地上举行。阿莫斯正在观看走钢丝表演——穿着紧身衣的姑娘在离地十英尺高的钢丝上腾跃。谁料已是诺斯伍德子爵夫人的简突然现身，吸引了阿莫斯的目光。简比那些走钢丝的表演者更有魅力。她戴着一顶饰有丝带和鲜花的草帽，拿着一把小阳伞——这是最新的时尚。她看上去风姿绰约，格外漂亮。

他怀疑自己鬼迷心窍了。他非常肯定，单恋一个明显不爱自己的女人七年，这样的行为只能用荒唐形容。

简挽住他的胳膊，两人一起散步，一面享受春日暖阳，一面打量美食摊和啤酒吧，对揽客的妓女视而不见。

他们停下来观看一场杂技表演，阿莫斯问简感觉如何。这个常规问题得到了出乎意料的坦率回答。"我一年到头基本上看不到亨利！"她说，"他把所有时间都花在民兵队身上，又是训练，又是演习，还有其他乱七八糟的名堂。他们从来没有真正打过仗。我不明白这有什么意义。"

"他们勤于操练是为了承担保家卫国的重任，从而将正规军解放出来，去国外作战。"

简不想听任何解释："亨利坚持让我住在伯爵城堡，我在那儿闲得发慌。我看到他父亲的次数都比看到他的次数多！就算我有外遇，也是他自找的。"

阿莫斯环顾四周，生怕有人听到这离经叛道的荡妇言论，幸好附近没人。

他们来到拳击场，一个名叫"木腿铁拳"的拳击手正在悬赏一镑，看谁能把他打倒。虽然身有残疾——他确实有一条木腿——但他令人望而生畏，因为他肩膀宽大，鼻梁断裂，手臂上满是伤疤。"就算给我五十镑，我也不会跟他交手。"阿莫斯说。

"很高兴听到你知难而退。"简说。

芒戈·兰兹曼，在屠宰场酒馆附近游荡的恶棍之一，付了一先令入场费。他身材魁梧，面相凶狠，迫不及待地跳进拳击场，发起挑战。

他还没来得及举起拳头,木腿铁拳就欺身向前,猛击他的头和身体,速度快得让人看不清。兰兹曼跌倒时,木腿铁拳用木腿踹了他一脚,人群登时欢呼起来。木腿铁拳咧嘴一笑,露出已经掉落大半的牙齿。

阿莫斯和简从拳击场走开。阿莫斯很想知道,简这样的女人嫁给富有却忙碌的男人之后该怎么过日子。"你应该很想要孩子吧。"他说。

"生育继承人是我的责任,"她说,"但这件事现在只有理论意义。考虑到亨利和我在一起的时间少得可怜,我怀上孩子的机会十分渺茫。"

阿莫斯沉吟不语。简得偿所愿,嫁给了亨利。大家曾说亨利绝不会同社会阶层与自己如此悬殊的女人结婚。父亲已经为他安排了更门当户对的婚姻,他拒绝这一计划时,想必遭到了父亲的强烈反对。简克服千难万险,终于钓得金龟婿。但她并没有因此获得幸福。

他们来到一个摊位前,"款爷"卡利弗戴着红色高顶礼帽,正在卖一杯杯掺好的马德拉白葡萄酒。他们即将离开摊位时,卡利弗向简喊了一声:"子爵夫人,您千万别喝普通的马德拉白葡萄酒——那是给普通人喝的。我要向您推荐一个特别的牌子。"他弯下腰,从桌下取出一瓶酒:"这是有史以来最好的马德拉白葡萄酒。"

简对阿莫斯说:"我很想喝一杯。"

阿莫斯对卡利弗说:"两杯,款爷。"

卡利弗倒了两大杯酒,递给他们。简尝了一口,卡利弗说:"请付两先令,巴罗菲尔德先生。"

阿莫斯惊诧道:"里面有什么?金粉吗?"

"我告诉过你,这是最好的马德拉白葡萄酒。"

阿莫斯付了钱,然后品了一口。酒还可以,但不是最好的。他对款爷露齿一笑。"如果你哪天需要一份销售布料的工作,就来找我吧。"他说。

"您真是太好心了,巴罗菲尔德先生,但我还是干老本行更合适。"

阿莫斯点点头。布料生意不适合卡利弗。酒精、赌博和卖淫更有利可图。

他们喝完酒,离开了款爷的摊位,沿着小路向树林走去。简转过身,对他们身后的一个姑娘说话。阿莫斯意识到这女孩一直在跟着他们,无疑是负责监护的女伴。简说:"苏姬,我有点儿冷——你能去马车上拿我的披肩吗?"

"好的,夫人。"苏姬说。

支开了女伴,简和阿莫斯继续漫步。阿莫斯说:"嗯,至少现在你可以随心所欲地买衣服了。你今天看起来真漂亮。"

"我的房间里堆满了衣服,但我可以在哪里穿呢?这场无聊的闲逛——逛王桥的 5 月集市——居然是最近三个月里最令我兴奋的社交活动。我原以为亨利会带我去参加伦敦的聚会。哈!伦敦我们一次也没去过。他太忙了——当然是忙着民兵队那摊子事。"

诺斯伍德多半是觉得简出身卑微,不能和他的贵族朋友来往,阿莫斯暗忖,但他没有说出口。"你和他一定有社交生活吧?"他问道。

"参加军官和军官夫人的聚会。"她轻蔑地说,"他从来没有把我介绍给任何跟王室沾边的人。"

385

这句话似乎证实了阿莫斯的怀疑。

简从小所受的教育并不支持她去追求更高的社会地位。她的父亲放弃了圣公会高级牧师的职位，成为卫理公会牧师。然而，简抛弃了查尔斯·米德温特教给她的价值观。"你向往的都是错误的东西。"阿莫斯说。

简没有乖乖接受批评，而是积极为自己辩护。"那你呢？"她咄咄逼人地问，"你的生活是什么样子？你全身心投入事业。你孤零零地生活。你赚了点儿钱，但不多。这样的生活有什么意义呢？"

阿莫斯想了想。简是对的。他起初想接管父亲的企业，后来又拼命想还债，现在他已经实现了这两个目标，但他依然在不停地工作。生意没有压垮他，反而给了他满足感。"我不知道。我已经习惯成自然了。"他说。

"你被灌输了男人必须努力工作的观念，但观念并不等同于事实。"

"没这么简单。"这是阿莫斯从未深思过的问题，但既然简问到了，答案也变得清晰起来。"我想证明，我们可以在生产的时候做到善待工人，"他说，"也可以在买卖的时候做到诚信公平。"

"看起来，这一切都与卫理公会有关。"

"是吗？我相信善良和诚实不是卫理公会教徒所独有的。"

"你认为我不开心是因为我嫁错了人。"

阿莫斯意识到简突然改变了话题，于是他说："我不是想批评你……"

"但我这话是对的，不是吗？"

阿莫斯字斟句酌道:"我确实认为,你如果为了爱情而结婚的话,应该会更幸福。"

"我如果嫁给了你,应该会更幸福。"

她总是语出惊人。"我不是那个意思。"阿莫斯辩解道。

"但这是真的。我曾经令亨利神魂颠倒,如今却魅力不再。而你真的爱过我,也许现在还爱着我。"

阿莫斯四处张望,希望没人听到。他发现他们已经进入树林,周围再无旁人。

简把阿莫斯的沉默理解为同意。"我就知道。"说着,她踮起脚尖,吻了吻阿莫斯的嘴。

阿莫斯如遭电击,当场定住。他一动不动地站着,呆呆地盯着她,不知所措。

简搂住他,将自己的身体紧贴在他身上。他能感觉到简的胸部、腹部和臀部。

"这里就我们两个。"简说,"好好吻吻我吧,阿莫斯。"

这一刻,他幻想过不知多少次。

但他听见自己在说:"这不对。"

"两情相悦的人接吻是世上再正常不过的事了。亲爱的阿莫斯,我知道你爱我。只是一个吻,仅此而已。"

阿莫斯固执地说:"但你已经嫁给了亨利。"

"让亨利见鬼去吧。"

阿莫斯抓住她的手腕,把她的手从自己腰上移开。"我会感到非常羞耻的。"他说。

"哦，现在我成了让你感到羞耻的女人了。"

"只有当你这样背叛你丈夫的时候。"

简挣脱阿莫斯，转过身，扬长而去。

即使是在怒气冲冲地大步走开的此刻，她也美得勾魂摄魄。

阿莫斯望着简远去的背影，暗骂道：我真是个该死的傻瓜！

*

一天晚上八点钟，萨尔和贾奇正准备睡觉，贾奇说："传言霍恩比姆的新工厂里有一台巨大的蒸汽机，可以驱动几十台织机，我们织布工大部分都没用了，因为在新工厂里一个工人将管理四台蒸汽织机。"

萨尔说："这可能吗？蒸汽机可以织布吗？"

"我不明白是怎么做到的。"

萨尔眉头紧锁："我听说北方的棉纺厂用的是蒸汽织机。"

"我觉得难以置信。"贾奇说。

萨尔说："假设这是真的，会有什么后果呢？"

"霍恩比姆的织布工中，有四分之三的人将失业。照目前的情况，他们很可能找不到其他工作。但我们又能怎么办呢？"

萨尔不确定自己是否知道答案。她似乎成了王桥工人的领袖，但这个头衔来得有点儿莫名其妙，她觉得自己没资格承担这样的重任。

贾奇负气斗狠似的说："过去，工人曾发起反对新机器的运动。"

"并因此受到了惩罚。"萨尔说。

"这并不意味着我们只能任由工厂主对我们为所欲为。"

"我们不要太冲动。"萨尔平静地说,"在采取行动之前,我们需要确认传闻是否属实。"

"怎么确认?"贾奇问。

"我们可以去看看。建筑工人在工地上扎营,但只要我们不造成任何破坏,他们就不会在乎谁在周围东瞧西逛。"

"好吧。"贾奇说。

萨尔说:"我们星期天下午去。"

*

基特从未见过蒸汽机,但他听说过蒸汽机,并对此很着迷。蒸汽怎么能驱动机器呢?他知道流水是如何使水车轮转动的,但蒸汽只是空气呀——不是吗?

星期天午餐后,他和休正要去埃尔茜·麦金托什的主日学校,他的母亲和贾奇也准备出门了。"你们要去哪儿?"基特问萨尔。

"我们要去看看霍恩比姆新建的大工厂。"

"我跟你们一起去。"

"不,你不能去。"

"我想看看蒸汽机。"

"你什么也看不见,那地方是关着的。"

"那你们为什么要去?"

萨尔叹了口气。每次基特据理力争,弄得她哑口无言的时候,她总会发出这样的叹息。"听话,去主日学校吧。"她说。

基特和休离开了,但一来到从家里看不见的地方,基特就说:"我们跟着他们走。"

休没有基特那么大胆:"我们会惹上麻烦的。"

"我不在乎。"

"随你便。我反正要去主日学校。"

"那就再见。"

基特从街角观察动静,等大人一出门就躲起来,然后跟在他们后面,走了很长一段路。他大致知道他们要去哪里。每个星期天下午,很多家庭都会到乡间散步,呼吸新鲜空气,所以他并不显眼。天气凉爽宜人,但阳光不时兴高采烈地穿过云层,提醒人们夏天就要来了。

河边的众多工厂静悄悄的。在这个宁静的星期天,基特能听到鸟啾啾地歌唱,风沙沙地吹过树林,甚至还能听到河水哗哗地流过。

在猪圈旧址上,一些建筑工人正在踢足球,球门是临时搭建的,另外一些人则从旁观看。基特看见萨尔跟一个人客客气气地搭话。他猜母亲是在说,她只是想四处看看。男人耸耸肩,好像并不在乎。

新工厂又长又窄,是用建造大教堂所用的那种石头造的。基特远远地看着母亲和贾奇绕工厂走了一圈,透过窗户观察里面的情况。

基特猜他们想进去。他也想。但门似乎是锁着的,一楼的窗户也紧闭着。他们不约而同地抬头一看：楼上的窗户是开着的。基特听到贾奇说："我好像看到后面有梯子。"

他们绕到工厂另一侧，也就是远离足球场的那一侧。地上放着一架梯子，梯子横档上沾满了刷墙用的灰泥。贾奇把梯子拿起来，靠在墙上。梯子够到了楼上的窗户。他爬了上去，萨尔站在最下面的横档上稳住梯子。

贾奇透过窗户看了一会儿，然后说："哎呀，好家伙。"

萨尔不耐烦地问："你看到什么啦？"

"织机。有很多，我都数不清了。"

"你能进去吗？"

"窗户太小，我钻不进去。"

基特从一堆木材后面走出来。"我可以钻进去。"他说。

萨尔说："你这个淘气的孩子！你应该去主日学校的！"

贾奇说："可他确实可以钻进去，然后为我们开门。"

"我应该打他屁股。"萨尔说。

贾奇爬下梯子。"上去，基特。"他说，"我来扶稳梯子。"

基特爬上梯子，从窗户钻了进去。到了里面，他站直身子，目瞪口呆地环顾四周。他从来没有在一个地方见过这么多织机。他想弄清楚这些机器是如何工作的，但他知道应该先给大人开门。他跑下楼梯，发现有一扇门上了闩，但没有锁。他打开门，站到一边，让贾奇和萨尔进来。他们一进屋，他就立刻关上门。

蒸汽机就在一楼。

391

基特仔细观察机器，被它庞大的身躯和显而易见的强大力量深深震撼。他辨认出那座巨大的火炉和顶上的汽锅。水会在汽锅里变成蒸汽。一根管子将热蒸汽输送到圆筒形汽缸里。显然汽缸里有什么东西在上下运动，因为汽缸顶部连接着一根杆子的一端，而这根杆子看起来像一杆巨型的称重秤。当杆子的一端上升和下降时，另一端会相应地下降和上升，从而转动一个巨大的轮子。

基特猜，这个轮子的作用应该同水轮相当。

令人惊奇的是，蒸汽的力量竟然如此强大，可以推动金属和木材构成的沉重机械。

萨尔和贾奇上了楼，基特跟在后面。楼上有四排织机，都是闪闪发光的新机器，还没有装纱线。基特想，蒸汽机肯定会转动天花板上的那根大轴，而那根轴又通过传动带连接到每台织机上。

贾奇不知所措。"我看不明白。"他边说边隔着帽子抓耳挠腮。

基特说："拉动那条带子，看看会发生什么。"

贾奇面露疑色，但还是说："好吧。"

起初什么也没发生。

接着，织机发出一声巨响，两个综框中的一个升起来。如果纱线已经在综丝上穿好，综框就会把经纱中的奇数纱或偶数纱提起来，形成一个V形开口，也就是梭口。

接着，飞梭从织机的一边飞到另一边，发出砰的一声巨响。

基特可以看到织机后面的机械装置，那是一套由齿轮和杆子组成的系统，正是这套系统控制着织机按步骤织布。

贾奇大惊失色："所有动作都在自动进行，但没有织布工！"

又一声巨响，筘将纬纱深深压入V形开口的顶端，也就是织口。

随着另一声巨响，一个综框落下，另一个综框升起，将其他经纱提起来。飞梭飞回原来的位置，筘再次将纬纱压入织口。

然后，整个过程重新开始。

"嘿，这机器怎么知道下一步该做什么？"贾奇说，然后，他带着一丝非理性的恐惧补充道，"肯定有个妖怪在操作它。"

"这是一种机械装置，"基特说，"像钟表一样。"

"像钟表一样。"贾奇嘟囔道，"我从来没有真正弄懂钟表是咋回事。"

基特的震惊来自另一个方面："所有这些织机将一起工作——由蒸汽机驱动！"

"肯定不是蒸汽这么简单。"贾奇说，神情惊恐。

萨尔说："我敢打赌，这机器造不出光滑的好布。"

基特注意到，工人总是说，机器里有撒旦，机器干活儿永远也比不上工人。他相信他们错了。

萨尔沉吟道："霍恩比姆也许是个讨厌鬼，但他从不浪费钱。如果这些机器有用的话……"

"如果这些机器有用的话，"贾奇说，"当织布工还有什么意义？"

"绝不能让机器抢走工人的饭碗。"萨尔自言自语道，"但我们能做什么呢？"

贾奇说："把机器砸了。霍恩比姆大约有一百个织布工，这些人就够了。如果他们都带着锤子来这里,谁能阻止他们?"

然后他们会像乔安妮一样被流放到澳大利亚,基特在心里接了一句。

"你知道吗,"萨尔说,"我想把这件事告诉铲子,听听他有什么看法。"

基特想:铲子肯定会有比砸烂一切更好的主意。

*

萨尔将基特送去主日学校。"你会赶上喝肉汤的。"萨尔说。她将同铲子商量如何对抗工厂主,她不希望孩子听到这些。基特是一个聪明的小子,但他太年轻了,不能指望他严守秘密。

铲子刚吃完午餐,桌上放着面包和奶酪。他让两位客人自便,于是贾奇狼吞虎咽地吃起来。萨尔总结了他们在新工厂看到的情况。

"我听到了一些传言。"铲子说,"如今看来,那都是真的。"

萨尔说:"问题是,我们该怎么做?"

贾奇嘴里塞满了面包和奶酪,将自己的方案又说了一遍:"把机器砸了。"

铲子点点头:"不过,那是最后的办法。"

"那还有什么办法呢?"

"你们可以成立工会——工人的联合组织。"

萨尔点点头。她也有这方面的考虑,但只是模糊的念头,因为她不确定工会是怎么回事,成立了工会又能干什么。

贾奇替萨尔问出了口:"那玩意儿有什么用?"

"首先,成立工会后,所有工人将一致行动,比你们一盘散沙时更强大。"

萨尔先前没想到这一点,但听铲子这么一提,道理似乎显而易见。"然后呢?"她问道。

"然后看工厂主会不会跟你们谈判。通过谈判,了解他用机器替代工人的决心有多大。"

"如果他执迷不悟呢?"

"要是哪天织布工都不来干活儿了,霍恩比姆会怎么办?"

贾奇说:"罢工!我喜欢这个主意。"

铲子说:"在英国其他地方,这种情况经常发生。"

萨尔缓缓点头:"没了工资,罢工工人怎么生活呢?"

"必须向其他工人寻求帮助。在市场广场上请求支持者捐赠多余的零钱,但这并不容易。罢工的织布工都得勒紧裤腰带。"

"那霍恩比姆的公司也会血本无归。"

"只要罢工不结束,他每天都会赔钱。我听说他从汤姆森银行借了一大笔钱建这个工厂——别忘了,他还得付利息呢。"

"不过,"萨尔说,"瘦死的骆驼比马大,织布工肯定会先挨饿的。"

贾奇说:"到那时候,我们就去把机器砸了。"

"这就像打仗。"铲子说,"双方一开始都希望自己赢,但其中一方肯定会希望落空。"

萨尔说："我们如果要罢工，第一步应该做什么？"

"和其他织布工谈谈。"铲子说，"看看他们想不想奋力一搏。你如果认为自己得到了足够的支持，就订一个房间开会。你知道怎么组织会议吧，萨尔？"

这个我能做，萨尔想。其实，她每天工作十四小时，还要照顾两个孩子，并没有多少空闲搞工人运动。但她知道自己无法拒绝这项挑战。长久以来，她一直对自己和像她一样的人在自己国家受到的不公正对待感到愤怒。现在，她终于有机会为此做点儿什么了，自然义不容辞。

有人说，世上许多东西是天经地义、亘古不变的。但她记得父亲曾说过，英国在过去几百年里发生了天翻地覆的变化——宗教上从天主教改为新教，政治上从君主专制改为议会政治——如果像她这样的人持之以恒地推动变革，英国就肯定会再次改变。

"是的，"她说，"我知道怎么组织会议。"

*

铲子很喜欢他姐姐凯特，但还没有喜欢到愿意和她一起生活的地步。凯特和贝卡合住，铲子在作坊里有自己的房间。他们各过各的，但关系仍然很亲密。他们知道彼此的秘密。

星期二上午十一点，铲子从后门走进姐姐家。他在店铺门口站了一会儿，侧耳谛听。他能听到说话声。凯特和贝卡经常吵架，但现在她们的谈话似乎很平静。他听不到第三个声音，店里应该没有客人。他敲敲门，往里看去。

"店里没人吧？"他问。

"没人。"凯特笑着回答。

他关门上楼，拐进更衣室。

阿拉贝拉躺在床上。

一丝不挂。

我真幸运，他想。

他关门上锁，转过身，面对阿拉贝拉，笑眯眯地说："真希望我有一幅你这个样子的画像。"

"那可不行。"

他坐在椅子上，脱下靴子："我可以给你画画。我小时候经常画。"

"万一有人看到这幅画怎么办？消息很快就会传遍全城。"

"我会把画藏在一个秘密的地方，晚上拿出来，在烛光下好好欣赏。"他脱下外套、马甲和马裤，"你不想要一张我的画像吗？"

"不，谢谢。我想要真货。"

"我从来就不是个漂亮男孩。"

"我喜欢的是触摸你身体的感觉。"

"那你想要一个雕像？"

"真人大小的雕像，所有细节都要完整。"

"就像意大利那个著名的雕像？"

"你是说米开朗琪罗的《大卫》？"

"你说的就是那个吧。"

"我绝对不要《大卫》。他那东西太小,全蔫儿了。"

"可能模特太冷了。"

"我的雕像必须有你的大家伙。"

"你会把这件艺术品藏在哪里呢?"

"当然是藏在我的床底下。然后我会把它拿出来观看,就像你拿出我的画像欣赏一样。"

"你看它的时候会做什么呢?"

阿拉贝拉把手放在自己两腿之间抚摩着:"做这个。"

铲子躺在她身边:"幸运的是,今天早上我们有真货。"

"哦,是的。"阿拉贝拉说,翻身骑到他身上。

从三年前欢迎巡回审判法官的舞会那晚开始,他们就成了情人。凯特的服装店是他们的固定约会地点。他们相爱,但又不能结婚,只好尽情享受鱼水之欢。铲子没怎么感到内疚。他认为上帝不会先给他的子民强烈的性欲,然后又期望他们克制自己不去满足这些欲望。至于阿拉贝拉,她似乎并不关心自己同铲子的关系是否有罪。

他们非常谨慎,始终没有被发现。铲子认为他们多半会一直这样下去。

云收雨住,他们喘着粗气,肩并肩躺在一起。阿拉贝拉说:"你知道,我跟你说的这种话,做的这种事……我从来没有这样过。"

"你把自己都吓到了。"她也让铲子惊讶不已。要知道,铲子比她年轻,比她地位低,而且她已经结婚了。

铲子问:"你是如何学会那些露骨话的?"

"从别的女孩那里学的,那会儿我还年轻。但我从没对男人说过,直到遇见你。我觉得我在监狱里过了大半辈子,然后你把我放了出来。"

"我很高兴能拯救你。"

她的神情严肃起来:"我有事要告诉你。"

"好消息还是坏消息?"

"应该是坏消息吧,只是我无法为此感到难过。"

"有意思!"

"我怀孕了。"

"天哪!"

"你觉得我太老了,对不对?没关系,你可以说出来。我也这么想。我四十五岁了。"

她说得对,铲子以为她已经不可能怀孕了,但女人的体质因人而异。

阿拉贝拉说:"你生气了吗?"

"当然没有。"

"那你是什么感觉?"

"我说出来你别生气。"

"我尽量。"

"我很开心……开心得无法用语言形容。我欣喜若狂。"

阿拉贝拉惊喜交加:"真的吗?为什么?"

"十六年来,我一直生活在我唯一的孩子还没出生就去世的悲伤中。现在上帝又给了我做父亲的机会。我激动得都要跳起来了。"

阿拉贝拉伸出双臂,拥抱铲子:"我太高兴了。"

铲子想要尽可能长时间地享受幸福的感觉,但他们不得不面对迫在眉睫的问题。"我不想让你陷入麻烦。"他说。

"你担心的事应该不会发生。大家会忙着谈论我的年龄,无暇去想孩子的父亲是谁。"从她脸上的神情可以看出,她只是在故作镇定。

"你要对主教怎么说?"铲子问阿拉贝拉,"你和他……"

"至少十年都没有同过房。"

"你可以让他跟你……"

她一脸厌恶:"我都不确定他现在还行不行。"

"那该怎么办……"

"我不知道。"铲子看出阿拉贝拉有点儿害怕。

"你总得跟他说点儿什么吧。"

"是的,"阿拉贝拉忧郁地说,"我会说的。"

*

一周后,萨尔、贾奇同铲子在贝尔客栈坐下议事。

铲子说:"霍恩比姆想见你们——你们两个。"

"为什么要见我?"萨尔说,"我又没有威胁要罢工。"

"霍恩比姆在工人里安插了眼线,他知道你在帮助贾奇。而霍恩比姆的女婿威尔·里迪克也总说你坏话，让他相信你是个女魔头。"

"我很惊讶他居然肯屈尊同我说话。"

"他不愿意，但我说服了他。"

"你是怎么做到的？"

"我告诉他，他的工人中，十分之九加入了你们的工会。"

这不是实情。实际比例大约是二分之一。但这是一周之内实现的，而且加入工会的人数还在上涨。

工会的成功令萨尔兴奋不已，但一想到要去面对霍恩比姆，她就不由得提心吊胆。霍恩比姆向来沉稳自信，伶牙俐齿，老奸巨猾，萨尔哪里是他的对手？为掩饰恐惧，萨尔讽刺道："他真是太谦虚了，竟然低三下四地同我打交道。"

铲子会心一笑："他没有他自认为的那么聪明。他如果真的聪明，就应该想方设法同你交朋友。"

萨尔喜欢铲子的思维方式，他总是竭力避免让就事论事的讨论变成你死我活的斗争。萨尔说："我应该和霍恩比姆交朋友吗？"

"他永远不会同工人交朋友，但你可以假意示好，让他放松戒备。你可以说你们俩有一个共同的问题。"

萨尔觉得这是个好办法，比直来直去要好。

侍者过来问："您要喝点儿什么，铲子？"

"不用了，谢谢。"铲子说，"我们得走了。"

"他现在要见我们？"萨尔说。

"是的。他在公会大厅，要跟你们谈完之后再回家吃晚餐。"

萨尔顿时乱了手脚："可我没戴我最好的帽子！"

铲子哈哈大笑："他也没戴，我敢肯定。"

"那好吧。"萨尔说着站了起来。

铲子和贾奇也站了起来。铲子说："如果你们愿意的话，我可以和你们一起去。霍恩比姆多半也不是一个人。"

"好啊，请您务必一起来。"

"但你们必须自己发言。如果我替你们发言，就会给霍恩比姆留下工人软弱无能的印象。"

萨尔明白这个道理。

他们从贝尔客栈沿主街走向公会大厅。霍恩比姆和女儿德博拉在公会大厅的一个大房间里等他们。那里被用作市政委员会的会议室，季法院和巡回法庭也在那里开庭审案。威尔·里迪克也在那里。和两位法官同处一室让萨尔紧张起来。他们完全可以当场判她有罪。她感到喉头发紧，生怕自己说不出话来。她猜霍恩比姆是有意这么做的。他想让萨尔感到自己脆弱渺小。她看得出来，贾奇更紧张。但面对赤裸裸的威胁，她必须反击，她必须坚强。

长桌一端，霍恩比姆昂然傲立。高级市政官就是围着这张桌子开会的——此番姿态，是他对萨尔这种平民的绝对权威的又一象征。萨尔要怎样才能让自己觉得有资格与他平起平坐呢？

一提出这个问题，萨尔就知道了答案。霍恩比姆还没来得及说话，萨尔就抢先开口："我们坐下谈，好吗？"然后她拉出一把椅子。

霍恩比姆一时不知所措。工人怎么能要求工厂主坐下？但德博拉坐了下来，萨尔似乎瞥见她强忍着笑意。

霍恩比姆坐了下来。

萨尔决定保持主动。她想起铲子的建议，说道："你和我有一个共同的问题。"

霍恩比姆一脸傲慢："我和你能有什么共同问题？"

"你的新工厂里放着蒸汽驱动的织机。"

"你怎么知道的？莫非你非法入侵了我的房产？"

"没有法律禁止看窗户。"萨尔干脆利落地驳斥道，"玻璃做成透明的，就是为了给人看。"

萨尔听到铲子咯咯暗笑。

看来我表现不赖，她想。

霍恩比姆十分狼狈。他没料到萨尔说起话来竟如此流利，还如此机智。

威尔·里迪克接着发难："我们听说你们成立了工会。"

"也没有法律禁止成立工会。"

"应该制定新法律禁止这种事。"

萨尔转身问霍恩比姆："你搬到猪圈工厂后，打算告诉多少织布工他们没活儿干了？"

"那里叫霍恩比姆工厂。"

这倒可能是真的，但所有人都管那里叫"猪圈工厂"。为这样的细节动怒，霍恩比姆似乎有点儿小题大做了。

萨尔再次问道："多少？"

"那是我的事。"

"如果织布工罢工,那也是你的事。"

"工厂是我的财产,我认为怎么合适就怎么处置。"

德博拉打断了父亲,看着贾奇说:"博克斯先生,你在霍恩比姆上游工厂工作。"

看来他们也掌握了贾奇的软肋,萨尔想。

贾奇说:"想解雇我的话,悉听尊便。我是一个优秀的织布工,会在别的地方找到工作的。"

"但我想知道,通过这次会谈,你们到底希望得到什么成果?你们总不会指望我父亲放弃新工厂和蒸汽机吧?"

有意思,萨尔想,女儿比父亲更理智。

"是的,我们就是这么想的。"贾奇挑衅道。

萨尔说:"我们的主要诉求是,织布工不应该因为你们的蒸汽机而失业。"

霍恩比姆说:"痴心妄想。蒸汽机的全部意义就在于取代工人。"

"那样就有麻烦了。"

"你是在威胁我吗?"

"我试图告诉你无可争辩的事实,但你就是不听。"萨尔说,她声音里的轻蔑让自己都大吃一惊。她嗖地站起来,再次让霍恩比姆深感意外:通常宣布会议结束的人是他。"再见,各位。"说着,她走出门去,贾奇和铲子紧随其后。

公会大厅外,铲子说:"你在里面表现得非常出色!"

萨尔已经不关心自己表现如何了:"霍恩比姆冥顽不灵,对不对?"

"恐怕是的。"

"所以我们不得不罢工了。"

"那就罢工吧。"铲子说。

第二十章

　　阿拉贝拉的花园里，每年最先开放的总是苏格兰玫瑰。现在，这丛多刺灌木上已经绽放出脆弱的花朵：黄色的花心，白色的花瓣，层层叠叠，密密麻麻，如同飘落的雪花。埃尔茜坐在木制长凳上，呼吸着清晨凉爽潮湿的空气，她两岁的儿子史蒂维坐在她膝头。史蒂维的姜黄色头发肯定遗传自外祖母阿拉贝拉，而不是黑发的埃尔茜。埃尔茜和史蒂维一起注视着阿拉贝拉，她穿着围裙，跪在地上拔草，然后将草扔进篮子。阿拉贝拉喜欢她的玫瑰园。自从开始摆弄花园，她似乎更快乐了——更有活力，但也更平静了。

　　史蒂维得名于他的主教外祖父斯蒂芬[1]。埃尔茜曾经暗暗想叫他阿莫斯，但又找不到合理的借口。现在，史蒂维在埃尔茜的怀里拼命扭动，想去帮他的外祖母。埃尔茜把他放下来，他蹒跚着走向阿拉贝拉。"别碰灌木，有刺。"埃尔茜说。史蒂维立刻抓住一根小树枝，

---

[1] "史蒂维"是斯蒂芬的昵称。根据后文可知，埃尔茜的长子大名是斯蒂芬，昵称是史蒂维。

伤了手,哇哇大哭起来,跑回她身边。"你应该听妈妈的话!"埃尔茜说。

阿拉贝拉平静地说:"说得就像你小时候很听话一样。"

埃尔茜笑了。阿拉贝拉说的倒是实情,埃尔茜小时候也不是很听话。

阿拉贝拉问:"你们学校怎么样了?"

"学校的现状令人振奋。"埃尔茜说。

那不再仅仅是一所主日学校了。所有在霍恩比姆工厂工作的孩子现在都在罢工,所以埃尔茜每天都在上课。学校提供免费午餐,父母纷纷将孩子送到学校来。

"这对我们来说是个很好的机会。"埃尔茜热情高涨地说,"这是这些孩子接受全日制教育的唯一机会,我们必须充分加以利用。我本来还担心学校的赞助者会说,照顾这么多孩子实在太麻烦,但他们全都鼎力支持——上帝保佑他们。米德温特牧师每天都来上课。"

谈话停顿了片刻,然后埃尔茜说:"母亲,我很确定我又怀孕了。"

"太好了!"阿拉贝拉放下铲子,站起来,拥抱女儿,"也许这次会是个女孩。那不是很好吗?"

"是很好,不过我真的无所谓。"

"如果是女孩,你会给她起什么名字?"

"当然是阿拉贝拉了。"

"你父亲可能想叫孩子玛莎。那是他母亲的名字。"

"我不会跟他争的。"埃尔茜顿了顿,接着说,"至少不会为了这个跟他争。"

阿拉贝拉又跪下来,继续除草。她陷入了沉思。"这真是个枝繁叶茂的春天呀。"她出神地说。

埃尔茜不确定母亲要表达什么意思,说:"只有我一个人怀孕,还算不上'枝繁叶茂'吧?"

"哦!"母亲略显尴尬,"我……我说的是花园。"

"苏格兰玫瑰今年确实开得花团锦簇。"

"我就是这个意思。"

埃尔茜觉得母亲似乎有什么难言之隐。说起来,她最近经常有这种感觉。曾经有一段时间,她们彼此无话不谈。阿拉贝拉完全清楚埃尔茜对阿莫斯不可救药的爱。但阿拉贝拉后来就有些遮遮掩掩,不愿敞开心扉了。埃尔茜不知道为什么。

她还没来得及追问,她的丈夫凯内尔姆就出现了。他洗了脸,刮了胡子,一副忙碌而干练的样子。

埃尔茜和凯内尔姆仍然住在主教府。房子非常宽敞,比凯内尔姆作为主教助手负担得起的任何房子都舒适。

在三年的婚姻生活中,埃尔茜了解到凯内尔姆最大的优点就是勤奋。他做每件事都一丝不苟。他完成埃尔茜父亲交代的任务迅速而仔细,主教对他赞不绝口。凯内尔姆对他们的孩子也尽职尽责。每天晚上,他和史蒂维一起跪在儿童床边祈祷,不过除此之外,他从不和孩子说话。埃尔茜曾见过别的父亲把孩子抛向空中,然后接住他们,逗得他们兴奋地连连尖叫。但这种事对凯内尔姆来说太不体面了。性爱是他认真履行的另一项职责——每周一次,在星期六晚上。他们俩都乐在其中,尽管这件事总是千篇一律。

但埃尔茜对凯内尔姆的温情主要来自坐在她腿上的这个小男孩。凯内尔姆给了她史蒂维,还有她肚子里正在发育的孩子。而阿莫斯还对简念念不忘。埃尔茜在 5 月集市上看到他们在一起谈笑风生,简穿着华贵,还多此一举地拿着小阳伞。阿莫斯专心致志地听着她讲话,仿佛她是一位喷珠吐玉的先知。如果埃尔茜把希望寄托在阿莫斯身上,那她如今肯定依然在等待。她吻了吻史蒂维姜黄色的顶发。她无比庆幸自己有这个孩子。

不过,每逢星期六晚上,她还是会想起阿莫斯。

凯内尔姆向阿拉贝拉鞠了一躬,道:"拉蒂默太太,主教大人向您问好,并恳请您知晓早餐已备好。"

"谢谢。"阿拉贝拉说着站了起来。

他们都进了屋。埃尔茜把史蒂维带到育儿室,交给保姆。埃尔茜很早就在厨房吃过早餐,现在她戴上帽子离开,急切地向学校走去。

主日学校只有在礼拜天才能在大礼堂上课,平日只能另寻他所。埃尔茜在名叫"鱼塘"的西南郊区租了一栋老房子,租金很便宜。学校里通常有至少五十个孩子。那些以前没上过主日学校的孩子几乎一无所知,他们的老师不得不从头教起:字母表、简单的算术、主祷文,以及如何用刀叉进餐。

她和米德温特牧师站在一起,兴高采烈地看着孩子们陆续到来。孩子们扯着嗓子谈天说地,虽然他们骨瘦如柴,衣衫褴褛,许多人都

409

没有穿鞋,但所有孩子都对知识充满渴望,就像沙漠渴望雨水一样。她为那些一辈子都在用羊毛织布的人感到难过:他们永远也无法体会到这种求知的快乐。

今天她教的是年纪最大的孩子,这些孩子通常是最难管的。她首先用算术让孩子们绞尽脑汁:一个葡萄干面包要半便士,那六便士能买到几个?然后她教他们写自己的名字和别人的名字。上午的中场休息过后,她让他们背诵一首赞美诗,并给他们讲述了耶稣在水面上行走的故事。在午餐前的最后一小时里,他们全都躁动不安起来,因为整个房子里弥漫着奶酪汤的味道。

午餐时间,阿莫斯来了,穿着埃尔茜最喜欢的深红色燕尾服,像往常一样打扮得整整齐齐。他帮忙给孩子们分饭,然后埃尔茜和他各端一碗饭,坐到一边,边吃边聊。埃尔茜强忍住抚摩他鬓发的冲动,小心翼翼地不去盯着他深褐色的眼睛。她渴望晚上睡在阿莫斯身边,早上和他一起醒来,但这永远也不可能实现了。不过,他们之间至少还存有这份亲密的友谊,对此她感激不尽。

她询问阿莫斯罢工的事。

"霍恩比姆拒绝谈判。"他说,"他拒绝考虑改变既定计划。"

"但没有工人的话,他的工厂一天都运转不了啊。"

"当然,但他认为自己可以熬垮罢工者。'他们会爬到我面前,求我重新雇用他们。'他说。"

"你觉得他说得对吗?"

"也许吧。他的家底比工人厚实多了。但工人自有求生办法。"

每年的这个时候,树林里到处都是小兔、小鸟,只要你知道如何捕捉它们就不愁肉食。还有野菜——繁缕、山楂芽、酸橙叶、锦葵茎、酸模。"

"太没营养了。"

"还有些不那么光明正大的办法可以维持生计。天黑之后,你最好不要包里揣着钱走来走去。"

"哦,老天。"

"你不用担心。你可能是城里他们唯一不会抢劫的富人。你给他们的孩子提供免费午餐。他们认为你是圣人。"

我要是圣人的话,就会爱自己的丈夫了,埃尔茜想,而且只爱丈夫,不爱别人。

"事实上,没有人知道这场罢工将如何收场。"阿莫斯说,"在全国各地的罢工中,有些地方是工厂主获胜,有些地方是工人获胜。"

下午的上课时间较短,埃尔茜及时回到家,给史蒂维准备了他的下午点心——涂黄油的烤面包。然后,她和母亲一起在客厅里喝茶。

几分钟后,她父亲进来了。他似乎有心事:从他坐立不安的样子,埃尔茜看得出来。"你去买东西了吗,亲爱的?"阿拉贝拉递给他一杯茶的时候,他问道。

"去了。"

"我猜,你很喜欢凯特·肖维勒的服装店。"

"她是王桥最好的裁缝——在夏陵恐怕也是首屈一指。"

"肯定是的。"他往茶里丢了一块糖,搅拌了很久。最后他问:

"难道她还没有结婚吗?"

"据我所知,是的。"阿拉贝拉说,"你为什么这么问?"

埃尔茜也不明白主教在暗示什么。

"一个健康的女人到三十多岁还单身,你不觉得有点儿奇怪吗?"

"奇怪吗?"

"一般人都会觉得不可思议。"

埃尔茜说:"不是每个人都适合婚姻。有些女人不明白一辈子做男人的奴仆有什么意义。"

主教大惊失色:"奴仆?老天!婚姻可是圣礼。"

"但婚姻不是强制的,对吧?使徒保罗说:'与其欲火攻心,倒不如嫁娶为妙。'[1]这表明他并非完全赞成婚姻,而是认为这是不得已的让步罢了。"

"你好像对婚姻很不满啊!"

"我和母亲当然格外幸运,我们都有令人满意的丈夫。"

主教不确定女儿是不是在嘲笑自己。"你这么说真是太好了。"他将信将疑地说。"不知你清不清楚,"他接着说,"肖维勒小姐的弟弟是这次罢工的幕后主使。"

埃尔茜说:"我以为萨尔·博克斯是组织者。"

"她是个女人。铲子是她的智囊。"

埃尔茜决定不反驳女人不可能拥有组织能力的偏见,而是直接发

---

[1] 出自《新约全书》中的《哥林多前书》第七章第九节:"倘若自己禁止不住,就可以嫁娶。与其欲火攻心,倒不如嫁娶为妙。"

问:"铲子为什么要组织罢工?他自己就是布商,虽说他偶尔也会亲自织布。"

"好问题。事实上,据说有人想推举他当高级市政官。他的行为着实令人费解。无论如何,阿拉贝拉,你只能做一个光顾肖维勒小姐服装店的顾客。除了纯粹的商品买卖,我不希望我妻子和肖维勒姐弟有任何关系。"

埃尔茜原以为母亲会对这一裁决提出异议,但母亲居然温顺地接受了。"我不会做让你难堪的事,亲爱的。"她对主教说,"你根本用不着多说。"

"听到你这样说我很高兴。请原谅我提起这件事。"

"没关系。"

埃尔茜确信,在这种拘谨正式的交流之下,一定隐藏着什么东西。她觉得这和凯特·肖维勒的搭档贝卡有关。她听过女孩们谈论女性更喜欢同性而非异性的情况——尽管她无法想象那到底意味着什么;毕竟,同性之爱存在解剖学方面的障碍。试穿新衣服的女人确实会在凯特服装店楼上的房间里脱衣服。她父亲是不是听到了一些关于阿拉贝拉参与这种活动的荒谬谣言?

主教喝完茶,回到书房,埃尔茜对母亲说:"这是怎么回事?"

阿拉贝拉轻蔑地哼了一声:"你父亲在胡思乱想,但我不知道他在想什么。"

埃尔茜不确定母亲有没有说谎,但她没有深究。她上楼去帮保姆哄史蒂维上床睡觉。后来凯内尔姆也来了,和儿子一起祈祷。凯内尔姆还没离开，女仆梅森就探头进来说："麦金托什太太，主教大人要您去他的书房。"

"我马上就来。"埃尔茜说。

凯内尔姆问："你父亲找你干什么？"

"我不知道。"

梅森解释道："霍恩比姆高级市政官和里迪克乡绅也在主教大人那里。"

凯内尔姆皱眉道："但主教没有叫我？"

"没有，先生。"

凯内尔姆怫然不悦。他讨厌被排除在任何事情之外。他过于敏感，一旦遭到拒绝，立刻就会感到被轻视，被低估，感到自己没有得到应得的尊重。埃尔茜不止一次地告诉他，有时候人们只是粗心大意，不小心把他排除在外，但他从不相信。

埃尔茜下楼来到书房。霍恩比姆和里迪克戴着假发，表明这是一次正式访问。里迪克看起来有点儿醉，夜里喝得烂醉对他来说并不罕见。霍恩比姆脸上带着惯有的坚定神情。埃尔茜进来时，他们俩都站起来向她鞠了一躬，她也草草行了个屈膝礼，然后坐下。

"亲爱的，"她父亲说，"高级市政官和乡绅有些事想和你商量。"

"真的吗？"

霍恩比姆说："是关于你的学校。"

埃尔茜眉头紧锁。这所学校之所以有争议，只是因为圣公会和卫理公会都支持它，而这两派偶尔会互相排挤。但据她所知，霍恩比姆和里迪克都不在乎宗教上的分歧。"我的学校怎么了?"她说。她听出了自己声音中的敌意。

霍恩比姆说:"听说,你在给罢工工人的孩子提供免费午餐。"

原来如此。她想起进攻是最好的防御。"城里出现了一个绝佳的机会,"她开始反击,"我们得以在有限的时间里向孩子传授一点儿知识,除了这段时间,他们一周六天都在照看机器。我们必须充分利用这个机会,不是吗?"

她试图引导谈话的方向,但霍恩比姆没有上当:"不幸的是,你的这一举动等于支持罢工。我相信你不是有意的,但你的所作所为产生了这样的后果。"

"你到底是什么意思?"埃尔茜问,但她听得出霍恩比姆的弦外之音,一股不祥的预感涌上心头。

"我们希望饥饿能让罢工者明白事理。虽然他们自己可能愿意受苦,但大多数父母无法忍受看到自己的孩子挨饿。"

"你是说……"埃尔茜停下来,喘了口气,她简直不敢相信自己听到的话,"你是说,我应该停止喂饱这些饥饿的孩子,好迫使工人重返工作岗位?"

埃尔茜满脸难以置信的表情,但霍恩比姆不为所动:"这样对大家都好。延长罢工就等于延长痛苦。"

埃尔茜的父亲说:"你知道,亲爱的,霍恩比姆高级市政官说得对。"

埃尔茜义愤填膺地说:"耶稣对彼得说过:'喂养我的小羊。'我们是不是快忘记耶稣的教导了？"

里迪克第一次开口说话："据说，魔鬼也会引用《圣经》来实现自己的目的。"

埃尔茜说："闭嘴，威尔，你对神学一窍不通。"

里迪克气得满脸通红。他受到了侮辱，但他想不出如何还嘴。

霍恩比姆说："老实说，麦金托什太太，我们必须要求你停止干涉我们的事务。"

"我没有干涉。"埃尔茜说，"我只是在喂饱饥饿的孩子，这是所有基督徒的责任。我不会为了你们布商的利益而不去尽责。"

"谁提供食物？"

埃尔茜不想回答这个问题，因为她父亲不知道孩子的肉汤有多少来自主教府厨房。她说："食物是慷慨的市民捐赠的，既有圣公会教徒，也有卫理公会教徒。"

"比如谁？"

她知道霍恩比姆想干什么："你想要一份名单，然后你就可以跑去找他们，逼他们撤回支持。"

霍恩比姆唰地红了脸，这表明埃尔茜猜中了他的企图。他气呼呼地说："我想知道是谁在破坏这座市镇的商业繁荣！"

这时有人敲门，凯内尔姆探头进来。"有什么我能帮忙的吗，主教大人？"他殷勤地说。无论这里发生了什么事，他都想参与进来。

主教有些恼怒。"现在不行，麦金托什。"他简短地答道。

凯内尔姆看上去好像挨了一巴掌。他犹豫片刻，关上了门。埃尔茜知道，他会为此生气一晚上的。

这段小插曲给了她一点儿思考的时间，现在她开口道："霍恩比姆高级市政官，你如果这么关心这座市镇的商业前途，为什么不同工人谈判呢？你也许会发现你们能达成一致。"

霍恩比姆挺直身子："我不需要工人来告诉我怎么做生意！"

"所以这不是市镇商业繁不繁荣的问题，"埃尔茜说，"只是你有没有面子的问题。"

"当然不是！"

"你让我停止喂饱五十个饥饿的孩子，你自己却不肯放低身段去和织布工对话。你的主张站不住脚啊，先生。"

一阵沉默。里迪克和主教都看着霍恩比姆，等待他的回应。埃尔茜意识到，他们也认为霍恩比姆的固执是问题的一部分。

埃尔茜说："不管怎样，就算我想停止免费午餐也做不到了。米德温特牧师会接替我，继续经营学校。唯一不同的是，它将成为一所卫理公会学校。"

这句话半真半假。她是主日学校这一慈善事业背后的推动力。没有她，学校的生存便岌岌可危。

然而，她的父亲对这句话信以为真。"哦，天哪，"他说，"我们可不要什么卫理公会学校。"

霍恩比姆气急败坏。"看来我是在浪费时间。"他说着站了起来，里迪克也跟着起身。

主教不希望谈话在这样充满敌意的气氛中结束，连忙劝解道：

"哦,别走得这么快嘛,来杯马德拉白葡萄酒吧。"

霍恩比姆并没有因此平静下来。"恐怕我有急事要处理。"他说,"再见,主教。"他鞠了一躬:"再见,麦金托什太太。"

两个客人走了出去。

主教大动肝火道:"这真是太尴尬了。"

埃尔茜眉头紧锁:"霍恩比姆并没有表现出他应有的失落。"

虽然主教很生气,但女儿的这句话勾起了他的兴趣。他问:"你这话是什么意思?"

"他没有达到来这里的目的,没能迫使我关闭主日学校。他铩羽而归,但他看起来并不像焦头烂额的败军之将,不是吗?"

"是的,不像。"

"我来告诉您为什么吧。我认为他有备用计划。"

*

那天晚上,凯内尔姆走进埃尔茜的卧室,当时她刚刚穿上睡衣。他们的房间之间有一扇连通的门,但他通常只在星期六才使用这扇门。埃尔茜知道凯内尔姆现在可不是来求爱的。

"你父亲把你和霍恩比姆高级市政官之间发生的事告诉了我。"他说。

"他要我不再喂饱主日学校的孩子,但他失败了。情况就是这样。"

"我看未必。"凯内尔姆说。

埃尔茜上了床。"你如果愿意,可以和我一起睡,"她说,"这样气氛会更友好些。"

"怎么可能?我穿得整整齐齐的。"

"把鞋脱了就行。"

"别这么轻浮,我是认真的。"

"你什么时候不是?"

他没有理会埃尔茜的讥讽:"你怎么敢违抗王桥最有权势的人?"

"答案很简单。"她说,"他不关心饥饿的孩子。任何虔诚的基督徒都会违抗他。他是个坏人,我们有责任反对他。"

"你什么都不懂!"凯内尔姆火冒三丈,"必须安抚位高权重的人,而不是激怒他们。否则他们会让你吃苦头的。"

"别傻了。霍恩比姆能把我们怎么样?"

"谁知道呢?你不应该与这样的人为敌。也许有一天,坎特伯雷大主教会说:'我正在考虑任命凯内尔姆·麦金托什为主教。'但有人可能会提醒他:'啊,但您知道,他妻子总爱闹事。'坎特伯雷那边的人总爱这样挑毛病。"

埃尔茜大感震惊:"我们在谈论饥饿的孩子,你怎么能提自己的晋升呢?"

"我在考虑我下半辈子的前途。我勤勤恳恳地为上帝工作,可不想被一个不知进退的妻子断送了前途。"

"你勤勤恳恳地为上帝工作?你是指你在教会里的升迁吗?"

"它们是一回事。"

"你的职位比给上帝的孩子提供肉汤和面包更重要吗?"

"你总是把一切简单化。"

"饥饿本来就很简单。看到饥饿的人,你就给他们食物。如果这不是上帝的旨意,那就没有什么是了。"

"你以为你了解上帝的旨意?"

"你以为你了解得比我多。"

"我确实比你了解得多。我同这个国家最聪明的人一起学习过神学。你父亲也学习过。而你是个没受过教育的无知女人。"

这句话愚蠢透顶,根本不值得反驳。"不管怎样,我不能关闭学校——我没有这个权力。我就是这么告诉霍恩比姆的。"她说。

"我不关心学校。我也不关心罢工。我关心的是我的未来,我想要一个听我的话、不惹是生非的妻子。"

"哦,凯内尔姆,"她说,"我想你娶错人了。"

第三部分 《防止工人非法联合法》

第二十一章

星期六下午，工厂五点关门之后，基特和朋友们在河对岸新房子附近的一块荒地上踢足球。基特比普通孩子矮小。他能奔跑，也能躲闪，但球踢不远，而且很容易被撞倒。尽管如此，他还是乐在其中，玩得痛快淋漓。

比赛结束后，孩子们就散了。基特漫无目的地游荡，他发现自己来到了一条街上，两边都是新房子，房里无人居住，房门直通街道。他闲来无事，出于好奇透过一扇窗户往里窥视，看到一个空荡荡的小房间，地上铺着地板，墙壁刷了灰泥，还有一段通往楼上的楼梯。房里有一个壁炉、一张小桌子和两条长凳。

他鬼使神差地试着推了推前门，发现门没锁。他在门阶上犹豫片刻，左右打量了一下街道，只看到几个同他一起踢球的朋友。他想起贾奇说过的一句话："好奇害死猫。"

他溜进屋子，悄悄关上身后的门。

这地方有一股新灰泥和新油漆的味道。他听了一会儿，楼上没有声音：这里只有他一个人。桌子上放着四个碗、四个杯子和四个勺子，都是木头做的，都是新的。这让他想起母亲讲的金凤花姑娘和三只熊的故事。但是碗里没有粥。壁炉里干干净净，没有生火。这房子还没有人住过。

他蹑手蹑脚地走上楼梯，生怕楼上有人在沉睡。

楼上有两个卧室。每个卧室的前面都有一扇朝街的窗户，后面却没有窗户。这让他想起了别人说的那种"连栋房屋"。这就说得通了：每座房子和后面的房子共用一面墙，从而节省了砖块。

房间里没有床，也没有人在沉睡。他在一个房间里看到四张叠在一起的帆布褥子，褥子里大概填充了稻草，还看到了一小堆毯子。这房子已经可以入住了，尽管设施相当简陋。

他很想知道谁会来住这种地方。

他对空房子失去了兴趣，于是走下楼梯，出门回到街上。他吃惊地看到几码外站着一个身材魁梧的红脸男人。那人同样惊愕不已。他们对视了一会儿，然后那人愤怒地吼了一声，朝基特走过来。

基特撒腿就跑。

"小偷！"那个男人喊道，尽管基特两手空空。

基特加速逃离，吓得心脏怦怦直跳。那家伙很可能是看守。基特刚到的时候，他一定是上班打瞌睡了，但现在他非常清醒。如果身体状况良好，男人往往跑得比男孩快。但基特匆匆瞥了对方一眼，这人似乎缺乏锻炼。谁知他回头一看，发现那人就要赶上他了。我要挨揍了，基特想，于是拼命狂奔。他看到朋友们惊慌地四散开来。

他看到前面街道上的一幅奇异景象：一辆由四匹马拉着的大车正沿街驶来，里面挤满了男人、女人和孩子。他跑过马车，然后又回头看了看追赶他的人。那人停下来，喘着粗气，靠在马车一侧同车夫说话。

基特不知道自己是不是得救了。

他放慢脚步，继续奔跑，直到与追赶者拉开安全距离，然后才停下来，气喘吁吁地转过身。

马车上都是陌生人，他们兴致勃勃地四处张望。基特听得到他们在谈话，但听不懂他们在说什么。虽然有些词语勉强可以分辨，但他们的口音十分奇特。

这些新来的人开始从马车上爬下来，大包小包，又背又提。他们似乎是一家子一家子来的，每家都有丈夫、妻子和孩子。此外还有几个年轻人，总共约有三十人。就在基特观察这些人的时候，又驶来一辆马车，同样载满了人。

六十个人，基特想，像往常一样在脑子里做着算术。十五到二十个家庭。

然后第三辆马车到来，接着是第四辆。

那个红脸男人已经忘记了基特，正忙着领大家进房子。他们对他的话半懂不懂，而他只能用大喊大叫来回应他们。新来的人当中，领头的似乎是一个黑发浓密的高个儿男人。他对那群人讲解起来，显然是在解释红脸男人的话。

新来者开始散去，领头的走向基特，后面跟着一名妇女和两个孩子。基特决定和他们谈谈。"你好。"他说。

那个领头的说了些基特听不懂的话。

基特问:"你是谁?"

回答听起来像是:"俺系几部工。"

基特略作思索,说:"你是织布工?"

"我就是这么说的。我们都是织布工。"

"你们从哪里来?"

那人的发音像是"大博菱[1]"。

"那地方远吗?"

男人回答:"乘船三天到布里斯托尔,然后坐马车走一天半。"这次基特听明白了,他已经习惯了对方的口音。

"你们为什么到王桥来?"

"这地方就叫王桥?"

"是的。"

"我们村里的工厂倒闭了,我们没有工作。然后来了一个人,说我们可以去英格兰的工厂工作。你是谁,小家伙?"

"我叫克里斯托弗·克利瑟罗,大家叫我基特。"他说,然后自豪地补充道,"我是巴罗菲尔德工厂的维修工。"

"啊,维修工基特,我是科林·亨尼西,很高兴见到你。"

亨尼西一家人走进屋子。基特意识到,所有的前门都故意没有

---

[1] 应是"都柏林",爱尔兰首都和最大城市。

上锁，等待新住户的到来，这就是刚才他能进屋的原因。透过敞开的门，他看到孩子们兴奋地跑来跑去。亨尼西的妻子显得很高兴。

出于说不清道不明的理由，基特觉得这是一桩大事，于是兴高采烈地回家通报他的新发现。

他母亲正在做晚餐，用野洋葱熬粥。贾奇拿着一壶艾尔啤酒坐下。他正在罢工。基特听到萨尔说："无所事事对贾奇没什么好处——他喝得太多了。"

基特对他们说："我看到了一些奇怪的事。"

贾奇对此置若罔闻，但萨尔说："什么事？"

"你知道那些新房子吧？"

"知道，"萨尔说，"在猪圈工厂那边。"

"房子已经修好了。我进去看了一下，里面已经准备好迎接新住户了，有床垫、桌子和杯子。"

他母亲愁眉不展："霍恩比姆可不会给房客送礼物。"

基特决定略过自己被看守追赶那一段："然后马车来了，车上全是人，叽里呱啦地说着听不懂的话。"

萨尔放下用来搅拌稀粥的勺子，转身看着基特。"真的吗？"她说。她的严肃神情告诉基特，这消息果然非常重要。"有多少人？"

"大约三十个。后来又来了三辆马车。"

贾奇放下了大酒杯："哎呀，那可是一百多号人啊。"

"一百二。"基特说。

萨尔说："你跟他们说过话吗？"

"我跟一个黑头发的高个儿男人打了招呼。他说他们在船上待了三天。"

"外国人[1]。"贾奇说。

萨尔说:"你问过他们是从哪里来的吗?"

"听起来像'大博菱'。"

"都柏林,"萨尔说,"他们是爱尔兰人。"

"他说他是织布工,但他村里的工厂关了。"

萨尔说:"我不知道爱尔兰也有纺织工厂。"

"那里也有。"贾奇说,"爱尔兰羊的羊毛又长又软,可以制成一种暖和的优质粗花呢,叫'多尼戈尔'。"

基特补充道:"他说他们都是织布工。"

"见鬼,"贾奇说,"霍恩比姆把工贼招来了。"

"工贼?"基特不解地问。贼可是偷东西的坏人。

"就是顶替罢工者的工人,"萨尔解释说,"霍恩比姆会把他们派到工厂去干活儿。"

"没错,"贾奇冷酷地说,"但前提是他们能活到那一天。"

*

星期天,简去大教堂参加圣餐仪式。阿莫斯想和她说话,所以逃

---

[1] 1799年时,爱尔兰还不是英国的一部分。1801年1月1日,大不列颠及爱尔兰联合王国成立,爱尔兰被正式纳入英国。

掉卫理公会会堂的仪式，等在大教堂外面，直到圣公会的会众出来。

简穿着一件藏青色外套，戴着一顶适合上教堂的朴素帽子。她看起来神情庄重，但一见到阿莫斯就笑逐颜开。诺斯伍德子爵跟在她后面不远，但他正在和德林克沃特高级市政官交谈。

阿莫斯对简说："几天前《泰晤士报》上说，约克公爵[1]计划对英国陆军进行彻底改革。"

"哎哟，"简说，"你真会用甜言蜜语哄女孩，对不对？"

阿莫斯自嘲地哈哈一笑。"对不起。"他说，"你好吗？我喜欢你的帽子。这顶藏青色的很适合你。嗯，寒暄完毕——你听说军队改革了吗？"

"好吧。我知道你不谈这个问题誓不罢休。是的，我知道军队改革的事——亨利现在几乎只谈这个。公爵希望每个应征入伍的人都有一件大衣。我觉得这听起来很合理。他们冻得要死，怎么能打仗呢？"

"公爵还认为军队花了太多的钱采购军需品。在他看来，有人在从民兵队身上赚黑钱。他说得对。民兵队那些大衣的采购价是正常价的三到四倍。"

"我希望你不要变得像我丈夫一样无聊。"

"这可不是无聊的话题。谁代表夏陵民兵队采购军需品？"

"威尔·里迪克少校。哦，我明白你的意思了。"

---

[1] 弗雷德里克王子（1763—1827），全名弗雷德里克·奥古斯都，英王乔治三世的次子，约克和奥尔巴尼公爵，在法国革命战争的大部分时间里担任英国陆军总司令。

"里迪克从谁那里购买制服布料?"

"从他岳父霍恩比姆高级市政官那里。"

"六年前,在里迪克成为霍恩比姆的女婿之前,我参与了一份军需合同的竞标。威尔同意了我的报价,然后向我索要百分之十的回扣。"

简目瞪口呆:"你举报他了吗?"

"没有。"阿莫斯耸耸肩,"他肯定会否认,而我又无法证明他索贿,所以我什么也没做。"

"那你为什么要告诉我?"

"我希望你能告诉你丈夫。"

"但你还是什么都证明不了啊。"

"是的。但你知道我的信仰。我不会撒谎。"

"当然。但你希望亨利做什么呢?如果你不能证明里迪克腐败,他也不能。"

"他不需要证明什么。他是指挥官。他只需要给里迪克少校安排一个不同的职位,比如枪械主管,然后另派人选负责采购。"

"如果这个新人和威尔一样腐败怎么办?"

"请亨利任命一个卫理公会教徒。"

简若有所思地点了点头:"他可能会这么做。他说卫理公会教徒能成为好军官。"

亨利·诺斯伍德与德林克沃特高级市政官分开,来到妻子身边。阿莫斯向他鞠了一躬。子爵说:"你对这次罢工有什么看法,巴罗菲尔德？"

"布商必须赚钱，工人必须有维持生活的工资——这真的没那么难，大人。但贪婪和傲慢阻碍了他们。"

"你认为工厂主应该让步？"

"我觉得双方都应该妥协。"

"很有道理。"诺斯伍德说，然后紧紧攥住简的胳膊，将她带走了。

*

爱尔兰人从星期一开始在霍恩比姆的工厂工作。那天晚上，敲钟练习结束后，在贝尔客栈的里屋举行了一次会议。房间很大，此时却挤满了人：除了萨尔、贾奇和铲子，大多数罢工的织布工也来了。

没有人喝得太多。房间里气氛紧张，大家仿佛都在期待什么。一定会发生什么事，虽然谁也不知道会发生什么。有些织布工拿着结实的木棍、木锹和木槌。

萨尔希望大家保持克制，不要动武。

贾奇则支持大干一仗："明天凌晨四点半，我们这一百人带着棍棒去猪圈工厂外面，谁想进厂就打谁。就这么简单。"

杰克·坎普是霍恩比姆上游工厂的另一名织布工，也是贾奇的朋友。他当即附和道："那就这么干。"人群中传出饱含怒意的嗡嗡低语，表明这一提议得到了大多数人的支持。

萨尔说："然后呢？"

"霍恩比姆必须让步。"贾奇说。

铲子说："贾奇，你认为他是一个会轻易妥协的人吗？他不会叫民兵队来镇压吗？"

贾奇放声大笑："那对他半点儿好处都没有。民兵是我们的朋友和邻居。"

"没错，他们在面包暴乱中拒绝向妇女开枪，"铲子承认道，"但我们能肯定同样的事情还会再次发生吗？如果他们不开枪，而是直接抓人，怎么办？"

贾奇嗤之以鼻道："他们想抓我可没那么容易。"

"我知道，"铲子说，"所以你们肯定会爆发冲突，三四个士兵对付你一个。"

"不止我，还有我的朋友。"

"然后会有更多的士兵加入进来，你的朋友也会更多。"

"很有可能。"

"那将演变成一场暴乱。"

"嗯……"

铲子声色俱厉："贾奇，我很抱歉提起这件事，但你的姐姐乔安妮险些以暴乱罪被判处绞刑，并最终被流放到澳大利亚，可能永远也回不来了。"

"我知道。"贾奇说，他因为在争论中落了下风而恼羞成怒。

铲子毫不留情："那么，如果工人都按照你的方案行动，你觉得你们还会有多少人被流放或绞死？"

贾奇满腔义愤："你在说什么，铲子？难道我们只能坐以待毙吗？"

"再等一星期。"铲子说。

"什么？"

"看看会发生什么。"

人群不满地嘟囔起来。萨尔说："听他的，听一听。铲子的话总是很有道理。"

贾奇忧心忡忡地说："如果我们只是等待，什么也不会发生。"

"别这么肯定。"铲子的语气一如既往地温和理性，"听着，你们已经没什么好失去的了，不是吗？再等一星期。一星期里可以发生很多事。我们星期六晚餐后再到这里碰头。如果我错了，形势没有任何变化，那就该策划更激进的行动了。"

萨尔点头表示同意："不该冒不必要的风险。"

"不过，"铲子说，"这个星期不要惹事。你们如果看到爱尔兰人，径直走开就是。你们是工人，根据英国的不成文法律，你们在证明自己清白之前都是有罪的。"

*

贾奇接受了集体决定，但是心不甘情不愿。他越来越愤怒，酒也喝得越来越多，这让萨尔惴惴不安。星期二晚上，萨尔下班的时候，看见贾奇站在霍恩比姆的新工厂外面，注视着爱尔兰人离开，但他没有和任何人说话。后来,他和萨尔一起回了家。

"我们为什么要同波拿巴和法国人打仗?"贾奇说,"我们应该和霍恩比姆以及那些爱尔兰人作战。"

萨尔表示同意。"对极了,"她说,"但我们得用智慧取胜。霍恩比姆非常狡猾,他那种人都是这样。我们可不能上那些杂种的当。"

贾奇看起来满肚子不乐意,没有答话。

他没有活儿干,这让他的心情越发糟糕。无事可做的他整天待在酒馆。星期四晚上,萨尔回到家,发现父亲的《圣经》不见了。"他把书典当了。"她自言自语道,"他把书典当了,还把钱拿去喝酒了。"她坐在床上哭了一会儿。

但她还有孩子要照顾。

她给孩子们准备晚餐——涂了肉油的廉价的不新鲜面包——此时贾奇摇摇晃晃地走了进来,酒气熏天,因为没钱继续喝酒而闷闷不乐。"我的晚餐呢?"他说。

萨尔说:"我父亲的《圣经》在哪儿?"

贾奇坐到桌旁。"等罢工结束,我会赎回来的,别担心。"他漫不经心地说,仿佛那只是个平常物件,这让萨尔更生气了。

萨尔切了一块面包,抹上肉油,放到贾奇面前:"吃点儿面包,吸吸肚里的酒。"

贾奇咬了一口,嚼了嚼,咽下去,满脸痛苦。"抹肉油的面包?"他说,"为什么没有黄油?"

"你知道为什么没有黄油。"萨尔嘟囔道。

基特突然插话："因为正在罢工，你不知道吗？"

这惹恼了贾奇。"别跟我没大没小的，你这小浑蛋。"他含糊不清地嚷嚷道，"我是一家之主，你别忘了。"说着，他重重地打了基特的脑袋，基特从椅子上摔了下来。

萨尔顿时失控。她脑海中浮现出多年前的一幕，记忆如此鲜活，仿佛事情就发生在昨天：六岁的基特躺在巴德福德庄园宅邸的床上，头上缠着绷带，因为威尔·里迪克的马把基特的颅骨踢裂了。愤怒像火山一样瞬间爆发。她气得七窍生烟，瞋目竖眉地朝贾奇走去。贾奇看到她的表情，登时站起来，脸上写满震惊和恐惧。她扑到贾奇身上，一脚踹向贾奇的下体。她听到休在尖叫，但没有理会。贾奇捂住腹股沟。她冲贾奇脸上连击两下、三下、四下。她手大力沉，贾奇连连后退，惨叫道："离我远点儿，你这疯婆娘！"

她听见基特大叫："停手，停手！"

她又一拳打在贾奇的颧骨上。贾奇抓住她的手臂，但贾奇喝醉了，而她又很强壮，贾奇无法制服她。她一拳打在贾奇肚子上，贾奇痛得弯下了腰。她的腿往贾奇身下一扫，贾奇像被砍倒的树一样摔在地上。

她从桌上抓起面包刀，跪在他的胸口上，把刀对着他的脸，说道："如果你再碰这孩子，我发誓会在半夜割断你的喉咙，上帝做证。"

她听见基特说："妈，放开他。"

她站起来，喘着粗气，把刀放进抽屉。两个孩子退到了楼梯上，瞠目结舌，战战兢兢地盯着她。她看着基特的脸。他左脸通红，开始肿胀。她问:"你头疼吗?"

基特说:"头不疼,脸疼。"

两个孩子小心翼翼地走下楼梯。

萨尔抱住基特,心里的巨石终于落了地:她一直担心基特的头受伤。

她的指关节已经青紫,左手无名指感觉有点儿扭伤。她搓搓手,缓解疼痛。

贾奇慢慢爬起来。萨尔双目圆睁,似乎在挑衅贾奇,看他敢不敢发动攻击。他脸上全是划痕和瘀青,但他斗志全无,身体软塌塌的,脑袋也无力地耷拉着。他坐下来,趴在桌上。他浑身颤抖,萨尔意识到他在哭泣。过了一会儿,他微微抬起头说:"对不起,萨尔。我不知道刚才为什么突然发飙。我从没想过伤害那个可怜的孩子。我配不上你,萨尔。我不够好。你是个好女人,我知道。"

萨尔双臂抱胸站在那里,看着贾奇:"别求我原谅你。"

"我不会。"

萨尔不禁感到一丝怜悯。贾奇很可怜,他没有对基特造成真正的伤害。但她觉得有必要画出底线,否则贾奇可能会认为他可以再打基特,然后再道歉。萨尔说:"你得保证这种事不会再发生了。"

"不会的,我发誓。"贾奇用袖子擦擦脸,看着她,"别离开我,萨尔。"

萨尔注视了他好久,然后拿定了主意。"你最好躺下睡一觉,彻底醒醒酒。"她抓住贾奇的上臂,鼓励他站起来,"来吧,我扶你上楼。"她把贾奇带进他们共用的卧室,让他坐在床边。她跪下来,脱下贾奇的靴子。

贾奇把腿抬到床上,躺下来:"和我待一会儿,萨尔。"

萨尔稍作迟疑,然后躺在他身边。萨尔把胳膊伸到他头底下,让他把脸枕在自己胸口。他两三秒就睡着了,整个身体都变得软绵绵的。

萨尔吻了吻他那张饱经风霜的脸。"我爱你,"她说,"但我不会原谅你第二次。"

*

星期六风和日丽。下午五点半,霍恩比姆出门呼吸新鲜空气时,太阳依然照耀着宅邸花园。这一周他过得相当惬意。得益于临时招募的爱尔兰工人,他所有的工厂都在正常生产,一些新来的工人正在接受培训,学习操作蒸汽织机。他美美地享用了一顿晚餐,现在正吧唧吧唧地抽着烟斗。

但他的平静被女婿威尔·里迪克送来的一条消息打破了。送信的是一个身穿制服的年轻民兵。他满头大汗,气喘吁吁,站得笔直,报告说:"不好意思,霍恩比姆高级市政官,里迪克少校向您致意,并请您尽快到屠宰场酒馆外与他见面。"

霍恩比姆说:"出什么事了?"

"我不知道,先生,我只是奉命传达口信。"

"好吧,跟我来。"

"遵命,先生。"

霍恩比姆走进宅子,对男仆辛普森说:"告诉霍恩比姆太太,有人叫我去议事。"然后他戴上假发,对着门厅的镜子调整了一下,走了出去。

他和信使只用了几分钟,就沿着主街迅速走到了坡下的城区。还没抵达屠宰场酒馆,霍恩比姆就明白里迪克叫他去的原因了。

爱尔兰人进城了。

霍恩比姆瞪大眼睛,看着爱尔兰人领着孩子过桥。他们每人只有一套衣服,但就像王桥工厂的工人一样,他们用鲜艳的围巾、发带、腰带或时髦的帽子把自己打扮得漂漂亮亮的。霍恩比姆从爱尔兰引进了一百二十个人,看上去他们今晚都出来寻欢作乐了。

真不知道王桥本地人会作何反应。

信使把他带到屠宰场酒馆,这是码头区最大的酒馆。一群酒客站在外面享受阳光。这地方热闹非凡,许多爱尔兰人已经到了,正在举杯痛饮。他们很容易辨认,因为他们穿的衣服与英格兰西部的织物存在微妙的不同,粗花呢面料上呈现出随机的颜色,而不是有序排列的条纹和格子。

信使把霍恩比姆领入酒馆,里迪克就在里面,手上拿着一个大酒杯。霍恩比姆说:"我本该料到这一点的。"

"我也是。"里迪克说,"他们刚拿了工资,想好好享受一下。"

"但本地人和新来者似乎并没有互相仇视。"

"暂时没有。"

霍恩比姆点点头:"我们应该召集一组民兵,以防万一。"

里迪克对信使说:"向唐纳森中尉致以我的问候,并请他立即集结第一、二、七连,驻守总部,等待进一步命令。"

年轻人准确地重复了一遍指令,然后就被打发走了。

霍恩比姆忧心如焚。一旦出了乱子,民众就会归咎于爱尔兰人,甚至可能会给他施加压力,要他赶走爱尔兰人。这样一来,他就得听凭该死的工会摆布了。

他需要四处巡视一番。"我们出去走走吧。"他说。

里迪克将杯中酒一饮而尽,与霍恩比姆走了出去。

几步之外有一家小酒吧,招牌上画着一只天鹅。"白天鹅酒吧,"里迪克说,"有人戏称这里为'脏鸭子'。"

他们往里看去。那些外来者和当地人一起或坐或站,没有人闹事。

街头小贩在卖冷热小吃:烤苹果、坚果、热馅儿饼、姜饼。码头边,一艘驳船正在卸下一桶桶滨螺,这是一种可食用的小海螺,必须用针把肉从壳里挑出来。已经有人在炭火上煮桶装的滨螺了。霍恩比姆一点儿也不想吃,但里迪克买了一桶滨螺,洒上醋,边走边吃,吃完就直接把壳扔到地上。

他和霍恩比姆将码头区巡视了一遍。他们检查了酒馆、赌场和妓院。酒馆都很简陋,摆放着粗糙的自制家具,主要卖艾尔啤酒和便宜的杜松子酒。霍恩比姆猜爱尔兰人不会坐上赌桌,因为他们没有足够的钱。贝拉·洛夫古德年纪渐长,已经自己开了一家妓院。四五个年轻的爱尔兰男人正在她那里,耐心地等着轮流"光顾"店里的姑娘。卡利弗的店里没有爱尔兰人,无疑是因为那里对工人来说太贵了。

他们回到屠宰场酒馆时,太阳已经开始沉入河面,酒客变得更加喧闹了。等候他们的信使报告说,唐纳森中尉已经集结了三个连。里迪克说:"跟紧我——可能还需要你传递消息。"

酒馆里人声鼎沸,但没有气氛紧张的迹象。里迪克又要了一大杯啤酒,霍恩比姆则要了一杯马德拉白葡萄酒,他们把酒拿到外面,那里的空气仍然温暖,而且更加清新。霍恩比姆开始觉得一切都会好起来的。

有人开始对打闹的孩子感到恼怒。那些小家伙跑来跑去,玩追逐游戏,似乎有消耗不完的精力。偶尔有孩子撞上大人,然后不道歉就躲开。"我在想,"霍恩比姆心烦意乱地说,"我们是不是应该建议大家管好自己的孩子,或者最好把他们带回家睡觉。"

来了一个卖姜饼的小贩,在屠宰场酒馆外面把厚切甜姜饼卖给酒客。霍恩比姆看到一个大约八岁的男孩从一个姑娘手中抢走一块姜饼,直接塞进嘴里。可惜那孩子的动作不够快,姑娘的同伴抓住了他的胳膊。"小贼!"那人怒喝道。男孩试图挣脱,但无论如何都无法摆脱男人的钳制。他开始哇哇尖叫。人们纷纷转头看过来。

霍恩比姆认出抓住孩子的人是纳特·哈蒙德,一个经常光顾屠宰场酒馆的小流氓。哈蒙德曾因袭击罪被带到法官面前两三次。

不一会儿,一个爱尔兰人走到哈蒙德跟前,说:"放开小米奇。"

霍恩比姆听到里迪克嘟囔了一句:"哦,见鬼。"

哈蒙德晃了晃小男孩，咄咄逼人地问："这小崽子是你的吗？"

爱尔兰人说："放了我的孩子，不然我让你吃不了兜着走。"

里迪克对信使说："快跑到总部去，让唐纳森立刻把民兵队叫过来。"

那个叫米奇的孩子看到父亲来了，胆子顿时大起来，狠狠踢了抓他的人一脚。哈蒙德又惊又痛地叫了一声，重重抽了米奇一耳光，同时松开孩子的手臂。孩子倒在地上，小小的塌鼻子鲜血直流。

孩子的父亲扑向哈蒙德，一拳打在他肚子上。哈蒙德疼得弯下了腰，爱尔兰人说："你有种就冲我来，别在孩子身上耍威风。"

里迪克抓住霍恩比姆的胳膊。"我们站远点儿。"他说。霍恩比姆心领神会，迅速响应。

他们后撤的时候，两个男人——一个本地人，一个爱尔兰人——想把两名斗殴者拉开，但很快他们也加入了战斗。更多的人卷入其中。每个人一开始都是来拉架的，结果不久自己也动起手来。一些女人来救援她们的男人，也投入混战。叫嚷演变成喧嚣，将屠宰场酒馆和"脏鸭子"酒吧里的人纷纷吸引过来。卖滨螺的小贩想阻止人们靠近他的桶，但由于他是通过拳头来阻止的，所以没两下就深陷乱局，桶也被打翻，滚了出去，滨螺和着海水撒满了石子路面。

令霍恩比姆大惊失色的是，转眼就有至少五十人缠斗在一起，难分难解。他朝街道远端望去，但没有看到民兵的人影。他苦苦思索平息暴乱的对策，但无论他和里迪克做什么，都只会让他们卷入纷争。

这将使顶替罢工者的爱尔兰工人和霍恩比姆本人名誉扫地。这是一场灾难，而且他看到周边区域也被殃及，其他酒馆中的人也源源不断地拥上街道。他甚至可能被迫把爱尔兰工人送回他们的老家。

这只会让那些罢工的工人乐不可支，他怒不可遏地想。

唐纳森终于带着民兵队赶到了。有些民兵带着火枪，但其余的没有武器。唐纳森命令持枪民兵站在远离人群的地方，随时准备射击，又命令其他民兵逮捕所有参与打架的人。

霍恩比姆本想看民兵开枪镇压暴民，但他意识到那样反倒会对自己不利。

民兵开始把斗殴者从闹哄哄的人群中一个个揪出去，绑起来。霍恩比姆看到这样做有些效果：有些人连忙挣脱对手，仓皇逃离，以免被捕。

霍恩比姆对里迪克说："我们一定要把这场暴乱归咎于新成立的工会。那些罢工者，必须见一个抓一个。"

"我认不出谁是罢工者。"

"那就去找那些头目——贾奇·博克斯、杰克·坎普、萨尔·博克斯，或者那个叫铲子的家伙。"霍恩比姆知道，他可以找到人做证，说是罢工领导者故意挑起了事端。

"好主意。"里迪克说，他向一个下士下达了命令。

他想，运气好的话，他们无论如何也会抓到几个罢工者。

不一会儿，他就看出战斗即将结束。逃跑的人比战斗的人更多。许多仍在视线范围内的人都躺在地上，处理身上的伤。他估计，那些躲过抓捕的爱尔兰人已经逃到桥那边去了。

现在，霍恩比姆必须想办法减少损失。

"你们逮捕了多少人？"他问里迪克。

"二三十个。他们被暂时关在屠宰场酒馆的谷仓里。"

"把他们押到王桥监狱去，记下他们的名字和其他细节，拿到我家来。我们要放了爱尔兰人。明天是星期天，但明天一大早，我就要在小治安法庭上审案。我会严厉惩罚罢工者和他们的领导人，对其他人从轻发落。我希望王桥的人明白，暴乱是工会造成的，而不是爱尔兰人。"

"好主意。"

霍恩比姆与里迪克道别，回到家中，静待事态发展。

*

一个小男孩冲进贝尔客栈，跑到铲子面前，说："有人在屠宰场酒馆那边同工贼打起来了！民兵队在抓人！"

"太棒了！"贾奇大叫着站起来，"我们最好尽快赶过去。"

铲子斩钉截铁地说："坐下，贾奇。"

"怎么——我们要坐在这里喝艾尔啤酒，让我们的邻居去跟工贼打架吗？我不干！"

"你再想想，贾奇。我们如果跑去凑热闹，说不定会被捕的。"

"哼，这并不是世界上最糟糕的事情。"

"然后我们就会被带到法官面前。法官会说暴乱不是爱尔兰人的错，因为带头闹事的是罢工者。"

"不管我们做什么，他们都会把屎盆子扣到我们头上，不是吗？"

"如果我们都在这里，他们就没法栽赃，因为霍恩比姆的绝大部分织布工都和我们在一起，喝了一晚上艾尔啤酒。这里有一百个人可以做证，包括酒馆老板，他的叔叔也是高级市政官。"

"所以……所以……"贾奇花了好一会儿才想明白，"所以他们就只能责怪那些工贼了。"

"没错。"

贾奇又思索了片刻，说："你之前就知道会发生这种事吗，铲子？"

"我认为有可能发生。"

"所以星期一你才不让我们去猪圈工厂？"

"是的。"

"所以你才让我们今晚在这里见面？"

"是的。"

"老天。"贾奇放声大笑，"我早就说过，铲子——你真是个狡猾鬼。"

*

星期天早晨做完礼拜，弗兰克·菲什威克市长在公会大厅组织了一次临时会议。城里所有的大布商都收到了邀请，不论他们是圣公会教徒还是卫理公会教徒。霍恩比姆和铲子都应邀出席。

第三部分 《防止工人非法联合法》

铲子知道,自己受邀并不是因为他是什么富商巨贾,而是因为他跟工人关系密切。他可以告诉其他布商,工人在说什么和做什么。

菲什威克市长五十多岁,身材魁梧,胡子花白,神情冷静而威严。他认为自己的职责是确保王桥的布商可以不受阻碍地做生意——他无暇考虑关于人权的愚蠢问题——但他不像霍恩比姆那么好斗。铲子不确定菲什威克今天会站在工人一边还是工厂主一边。

菲什威克开口道:"我相信,我们大家可以在一个问题上达成一致,那就是我们不能让王桥的街道上三天两头爆发混战。我们必须立即制止这种行为。"

霍恩比姆立刻发起攻击:"星期六晚上,我的爱尔兰工人拿着辛苦挣来的工资心平气和地消费的时候,遭到了暴徒的袭击。我全都看到了。我当时就在场。"

与会者看向铲子,以为他会立刻驳斥霍恩比姆,但他缄口不言。

不出所料,另一个人发起了反击。这个人是阿莫斯·巴罗菲尔德,一个平时沉默寡言的家伙,但他偶尔也会发表语惊四座的观点。"我不太在乎是谁挑起了纷争,"他直截了当地说,"这场暴动发生的原因是,有一百多名外国人被带到王桥来顶替罢工者上班。"

霍恩比姆咬牙切齿地说:"我完全有权利这么做!"

"我不能否认你有这个权利,但你这样做于事无补,不是吗?"阿莫斯回应道,"下星期六会出什么状况,霍恩比姆?你有什么办法可以防止冲突重演?"

"我当然有办法。昨晚的冲突是由不满的织布工组成的工会故意挑起的。必须狠狠教训这些害群之马。"

"有意思。"阿莫斯回应道,"果真如此的话,当然必须将肇事者绳之以法。不过,你今天上午就对昨晚被捕的人进行了审判,而且——"

"没错,但是——"

"请允许我把话说完,"阿莫斯提高嗓门儿道,"我希望大家都能听到我的发言。"

"让他说完,霍恩比姆。"菲什威克坚定地说,"在这里,我们都是平等的。"

铲子甚为满意。市长的干预表明,霍恩比姆不会事事顺心。

"谢谢您,市长先生。"阿莫斯说,"霍恩比姆,你的法官同僚没有收到今早开庭的通知,所以未能出席审判。但据我所知,被告不包括你的织布工,也不包括任何被认定为工会组织者的人。"

"他们太狡猾了!"霍恩比姆说。

"他们也许就是诡计多端,以至明智地没有参与暴乱,因此他们是无辜的。"

霍恩比姆气得满脸通红,一时说不出话来。

铲子认为他说话的时候到了。"这一点我可以证明,市长先生。"他说,"不知当讲不当讲?"

"请讲,肖维勒先生。"

"罢工者和他们的一些支持者昨晚开了个会,讨论面临的问题。我碰巧在贝尔客栈,可以证明他们整晚都在房间里。他们得知发生了暴乱，并一致同意不采取任何行动。他们一直待在酒馆，直到暴乱平息之后很久才离开。酒馆的主人、员工和约一百名顾客都可以做证。所以我们可以很有把握地说，罢工者和他们的支持者与暴乱无关。"

"话虽如此，他们依然可能暗中策划了暴乱。"霍恩比姆说。

"有这个可能，"阿莫斯说，"但没有证据支持这一点。我们不能仅仅根据推测就采取行动。"

"既然如此，"菲什威克重新主导了讨论的方向，"也许我们可以谈谈如何结束罢工，并防止我们城里再次发生这种冲突。我们显然不能要求我们的朋友霍恩比姆不使用新的蒸汽织机——我们不能阻止进步。"

霍恩比姆说："至少在这一点上，我要感谢您的支持。"

菲什威克接着说："不过，也许我们可以做一些较小的让步，说服工人取消罢工。肖维勒先生，你可能比我更了解工人。你认为怎样才能说服他们回来工作呢？"

"我不能代表他们说话。"铲子说，他感觉与会者普遍大失所望，"不过，也许我可以提出一个促进问题解决的办法。"

"请讲。"菲什威克说。

"也许可以委派三四个布商组成谈判小组，与工人代表会面。也许我们可以向他们解释，哪些要求是万难施行的，哪些要求是可以磋商的。让对方了解我们的想法之后，我们的谈判小组就可以向霍恩比姆先生报告，他们也可以向工人报告。这样一来，我们就有可能达成协议。"

所有的布商都具有丰富的商业谈判经验，愿意讨价还价，折中妥协。桌子周围登时响起一阵窃窃私语，与会者纷纷点头附和。

铲子大受鼓舞，接着说："很明显，谈判小组没有权力代表霍恩比姆先生做决定，也没有权力代表工人做决定。尽管如此，谈判小组还是需要具备一定的权威，因此，我建议您，市长先生，来亲自领导谈判小组。"

这也得到了大家的认可。菲什威克说："我当然愿意为霍恩比姆先生效劳。对了，肖维勒先生，你显然也可以在谈判小组中发挥极大作用。"

"谢谢。我愿尽绵薄之力。"

有人说："还有巴格肖太太。"

铲子表示赞同。茜茜·巴格肖是城里唯一的女布商，经营着从亡夫那里继承来的生意。她头脑聪明，思想开放。

菲什威克说："也许还可以包括巴罗菲尔德先生？"

大家又一次达成一致。

"很好，"菲什威克说，"先生们，女士们，如果各位同意的话，我想我们今天就着手工作吧。"

这下工会得到官方认可了，铲子心满意足地想。

不知道霍恩比姆接下来会如何应对。

*

阿拉贝拉说："以前没有男人看过我那里。"

"哦？可你怀上了埃尔茜……"

"在黑暗中。"

"主教必须在黑暗中做爱吗？"

阿拉贝拉咯咯发笑："这很可能是他们的规定。"

她稍作停顿，铲子意识到她有心事。"嗯……我得告诉你……"她迟疑不决，"前天晚上我和他睡在一起了。"

铲子扬起眉毛。

"那天晚上他喝了很多波尔图葡萄酒，最后还喝了白兰地。我不得不帮他脱衣服。然后他几乎跌倒在床上，开始打呼噜。我看到了机会。"

"你也一起钻床上去了。"

"是的。"

"然后……"

"他整晚除了放屁什么都没做。"

"哦，恶心。"

"他醒来时发现我和他躺在床上，吓了一跳。我们已经好多年没睡在一起了。"

铲子很好奇，但也很担心。她到底做了什么？他担心阿拉贝拉和主教之间会爆发质问与争吵，让场面无法收拾。"他说了什么？"

"他说：'你在这里干什么？'"

铲子放声大笑："男人问妻子这个问题可真是滑稽！你是怎么回答的？"

"我说：'你昨晚非要我留下陪你。'我努力表现出……你知道的……害羞的样子。"

"那场面肯定很有趣。我简直无法想象。"

阿拉贝拉活灵活现地模仿出少女娇羞忸怩的模样，说："哦，肖维勒先生，你让我脸红了。"

铲子咯咯笑了起来。

阿拉贝拉接着说："然后他想知道发生了什么事。他说：'我真的把你……'我说：'是的。'那是个谎言。然后，为了让谎言听起来更可信，我说：'持续得不久，但也不短。'"

"他会相信你吗？"

"我想会的。他看上去十分震惊，然后直喊头痛。我说：'我一点儿也不惊讶，因为你喝了波尔图葡萄酒之后又喝了白兰地。'"

"然后你做了什么？"

"我回到自己房间，叫来女仆，让她吩咐男仆给主教送一大壶茶。"

"所以你打算告诉主教你怀孕了……"

"我会提醒他那晚的事。"

"你们只做过一次。"

"每次怀孕都是一次性行为的结果。"

"他会上当吗？"

"我想会的。"她再次说道。

第三部分 《防止工人非法联合法》

*

一周后，布商在同一时间、同一地点再次碰面。

铲子觉得，达成协议这一事实会比协议的具体条款更重要。这将确立工会的地位，让工厂主和工人都相信工会有用。

菲什威克市长通报了谈判情况。"首先，"他说，"工人提出了两个要求，我们不得不告诉他们，工厂主是绝不会答应的。"

这种打开天窗说亮话的沟通方式正是铲子的主意。

"他们要求把爱尔兰工人赶走。"

霍恩比姆说："不可能。"

菲什威克没有理会霍恩比姆的插话，说："我们解释说，这个问题的决定权掌握在霍恩比姆高级市政官手里。虽然有些布商可能会同意让爱尔兰工人回家，但我们没有权力命令霍恩比姆先生。"

有人嘀咕道："太对了。"

"其次，他们要求失业工人得到教区救济，而不必进入王桥济贫院。"

工人痛恨济贫院。那里又冷又不舒服，最重要的是，进入济贫院里的人都觉得自己受到了侮辱。那里同监狱没有太大区别。

"我们不得不再次解释，"菲什威克说，"我们对教区救济事务没有管辖权，那是由教会控制的。"

铲子之所以让菲什威克采取欲扬先抑的策略，是因为他知道，得知谈判小组坚决抵制了工人的部分要求，布商会对小组感到放心。这样一来，听到剩下的要求时，布商应允的可能性就更大。

"现在谈工人提出的第三个要求，我建议我们接受。"菲什威克接着说，"他们希望被机器取代的工人能够优先从事其他工作。如果我们同意，市政委员会——在座诸位大多是委员会成员——可以通过一项决议，将支持失业工人再就业确立为王桥工厂主解雇工人时必须遵守的程序。这将缓解目前的危机，并让我们所有人未来更容易引进新机器。"

铲子观察众人的表情，发现大多数人都同意这一点。

"为了确保新政策在实际操作过程中顺利发挥作用，我们又提出了两条建议。首先，在安装新机器之前，工厂主应该向工人做出解释，并与工人协商有多少人将留下来操作机器，有多少人将被机器取代。"

不出所料，霍恩比姆发表了尖刻的抨击："照你这么说，我买新机器之前还必须咨询工人？简直荒谬！"

阿莫斯说："反正我们中的一些人就是这么做的。事先获得工人的理解与支持，可以让机器取代人工的过程更加顺利。"

霍恩比姆厌恶地哼了一声。

"其次，"菲什威克接着说，"今后工厂主和工人的代表应该监督双方遵守协议的情况，以便及时解决问题，避免引发争端。"

这是一个新想法，与大多数工厂主习以为常的对待工人的方式迥然不同。然而，只有霍恩比姆公开表示反对。"你们这样搞，是要让工人翻身当主人，工厂主下跪做奴隶呀。"他用轻蔑的语气说。

菲什威克有些恼怒。"霍恩比姆，在座的都不是傻瓜。"他气呼呼地说,"工厂主和工人双方完全可以携手合作,而不必非得争个谁主谁奴。"

大家纷纷低声表示同意。

霍恩比姆举起双手,表示投降。"随你们的便。"他说,"我算老几呀,凭什么挡你们的路?"

铲子遂心快意。这正是萨尔和贾奇期待的结果,罢工也将就此结束。工会已经成为王桥纺织业的一个固定组成部分。但他还有一句话要说:"工人非常乐见协议达成,但他们明确表示,工厂主绝不能惩罚罢工领导者。我担心,对罢工领导者的任何报复都可能彻底破坏协议。"

众人沉默不语,琢磨着这句话的含义。

接着,菲什威克市长说:"各位,今天的会议到此结束,祝大家享受一顿丰盛的周日午餐。"

众人正准备离开,霍恩比姆突然撂出一句狠话:"你们都向工会投降了,但这只是暂时的。工会很快就会成为彻头彻尾的非法组织。"

全场鸦雀无声,人们无不大惊失色。

"再见。"霍恩比姆说,然后离开了公会大厅。

第二十二章

大多数布商都认为霍恩比姆是在虚张声势。铲子持不同意见。霍恩比姆不会说容易被拆穿的谎言,否则他就会显得很愚蠢。他说的话里一定暗藏玄机。霍恩比姆发出的任何威胁都令人担忧。于是,铲子前去咨询查尔斯·米德温特的意见。

这位牧师认为,卫理公会教徒即使买不起报纸杂志,也应该充分了解国家事务,所以他订阅了几份出版物,并将它们在卫理公会会堂的阅览室里留存一年。铲子常去那里查阅过期报刊。他把霍恩比姆的话告诉了米德温特,米德温特决定帮他查找有没有哪篇文章提到了取缔工会的法律。阅览室是一个有大窗户的小房间,他们坐在一张廉价桌子的两侧,按由新及旧的顺序逐期翻看报纸。

搜寻的时间并不长。

他们了解到,6月17日,也就是上周的星期一,威廉·皮特首相宣布了《防止工人非法联合法》,规定工人不得组织起来,即所谓"联合"起来,要求提高工资或以其他方式干涉工厂主自由,否则就会触犯法律。据说，该法案是对当前愈演愈烈的"罢工瘟疫"的回应。铲子认为，虽然"瘟疫"这个词略显夸张，但有些行业确实因战时加税和贸易限制而遭受重创，一直处在风雨飘摇之中。

这篇报道非常简短，几乎没有任何细节，无怪乎铲子在日常阅读中没有发现这一危险。但仔细研读后就明白，工会即将成为非法组织。

如此一来，形势将陡然逆转。工人将沦为任人宰割的羔羊。

该法案第二天提交议会，并在一天后在下议院进行了二读[1]——这意味着该法案的原则获得了批准。

"我的天，这也太快了。"米德温特说。

铲子说："那帮浑蛋觉得火烧屁股了，于是草草出台了这个法案。"

随后，该法案按照议会程序被送到了一个委员会，该委员会负责对其进行详细审查，然后向议会报告。

"你知道这要花多长时间吗？"铲子问。

米德温特无法给出明确回答，于是说："我觉得这要视情况而定。"

"这件事很重要。我们可能没有多少时间了。我们去问问代表我们王桥的下议院议员吧。"

---

[1] 一些国家议会通过法案的程序。首创于英国，包括初读、二读、三读三个步骤（有些国家采用二读制）。初读是宣读案名或要点，然后交有关委员会审查。二读是对委员会审查后的议案逐条宣读，进行辩论。三读是进行文字修改和表决。——编者注

"我不是选民。"米德温特说。他没有财产,因此不具备"四十先令选举权"。

"但我是选民,"铲子说,"你可以和我一起去。"

他们离开了卫理公会会堂。6月的温暖阳光照在他们脸上,他们快步走向市场广场,拐进威拉德公馆。

诺斯伍德子爵刚吃完午餐,他请他们喝了一杯波尔图葡萄酒。桌上有坚果和奶酪。米德温特谢绝饮酒,但铲子欣然接受。葡萄酒非常好喝,入口甘甜顺滑,回味绵长,带着一丝白兰地一样的刺激口感。

铲子向子爵转述了霍恩比姆的那句风凉话,还有他们从上周的报纸上发现的情况。诺斯伍德得知《防止工人非法联合法》后无比震惊,这是理所当然的,因为他从来没有认真履行过下议院议员的职责。

"我不喜欢这个杀气腾腾的法案。"他说,"我能理解你们为什么担忧。当然,正常的生产经营绝不允许受到干扰,这一点我们都知道,但完全禁止工人联合起来就等于肆意欺压工人。我讨厌恃强凌弱。"

铲子说:"事实上,在王桥这里,罢工是在工会的协助下才结束的。"

"这个我倒不清楚。"诺斯伍德说。

"这是刚刚才发生的事。但请相信我,如果没有工会,工厂主与工人的冲突只会更多,不会更少。"

"嗯,我必须多了解一下这个《防止工人非法联合法》。"

催促贵族是不礼貌的,但铲子还是问:"那要多长时间呢,大人？"

诺斯伍德扬起眉毛，但没有当场发作。"我今天就写信去问。"他说，"我在伦敦的人会把法案的详细情况发给我的。"

铲子继续追问："我想知道，委员会需要多长时间才能向议会提交审查报告。"

"政府明显非常着急，委员会很可能几天就结束审查。"

"我们能做些什么来说服议会重新考虑吗？"

"由于工人不能投票，他们影响议会的常规途径是提交请愿书。"

"我今天就开始安排写请愿书。"

星期五，诺斯伍德收到了回信。送信的是一个矮胖的秃头男人，名叫克莱门特·基思利。他坐在大教堂对面诺斯伍德的办公室里，向铲子解释说，他是一名律师，担任本杰明·霍布豪斯议员的助手。霍布豪斯议员熟悉王桥，因为他父亲是布里斯托尔的商人，与王桥有生意往来。

基思利是霍布豪斯在布里斯托尔文法学校就读时的同学。他自豪地说，霍布豪斯先生曾强烈反对《防止工人非法联合法》，但他的反对不足以阻止该法案通过，如今该法案即将提交上议院，也就是贵族院审议。

"皮特先生的政府在这件事上心急如焚，恨不得明天就通过该法案，难道不是吗？"诺斯伍德说。

"的确如此，大人，他们的反对者没有时间组织请愿。"

铲子说："已经有几百人在请愿书上签名了。"

"我们必须组织更多的人签名,然后将请愿书提交上议院。"基思利转向诺斯伍德,"大人,您能否召开一次公开会议,由我向您的选民解释此事?"

"好主意。什么时候?"

"今天或明天。我们不能再拖延了。"

"嗯,明天应该没问题。"

铲子说:"我现在就去确认一下大礼堂是否可用。"

"有劳了。"诺斯伍德说。

"不知基思利先生是否愿意和我同去,看看他将要向民众发表演讲的地方。"

"是的,我愿意。"基思利说。

他们离开了诺斯伍德的办公室。来到外面,基思利停下脚步,欣赏起大教堂来。阳光下的大教堂是最美的,铲子想。"我记得这里。"基思利说,"我小时候肯定来过这儿。真是宏伟啊。每块石头都是人工打磨的,没有使用机器。"

铲子说:"严格说来,我并不反对机器。反正机器替代人工的潮流是无法阻挡的。但我们可以减轻工人的痛苦。"

"没错。"

他们沿着主街走到十字路口的大礼堂。门是开着的,里面有几个人在做清洁和维护。铲子领着基思利来到经理办公室。是的,星期六晚上主厅可以用,经理当然很高兴承办诺斯伍德子爵举行的政治会议。

他们路过宴会厅时停了下来。阳光透过窗户，将清洁工扬起的灰尘镀上了金色。铲子说："如您所见，这里非常宽敞。王桥大约有两百个选民，但我想我们应该也让工人来听听。"

"哦，当然。诺斯伍德议员必须亲眼看看，劳动人民得知有人在密谋对付他们后会多么愤怒。王桥有多少工人？"

"毛纺厂里的大约有一千。"

"鼓励他们都来吧。"

"我会把消息散布出去的。"

"太好了。我建议你在会议结束后立即为请愿书收集签名，我将在星期天把请愿书和签名都带到伦敦去。"

"请您坦诚地告诉我，"铲子说，"我们阻止这项法案通过的机会有多大？"

"无法阻止，"基思利说，"就像无法阻止机器取代人工一样。我们所能做的是修改法案——正如你所说的，尽量减轻工人的痛苦。"

太令人失望了。铲子满腔义愤。我要是能当下议院议员就好了，他想。我一定要摇醒那些尸位素餐的家伙。

*

萨尔觉得来自伦敦的信使看起来不太起眼。优秀的演讲者往往相貌出众，像查尔斯·米德温特那样，但基思利恰恰相反。萨尔希望基思利不要像巴索洛缪·斯莫尔牧师那样，让所有人厌烦。她希望工人听了演说后会群情鼎沸，斗志昂扬。

幸好，这次会议吸引了很多人。萨尔看到城里的大布商和几百个工人都来了。座位坐满了，后面还有人站着。前面的讲台上放着一张桌子。诺斯伍德子爵坐在桌子后面，位于讲台的中央，显然是主持人。菲什威克市长站在他身边，基思利站在另一边，铲子则站在这一排人的最边上。萨尔坐在观众席上：虽然她在罢工中发挥了关键作用，但所有人都认为女人是没有资格上讲台的。

在房间侧面，埃尔茜·麦金托什坐在一张桌子旁，桌上放着纸、笔和墨水，演讲结束后为请愿书征集签名时会用到这些东西。

诺斯伍德宣布会议开始。他本想好好介绍会议主旨，一张嘴却如同在给部队发表战前动员："现在大家注意，我们来这里，是为了了解一项重要法案。这项法案目前正在议会进行审议，所以你们都必须仔细听听从伦敦远道而来的基思利先生将对我们发表的讲话。"

基思利的语气比诺斯伍德轻松。"一旦这项法案以目前的形式获得通过，它势必会改变我们国家每个劳动者的生活，无论是男人、女人，还是孩子。"他说，"所以，如果有什么不清楚的地方，请站起来说自己没听懂，或者提出需要澄清的问题。我不介意被打断。"

萨尔知道，基思利轻松随意的说话方式更对工人胃口：讲话不拘礼节才能调动工人的参与热情。

基思利从议会火速推动法案通过开始讲起："首相在上周的星期一宣布法案，第二天初读，第三天二读。七天后，也就是这周三，委员会匆忙提交了审查报告。这份报告将于后天提交上议院。然而，议会并不急于听取他们统治的国家的劳动人民的意见。议会还没有时间考虑伦敦印花布印染工人反对该法案的请愿书。"

有人高喊："太不要脸了！"

"那么，这到底是一项什么样的法案呢？"基思利突然故作神秘似的压低了声音，"朋友们，仔细听好啰。"他的声调逐渐升高："这项法案规定，任何一个工人，只要和其他工人联合起来——一个也算！——要求增加工资，那就是犯罪，可能被处以两个月苦役！"

人群中响起高声抗议。

谢天谢地，萨尔想，基思利的演讲竟然如此富有感染力。她先前低估基思利了。

一个尖锐刺耳的声音说："等一下！"

萨尔搜寻声音的来源，看到霍恩比姆站了起来。

萨尔注意到铲子凑到基思利耳边低语，猜他是在介绍插话者是谁。

霍恩比姆说："请允许我指出，法案平等地禁止了工厂主的联合。"

"谢谢您的提醒。"基思利说，"我刚刚得知，我有幸同霍恩比姆高级市政官说话，对吧？"

霍恩比姆说："正是。"

"您是一位布商，霍恩比姆先生。"

"是的。"

"也是治安法官。"

"是的。"

"您刚刚使用了'平等'这个词，那让我们来仔细研判一下是不是这么回事。"基思利将目光从霍恩比姆身上挪开,投向众人,"我的朋友们,这项法案将允许霍恩比姆先生指控他的任何两个工人非法联合。然后,他就可以自己审理案件,不需要第二个法官,也不需要陪审团。如果他们有罪,他可能会判他们服苦役——整个过程都不需要征求世上任何其他人的意见。"

听众中传出一阵义愤填膺的嗡嗡声。

"请注意以下的对比——"基思利接着说,"根据这项法案,被指控的工厂主必须由陪审团和至少两名法官进行审判。"

萨尔大声说:"这不公平!"周围的人纷纷表示赞同。

"这不是唯一的不平等之处。"基思利说,"工人会被问及与工友的谈话,拒绝回答会构成犯罪。你们将被迫给出不利于自己和工友的证词,否则就会因拒绝做证而入狱。"

霍恩比姆又站了起来:"你应该是律师吧,基思利先生。你一定知道,工人的非法联合,或者说串通谋乱,是出了名的难以证明。这一条款对该法案的生效至关重要。被告必须自己提供证据,否则起诉是不会成功的。"

"谢谢您指出这一点,霍恩比姆先生。我将重复您的论点,因为它非常重要。朋友们,霍恩比姆先生正确地指出,要证明共谋非常困难,除非被告被迫指证自己。这就是这一条款在法案中必不可少的原因。也许,我的朋友们,这也是这一条款只适用于工人而不适用于工厂主的原因!"

工人愤怒地咆哮起来。

第三部分 《防止工人非法联合法》

萨尔意识到，霍恩比姆从来没有遇到过像基思利这样思维缜密、言辞犀利的人。基思利具有令人生畏的辩论技巧——他甚至比王桥口才最好的铲子还厉害。霍恩比姆常常通过恐吓而不是辩论来达到目的。今天他一败涂地。

霍恩比姆绝望地说："法案里有上诉条款。"

"谢谢，霍恩比姆先生。您替我做了发言。霍恩比姆先生提醒我，因触犯这一法律而被定罪的工人可以提出上诉。这很公平，不是吗？他只需要付二十镑就行了。"

听众哄堂大笑。从来没有一个工人拥有过二十镑。

"如果有哪个工人碰巧没有存下二十镑……"这时笑声中透露出嘲讽的意味，霍恩比姆的脸涨得通红。他遭到了当众羞辱。"也许这个工人可以召集一群支持者，设法筹集二十镑。这是一大笔钱，但他们也许能筹到——只是这样做的话，他们就可以被视为进行了某种联合，从而触犯了法律！"基思利说道。

有人喊道："看来，咱们伸头是一刀，缩头也是一刀呀！"

"还有一点，"基思利说，"你们中的一些人可能已经向工会或类似组织持有的基金捐了款。"萨尔点点头。工会已经筹集了资金来支持罢工者。罢工结束得很快，所以还有一些余款。

"你们猜，法案对这部分资金是怎么规定的？"基思利故作神秘地停顿了一下，然后说道，"政府会拿走那笔钱！"

"该死的小偷！"有人喊道。

霍恩比姆站起来，离开座位，朝出口走去。

461

基思利指着他说:"这就是霍恩比姆先生的公平观。"

霍恩比姆的脸已经红得快要燃起来了。

霍恩比姆夺门而出,基思利说:"这似乎也是首相对正义的看法。但这不是我心目中的正义,应该也不是你们心目中的正义。"

听众高声赞同。

"如果这不是你们心目中的正义,可以在请愿书上签名。"基思利指着房间侧面的埃尔茜说,"麦金托什太太备好了纸墨。请写下你们的名字,或者画个十字,让麦金托什太太代写你们的名字。"人群开始站起来,向埃尔茜的桌子走去。基思利大声宣布:"明天我将把你们的请愿书带去伦敦,尽力说服议会予以关注。"

已经有超过一半的听众在埃尔茜的桌前排队。

萨尔对此深感满意。这项法案已经被解释得一清二楚。没有人怀疑立法者对工人的险恶用心。

弗兰克·菲什威克站起来做总结陈词。"作为王桥市长,我要感谢基思利先生。"他开口道。

但没有一个人在听。菲什威克市长只好听凭会议在闹哄哄的签名中结束。

*

铲子满心欢喜。政府企图神不知鬼不觉地通过这项新法律,但他们的幻想落空了。基思利已经明明白白地阐述了工人面临的危险,法案多半不能毫无阻碍地通过。

数百名工人耐心地排队等待签名时,基思利对铲子说:"你明天能和我一起去伦敦吗?"

铲子大吃一惊,但略作思索后,他说:"可以。不能待太久,但我可以去。"

"将王桥的人留在身边也许派得上用场,因为议会委员会或许想听取直接证词。"

"那没问题。"

查尔斯·米德温特走了过来,铲子把他介绍给基思利。"米德温特牧师是霍恩比姆的织布工组成的工会的财务主管。"他解释说。

他们握了握手,查尔斯说:"我能提一个问题吗,基思利先生?"

"当然可以。"

"我手上有属于工会的十镑——都是同情罢工者的王桥居民捐赠的。有办法让这笔钱不落入政府之手吗?"

"有办法。"基思利说,"成立互助会。"

互助会如今已遍地开花。会员需每周缴纳一小笔会费,当会员生病或失业时,互助会就会支付一笔还算过得去的生活津贴。这样的社团在英国有好几百个,也许有几千个。当局鼓励民众成立这样的组织,因为它们可以救助那些本该申请教区救济的人。

基思利说:"让所有的工会成员都加入互助会,然后把工会资金转给互助会。这样工会就没有钱给政府抢了。"

米德温特会心一笑:"太精明了。"

基思利补充道："另外，互助会还可以非正式地履行工会的许多职能。例如，互助会可以同工厂主讨论引进新机器的问题，理由是这会影响互助会的支出。"

铲子喜欢这个主意，但他发现了一个小问题。"如果我们成功了，《防止工人非法联合法》未获通过，那怎么办？"

"那就把转移资金的记录撕掉了事。"

"谢谢，基思利先生。"米德温特说。

铲子说："身边有个律师是多么有用啊。"

*

年轻布商爱德华·巴尼是铲子在伦敦最优质的客户之一，铲子同他的关系不错。铲子随身带了一个装满样品的箱子，希望能做成一笔生意，来证明这次旅行的花费是合理的。他参观了爱德华位于斯皮塔菲尔德的仓库。在那里，昂贵的专业布料，如波纹绸、天鹅绒、山羊绒和不常见的混纺布陈列在进门不远处的仓库前部，后面的架子上则堆放着一捆捆普通哔叽和麻毛混纺布。

爱德华邀请铲子住在仓库上面的一个套房里。铲子欣然接受：他不喜欢住客栈，那里既不舒服，也不干净。

一个星期以来，《防止工人非法联合法》在议会没有取得任何进展。铲子在等候最终结果期间拜访了伦敦的所有老主顾。生意似乎正在复苏：对美国的出口弥补了欧洲贸易的下降。

没有顾客可拜访时,他就去找爱德华的父亲锡德谈话。锡德只有四十五岁,却因为关节炎退休了。他整天四肢蜷曲着坐在垫子上,喜欢和能让他忘掉疼痛的人聊天。

铲子把《防止工人非法联合法》和王桥人对此的反应都告诉了他。

"我认识一个叫霍恩比姆的小伙子,"锡德说,"乔伊·霍恩比姆。他是个孤儿。我们当年都很穷,但我通过自己的努力摆脱了贫困,乔伊也是。"

铲子很想进一步了解那位王桥巨富的背景,问道:"他是怎么做到的?"

"跟我一样,不过他在另一个公司奋斗:从扫地干起,后来又负责跑腿送信;他工作时非常机警,细心关注周围发生的一切,学习和布料生意相关的所有知识,耐心地等待机会。后来我们走上了不同的道路。我娶了老板的女儿。亲爱的伊丝在去世前给我生了爱德华和四个女儿,愿她的灵魂安息。"

"霍恩比姆呢?"

"他开了自己的公司。"

"他哪儿来的启动资金?"

"谁也不清楚。过了一段时间,他卖掉所有的财产,离开了伦敦。现在我知道他去了哪里:王桥。"

"莫非他是骗子?"

"大有可能。但就算他搞过诈骗,我也不会责怪他。他来自圣吉尔斯,一个没有法律、不问是非的社区。"

铲子点点头："那时候他是什么样的人？"

"他是个冷酷无情的人，"锡德说，"铁石心肠。"

"他现在仍然如此。"铲子说。

*

上议院在威斯敏斯特宫开会，会议厅是中世纪风格的王后厅。基思利告诉铲子，早在盖伊·福克斯[1]企图用火药炸毁议会之前，上议院就在这里开会了。访客可以进入王后厅，但必须站在栏杆后面，那里叫作"非议员席"。上议院议员讨论《防止工人非法联合法》时，铲子就站在那里，胳膊肘支在栏杆上。以前，他在一个房间里顶多见过一两个贵族，而这里竟然有几十个，还要加上主教。他自然对他们的服装很感兴趣，因为那些服装都是用上等布料精心裁剪而成。他们的演讲索然无味，句子过于冗长复杂。铲子必须先在脑子里过滤掉无用的辞藻，才能领会他们的观点。也许这就是上流社会喜欢的说话方式吧。

几个人站起来支持这项法案，说工人之间的"非法"联合正变得越来越普遍，可能对社会构成严重威胁。"胡说八道。"铲子压低声音道。工会不是太多而是太少了。面对工厂主贪得无厌的剥削，数百万工人没有任何手段保护自己。

---

[1] 盖伊·福克斯（1570—1606），英国天主教徒，1605年与其他天主教徒企图炸毁国会大厦，杀死迫害天主教徒的英王詹姆士一世，事败后被处死。

铲子毫不怀疑，上议院真正害怕的是在法国爆发的那种革命。

基思利对一个像铲子一样两肘支着栏杆站立的人说话，语气随意，似乎那是他的老熟人。短暂交谈后，他回到铲子身边说："霍兰勋爵应该是再下一个发言的人。"霍兰是唯一可能反对该法案的贵族。

"跟你说话的那个人是谁？"

"一个报社记者。他们什么都知道。"

铲子仔细打量那人："他的笔记本在哪儿？"

"不准带笔记本进来。"基思利说，"在这里做笔记是违反规定的。"

"所以他必须记住所有的发言。"

"尽可能多地记住。如果你听到贵族或议员抱怨报纸胡说八道，就问问他们为什么不让记者做笔记。"

"这规定听上去很愚蠢。"

"这个地方有太多愚蠢的规定了。"

铲子心中再次涌起一股冲动，想要立刻成为下议院议员，发起议会改革。

基思利指着霍兰勋爵，他是一个二十多岁的英俊男子，有两道浓密的黑眉和一头卷曲的黑发，但他鬓角的头发已经稀疏。虽然他在牙买加拥有奴隶，但他在其他方面非常开明。"他娶了一个离过婚的女人。"基思利不太赞成地低声说。作为已婚女人的情人，铲子自然不宜附和。

几分钟后，霍兰站起来，慷慨激昂地说："这项法案在原则上是不公平的,一旦获得通过,必然贻害无穷。"

铲子认为,霍兰的发言一开始就掷地有声。

"这项法案的目的是防止工人联合起来,但它还有一大特点,那就是它将审理程序从陪审团审判改为由地方法官单独做出即决裁决。我们必须提出下面这个问题:如果这项法案将工人的联合判定为非法,那它是否会带来对社会有害的其他危险?"

对铲子来说,霍兰的发言有点儿抽象,与法案所针对人群的日常生活相去甚远。

"工人与工厂主双方并不是平等的,这种不平等有利于工厂主。他们相对于自己的工人而言有优势,因为他们能坚持得更久;他们更有机会获得公众舆论的支持;他们人数较少,能够更好地集中和联合他们的力量,从而逃避当局的监督。"

霍兰将工厂主与工人比喻成猎场看守和偷猎者,并就两者的关系进行了一番令人费解的冗长说明,从而表达了一个简单的观点:工厂主和工人的利益是对立的,因此,那些同样也是工厂主的法官,在审判他们的工人或他们朋友的工人时不可能保持客观。"即使工人有完全公平的理由要求加薪,工厂主为了维护自己的利益也总是指控工人密谋不轨,从而不去满足工人的合理要求。"

"太对了。"铲子压低声音道。

霍兰指出,法案打击的范围太大了。"一个人可能只是给了些友好和善意的建议,就被控告与工人非法联合!"

最后他建议推迟三个月再表决,以便更好地审议该法案。

没有人支持霍兰。该法案的提案人甚至没有费神回应他的发言。他提出的推迟表决的建议被否决了。

请愿书更是彻底遭到无视。

该法案随后付诸表决。几乎没有人喊出"反对"二字,以至无须计票。

两天后,该法案得到国王批准,成为法律。

第二十三章

埃尔茜不明白母亲为什么如此焦虑不安。他们正在主教府用早餐。阿拉贝拉的盘子里有一片烤面包,她涂了黄油,但没有吃。她红褐色的眉毛微微蹙着。除此之外,她看上去一切正常。她最近有点儿发福,但似乎散发着健康的光彩。是什么事让她意扰心烦呢?

主教正在一边大口吃香肠一边看《泰晤士报》。"一支英俄联军攻入了尼德兰。"他说,他喜欢把世界上正在发生的大事告诉妻子和女儿,"法国人先前征服了尼德兰的那一部分,取名叫'巴达维亚共和国'。"

埃尔茜面前放着《王桥公报》。"这份报纸上说,第107步兵团,也就是王桥步兵团,参加了这支联军。这个团里的士兵,有的还在我的主日学校上过学呢。我希望他们平安无事。"

阿拉贝拉说:"弗雷迪·凯恩斯肯定在里面。"

主教问:"谁是弗雷迪·凯恩斯?"

"哦……他以前是这里的民兵。我不记得是怎么认识他的。他是个可爱的男孩。"

埃尔茜说:"我记得。他是铲子已故妻子的弟弟。"

阿拉贝拉说:"我都忘了。"

这是9月一个晴朗的早晨,阳光透过早餐室的窗户照了进来。凯内尔姆站起来说:"恕我先行告退。木匠要给北门廊装一扇新门——旧的已经腐烂了——我需要监督他把门装在正确的地方。"说完他就离开了。

埃尔茜已经在育婴室里待了两小时,在保姆的帮助下给两岁的史蒂维洗澡穿衣。今天晚些时候,她将为主日学校的资助者举办茶话会,这些人在罢工期间一直支持她。她正要起身离开,却听见母亲说:"我要宣布一个惊人的消息。"

埃尔茜再次坐下,说:"真是令人激动。"

主教一点儿也不激动。"什么消息?"他冷冷地问。

阿拉贝拉说:"我怀孕了。"

埃尔茜难以置信地盯着母亲。她已经四十五岁了!主教则比她大十七岁,已经六十二岁了。主教还很胖,行动迟缓。何况,埃尔茜已经多年没看到父亲深情地抚摸母亲了。她很想问这是怎么回事,但话到嘴边又咽了回去,改口道:"预产期是什么时候?"

"我想是12月吧。"阿拉贝拉说。

主教惊呆了,说:"可是,亲爱的——"

"你一定记得,那是在复活节前后。"

主教说:"今年的复活节是3月的第二十四天。"妻子刚才透露的消息让他的世界地动山摇,他很庆幸自己能把注意力集中在一个平凡的事实上——今年复活节的日期。

阿拉贝拉说:"我记得很清楚。你那天充满了活力和欲望,就像春回大地一样。"

主教无地自容:"请不要在别人面前说这些!"

"哦,别傻了,埃尔茜是个已婚的女人。"

"可是——"

"那天晚上你喝了一杯特别好的波尔图葡萄酒。"

"哦!"主教似乎记起来了。

"我记得,你醒来发现我躺在你床上的时候,确实有点儿惊讶。"

"那是复活节那么久以前的事了?"

"是的,我想是的。"阿拉贝拉说,但埃尔茜从母亲金色的眼睛里看出了一丝不安。她知道有什么事情不对劲。阿拉贝拉在演戏。母亲很可能是真的为怀孕而开心,但开心之下藏着深深的焦虑。怎么会这样呢?说不通啊。

主教的态度也出乎意料。他为什么不高兴呢?他这个年纪还能让妻子怀孕!男人通常为自己能生育孩子而感到自豪。王桥的人很快就会在大教堂里一边神秘兮兮地用手肘碰别人,一边窃窃私语:"那老家伙还挺壮实的嘛。"

一个惊人的念头掠过埃尔茜的脑海:难道主教认为孩子不是自己的吗?

这种想法似乎很可笑。阿拉贝拉这个年纪的女人不会通奸。至少埃尔茜认为不会。她们不是已经对那种事丧失兴趣了吗？埃尔茜其实对此一无所知。

她突然想起和城里最爱八卦的贝琳达·古德奈特的一次谈话。"你母亲是怎么回事？"一个星期天，贝琳达在大教堂里问埃尔茜，"听说她似乎跟铲子走得特别近。"

埃尔茜大笑起来。"我母亲？"她说，"别傻了。"

"有人告诉我，她总是在铲子姐姐的店里。"

"跟王桥所有追求时尚的女性一样。"

"哦，好吧，我相信你是对的。"贝琳达说。

埃尔茜一直坚信自己是对的，直到现在。

难道这就是阿拉贝拉在透露本该是喜讯的消息时惴惴不安的原因吗？主教如果认定她不忠，必将爆发雷霆之怒。他向来睚眦必报，令人胆寒。他曾把埃尔茜锁在房间里，只给面包和水，足足关了一个星期，就因为她犯了某个如今想都想不起来的小过错。她母亲曾为这件事失声痛哭，但这并没有改变主教的顽固态度。

她死死地盯着父亲，想看透他的心思。父亲起初吓了一跳，然后有点儿难为情。现在，埃尔茜想，父亲感到困惑了。她猜，父亲很难相信自己这么多年来第一次与妻子享受床笫之欢，事后却忘得一干二净。不过，父亲一定很清楚，自己偶尔会喝得太多，谁都知道这会让男人忘记自己做过的事。

而且父亲也承认，自己还记得第二天早上的事。他们一起在床上醒来。这不就说明孩子是他们孕育的吗？埃尔茜意识到，这还不是确凿的证据。一个与情人珠胎暗结的女人可能会同丈夫上床，让后者相信孩子是自己的。阿拉贝拉会如此狡猾吗？埃尔茜感到难以置信。我的母亲会干这种事？

一个绝望的女人也许什么都干得出来。

*

萨尔对事态的发展感到相当满意。虽然工会已经因《防止工人非法联合法》而解散，但互助会取而代之，在全市范围内发展起来。现在，各工厂的代表每周向互助会缴纳会费，定期开会讨论互助会的事务和相关话题。已经有两位布商发现，在引进新机器取代工人之前先与互助会代表讨论即将发生的变化对他们来说大有裨益。

爱尔兰工人已经在王桥定居下来，他们已经不记得先前为什么会跟本地人发生打斗了。他们经常光顾码头区的两三个酒馆，这些酒馆因此被称为"爱尔兰酒馆"，酒馆老板欢迎爱尔兰工人带来的稳定生意。科林·亨尼西——爱尔兰工人抵达王桥那天基特结识的那个头领——如今是猪圈工厂的互助会代表。

10月的一天晚上，科林来到贝尔客栈，萨尔、贾奇和铲子已经坐在那里了。萨尔喜欢科林。他是萨尔喜欢的那种男人——高大强壮，无所畏惧。铲子给他买了一大杯艾尔啤酒。他喝了一大口，用袖子擦擦嘴，道出了来找他们的原因："霍恩比姆买了一台新机器，一台巨大的粗梳机。"

萨尔皱眉道:"这我们还是第一次听说。"

"我今天才知道。他们正在为机器腾出空间,明天就会到货。"

"这么说,这件事他没有同工人商量过。"

"完全没有。"

萨尔看着铲子:"他无视协议。"

贾奇说:"我们将不得不重新罢工。"

萨尔觉得贾奇骨子里跟霍恩比姆很像,总是一点就炸。这样的人相信,只有好勇斗狠才能取得胜利,尽管所有的证据都不支持这一观点。

铲子说:"你可能是对的,贾奇,但首先我们需要和霍恩比姆谈谈,弄清楚他在想什么。他为什么这样做?除了惹上一大堆麻烦,很难看出他能获得什么好处。"

贾奇说:"他不会跟你说实话的。"

"但是,通过研究对方选择说哪种谎言,就能推断出不少情况。"

贾奇的语气软下来:"那倒是。"

铲子说:"萨尔,你和我应该去见见霍恩比姆,因为我们都接受了委托,负责监督协议遵守情况。我们应该带上科林,因为他可以证明霍恩比姆破坏了协议。"

萨尔说:"同意。"

"我们什么时候去?"

"现在,"萨尔说,"工作日我抽不出时间。"

科林略感诧异,但他说:"那好吧。"然后他将杯中酒一饮而尽。

475

他们离开贾奇，向高街以北的富人街区走去。一个仆人打开霍恩比姆家的前门，轻蔑地扫了他们一眼，然后认出了铲子。"晚上好，肖维勒先生。"他小心翼翼地说。

铲子说："你好，辛普森。请禀告你家老爷，我有一件非常重要的事情要与他商谈，若蒙拨冗相见，我将不胜感激。"

"好的，先生。请到大厅稍等片刻，我去看看霍恩比姆高级市政官是否在家。"

铲子一行三人走了进去。萨尔觉得大厅黑暗而压抑。壁炉里没有生火，高高的落地钟嘀嗒作响。壁炉上方挂着霍恩比姆的肖像，肖像中的他正恶狠狠地瞪着任何胆敢踏入他家的人。如果不能生活在明亮与温暖的环境之中，那么住豪宅又有什么意义？有时候富人真的不知道怎么花钱。

辛普森回来了，将他们领进一个相当小的房间，似乎是霍恩比姆的书房或办公室。这里和大厅一样冷冰冰的，仿佛要拒人于千里之外。霍恩比姆坐在一张大桌子后面，穿着一件用高档的深棕色布料制成的外套。他没好气地问："找我什么事，肖维勒？"

铲子希望尽量保持有礼有节。"晚上好，高级市政官。"他说。

霍恩比姆没有请他们坐下。他紧盯着科林，然后把目光转向铲子，问道："这家伙在这里做什么？"

铲子不想让霍恩比姆主导谈话，于是对这一提问置若罔闻，直奔主题道："你买了一台新的粗梳机。"

"这和你们有什么关系？"

"博克斯太太和我都接受了委托,负责监督协议执行情况。正是因为工厂主与工人达成了协议,工人才结束了由你引进蒸汽织机导致的罢工。"

霍恩比姆话中带刺:"是别有用心的人煽动的罢工。"

铲子继续无视霍恩比姆火药味十足的插话,说道:"我们希望避免再次罢工。"

霍恩比姆鄙夷地笑道:"那就别发起罢工啊!"

铲子没有理会霍恩比姆的讥讽:"你应该记得,霍恩比姆,布商一致同意,在引进重要的新机器时要征求工人的意见,以避免突如其来的变化引发动荡。"

"你们想让我干什么?"

"我们希望你通知工人,你即将引进一台新机器,告诉他们有多少人将留下来操作机器,有多少人将被机器取代,并讨论这样做的后果。"

"明天给你们答复。"

众人陷入沉默。萨尔意识到,霍恩比姆已经宣告会见结束。一阵尴尬的面面相觑后,三位来访者离开了房间。

走到霍恩比姆家外面,铲子说:"情况没有我想象的那么糟。"

科林说:"什么?他冷漠凶狠得像一只野猫!看上去恨不得把我们都吊死似的。"

"没错,我本以为他最后会断然拒绝。可他叫我们等明天的答复。这表明他要好好考虑一下,算是留有一丝余地。"铲子说。

"我不知道,"萨尔说,"我觉得他有不可告人的计划。"

*

萨尔梦见科林·亨尼西正和她做爱,科林的黑发垂在脸上,欣喜若狂地喘着粗气。这时,萨尔被敲门声吵醒了。她看着身旁的丈夫,心中涌起一股深深的内疚。幸好别人不知道一个人梦到了什么。

萨尔本以为那是叫起倌在敲门,后者负责在凌晨四点左右沿街叫工人起床上班。但那声音反复响起,好像有人非要进来不可似的。

贾奇穿着内衣走到门口,萨尔听到他说:"现在他妈的几点啊?"

然后一个声音答道:"别给我惹麻烦,贾奇·博克斯。我要抓的是你的妻子,不是你。"

这声音听起来像多伊郡长,萨尔顿觉毛骨悚然。多伊本人倒不可怕,但他代表的是霍恩比姆那种人,他们不仅冷酷无情,而且大权在握,可以为所欲为。她畏惧的是霍恩比姆。

她爬下床,穿上套头裙,蹬上鞋子,往脸上泼了点儿水,走到门口。

多伊和雷吉·戴维森警员在一起。萨尔说:"你们两个到底想要我做什么?"

"你得跟我们走。"多伊说。

"我没做错什么。"

"你被指控组织工人非法联合。"

"可是工会已经解散了。"

"我对工会的事一无所知。"

"是谁指控我？"

"霍恩比姆高级市政官。"

萨尔不寒而栗。原来这就是霍恩比姆说"明天给你们答复"时的意思。"太荒谬了。"她说，但这并不荒谬，而是可怕。

她穿上外套，走了出去。

多伊和戴维森带着她穿过寒冷黑暗的街道来到市中心。她提心吊胆地思考着她可能面临的惩罚：受鞭打、戴足枷、关监狱，或者服苦役。被判苦役的妇女被要求做一种叫"打大麻"的工作：每天用大锤敲打浸泡过的大麻十二小时，把纤维从木芯中分离出来，以便制作麻绳。这是一项极其劳累的工作，但她不明白自己怎么可能被判有罪。

她以为他们要去霍恩比姆家，但出人意料的是，她被带到了威尔·里迪克的宅邸。"我们到这儿干什么？"她问。

"里迪克老爷是法官。"多伊说。

霍恩比姆居心险恶，而里迪克是他的提线木偶。他们到底在搞什么鬼？看来情况不妙啊。

里迪克家的大厅里弥漫着烟灰和洒出来的葡萄酒的味道。一只獒犬拴在角落里，对着他们狂吠。萨尔惊讶地看到科林·亨尼西坐在长凳上，她狼狈地想起了先前做的那个梦。科林被一个叫本·克罗克特的警员看守着。

萨尔对科林说："这是我们昨晚与霍恩比姆会面的结果。"

"我以为我们是在按照与工厂主达成的协议行事。"科林说。

"我们确实是。"萨尔惶惑不安，转向多伊，"显然是霍恩比姆让你逮捕我们的。"

"他是首席法官。"

这倒不假。在这件事上,多伊并无过错。他只是个工具。

萨尔挨着科林坐在长凳上。"那现在怎么办?"她问多伊。

"我们等等吧。"

这是一次漫长的等待。

宅邸从沉睡中渐渐苏醒。一个脾气暴躁的男仆打扫了壁炉,放好一堆新柴,但没有生火。阿尔夫·纳什把牛奶和奶油送到前门。阳光透过肮脏的窗户洒进大厅,城中居民活动的声音也随之飘入:嗒嗒的马蹄声,车轮滚过石子路面的隆隆声,出门上班的男女互致早安的声音。

萨尔闻到了煎培根的味道,意识到自己今天一点儿东西也没吃,连水也没喝一口。但没有人给他们端来茶点,就连郡长也无人搭理。

宅子里某个地方的钟敲十点的时候,霍恩比姆到了。脾气暴躁的男仆将他迎进门。他什么也没对大厅里的人说,径直跟着男仆上了楼。

几分钟后,男仆来到楼梯口说:"好了,上来吧。"

里迪克的男仆粗鲁,懒惰而且愚蠢。萨尔忍不住想,就像狗会反映主人的性格一样,想知道主人是什么样,看看男仆的德行就行了。

他们爬上楼梯,被领进一间大客厅。那里还残留着昨晚狂欢留下的痕迹,到处都是没洗的酒杯和咖啡杯。萨尔暗自琢磨,里迪克的妻子,也就是霍恩比姆的女儿德博拉,似乎没怎么改变里迪克的生活方式。

里迪克坐在一把直背椅上，穿着便服，戴着假发，但看起来好像还没有从前一晚的狂歌痛饮中恢复过来。霍恩比姆坐在沙发上，脊背笔直，神情严肃。在他们两人中间，一个萨尔不认识的人坐在一张放着纸墨的小桌旁，大概是个书记员。

里迪克说："多伊郡长，报上被告的名字和罪名。"

多伊说："科林·亨尼西和萨拉·博克斯都是王桥的工人，霍恩比姆高级市政官指控他们犯有非法联合罪。"

书记员用羽毛笔迅速做下记录。

萨尔意识到，这一切都经过了精心策划，使其看上去如同一场公正的审判。

里迪克说："被告对指控有何辩解？"

科林说："我们无罪。"

萨尔说："我们没有非法联合。工会已经解散。我们只是在维护先前与布商达成的协议，而不是在密谋反对他们。"

里迪克说："霍恩比姆高级市政官，事实是什么？"

霍恩比姆用单调平板、毫无感情的声音说："昨天晚上八点钟左右，博克斯和亨尼西来到我家。他们说我买了一台新的大型粗梳机，而我需要工人同意才能安装机器。如果我拒绝，他们就威胁要罢工。"

里迪克说："嗯，在我看来，他们的行为属于联合起来干涉生产经营，明显违反了《防止工人非法联合法》。"

萨尔说："不，我们没有。"

"萨尔·博克斯,我在巴德福德就认识你,你那时还叫萨尔·克利瑟罗,是个爱闹事的讨厌鬼。"

"而你那时是个爱打人的酒鬼。但我们现在不在巴德福德,而是在王桥。王桥的布商同工人达成了协议。协议的达成促使罢工结束,霍恩比姆的工厂才得以重新开工,但他不肯遵守协议。他就像一个祈求上帝帮助却从不去教堂的人。昨晚,科林和我告诉他,他违反了协议。我说遵守协议是避免罢工的最好办法。这不是威胁,这是事实。没有法律禁止人们说出事实。"

"那么,你承认你们联合在一起,也承认你试图干涉霍恩比姆高级市政官的生产经营。"

"告诉一个傻瓜他在做对自己有害的事,这算干涉吗?"

威尔没有回答这个问题。"我认为你们俩都有罪,"他说,"我判你们服两个月苦役。"

第三部分 《防止工人非法联合法》

第二十四章

亲爱的铲子：

嘿，我现在到尼德兰了。我经历了第一场战斗。我还活着，伤得不重。剩下的就都是坏消息了。

我们在坎特伯雷集合。我得说，那里的大教堂比我们王桥的还要高大。很多战友跟我一样，是从民兵队加入正规军的，所以我们大部分都是所谓的"兵伢子"，意思是我们没打过真正的仗。不过，这种情况没有持续太久。

我们在一个叫卡兰茨奥赫的地方登陆——他们这里的名字都怪怪的——敌人马上就从沙丘上向我们扑来。哎呀，我害怕极了，本来想逃跑，但我身后只有大海，不得不奋起反击。总而言之，我们的军舰大炮齐发，炮弹越过我们头顶落向敌人，结果他们逃跑了。

他们给我们留下了空无一人的坚固堡垒，我们搬了进去，但没有驻扎太久。很快我们就在克拉本丹同法国人打了一仗。

那个法国将军居然叫什么玛丽-安妮[1]，这下你知道为啥我说他们的名字稀奇古怪了吧——不管怎样，那家伙肯定不怎么样，因为我们打赢了。

后来约克公爵带着援军来了，我们以为形势对我们有利。我们行军到一个叫霍伦的城市，占领了它，但很快我们就离开了，回到了我们出发的地方。这种事在军队里经常发生，幸好你不用这样漫无目的地经营你的生意，铲子，哈哈。

我们沿着狭窄的海滩艰难行军，没有淡水，还遭到法国人攻击。我们不知道会被渴死还是被子弹打死。我的朋友格斯头部中弹身亡。在军队里可以很快交到朋友，也可以很快失去朋友。后来天黑了，我们得知敌人已经撤退，我不知道我们做了什么吓跑了他们！

灾难降临在卡斯特里克姆镇。当时下着倾盆大雨，但不幸的是，这还不是我们最大的问题。法国人用刺刀发起了血腥的进攻，我们只好逃跑。法军骑兵紧追不舍。我手臂上的伤口一直在流血，要不是从沙丘中类似山谷的地方冒出来的轻龙骑兵把法国佬赶了回去，我肯定一命呜呼了。

我们在那场战斗中损失了很多人，公爵决定撤退，于是和敌人达成了停战协议，他也回到了伦敦。我想这意味着我们被

---

[1] 纪尧姆·玛丽-安妮·布律纳（1763—1815），法国军事指挥官，帝国元帅，法国大革命战争和拿破仑战争期间的政治人物。在法国文化中，男性使用女性中间名是一种家庭传统，用来纪念女性家庭成员，比如祖母或母亲。

打败了。

我们在海岸上等待船只把我们接走。没有人知道我们要去哪里,但我希望回家。所以,也许你很快就能和我一起在贝尔客栈喝啤酒了——

你亲爱的妻弟弗雷迪·凯恩斯

*

霍恩比姆看着正在运转的巨大粗梳机。这真是个奇迹。它由蒸汽驱动,从不休息,从不上厕所,从不生病。它夜以继日地工作,从不疲倦。

对震耳欲聋的机器轰鸣声,他毫不介意:机器在为他赚钱。他甚至不介意工人身上的臭味,那些人没有浴缸,也不知道如何使用浴缸。工人都在为他赚钱。

新工厂使他公司的产能翻了一番。现在,他一个人就可以供应夏陵民兵队所需的全部布料,同时满足其他客户的需求。

他希望战争绵延不绝,和平永不降临。

威尔·里迪克身着制服,怒容满面地闯进来,打断了霍恩比姆的白日梦。"见鬼,霍恩比姆。"他大喊道,声音盖过了噪声,"我被调走了。"

"什么?"

"我被派去主持训练了。"

"出去说。"

他们走下楼梯,来到 11 月空气冷冽的工厂外。那些年纪太小不能工作的孩子在工厂周围的泥地里玩耍。汽锅里飘出一股煤烟味。"那是一个更好的职位。"霍恩比姆说,"你为什么不想主持训练呢?"

"因为那样我就不能负责采购了。"

"哦。"这是个问题。里迪克先前一直主管民兵队物资采购,凭借这一职务,霍恩比姆和里迪克都获利颇丰。如果里迪克被调离岗位,他们会损失很多钱。"这是怎么回事?"

"都怪约克公爵。"

"跟他有什么关系?"

"他现在是英国陆军的统帅。"

霍恩比姆记得在《泰晤士报》上读到的新闻。"法国人刚刚在尼德兰打败了他。"

"没错,但人们都说公爵更擅长后勤调度,而不是指挥实战。不管怎样,诺斯伍德在伦敦跟公爵见了一面,现在一门心思要在王桥革旧立新:为所有士兵提供保暖外套,增加来复枪,减少鞭打,还有——这才是重点——进行更有效的采购。"

"公爵所说的'更有效'是指……"

"他进行了调查,发现有太多军需官都从朋友和家人那里采购物资。"

"哦,老天。"

"诺斯伍德对我说：'当然，我肯定你没有给你家人好处，里迪克。但你从你岳父那里采购军需品，这样做确实不太好。'呸，狗嘴里吐不出象牙。"

"现在谁负责采购？"

"阿奇·唐纳森。他被提拔为少校了。"

"我认识他吗？"

"他是诺斯伍德的得力助手，一天大半时间都和诺斯伍德坐在办公室里。"

"他长什么样？"

"年纪轻轻，面容清秀……"

"我记得。"

"他是卫理公会教徒。"

"那就更糟了。"霍恩比姆沉思片刻，然后说，"和我一起走回城里吧。"

他们穿过工人住宅区的新街道，沿着卷心菜地的边缘走到桥边。一路上，霍恩比姆都在绞尽脑汁思索对策。被征召入伍的时候，你其实是有选择的：你可以花钱雇人替你当兵。唐纳森没有这样做。这意味着他要么太穷了，付不起替身的钱；要么太高尚了，不愿逃避爱国义务。如果他很穷，就可以被收买；如果他很高尚，那钱就不管用了。但话说回来，每个人都有自己的价位，不是吗？

"你应该祝贺唐纳森。"走在铺着石子的主街上的时候，霍恩比姆说。

里迪克气冲冲地问:"祝贺那个王八蛋?"

"是的。就说采购工作你已经干了很久,是时候让别人来接手了。告诉他,你很高兴他得到了这份工作。"

"但这压根儿不是我的心里话。"

"你什么时候会为口是心非而烦恼了?"

"这倒也是。"

他们走到德拉蒙德名酒佳酿店面前,霍恩比姆把里迪克领了进去。埃伦·德拉蒙德站在柜台后面,他是一个红鼻子的秃顶男人。寒暄过后,霍恩比姆说:"德拉蒙德,请给我拿笔墨和一张好信纸过来,好吗?"

那人照办了。

"给民兵队的唐纳森少校送一打优质的中等波尔图葡萄酒,记在我账上。"

"唐纳森?"

里迪克说:"他住在西街。"

霍恩比姆写道:"恭喜高升,约瑟夫·霍恩比姆致以衷心的祝贺。"

里迪克从他身后瞟了一眼,说:"聪明啊。"

霍恩比姆折好信纸,递给德拉蒙德,说:"把这张字条一起送过去。"

"好的,霍恩比姆先生。"

他们离开了酒水专卖店。

"我会照你说的去做,拍拍他的马屁。"里迪克说,"我们会让他站在我们这边的。"

"但愿如此。"霍恩比姆说。

第二天早上,那些葡萄酒被堆在霍恩比姆家的门阶上,还附有一张字条:

> 谢谢您的友好祝贺,我非常感激。很抱歉,我不能接受您的礼物。
>
> 阿奇博尔德[1]·唐纳森少校

*

埃尔茜从主教府厨房里拿了一磅培根、一小块奶酪和一盘新鲜黄油。按照事先安排,她在市场广场与铲子会面。后者拿着一块火腿。他们沿着主街进入王桥西北部的贫民区,朝萨尔·博克斯家走去。她正在监狱里服苦役。他们要在她服刑期间确保她的家人衣食无忧。

"难以置信啊,我竟然没料到会有这个结果。"铲子说,"我从未想过,霍恩比姆会滥用《防止工人非法联合法》给萨尔定罪。"

"虽说他向来居心险恶,但这一招似乎也太歹毒了。"

"没错,但我早该有所防范的。萨尔蒙受牢狱之灾都是我的过失。"

---

[1] "阿奇"是阿奇博尔德的昵称。——编者注

"别悔过自责了。你不可能算无遗策啊。"

那是星期一晚上七点半。他们发现贾奇和孩子们在餐桌前吃燕麦粥。"别管我,继续吃晚餐吧。"埃尔茜说,然后她把礼物放在餐具柜上,"我来看看你们过得怎么样,不过你们看起来挺好的。"

"我们很想念萨尔,但我们能凑合着过。"贾奇说,"麦金托什太太,您带来这么多东西,我们真是感激不尽啊。"

休说:"我做了晚餐。我在粥里加了肉油,那样味道会好点儿。"她十四岁,和基特一样大。她比基特成熟得早,身材已经初具女性特点。

"他们是好孩子,"贾奇说,"我早上叫醒他们,让他们吃过早餐之后再上班。多亏了你们,我们明天早餐可以吃培根了。我们已经很久没尝过培根的味道了。"

"你应该不知道萨尔过得怎么样吧。"

贾奇摇摇头:"没办法打听到消息。她很强壮,但打大麻是一项非常艰苦的工作。"

"我每天晚上都为她祈祷。"

"谢谢。"

"你今晚会去练敲钟吗?"

"是的,我最好快点儿去——他们会等我的。"

"有人照看基特和休吗?"

"我们的房客,租了阁楼的费尔韦瑟太太会帮忙。她是个寡妇,她的两个孩子四年前死于粮食短缺。"

"我记得。"

"反正基特和休也不会给她添什么麻烦。他们吃过晚餐就上床睡觉了,一直睡到天亮。"

这一点儿也不奇怪,埃尔茜想,毕竟他们都工作十四小时了。贾奇无微不至地照顾着这两个孩子,尽管他们都不是他亲生的:基特是他的继子,休是他的外甥女。他是个心地善良的好人。

埃尔茜和铲子离开了萨尔家。他们走回市中心时,铲子说:"上次我去伦敦的时候,对霍恩比姆的过去略有耳闻。他很小就成了孤儿,不得不在这个世界上自力更生。他在一家布商那里找到了跑腿送信的工作,然后学会了经营这门生意,白手起家,一路打拼,才有了今天的家业。"

"看他的经历,你还以为他会对穷人更有同情心呢。"

"他应该是害怕再像小时候那样一贫如洗吧。这是一种非理性的不安全感,但他很可能一辈子都摆脱不了。再多的钱也无法让他感到安全。"

"听你的口气,莫非你在为他感到难过?"

铲子哑然失笑:"没有。说到底,他依然是个狼心狗肺的浑蛋。"

他们在市场广场分开。埃尔茜一走进主教府,就立刻感到发生了什么事。屋子里出奇地安静。没有人说话,没有锅碗瓢盆的撞击声,没有人扫地,没有人擦洗。这时,她听到楼上传来惨叫,像是有女人在痛苦地呻吟。

是母亲在生孩子吗?现在才 11 月——她说预产期在 12 月。但也许她算错了。

也可能是她撒谎了。

埃尔茜跑上楼,冲进阿拉贝拉的卧室。女仆梅森正拿着白毛巾坐在床边。阿拉贝拉躺在床上,只盖着一条被单,双腿分开,膝盖朝着天花板。她累得涨红了脸,而且脸上湿漉漉的,说不清是泪水还是汗水,可能兼而有之。梅森用毛巾温柔地擦了擦她的脸颊,说:"就快生出来了,拉蒂默太太。"

埃尔茜知道,自己出生时,梅森就一直守在阿拉贝拉身边。她记得梅森在她很小的时候照顾过她。她回忆起,得知梅森的名字其实是"琳达"时,自己差点惊掉下巴[1]。梅森还帮埃尔茜生下了第一个孩子史蒂维,埃尔茜分娩如今怀着的孩子时,梅森也会在场。只要梅森在,埃尔茜就会感到安心。

阿拉贝拉似乎松了口气。"你好,埃尔茜,我很高兴你来了。"她说,"看在上帝的分儿上,别叫我使劲。"接着,又一阵痉挛攫住了她,她大叫起来。埃尔茜握住她的手,阿拉贝拉抓得太用力,埃尔茜觉得自己的骨头都要断了。梅森把毛巾递给埃尔茜,埃尔茜用另一只手接过毛巾,擦了擦母亲的脸。

梅森掀开被单。"我能看到婴儿的脑袋了,"她说,"快结束了。"

不对,这才刚刚开始呢,埃尔茜想。另一个人正挣扎着开始生命之旅,迎接他的会有爱与笑,也会有血与泪。

阿拉贝拉的手松开了,面部表情放松下来,但她没有睁开眼睛。

---

[1] 当时英国依然存在严格的社会等级规范,主人习惯上只称呼仆人的姓氏(如这里的"梅森"),而不是名字(如这里的"琳达"),甚至常常不知道仆人的名字。

她说:"幸好做爱的感觉很美妙,不然女人绝不会自愿受这个罪。"

听到母亲说出如此露骨的话,埃尔茜感到无比震惊。

梅森替阿拉贝拉辩解道:"女人在分娩的痛苦中难免胡言乱语。"

这时阿拉贝拉又全身紧绷起来。

梅森又往床单下看了一眼,说:"可能再来最后一下就好了。"

阿拉贝拉发出声嘶力竭的呼号,既像是用力的咕哝,又像是痛苦的尖叫。梅森掀开被单,把手伸到阿拉贝拉的大腿之间。埃尔茜看到婴儿的脑袋露了出来,听到阿拉贝拉的呻吟。梅森说:"来吧,小家伙,到梅森阿姨这儿来。哦,你真是个漂亮可爱的小东西。"婴儿浑身沾满黏液和血液,脐带仍然与母亲相连。婴儿脸上一副不舒服的痛苦表情,但即便如此,埃尔茜还是认为他很漂亮。

"是个男孩。"梅森说。她把婴儿翻了个身,用左手轻松地托住他,拍了拍他的屁股。他张开嘴,吸了第一口气,发出抗议的哀号。

埃尔茜察觉到自己的眼泪顺着脸颊流了下来。

梅森把孩子仰面放下,走到床头柜前,那里放着一个叠好的褟褓、一把剪刀和两根棉线。她在脐带上打了两个结,然后在结之间剪断脐带。她用褟褓把婴儿包起来,递给埃尔茜。

埃尔茜小心地接过来,托住婴儿的脑袋,将他拥入怀中。一股强烈的爱意将埃尔茜吞没,她觉得自己骤然虚脱了。

阿拉贝拉从床上坐起来,埃尔茜把婴儿递给她。她拉下睡衣前襟,将孩子凑到乳房前。孩子的嘴找到了乳头,紧紧含住,开始吮吸。

"你有儿子了。"埃尔茜说。

"是的，"阿拉贝拉说，"你也有弟弟了。"

*

阿莫斯觉得很难理解巴黎正在发生的事。11月9日，也就是革命历的雾月18日，那里似乎发生了某种政变。波拿巴将军带着武装部队闯入法国议会，并自封为法国第一执政[1]。英国报纸似乎不知道"第一执政"是什么意思。唯一确定的是，政变是由拿破仑·波拿巴而不是其他人主导的。他是这个时代最伟大的将军，深受法国人民爱戴。也许他最终会成为他们的国王。

对阿莫斯来说更重要的是，战争结束那天依然遥遥无期。这意味着税收会继续高企，生意也会继续惨淡。

看完报纸，阿莫斯前往威拉德公馆的民兵队总部。

阿莫斯委托简传达的建议，诺斯伍德子爵竟然照做了。阿莫斯当时并不相信简会把他的建议传达出去，也不相信诺斯伍德会考虑他的建议。但诺斯伍德最终按照阿莫斯的建议，把威尔·里迪克调到了另一个职位上，并任命一名卫理公会教徒负责采购。

阿莫斯一直不理解这段婚姻。诺斯伍德显然是有欲望的——他无疑曾疯狂地爱上简，尽管这份爱没有持续多久。不过，并没有传闻说

---

[1] 这段描述不够准确。雾月政变发生在1799年雾月18日（公历11月9日），但拿破仑的助手勒克莱尔将军率领士兵持枪进入圣卢克宫，驱散五百人院，是在雾月19日（公历11月10日）。而拿破仑担任"第一执政"是在公历12月25日执政府正式成立之时。

诺斯伍德另有新欢——或者另有男宠。他从未去过卡利弗的妓院。简的情敌似乎是军队。为了管好民兵队，诺斯伍德身心交瘁。那才是他魂牵梦萦的对象。

唐纳森取代了里迪克，这给阿莫斯和王桥其他布商提供了机会。如今，军队对布料的需求是唯一稳定的需求。阿莫斯满怀希望地走进民兵队总部大楼。哪怕他只分得一小份民兵队的订单，他的企业也将头一次得到站稳脚跟的机会。

他走进楼上里迪克以前的办公室，发现唐纳森坐在威尔的旧办公桌后面。窗户敞开着，烟灰和不新鲜葡萄酒的味道已经消散。一本小小的黑皮《圣经》放在桌子上，相当显眼。

阿莫斯和唐纳森不是朋友，但他们在卫理公会的会议上打过照面。讨论经文时，唐纳森经常对《圣经》做严格的字面理解，提出教条的观点。阿莫斯觉得那有点儿幼稚。

唐纳森挥手示意他坐下。

"恭喜你高升了。"阿莫斯说，"民兵队的布料供应终于脱离霍恩比姆的垄断，我和其他许多人都欢欣鼓舞啊。"

唐纳森脸上笑意全无。"我希望我们之间不要产生任何误会。"他严厉地说，"我的所有决定都只有一个目的：为国王陛下的民兵队谋求利益。"

"当然——"

"你没有猜错，我不会偏袒霍恩比姆高级市政官。"

"太好了！"

"但请你理解，我也不会偏袒任何人，包括我的卫理公会教友。"

唐纳森不必强调自己多么大公无私。阿莫斯本就料到他会循规蹈矩，洁身自好，但又不希望他过于铁面无私。他以同样坚定的口吻说道："不过，我相信你不会仅仅为了表面上的不偏不倚，就把卫理公会教徒排除在供应商之外吧。"

"当然不会。"

"谢谢。"

"事实上，我从诺斯伍德上校那里得到的命令是，把订单分给圣公会布商和卫理公会布商，而不是全部交给一家布商。"

这样的安排，恰恰是阿莫斯求之不得的。"这对我来说再合适不过了。"他说。他从外套里取出一封密封好的信，放在桌上："这是我的报价。"

"谢谢。你和其他人的报价，我都会一视同仁。"

"这正是我对你这位卫理公会教友的期望。"阿莫斯说，然后就告辞了。

*

在一个寒冷的冬日早晨，主教在大教堂为阿拉贝拉诞下的婴儿施了洗礼。

埃尔茜端详着父亲的脸。他没有流露出任何情感。埃尔茜不确定他对第二个孩子是什么感觉。很多男人在婴儿面前都有点儿尴尬，尤其是像主教这样身居高位的男人。不过，值得注意的是，他从未抱过或吻过这个男婴，就连对孩子笑一笑都没有。或许，他是对老来得子感到不好意思。又或许，他说不准自己是不是孩子的父亲。无论如何，他举行了仪式，神情庄严而忧郁。

谁也不知道他会给孩子取什么名字。他拒绝讨论这个问题，即使跟自己的妻子也绝口不提。阿拉贝拉告诉他，她喜欢大卫这个名字，但他不置可否。

洗礼通常是家庭仪式，但主教的孩子很特别。中殿北甬道的古老石质洗礼盆周围已经聚集了一群人，他们穿着各自最暖和的冬季外套。王桥最重要的人物齐聚于此，包括诺斯伍德子爵、菲什威克市长、霍恩比姆高级市政官和大多数高级神职人员。许多人带来了昂贵的银质洗礼礼物：杯子、勺子、拨浪鼓。

埃尔茜站在凯内尔姆旁边，怀里抱着两岁的史蒂维。她的另一边是阿莫斯，当他们的肩膀碰到一起时，她感到了那种熟悉的渴望，心中不禁隐隐作痛。

站在这群人后面的是铲子、他的姐姐凯特，还有凯特的搭档贝卡——埃尔茜认为，阿拉贝拉之所以总是穿着时尚优雅，主要是这三位的功劳。

现场氛围十分压抑，大家都有点儿提心吊胆：谁也不知道该不该衷心祝贺主教，因为他自己几乎没有表现出再为人父的喜悦和骄傲。

婴儿长着一头浓密的黑发，穿着一件镶满花边的白色洗礼礼服。埃尔茜本人受洗时穿过这件衣服，她儿子史蒂维也穿过。今天过后，这件衣服将被仔细洗净、熨平、叠好，装进一个平纹细布袋子里，留给另一个孩子使用。那肯定是埃尔茜的下一个孩子，预产期在新年。她不想抢母亲的风头，只把这个消息告诉了几个人。但她怀孕的事很快就会遮掩不住，即使小心翼翼地披着衣服也能看出来。

众人祈祷时，埃尔茜在心里安慰自己，凯内尔姆和史蒂维的关系更亲密。他有时居然会和这个小男孩说话。如今史蒂维已经能走能说了，凯内尔姆会努力教导他："孩子，别乱抠鼻子。"他还会向儿子传授知识："那匹马不是棕色的，是枣红色的。瞧，它的腿和尾巴是黑色的。"她提醒自己，表达爱意的方式因人而异。

洗礼仪式没有进行多久。最后，阿拉贝拉抱着孩子，主教往孩子的小脑袋上浇了一点儿水。婴儿立刻放声大哭——水是冷的。主教说："以圣父、圣子和圣灵的名义，我给你施洗……押沙龙。"

听到这个名字，有人惊讶得倒吸一口凉气，压低声音议论起来。这是一个奇怪的选择。当主教说完最后的"阿门"二字时，阿拉贝拉瞪着他问："押沙龙？"

"和平之父。"主教说。

嗯，没错，埃尔茜想。在希伯来语中，"押沙龙"的意思是"和平之父"，但《圣经》中的押沙龙之所以出名，并不是因为他带来了和平。押沙龙是大卫王的儿子，他杀死了同父异母的哥哥，反叛了他的父亲，自立为王，在与父亲的军队作战后死亡。

埃尔茜意识到，这个名字是主教发出的诅咒。

第三部分 《防止工人非法联合法》

第二十五章

霍恩比姆的孙子小乔让他想起了某个人。乔已经两岁半了,个子远超同龄人,而且充满自信。在这一点上,他很像他祖父,但他身上还有一些霍恩比姆没有的东西。霍恩比姆不会像妻女那样柔声逗弄婴儿,但当她们围着孩子忙来忙去的时候,他会仔细观察这个男孩,那张娃娃脸上的某种东西令霍恩比姆那颗冷酷的心悚然一惊。他断定,是那双眼睛。那孩子的眼睛不像霍恩比姆。霍恩比姆的眼睛深陷在浓眉下,隐藏了他的情感。乔则有一双明亮的蓝眼睛,看起来无比真诚。他可能永远不会像霍恩比姆那样,单纯依靠强势的个性来支配别人,但他可以凭借超凡的魅力来达到目的。这对天真无邪的眼睛有种似曾相识的感觉,但霍恩比姆不知道原因——直到他震惊地意识到,他似乎从乔脸上看到了过世已久的母亲的影子。她就有一对乔那样的眼睛。霍恩比姆连忙把这个念头赶出脑海。他可不喜欢想起母亲。

他穿上外套,离开家,朝威拉德公馆走去。他要到那里求见唐纳森少校。

唐纳森看起来有点儿稚气，但霍恩比姆认为，他肯定还是有脑子的，否则诺斯伍德也不会让他担任左右手这么长时间。不小看他才是明智之举。霍恩比姆注意到唐纳森桌上放着《圣经》，但未予置评。有些卫理公会教徒会时刻向人展示自己的宗教信仰，仿佛那是一枚佩戴在身上的徽章。在霍恩比姆看来，只要不把宗教太当回事，信仰什么都无所谓。不过，在同虔诚的唐纳森的会面中，他不打算表现出自己随意的宗教态度。

他开门见山地说："针对您当前的布料需求，我已经提交了一份书面报价，但我觉得还是和您当面谈谈比较好。"

唐纳森简短而生硬地回应道："请讲。"

"您的军旅生涯着实令人钦佩，而且——希望这听上去并非高高在上的评点——您显然是精明强干之人。但是，您没有做布料生意的经验，如果我能为您提供一两条建议，或许对您有所裨益。"

"我很感兴趣。请坐。"

霍恩比姆坐到桌前的椅子上。到目前为止，一切顺利。

他说："每个行业的做事方式都有正式和非正式两种。"

唐纳森警惕地说："您是什么意思，高级市政官？"

"规则嘛，肯定是有的。但大家实际上怎么操作就是另一回事了。"

"啊。"

"比如，理论上说，我们向您投标，您会将订单给报价最低的投标人。但实际操作的时候，就不一定要按这样的规则行事。"

"是吗？"唐纳森淡淡地说，很难从这样的语气猜出他的心思。

霍恩比姆不确定自己是否把意思表达清楚了,但他还是继续说了下去:"实际上,我们实行的是特别折扣制度。"

"那是什么呢?"

"您接受我的报价,比如说一百镑,但我给您一张一百二十镑的发票。您付给我一百镑,剩下二十镑,而这笔钱在您的账上已经付出了,所以您可以将其用到别的地方。"

"别的地方?"

"比如说,您可以用这笔钱抚恤阵亡士兵的遗孀和孤儿。或者,您可以为军官食堂购买威士忌。这笔钱可供您自由支配,用到您认为值得花钱的地方,而这种开销可能不适合记在账上。当然,您不必告诉我,也不必告诉别人,您是怎样花掉这笔钱的。"

"那就是做假账了。"

"您可以这样看,也可以将其视为一种让我们双方更容易办事的润滑剂。"

"恐怕我不这么认为,霍恩比姆先生。我绝不会参与伪造账目。"

霍恩比姆努力避免流露出失望的表情。这是一次重大挫折。他虽然也担心过事情不会太顺利,但不曾真的认为自己会一败涂地。唐纳森本可以大发横财,谁知他却不肯抓住机会。这真是让人百思不得其解。

霍恩比姆立刻改口:"当然,您做事必须合法合规。"就算不行贿,合同也照样可以拿下。"我很乐意按照您要求的方式与您做生意。希望我的书面报价能得到您的青睐。"

"事实上没有,霍恩比姆先生。我已经和诺斯伍德上校一起审阅了各家的报价，恐怕您没有赢得合同。"

霍恩比姆感觉自己挨了当头一棒。他张口结舌，过了好久才回过神来，说道："但我已经建了一个新工厂来满足您的需求！"

"我想知道您为什么这么肯定您会得到这份合同？"

"您把合同给谁了？不会是您的卫理公会教友吧！"

"我没有义务告诉您，但我也没有理由不告诉您。合同被分配给了两个报价最低的供应商。其中一个中标者是卫理公会教徒——"

"我就知道！"

"——另一个是虔诚的圣公会教徒。"

"他们是谁？把名字告诉我！"

"请不要对我大呼小叫，霍恩比姆先生。我知道您很失望，但您不能到我的办公室来侮辱我。"

霍恩比姆控制住怒火："请原谅。但如果您能告诉我中标者是谁，我将不胜感激。"

"中标的圣公会教徒是巴格肖太太，卫理公会教徒是阿莫斯·巴罗菲尔德。"

"一个女人和一个自大的小丑！"

"对了，他们俩都没有提到特别折扣制度。"

霍恩比姆被愚弄了。唐纳森明明知道合同已经敲定，却还是让他絮絮叨叨地说下去，直到霍恩比姆透露了他和里迪克是如何狼狈为奸、行贿受贿的。唐纳森——或者说诺斯伍德——打算起诉霍恩比姆吗？但他们没有证据。霍恩比姆可以否认刚才的谈话，或者说唐纳森误解了他的意思。没错,他几乎不会面临被告上法庭的危险,但他失去了合同。他的新工厂只能惨淡经营,勉强维持。他会血本无归。

他恨不得勒死唐纳森,或者巴罗菲尔德,或者寡妇巴格肖。最好三个都干掉。他需要杀人,或者打碎什么东西。他满腔怒火,却无处发泄。

他站起来,咬牙切齿道:"再见,少校。"

"再见,高级市政官。"

唐纳森说"高级市政官"的时候,甚至还带着一丝讥诮。

霍恩比姆离开房间,踩着脚气冲冲地走出大楼。他在石子街道上行步如风,怒目圆睁,东张西望,惹得路人纷纷避让。

他大败亏输,蒙受了奇耻大辱。

而这一次,他没有备用计划。

*

"太奇怪了!"埃尔茜在早餐桌上看着《王桥公报》,突然说道,"霍恩比姆先生竟然没拿到民兵队制服的红布合同。"

阿拉贝拉问:"谁拿到了?"

"有两个人。报上说,茜茜·巴格肖太太得到一半,阿莫斯·巴罗菲尔德先生得到另一半,而军官制服的昂贵布料将由大卫·肖维勒先生提供。"

主教从《泰晤士报》上抬起头来:"大卫·肖维勒?"

"大家都叫他铲子。"埃尔茜说这话时引起了母亲的注意。阿拉贝拉突然显得很害怕。

主教说:"我忘了他的真名是大卫。"

埃尔茜耸耸肩。"大多数人都不知道。"这无关紧要的事实似乎令父亲暗吃一惊,但埃尔茜不明白为什么。

她又看了看母亲。阿拉贝拉往茶里加糖搅拌时,手在微微颤抖。

主教问:"阿拉贝拉,亲爱的,你喜欢大卫这个名字,对不对?"他的眼神令埃尔茜惴惴不安。

阿拉贝拉说:"很多人喜欢这个名字。"

"这当然是一个希伯来名字,但在威尔士很流行,因为威尔士人的守护圣徒是圣大卫。他们把'大卫'缩写为'大'——当然,在指圣人的时候不会这样。"

埃尔茜看得出来,这平淡无奇的讨论下暗流涌动,但她不明白其中的根本问题。谁在乎阿拉贝拉喜不喜欢大卫这个名字?

主教再次开口时,脸上写满了怨恨:"事实上,我好像记得,你曾想给你的儿子取名大卫。"

他为什么说"你的"儿子?

阿拉贝拉抬起头,直视着主教,不以为意地说:"这总比押沙龙强。"

埃尔茜开始明白了。主教认为他不是押沙龙的父亲:对于去年复活节醉酒乱性,令妻子意外怀孕一事,他一直心存怀疑。阿拉贝拉想给孩子起名大卫——这是铲子的真名。贝琳达·古德奈特说过,阿拉贝拉跟铲子走得特别近。

主教认为铲子是押沙龙的父亲。

铲子？如果阿拉贝拉犯了通奸罪，奸夫会是铲子吗？

主教似乎毫不怀疑。他霍地站起来，目光炽热，指着阿拉贝拉说："你会为此受到惩罚的！"然后他气急败坏地离开了房间。

阿拉贝拉失声痛哭。

埃尔茜坐在母亲旁边，搂着她，闻着她身上的橙花香水味。"是真的吗，母亲？"她问，"铲子是押沙龙真正的父亲吗？"

"当然！"阿拉贝拉哽咽着说，"主教早就不行了，我还费尽心思让他相信孩子是他的，真的好傻。但我还能做什么呢？"

埃尔茜很想说"可您比铲子大了应该有十岁啊"，但话到嘴边又咽了回去。她明白这无济于事。尽管如此，她还是忍不住胡思乱想，而且越想越多。她母亲是主教的妻子，是王桥上流社会的贵妇，也是城里穿着最讲究的女人，她怎么可能会有外遇呢，和一个比她年轻的男人搞婚外情，和一个卫理公会教徒？

但埃尔茜转念一想，铲子确实魅力非凡，不仅风趣幽默，而且聪明博学，甚至算得上仪表堂堂，尽管透着几分粗犷豪放。他在社会地位方面远低于阿拉贝拉，但与母亲的其他罪过相比，打破阶层界限显得微不足道。

但他们是去哪里幽会的呢？他们是在哪里颠鸾倒凤，珠胎暗结的呢？突然，埃尔茜想起了凯特·肖维勒店里的更衣室。她立刻确定那里就是他们的欢爱之所。楼上的房间里有床。

埃尔茜开始用全新的眼光看待母亲。

抽泣声渐渐平息。埃尔茜说："我扶您上楼吧。"

阿拉贝拉站了起来。"不，谢谢你，亲爱的。"她说，"我的腿没有毛病。我要安静地躺一会儿。"

埃尔茜和母亲一起走进大厅，然后看着母亲慢慢上楼。

埃尔茜记得今天萨尔出狱。她想见见萨尔，确保萨尔一切安好。她现在离开母亲应该没有问题了。

她穿上外套——她记得这是凯特和贝卡用铲子织的布做的。她走进淅淅沥沥的晨雨中，步履轻快地朝市镇西北角的博克斯家走去。半路上，她眼前突然浮现出母亲在更衣室里亲吻铲子的画面，不禁心生厌恶，立刻将其逐出脑海。

萨尔看起来不太好。埃尔茜进屋的时候，她正坐在厨房里，手肘支在桌上。她形销骨立，精疲力竭，浑身上下脏兮兮的。基特和休瞪大眼睛，站在那里盯着她：两个孩子见她完全没了人形，都被吓呆了，一句话也说不出来。萨尔面前放着一杯艾尔啤酒，但她没有喝。她肯定饿坏了，但又无力动弹，埃尔茜想。

贾奇说："麦金托什太太，她都累垮了。"

埃尔茜坐在萨尔旁边。"你需要休息和进食来恢复体力。"她说。

萨尔无精打采地说："我今天休息一下，但明天必须去上班。"

"贾奇，去肉店买些羊肉，做一碗营养丰富的肉汤给她喝。"埃尔茜说，她从钱包里掏出一镑金币放在桌上，"还有面包和新鲜黄油。她吃饱了就会睡觉的。"

"您真是太好了。"贾奇说。

埃尔茜对萨尔说:"服苦役一定让你掉了几层皮吧。"

"这是我做过的最辛苦的工作。有的女人虚弱得晕倒在地,但立刻就会遭到鞭打,直到她们疼醒,爬起来继续工作。"

"那些管事的男人——他们是怎么对待你们的?"

萨尔向埃尔茜使了个提醒的眼色。这是瞬间的一瞥,贾奇没有看到,但埃尔茜猜到了萨尔的意思:狱卒虐待了女囚。萨尔不想让贾奇知道这件事。他如果知道了,八成会杀了狱卒,然后被绞死。

萨尔打破了短暂的沉默。"他们是严厉的监工。"她说。

埃尔茜握住萨尔的手,用力捏了一下。萨尔也回捏了一下。这是女人之间的暗号。她们会保守萨尔在监狱遭到强奸的秘密。

埃尔茜站起来。"吃饱,睡好,"她说,"你很快就会恢复的。"她向门口走去。

贾奇说:"您真是一位天使,麦金托什太太。"

埃尔茜走出房子。

她在雨中踽踽而行,返回市中心。她陷入痛苦的沉思:人对人竟然可以如此残忍;而对贾奇那样的穷人来说,一枚金币就堪比天使创造的奇迹。

她仍然担心自己的母亲。家里会不会已经发生了什么事?父亲打算怎样惩罚母亲?他会像对待埃尔茜那样,把阿拉贝拉关一个星期,只给她面包和水吗?

她回到主教府时,发现母亲不在晨用起居室,她父亲也不在书房。她来到母亲的卧室,发现母亲正坐在床上痛哭流涕。"怎么了,母亲?"埃尔茜问,"他又干吗了?"

阿拉贝拉似乎难以作答。

一个可怕的念头掠过埃尔茜心头。父亲不会伤害婴儿吧?她连忙问:"押沙龙平安吗?"

阿拉贝拉点点头。

"感谢上帝。可我父亲在哪儿?"

阿拉贝拉勉强挤出两个字:"花园。"

埃尔茜跑下楼梯,穿过厨房,那里的仆人看起来畏畏缩缩、战战兢兢的。她走出后门,四处张望。她看不见父亲,但能听到有人说话。她穿过草坪,走过柳条编织的拱门。夏天的拱门上会盛开上百朵玫瑰,而眼下已经入冬,拱门上只挂着捆扎起来的光秃花枝。她走进玫瑰园。

眼前的景象令她目瞪口呆。

中间那片方形的低矮玫瑰丛已惨遭摧毁,残破的茎和挖出来的土混在一起。玫瑰丛后面的棚架已经从古老的墙壁上被扯了下来,扔在地上,装饰墙壁的玫瑰也被连根拔起,扔到一边。冰冷的细雨凄凉地落在翻起的土块上。在主教的监督下,两个拿着铲子的园丁正在全力以赴地平整这块土地。主教的白色丝绸袜子上沾满了泥,他见到埃尔茜,不禁兴奋地咧嘴一笑——在埃尔茜看来,那笑容近乎疯狂。"你好啊,女儿。"他说。

埃尔茜难以置信地问:"您在干什么?"

"我想要一块菜地。"主教得意扬扬地说,"厨师喜欢这个主意!"

埃尔茜强忍住眼泪。"我母亲喜欢这个玫瑰园。"她说。

"啊，我们不可能事事称心如意，不是吗？再说，她要忙着照顾她刚出生的孩子，没时间做园艺。"

"您真是个残忍的人。"

园丁闻言大惊失色。没有人敢批评主教。

主教对埃尔茜说："你说话要小心——如果你想继续用我的钱喂饱你主日学校的学生的话。"

"我的学校！您怎么能拿学校威胁我？"

主教走到埃尔茜站着的地方，压低声音，以免别人听见："我从你母亲那里夺走了她所爱的东西，因为她也对我做了同样的事。"

"她从来没有夺走过您的任何东西！"

"她夺走了我最珍视的东西——我的尊严。"

埃尔茜知道这是真的。听到父亲当面指出这一点，她不禁哑口无言。父亲的所作所为固然残忍，但母亲背叛父亲的事实也不可否认。现在她明白父亲为何要报复母亲了。

主教接着说："所以，不要在园丁或其他任何人面前对我出言不逊，不然我也会让你尝尝痛失所爱的滋味。"

说完，主教转身离开，回到园丁那边去了。

*

铲子坐在织机前，准备制作一匹复杂的条纹布料，这时凯特进来对他说:"到我家来,有人在等着给你一个惊喜。"铲子站起身,匆匆离开凯特,穿过院子,走进屋子,跑上楼梯。他走进房间,不出所料,阿拉贝拉正在等他,但阿拉贝拉不是一个人来的。

她抱着孩子。

铲子搂着阿拉贝拉和孩子,吻了吻阿拉贝拉的嘴,然后看着孩子。孩子在大教堂接受洗礼时,他没看清孩子的模样。当时洗礼盆周围围着一群达官显贵,他不想挤到前面引起注意。现在他终于可以把儿子看个够了。"押沙龙。"他喃喃道。

"我叫他阿贝[1]。"阿拉贝拉说。

"阿贝。"铲子重复道。

"我绝不会用斯蒂芬给他起的那个名字。我拒绝让他生活在诅咒之下。"

"好。"铲子说。

婴儿闭着眼睛,看上去很平静。

"他长着跟你一样的头发。"阿拉贝拉说,"又黑又卷,而且很多。"

"如果他长着跟你一样的头发,我也不介意。他的眼睛是什么颜色?"

"蓝色,但大多数婴儿的眼睛都是蓝色的。很多人后来会变。"

"我从来不认为婴儿漂亮,但阿贝很漂亮。"

"你想抱抱他吗?"

---

[1] 押沙龙的昵称。——编者注

铲子犹豫了。他没有这方面的经验。"我可以吗？"

"当然。他是你的孩子。"

"好吧。"

"用一只手托住他的屁股，另一只手托住他的脑袋——这么做就可以了。"

铲子依言而行。阿贝几乎没什么重量。铲子将婴儿紧贴在胸前，吸入一股温暖干净的芬芳。强烈的情感充盈他的五脏六腑：他感到深深的骄傲、爱意和保护欲。"我有孩子了，"他惊叹道，"一个儿子。"

过了一会儿，他问阿拉贝拉："家里情况怎样？"

"主教已经展开报复了。他毁了我的玫瑰园。"

"我很难过！"

"我也是。"她耸耸肩，"但是我有你，还有阿贝。没有玫瑰我照样可以活下去。"话虽如此，她还是难免神情哀戚。

铲子吻了阿贝的头。"这很奇怪。"他说。

"什么很奇怪？"

"这个小男孩一来到世上就惹了不少麻烦，以后很可能还会惹更多的麻烦。但你我对此几乎毫不介意。我们很高兴能拥有他，也打心底里爱他。我们会心甘情愿地倾尽毕生精力照顾他。这感觉很美好，但也很奇怪。"

"也许这就是上帝的安排。"阿拉贝拉说。

"肯定是。"铲子说。